国门长歌

（报告文学卷）

全国移民管理文联 编

群众出版社

·北京·

图书在版编目（CIP）数据

国门长歌.报告文学卷/全国移民管理文联编.—北京：群众出版社，2024.1

ISBN 978-7-5014-6331-2

Ⅰ.①国… Ⅱ.①全… Ⅲ.①报告文学—作品集—中国—当代 Ⅳ.①I217.1

中国国家版本馆CIP数据核字（2023）第253333号

国门长歌（报告文学卷）
全国移民管理文联　编

出版发行：	群众出版社
地　　址：	北京市丰台区方庄芳星园三区15号楼
邮政编码：	100078
经　　销：	新华书店
印　　刷：	天津盛辉印刷有限公司
版　　次：	2024年1月第1版
印　　次：	2024年1月第1次
印　　张：	14.125
开　　本：	880毫米×1230毫米　1/32
字　　数：	300千字
书　　号：	ISBN 978-7-5014-6331-2
定　　价：	76.00元
网　　址：	www.qzcbs.com
电子邮箱：	qzcbs@sohu.com

营销中心电话：010-83903991
读者服务部电话（门市）：010-83903257
警官读者俱乐部电话（网购、邮购）：010-83901775
啄木鸟杂志社电话：010-83903494

本社图书出现印装质量问题，由本社负责退换
版权所有　侵权必究

前　言

关山万里路，拔剑起长歌。

从东海之滨到西部边陲，从祖国北疆到南国边境，有些到不了的远方，文学可以抵达；有些看不见的深处，文学可以诉说。

国家移民管理局成立五年来，局党组高度重视移民管理题材文学创作，通过设立"国门卫士"文学奖、组织"跟随名家走国门"、"寻找最美国门名片"集中采访等形式，厚植文学创作沃土，激励民警职工用文学手法讲好移民管理故事。广大民警职工扎根基层、深入挖掘、潜心书写，推出了一批有思想、有温度的文学作品。

全国移民管理文联从征集作品中，遴选出优秀篇目辑录成书，交由群众出版社出版发行。这些作品中，既有荣获首届"国门卫士"文学奖的精品佳作，也有见诸报端的优秀美文；既有放眼家国的宏大叙事，也有聚焦身边人身边事的微观叙述，从中可以看到国门的巍峨、边关的壮美，感受到坚守的温情、忠诚的炽热。

《国门长歌》，为巍巍国门而歌。我们期待第一次接触国门的朋友走进书中，听见边关响起的歌，为发现不一样的国门而欣喜，为铜墙铁壁背后的卫士而共情。我们期待四面八方的战友走进书中，听见心底响起的歌，让心门靠近国门，读懂国门，更读懂默默坚守的意义。

全国移民管理文联
2024年1月

目 录

坚守"第一窗口" 展现"第一形象"/
　　徐红云　蔡莹莹 …………… 1

实践的课堂高远辽阔／董传泽 …………… 6

昌果的很多话是结在心头的果／韩　杨 …………… 11

酸粥：精心养出来的壮乡美味／蔡　铮 …………… 19

"癫师傅"与"傻徒弟"／王鹏宇　李远平 …………… 24

爱的暖流从南粤流向西藏／陈兰芳 …………… 29

躬耕政线晓晴日　峰恋白云任卷舒／
　　邓　潮　周笑臣 …………… 34

山坡坡挂满"金钩钩"／张成斌 …………… 41

火热的红　火热的辣／温膺伯 …………… 46

哈尼族"炊妈"的家国情怀／夏春伟 …………… 50

"女汉子"石淑亚／王云龙 …………… 54

少年壮志不言愁
　　——我的三个春节故事／王　皓 …………… 60

"涛"声依旧／伏雪琨 …………………………… 65

红站的"八卦"／伏雪琨 ………………………… 69

一名缉毒女警的花季雨季／伏雪琨 ……………… 74

一束光温暖了寒夜／伏雪琨 ……………………… 84

好的呢／聂虹影 …………………………………… 88

在长安街聊起独龙江／聂虹影 …………………… 94

我们的队伍向太阳／王益民 ……………………… 102

因为热爱，岗位出彩／夏　飞 …………………… 109

孙超笑时，我却哭了／杨　林 …………………… 113

黄平的"平"／于　雷　陈　琪 ………………… 119

大漠深处"枣红色的达坂"／王科亮 …………… 128

所爱隔山海　山海皆可平／张证杰 ……………… 132

"网红"洋教授玩转科普秀／韩　睿 …………… 137

跨越万里　只为握住你的手／邱小平　姜明金
　………………………………………………… 140

情暖完达山／邱小平 ……………………………… 146

我的所长我的赫乡／邱治博 ……………………… 152

万里征途／王　枢 ……………………… 158

坚守的颜色／赵文煜 ……………………… 164

"无人区"的人世间／林俊辰　王一明 …… 168

不会颠勺的驾驶员不是好摄影师／
　　殷卓骏　刘　钊 ……………………… 179

窗　口／李　岗 …………………………… 185

振翅翔"银河"　丹心照"碧海"／
　　孙模同　鞠　鑫 ……………………… 189

大爱传承没有尽头／白玉泉 ……………… 195

大漠深处边守边爱／牛　鑫 ……………… 201

乌兰河畔警民情深谊长／韩志祺　吕昊俊
　　…………………………………………… 206

草原深处是我家／张攀峰　冀　虹　张志敏
　　…………………………………………… 210

一声"云龙"　一生"亮剑"／李明珠 …… 219

每一个与北京相遇的日子都是对青春的礼赞／
　　杨宛茹 …………………………………… 224

中秋谁与弄花影／施　慧 ………………… 229

且看湾畔水正清／郑增浩 ………………… 233

每一朵花儿唱着歌　每一次通关伴着爱／
　　徐殿伟　刘姝梦　张　铖……………… 237

团圆时，炉火正旺／代　超………………… 247

初心三问，唯奋斗作答／宋　爽　周　瑾
　　………………………………………… 253

夫妻携手支教，只为两代人的梦想／岳峻青
　　………………………………………… 261

走进新时代的边疆"三线人"／何宇恒……… 269

马攸桥，梦里梦外都是你／贺烈烈………… 275

最浪漫的事就是我们一起守边关／
　　胡俊浩　何宇恒…………………………… 283

老虎嘴旁闻虎啸／姜凯峰　李　倩………… 287

你无法向我走来，我就向你走去／
　　刘　恋　温顺明…………………………… 291

年味儿洋溢冲巴湖／龙小凤………………… 295

亚热，听得见／母　丹……………………… 299

"习惯了"是他们的青春答案／彭维熙…… 304

你好，狮泉河／汤子龙……………………… 310

国门印象"中国红"／吴　志……………… 315

镌刻在吉木乃的答案
　　——一名到新疆挂职锻炼民警的追寻之路／
　　赵金龙 ………………………………………… 320

把苦日子过成星辰大海／陈帅东 …………………… 327

"我爱上了高原，就像云恋上了山"／
　　李康强　王贵生 ……………………………… 330

在离天最近的地方过大年／李康强　王　涛
　　……………………………………………………… 336

小小银针承载鱼水深情／吴晨龙　王九峰
　　……………………………………………………… 340

库齐村来了"后生仔"／殷　华　王举南
　　……………………………………………………… 345

时光流过牙满苏／殷　华 ……………………… 349

"无人区"里五十八年的守望／张　佳 …… 353

沸腾的边关暖暖的心／张　佳 ……………… 360

只有荒凉的边疆，没有荒凉的人生／张　佳
　　……………………………………………………… 368

遇见南溪河／和雪芹 …………………………… 373

打捞独龙江的记忆／李海成 …………………… 376

天籁童声唱响光明未来／潘　晨 ……………… 382

青春作伴独龙江／彭小柏 ……………………… 389

4000公里见证爱的约定／谢国强　代　超
　　　　　　　　　　　　　　　　　　　…………… 395

开往十月的列车／杨亦頔 …………… 399

邵征宇：带有红色"基因"的警队骁将／
　　王海燕 …………… 403

遇见你，是我最好的时光／陈　杰 ………… 410

赵颖：未来将来，满怀期待／李小飞 ……… 415

双眸扫过，尽是这世界的明朗／林梦诗 …… 426

执勤八队：技术就是定海神针／
　　黎钊德　谭　畅　王相国 …………… 430

道　路／林小兵 …………… 438

坚守"第一窗口"
展现"第一形象"

徐红云　蔡莹莹

"黄山是发展旅游的好地方","要有点儿雄心壮志,把黄山的牌子打出去!"1979年7月,邓小平同志登黄山时在观瀑楼的一次高瞻远瞩的讲话,掀开了黄山旅游发展的新篇章。40余年来,黄山旅游不断勇攀高峰,徽风皖韵的魅力吸引着全世界。

1992年9月,为适应黄山对外开放的需要,国务院批准同意开放黄山航空口岸,1993年3月,黄山边检正式成立。

当新的智能验证通道取代陈旧的查验通道,当第一名旅客从自助通道顺利通关,当载着急救病人的包机从机场顺利起飞,当手里的证件从一个样式变成多个样式,当通关的成千上万名旅客转换成电脑里的数据库,当一项项便民措施出台落地……这一路,黄山边检与黄山旅游同行,不断贡献出边检力量和边检智慧,为加快黄山对外开放步伐释放动能,成为助推黄山腾飞的"翅膀"。

从安全口岸出发,将使命刻在国门上

从1993年单位初建时的几间破旧办公用房起家,30年的风雨历程,黄山边检一路发展壮大。从现役军人到人民警察,从橄榄绿到藏青蓝,黄山边检人从未变的是坚守国门的信念和使命,是维护国门安全的职责和担当。

2018年11月24日,两名网上追逃人员刚下飞机就撞上了已"等候多时"的边检警官。两人当日乘坐大韩航空KE818次航班企图从黄山口岸入境回国,抱着小口岸可能查缉能力弱、管控松的侥幸心理,并携带一名幼童掩人耳目,但早在他们刚登上回国的飞机时,边检机关就已通过航班预报信息排查确认出他们的身份,并第一时间安排好警力,保证在他们跨进国门的第一步就被处置。

"边检是一道墙,就是要为国家为社会为旅客提供最可靠的保障。"多年来,黄山边检紧跟时代发展步伐,着眼口岸管控工作需要,不断创新工作理念,探索新的工作方法,持续促进执法规范化建设,提升全警执法能力和为国把关能力。2017年,黄山边检站挂牌成立总站首个数据分析中心,适应了当前大数据发展趋势,增强了口岸管控优势。从一开始的海关、检验、检疫"三关"合作,到如今与国安、国保、出入境、反恐等相关部门建立协作机制,信息共享,形成了维护口岸和社会稳定的多重合力,让口岸综合管控能力大大提升。

人证对照、证件查验、身份核查……一次次接取证件,验讫章一起一落,看似简单轻易的动作,实则是对国门安全的保证。国庆安保、两会安保、峰会安保、国际登山大会及各类国际赛事通关保障……多年来,在一次次大型安保任务面前,黄山边检人都在国门前提供最可靠的保障,用强有力的行动诉说着"国门安全我来守护"。

从暖心口岸出发,把真情捧在旅客前

2018年5月的一天,一名幼童在飞机舱座位上玩耍时不慎将手夹伤,情况紧急,请求边检协助救助。在确保安全的基础上,站值班科长一边安排人员陪同伤者及其家人快速下飞机等待救护车的到来,一边安排人员用最快的时间办妥注销手续,为左手小指严重骨折的幼童,能够及时在当地治疗争取了宝贵时间。考虑到在黄山无亲属,其母亲决定返回台湾进一步治疗,该站立即联系航空公司提前帮助办理订票事宜,并开通绿色通道,为其行程提供了很大便利,临行前,幼童的母亲含着泪连连道谢。

"大美黄山,阳光边检"。口岸是旅客到达黄山的第一个窗口,是对黄山最初的印象,如何留下一个美好的第一印象呢?暖心服务——这是黄山边检给出的答案。从点滴入手,急旅客所急,想旅客所想,开通紧急救助绿色通道现场放置药品箱、

试行旅游团零散验放、现场设边检"导游员"等。用一声温馨的问候，一张温暖的笑脸，在口岸展示着大美黄山的国门风采，拥抱来自世界各地的旅客。

2019年6月7日恰逢端午节，这天上午，黄山边检接到一则紧急通报：一名台湾旅客在黄山游玩期间突发急病，情况危急，需立即返台治疗。时间就是生命，黄山边检站立即启动预案，开通急救包机绿色通道。13点20分，病人到达机场准备乘机返台，收取证件，人证对照，办理手续，从停机坪到检查大厅，与时间赛跑的是边检民警烈日下奔跑的身影，当病人担架被抬上飞机的时候，证件已还到旅客手中，而这整个过程只用了三分钟。"在确保出入境安全的同时，要最大程度地为旅客提供快速便捷的服务！国门似铁，但同样温暖阳光。"参与勤务的民警如是说。"谢谢你们，黄山景美，你们的服务让黄山变得更美！"边检的温馨服务，赢得了病人家属的赞誉。

从智慧口岸出发，让高效伴随通关

随着黄山对外开放的不断深入，黄山口岸逐步开启更多新航线，并推出"百架境外包机飞黄山"计划。近年来，黄山口岸连续新开直飞包机航线，越南、泰国、香港等航线都大受旅客欢迎，且飞机机型越来越大，载客量越来越高。面对压力，黄山边检站主动作为，为改善口岸通关环境，提升通关效率，自2017年以来就投入300余万元全力推动口岸智能化、自助化建设，相继建成现场勤务指挥中心、启用边检辅助查验系统，完成梅沙系统升级，改造升级边检智能验证台，共先后建成10条智能查验通道和三条自助查验通道，成功实现中国公民通关不超过20分钟。

"各位持中国电子护照的旅客可持证件从自助通关办理入境！"2018年9月30日，入境检查现场自助通道正式启用。

"现在真的是很方便了，以前带团都要在人工通道排队等候，现在从自助查验刷证件后几秒钟就通关了！越来越多的旅客不仅觉得黄山好，黄山边检服务也很好，打造了黄山的国门形象，相信会有越来越多的游客愿意到黄山来！"领队黄艳婷是黄山边检的"常客"，回国这天正好赶上自助通道第一天开通，面对黄山边检通关服务的变化，她感触颇深。

黄山口岸入境旅客中，外国旅游团是主力军，为提高口岸整体通关效率，今年，边检执勤现场又新添利器，增配三台外国人生物信息前置采集设备，同时试行外国旅游团零散验放模式，在前置采集仪处采集完指纹的团队旅客可自由选择通道排队候检，减少40%的外国旅客候检查验时间，有效实现中外旅客提前分流、分区候检，通关效率大幅提高。

"一生痴绝处，无梦到徽州。"目前，黄山已成为享誉世界的旅游名胜，实现了四十年前邓小平同志的期许。时任黄山市委书记任泽锋同志多次说"黄山的发展，边检功不可没"。身处黄山对外开放窗口的黄山边检人，用辛勤的工作和优质的服务，甘当黄山旅游和扩大开放的守护者、迎客人、宣传员，为来自全世界的游客展现出良好的"黄山第一印象"，实现边检工作与地方经济社会发展的同频共振。

（作者单位：安徽边检总站）

实践的课堂高远辽阔

董传泽

2020年，我有幸成为一名国家移民管理警察，在组织的安排下，先后在云南普洱江城县勐烈边境派出所和阿里地区普兰县塔尔钦边境派出所，进行为期半年的实践锻炼，不仅为祖国壮美秀丽的美景所沉醉，还真真切切地看到、感受到一线移民管理警察所肩负的责任和使命。

除夕夜

　　山路真绕啊！在前往实习地点的路上，长途大巴驶过一座又一座山，一架又一架桥，最终抵达了江城县勐烈边境派出所。

　　江城县地处云南南部，是中国、老挝、越南的三国交界之地。1月的云南，仍是一幅盛夏的景象。

　　落日时分，天边的晚霞像被点燃了一般，一抹又一抹绚丽的绯色涌入我的眼帘。唯有等太阳下山，寒意才会裹挟着露水，悄无声息地显露出来。

　　抵达派出所的第二天，我前往江边村警务室实践。江边村警务室地处七一大桥出口，是进入江城县以及周边村落的必经之路。作为重要的二线检查点，江边村警务室的主要工作之一就是查验过往车辆。

　　警务室的负责人是民警廖春涛，我们都叫他"涛哥"。2月8日早上，涛哥把我叫过去："小董啊，大后天就是除夕夜，咱们警务室当晚要安排民警值班备勤。今年是你入警第一年，也是你作为人民警察过的第一个除夕夜，除夕就安排你值班备勤了。"

　　"好的，到时候我提前去执勤点！"

　　"云南的后半夜可冷，到时候记得多穿点啊。"

　　太阳逐渐地落下，不远的芭蕉林渐渐地披上青黛色的薄纱。

　　这就是我们的除夕夜。我坐在篝火旁，涛哥递给我一瓶汽水，感慨地说道："上次回家过年都不知道是啥时候了。"说罢，涛哥便拿出手机，向家人视频拜年。

　　篝火包裹着松木猛烈地燃烧着，热气和木屑熏得我有些睁不开眼，便将身子往后挪了挪。在南国冬夜的山林中，我清晰地望见派出所电子屏幕上的一行红字——请人民群众安心过年,春节我们在岗。

一行短短的字,让我心头一震。从小到大度过的一个个平安的除夕夜,都离不开无数民警的坚守。感谢所有为人民幸福、国家安定无私奉献的人民警察,今晚,换我为大家站好这班岗。

驻 寺

4月初,我收到单位通知。实践锻炼的下一站,西藏阿里地区。之前从未去过西藏的我,对雪域高原充满了期待和好奇。4月13日,飞机落地昆莎机场,在狮泉河休整一周后,我便前往塔尔钦边境派出所开展实践锻炼。

狮泉河距离塔尔钦将近300公里,一路上的风景完全不同于内地精致的小桥流水,西藏的山与湖可以说是"大刀阔斧"。这里的一切都呈现着最本真、最纯粹的颜色,天极致地蓝,云透彻地白,随便拿起手机,就能拍出一幅色彩艳丽的油画。

初春已过,塔尔钦进入了雨季。饱含水汽的云将天空染成了鸭蛋青,四面的水白漫漫的。西藏的雨并不急躁,星星点点,有一下没一下地舔着这片辽阔的土地。

晚饭过后,教导员把我叫过去:"小董,明天你去色龙寺驻寺体验一下。"

海拔5000多米的色龙寺地处冈仁波齐山脚下,用水需要人力将山下的溪水背上来,充电只能依靠简单的光伏设备,屋内的取暖则需要煤炉。

驻寺民警通常只安排一人,山里日落很早,晚上9点后,天色便暗淡下来。孤独随着夜色悄无声息地渗进房间里的每一个角落。这里手机信号时有时无,接收外界信息基本"靠缘分"。

一周后,教导员安排民警将我接回了派出所。回到宿舍后,同宿舍的民警杨晓川,看着我"蓬头垢面"的样子笑着说:"当初我驻寺半年多洗不上澡,最多只能烧点水擦擦身子。你赶快去洗个澡,这一周快赶上我一个月的味儿哩。"川哥后来又说了许多,很多话已经记不太清,但"半年多"这个词却深深地烙在我的记忆里。

我很难想象在那样的环境里,坚守半年需要多么大的毅力,但这正是数千名坚守在边境一线移民管理警察的缩影。

晚上,川哥又按时和远在四川的爱人视频聊家常,言语里满是温情和烟火气息。这一刻,坚毅、责任、柔情、奉献融合在一起,凝聚成有血有肉的人生。正如莫泊桑在其著作《一生》中写下的那句话:"我觉得人的脆弱和坚强,都超乎自己的想象。有时,我可能脆弱得一句话就泪流满面。有时,也发现自己咬着牙走了很长的路。"

坚守在艰苦边境一线的每一名移民管理警察,就如同一块块界碑,牵挂着远方的家人,守护着脚下的国土。

薪火与希望

在云南的深山里,除了鸟儿悦耳的啼鸣,还有孩子们朗朗的读书声。临近春季学期开学,所领导安排我前往村小学为孩子们讲一堂法治安全课。

山路不好开,为了能及时赶到学校,我们便提前踏上行程。山里的路就像一条蜿蜒的蛇,绕过一座又一座青山,慢吞吞地爬进山谷里。阳光将土地晒得失去了耐性,将尘土肆意扬起。

颠簸了一个多小时后，我们顺利到达了牛洛河小学。

擦了擦头上的汗，我开始了这堂法治安全课。教室里闷热，只有一台老式风扇在头上慢悠悠地转着。

一节课的时间过得很快，待临近铃声响起，我问道："同学们，有什么想问的吗？"没有人举手，孩子们都抬头望着我。

"问题不局限于这堂课上的内容，大家有什么想问的都可以举手，你们的课后作业也可以。"话音刚落，孩子们眼里的光就像烟火一样，瞬间绽放。

"警察叔叔，为什么恐龙会灭绝？"

"雪是怎么形成的？"

"是先有鸡还是先有蛋？"俨然是"十万个为什么"大型问答现场。

"警察叔叔，要怎样做才能成为对社会有用的人呢？"右侧第五排的一个小女孩，用稚嫩的声音问。

"在父母面前我们是孩子，老师面前我们是学生，走上工作岗位后，我们又会承担各种各样的责任。现在大家的身份是学生，所以现在要做的就是好好学习，等你们长大走上工作岗位后，承担应尽的责任与义务。"我笑着回答她。

一代人有一代人的责任和使命，中华民族之所以能够生生不息，离不开前赴后继的有志青年。我们这一代人终将要接过前辈们手中的旗帜，不畏风浪，做好我们该做的事。数十年后，再将旗帜交接给这些眼中闪烁着光芒的孩子手里。岁月无言，人终有一天会走出时间，但戍守边疆的精神却从未消散，这份精神将永远伴随着五星红旗，在国境线上飘扬。

（作者单位：北京边检总站）

昌果的很多话是
结在心头的果

韩 杨

昌果，一个听起来似乎与我不可能产生联系的名字，却紧紧缠绕在我的生命里长达六个月时间。这个坐落在祖国西南边陲的小山村，地理位置偏僻，却安静祥和，仿佛没有沾染现代社会的任何一点杂质。

今年2月，我背着行囊，从寒冷刺骨的北京城出发，飞行近4000公里到达西藏日喀则，转乘大巴，在蜿蜒崎岖的道路上翻越多到数不清的山头，最终抵达这个藏在深山里的小乡村。400多公里的山路，一路上随着那辆老旧的大巴车颠簸起伏，晕车、高原反应以及车窗外一成不变的景色，都让我的内心极为忐忑。可当我进入昌果地界的一瞬间，看到黄褐色土地之上成群的牦牛，羊群在远处天际之下漫步，道路上是背着孩子的阿佳（藏语，意即妻子）们，内心突然平静下来。既来之则安之，六个月，是否会成为一段难忘的经历呢？

"怎么？没见过太阳能发电板？"

"怎么？没见过太阳能发电板？"

这是我刚到昌果边境派出所时，司务长对我说的话。当时的我正盯着空地上一大片奇奇怪怪的板子发呆。

"怎么，难道这里还要靠太阳能发电吗？"

"对啊，这里还没通国电，说是今年能接入。但遇到的困难实在是太多了，我们天天盼望，不知什么时候能成。"

昌果，隶属日喀则西线地区的萨嘎县，驻地海拔4600米，执勤点海拔高达5300米，属特四类地区，生存环境极为恶劣，干燥、缺氧、寒冷困扰着这里的每一个人。在这里，没水没电没信号不是一句玩笑，而是时不时发生在每一天。最初几天，早上起床时，还会惊讶地对着手机说一声"今天又没信号"，后来已经习以为常地面对信号栏里的两个叉了。

"你刚分下来时什么感觉啊？"

"没什么感觉啊，当兵嘛，在哪里都一样。"

这是我与李超的对话。李超2017年入伍，是原西藏公安边防总队转改之前招录的最后一批士兵，1999年出生的他比我还要小一岁，但是在西藏高海拔的风沙和日照之下，看起来要比实际年龄沧桑许多。

四年前的昌果所是个什么样子？通往县城的县道没有修好，营区的营房没有修好，村子里也没有援建的新房，生活用水还要从井里抽出来，更不用提不稳定的电和信号。很难想象，一个在大城市长大的 18 岁男孩，是怎么走过那崎岖不平的山路，来到这个与繁华都市脱节的地方，而令我更难想象的是，1996 年成立的昌果所，在这里坚守的一批又一批戍边人是怎么度过的。

司务长王赛是我的山东老乡，在所里已经第七年了，一次饭桌上，他给我描述了派出所的旧时情形。

"刚来时是旧营房。那时昌果的冬天有多冷，毫不夸张地说，当你把一杯热茶放在桌子上，几分钟不喝，水就会结冰。房间里还没有通暖气，都是烧炉子。当煤烧完，如果补给因为道路不通或者什么原因无法按时送达，大家会把各种被子、大衣叠在一起，挤在一张大通铺上取暖……"

我从他的眼睛里看到了坚毅，一种傲视困难的坚毅。因为坚守在这里，真的、真的需要莫大的勇气。

"这路都是我们自己开出来的"

驾驶员罗布顿珠也是派出所里的"老人"了，从警七八年，从派出所到山口的路，他走过的次数已经数不清了。那一路都是土路，翻过土丘的时候，上下颠簸，那种失重感仿佛过山车。

每次坐车，经过一段路，罗布会逗我们说，准备好了吗，马上要上"高速"了。这所谓的"高速"，不过是崎岖不平的路途中较为平坦的一段罢了。派出所的皮卡车常常因为天气寒冷而罢工，大家不得不下车等它"缓过来"再出发。我常常在那无边的旷野里眺望，风肆无忌惮地吹乱头发。我拨开遮挡，极目远眺，远处全是没有覆盖任何植被的山，山顶的雪与天上的云融为一体，分不清天地。

"别看这路不好走，可都是我们自己开出来的。"

顺着罗布手指的方向看去，那些明显被车压过的地方，是无数昌果人曾经走过的路，这条路，通往查站拉、谷孜拉、加加拉，通往拉孜加久，通往强拉，这些在我脑海里还是感到陌生的山口名称，却是他们一直坚守的地方。

大队政工干部邓彬曾经坚守过拉孜加久执勤点，他刚去的时候，拉孜加久还没有建房子，在海拔5000多米的高原上住帐篷，是他常常提起的往事。"那吹过来的大风，帐篷根本挡不住。半夜里，风从帐篷的各个缝隙里吹进来，戴着帽子睡觉也没用，依旧吹得脑壳疼。"说着，他脱下帽子，摸几下光溜溜的脑袋，而后又把帽子戴上。

常年的高原生活已经让他掉光了头发，脱发不是他一个人的烦恼，每个人身上都有高原病，痛风、心肌肥大、血常规不合格……他们已经习惯了身体的不舒服。

3月28日，是百万农奴解放的纪念日。当天，我参与了昌果乡"党政军警民"联合巡逻活动，这是我第一次持枪走在山口边境线上。

我的身旁是无数次被描红的33号界碑，我的身前是鲜红的五星红旗，很难讲出我那一刻的感受，但是我明白，山口执勤点那么寂寞，为什么他们还要无怨无悔地驻扎。因为这是我们的国土，无论道路多么难走，无论条件多么恶劣，无论生活多么冷清，无论要面对怎样的危险，无论身上穿了什么衣服，我们必须驻扎在这里,绝不能后退半步。

通往山口的路是前人开辟的,我们必将沿着前人的步伐,一直走下去,一直守下去。

"救援,那不是常有的事情吗?"

到了七八月份,昌果就进入雨季了。当你走在217县道上,看向两边的草场,你会惊讶地发现嫩绿的草芽从土里冒出,颤颤巍巍地在寒风中努力生长。绿色开始深度地笼罩这片土地,带来了生机与希望,这是昌果最美的月份。

可是,频繁的降雨带来的不仅仅是美景,还有频发的事故。昌果附近多为山路,道路弯曲难行,多个地方为视野盲区。

7月10日傍晚,昌果乡下起了冰雹加大雨,两辆牧民车由于视线受阻,失控侧翻至路边。此时恰逢所里民警在辖区内巡逻,他们在狂风暴雨中帮助人员脱困,并及时处理其中一人受伤的腿部。当事故处理完毕时,已至深夜,民警身上被雨水浇透,经昌果万年不变的寒风一吹,真的是透心凉。

"习惯了,最近遇到翻车的频率很高,救援隔几天就有一次。"

"这没什么,这是本职工作啊,哪有什么累不累的。"

"幸好这次还在下雨,车没烧着,上次有辆车燃起熊熊大火。"

……

当我问参与救援的民警,雨天救援是什么感受时,他们这样对我讲,救援对他们来说,是日常工作中再平凡不过的事情,无论白天还是黑夜,无论下雨还是暴雪,只要有人报警,他们就要在第一时间出动。

体制转改以来，昌果边境派出所承担起了更多地方公安的工作，执法办案、民事调解，这些都是在转改之前很少接触的事情，一切都要从头来学。大多数民警不是法律专业，而且许多转改士官的学历不高，他们必须要一点一点地"啃"法律书籍，要去地方派出所跟班学习，要学会制作卷宗、撰写笔录，他们要面对更多的工作、更多的困难。

边境的安全稳定、辖区的安全稳定都是他们日日夜夜要考虑的问题，脱下军装，穿上警服，不代表责任减轻了，反而要扛起更多的责任。这对他们来讲，是一种挑战，是一种考验，但他们用实际行动，诠释了不变的初心。

"其实，我不用祖国和人民记得我，
只要昌果乡的人民记得我就可以了"

刚到西藏的时候，亚热边境派出所墙上的一句话特别出名——"什么也不说，祖国知道我"。有一次在跟大队教导员座谈的时候，聊起了这句话，他就对我说了上面这句话。

王卿龙，现任萨嘎边境管理大队教导员，曾在昌果边境派出所驻守12年，大家都戏称他为"老昌果"。直到现在他下乡检查工作，村民都能认出他来，都会围上去热情地跟他打招呼。

他给我们讲故事的时候，总是从住在谷孜拉羊圈里那几个刚刚入伍的半大小伙子讲起，那么寂寞的生活总是被他讲得绘声绘色，什么谷孜拉的大风，羊圈里最"黄金"的床位，以及整天被惦记的那几只小鸡，岁月明明那么艰苦，地方那么苦寒，但从他的话语里，我却体会到了什么叫苦中有乐。他说，在这里干好工作，不仅要跟汉族处好关系，更要跟藏民处好关系，唯有民心所向，才能打好工作的基础。

一次，我跟随派出所教导员汪博前往山口调研，由于当时驾驶的车辆未带警察标志，路上我发现一个牧民，紧盯着我们的车看。等我们走远时，我转头望去，那个牧民依旧看着我们的车。

开车的罗布跟我讲，现在我们这辆车的影像资料肯定已经传回派出所了。旁边的教导员看我一脸茫然，向我解释，这个牧民是我们的联防队员，放牧过程中，看到有陌生车辆进入，就会及时向派出所报告。像这样的联防队员，昌果边境派出所有上百人，一边放牧一边守护着边境，是他们生活的常态。

昌果边境派出所要担负中尼边境 105 公里边境线的巡逻守护。蜿蜒曲折的边境线、复杂的地形地貌、常年的风沙雨雪，任务之繁重、工作之艰辛可想而知。如何守好边境，是压在派出所每一位民警心头的大石头，而警民合作、与民同守成为解决这个问题的关键。每一次军警民联合巡逻时，看着联防队员摩托车上挂着的鲜红国旗，北风猎猎，红旗滚滚，他们紧随军车、警车之后，我都会由衷地感到：只有辖区人民信任我们，与我们共守边境一线，我们才能守好祖国的每一寸土地。

当我走进昌果所荣誉室时，毫不夸张地说，我被那些锦旗和奖牌的数量惊呆了，我没想到，一个仅有十几个人编制的边境派出所，能获得如此之多的荣誉，"全国民族团结进步模范集体"、"群众工作先进集体"、"护边联防队建设先进集体"……数不胜数。我的脑海里曾一直盘旋着这样一个问题，他们为什么能获得这些荣誉呢？在跟随他们多次巡逻走访后，便有了答案——每当推开一个茶馆，进入一个超市，走进牧民的家里，他们都能熟悉地叫出主人家的名字，特别亲切地问问现在的生活；看到小孩子，能跟他们的父母回忆出来孩子是什么时候出生的，当时住的什么房子……

我坐在一旁，虽然跟他们热烈的交谈格格不入，却从他们身上体会到浓厚的警民鱼水情。昌果边境派出所的民警，大多数都是十七八岁来到这里，青春年华的每一分每一秒都与昌果乡的土地、山口、边境线，与昌果乡的人民紧密连接在一起，他们与人民一道，在这高原之上用血肉之躯筑起了坚固长城。

8月26日，周四，天气晴朗，我再一次站在日喀则和平机场的门口。在那耀眼的阳光里有一瞬间的眩晕感，仿佛又回到6个月前刚刚下机的时候。那时，我对一切好奇、茫然、不知所措，而如今，在满怀充实感的同时，却有一种怅然若失之情，感觉这6个月宛若大梦一场，可真的是梦吗？我知道，在每一个夜晚皎洁月光下巡逻不是梦；在去往执勤点的路上，摇下车窗任大风吹乱头发不是梦；走进的茶馆、超市，查阅的每一个证件，盖下的每一个章不是梦；赛马节上接过牧民敬过的甜茶，抱起可爱的藏族小男孩不是梦；遇到的每个人，经历的每件事情，笑出的声音、哭过的泪水不是梦——这种真实与虚幻交杂出来的感觉，让我无比怀念昌果。

我在飞机之上妄图通过厚重的云层再次寻找昌果，却也明白不过徒劳。我永远不知道下次再遇昌果是何时，但它已成为结在我心头的果，永不干枯！

（作者单位：北京边检总站）

酸粥：精心养出来的壮乡美味

蔡 铮

酸粥在广西壮族自治区的崇左市不仅是主食，更是像盐一样不可或缺的配料。如今，它带着警民情深的别样风味，端上了崇左边境管理支队凭祥边境派出所的餐桌。

崇左地处亚热带季风气候区，夏日长、气候炎热，这样的地理气候，让生长在这里的壮族人民形成了独特的饮食文化习惯，那就是吃酸。与米醋的酸味不同，崇左酸粥的酸味和口感无法用言语形容，只有试过了才知道其中的美妙。雪白绵密、悠悠醇香的酸粥，作主食，加辣椒翻煮，香气更盛；作蘸料，复合调味、独特鲜香；如果是搅拌黏稠，再搭配上用蛋清腌好的鲜鱼片，烩在一锅，便成了千姿百味的浓汤。

崇左市凭祥市夏石镇的林源酸粥尤为出名。2015年，林源酸粥因其独特的品味被列入广西壮族自治区第五批非物质文化遗产代表性项目目录；2018年，林源酸粥坊推出的酸粥鸭和酸粥猪头肉获评崇左十大金牌名菜。

为丰富民警文化生活，调剂警营的多彩生活，8月11日，广西崇左边境管理支队凭祥边境派出所民警来到林源酸粥坊参观见学，向林源酸粥的第四代传承人林良文学习酸粥的用料和制作方法，让民警通过了解边境辖区壮族群众的饮食习俗，感受壮族文化的深刻内涵，激发民警爱岗敬业、扎根边境的热情。

林良文，崇左市凭祥市夏石镇人。在当地是小有名气的厨师，现年61岁的她和酸粥结缘已有数十年。从儿时对酸粥的记忆，到做餐饮生意的30年来，酸粥一直陪伴着她，成为生命中不可割舍的一部分。

民警的到来，让林良文非常高兴。她带领民警参观了林源酸粥坊，并向民警详细介绍了林源酸粥的来历和传承。她介绍，林源酸粥的历史距今已有120年，创始人是她的太祖父林世生。

第一次真正了解酸粥工艺，林良文记忆犹新。那是她8岁那年，在那个物资紧缺的时代，小孩子每天想的，便是如何从大人那里搜刮更多可以果腹的食物。一天，还在上小学的林良文偶然看到母亲在厨房窸窸窣窣捣鼓着一个陶罐，还把里面的东西往嘴边送，便猜测母亲在独自享用什么人间美味，一股馋意涌了上来。

半夜，家人熟睡了，她便悄悄起身潜入厨房，打算神不知鬼不觉地享用一下陶罐里的美味。没想到，一打开陶罐，一股浓烈的馊臭味扑面而来，无论怎么看怎么闻，都不像是可以下咽的食物。林良文顿感失望。后来，她才知道，原来这陶罐里装的，是还没有炒制过的酸粥。第二天，母亲用辣椒为林良文炒制了一碗酸粥，没想到，经母亲炒制，原本馊臭的酸粥居然无比美味。这令林良文着迷。从此，林良文便与酸粥结下了不解之缘。

林良文告诉民警，酸粥的制作步骤比较简单，将煮好放凉的米饭倒入干净的陶罐，加入一碗酸粥菌种，经过10至15天发酵，即变成酸粥（也叫酸糟）。酸粥的制作虽然简单，但要做出一罐好吃的酸粥却需要下很大的功夫。虽然酸粥在凭祥市随处可见，几乎每家每户都会做，但林良文做的酸粥口感顺滑、酸爽适宜、滋味独到、过齿不忘。

参观中，林良文告诉民警，酸粥的主要成分是益生菌，用米饭发酵而成。所以，酸粥是有生命的，需要用心养。养酸粥每一个环节都很关键，制作原料、制作工序中的卫生以及器皿洁净度、气温、周期都有讲究，如夏季密封期仅需10至15天，但冬季至少需要一个月。只有充分养活米饭发酵后产生的益生菌，才叫酸粥，这样的酸粥才会呈现稻米香和酸香，才会余味绵长。

"如果密封期不足或过了，酸粥是不是不好吃了？""肯定不好吃，倒了重来。"无须思考，林良文的回答肯定而坚决。

林良文说："我做酸粥从来不说做，而是养，因为酸粥本来就是有生命的。养酸粥不仅要技术，更要看天赋和悟性，有些人从来没养成过。"在林良文的概念里，酸粥是有生命的，是需要养的。

年过花甲的林良文皮肤白皙光滑、体态健硕、行动敏捷，民警问她是如何保养的,她笑着说:"常年食用酸粥。人养酸粥,酸粥养人。"林良文说她的奶奶96岁高龄才过世,走前无任何病痛,就是常年食用酸粥的缘故。

林良文深知酸粥对人体的健康有益,但是酸粥的独特味道却很难得到大众的认可。她一心想改变酸粥"当地人甘之如饴,却不受外来食客待见"的局面,希望通过推广酸粥菜肴让更多的人接受。

怎么改良,林良文和林源酸粥的第五代传人——她的儿子林达治开始想这个事情。放在坛子里面的酸粥是自然发酵,发酵的程度不同,酸度自然不同,即使操作人员用一样的原材料、按同样的比例来放,它的味道也会有偏差。经过反复试验和摸索,林良文和林达治终于找到了根源所在,酸粥放进坛子里发酵,在15到20天间酸度刚好合适,米的香味也得以保留,这时候一定要注意控制酸粥坊的温度和湿度,为益生菌提供最优良的生存环境,此时再加入适量的白糖和食盐,以达到酸度的平衡。历经数年的改良和实验,林良文和林达治终于调制出一种酸度适合大众口味的酸粥。

人们普遍认为酸粥作为传统发酵食品,制作工艺落后,却往往忽视了其中蕴含的奥秘。谈到传统食品制作理念与现代饮食倡导的健康理念冲突,林良文表示,大多传统发酵食品是调味品,本身食用量少,在酸粥制作中加入适量的糖和盐是出于抑菌的需要,对人们盐和糖总摄入量影响不大。"若随意降低盐和糖的用量,会适得其反。"

炒酸粥是最常见的吃法,炒时通常加入米汤,比较黏稠的酸粥则加水。辣椒在酸粥中随气泡舞动,加上花生和香菜,色香味完美交融。炒酸粥可作为白切鸭的蘸料,也可加猪肚制成酸粥猪肚。

在不断的摸索和创新中，林良文和林达治渐渐把酸粥做成了独具壮乡特色的酸粥宴。酸粥宴最出名的有酸粥盘灌、酸粥鸭、酸粥汤、酸粥猪头肉、酸粥鱼、酸粥豆腐，色彩丰富的荤素组合，搭配又酸又香的酸粥蘸料，酸粥焕发出前所未有的吸引力。林源酸粥坊的主打菜——酸粥鱼，就是在广东打工多年的林达治从粤菜粥底火锅中获得的灵感。酸粥底是酸粥与白米粥进行一定比例混合的产物，辅以砂糖、食盐等家常佐料提鲜，丰富酸味层次，变得温和可口。当酸粥在煮开的水里翻滚时，加入腌制好的鱼骨、鱼片，从酸、香、鲜里透出微微的甜味，让很多吃不惯酸粥的外地食客，也为此倾倒。

民警们跟随林良文来到酸粥坊的厨房，学做酸粥宴。林良文不仅悉心传授做菜"秘方"，还上灶指导操作。当一道色香味俱全的酸粥特色菜肴端上餐桌，民警们纷纷竖起了大拇指，对林良文的厨艺赞不绝口。

颗颗米粒都是阳光雨露滋润后自然浓缩的精华，而酸粥是米饭自然发酵的产物。参加活动的凭祥边境派出所政治教导员李建初深有感触："一碗看似不起眼的酸粥，所具有的独特酸爽，一定会成为民警脑海深处一份独特的记忆。通过此次活动，既密切了警民关系，又让民警亲身体会到壮乡饮食文化的博大精深和精神内涵，真是一举多得。"

好伙食顶得上半个指导员。李建初表示，他们将把酸粥菜肴引入警营食堂，让民警们吃出精气神、吃出战斗力！

（作者单位：广西边检总站）

"癫师傅"与"傻徒弟"

王鹏宇　李远平

"癫师傅"不癫，只是多了三分刚烈，疾恶如仇；"傻徒弟"不傻，只是有些倔强，不愿服输。

"癫师傅"名叫黄允，现为广西出入境边防检查总站百色边境管理支队岳圩边境派出所民警，是位业务精湛的"80后"硬汉。"傻徒弟"就是我，王鹏宇，现为岳圩边境派出所一警区的外勤民警，自诩为一个充满朝气的"90后"中原小伙。

"傻徒弟"初到边境派出所时，"癫师傅"

一边帮着提行李、找宿舍，一边兴奋地冲着战友喊："这小兄弟斯斯文文、呆头呆脑的，你们都不许跟我抢，他是我徒弟了！"就这样，"傻徒弟"懵懂中被分到了一警区，还莫名其妙认了师傅，开始了真正的从警之路。

征服"魔鬼坡"

边境的路，险过九曲十八弯。

到所几天后，"傻徒弟"按捺不住初入警营的兴奋，自告奋勇地要驾驶警车，一展车技。不料，巡逻至一处叫"魔鬼坡"的爬坡路时，车突然熄火了！

发动、放手刹、进挡、开灯，几个简单的动作，"傻徒弟"却操作得异常凌乱，起步忘记放手刹，接连熄火三次，他瞬间慌了神。在副驾驶的"癫师傅"呵斥道："你就是憨胆大，技术差，连个坡都上不去！""傻徒弟"一听，牛脾气又上来了，一脚油门就准备往上冲。"癫师傅"见"傻徒弟"赌气，放低语调耐心指导："方向盘马上回正，慢慢抬离合，加油门……上！"只听发动机一阵轰鸣，好不容易爬上了"魔鬼坡"。

"师傅，再给我一次机会，我要征服'魔鬼坡'。"

"瞧你那傻样，前方30米处掉头！"

"是！"

"癫师傅"教得很认真，"傻徒弟"学得很勤奋。练了几个回合，"傻徒弟"便掌握了上坡起步和坡道行驶的要领，"魔鬼坡"终于被他征服了。

不翼而飞的赌资

一天深夜,"傻徒弟"和战友在辖区巡逻,发现不远处一座两层小楼里灯火通明。直觉告诉他其中一定有猫儿腻,便和战友悄悄摸了上去。这一去,果然摸到了"大鱼",房间里六名男子正在赌博,而且涉案金额不小。

"都不许动,警察,马上停下来!""傻徒弟"厉声道。

"兄弟,放过我们吧!桌上的钱全归你。"被抓现行的赌博人员变着花样央求"傻徒弟"通融。

"傻徒弟"听而不闻,控制场面,固定证据,将桌上两万多元赌资和赌具让嫌疑人协助一起搬回所里。录完笔录后,"傻徒弟"再次清点赌资,发现5000元不翼而飞,急得团团转。"你再去把几名嫌疑人认认真真搜一遍身。"这时,"癫师傅"走了过来。"傻徒弟"按照师傅吩咐,果然从一名嫌疑人的内衣口袋中搜到了5000元。"姜还是老的辣!""傻徒弟"向"癫师傅"竖起了大拇指。

原来是一名嫌疑人趁帮助搬赌具时,把一沓赌资偷偷藏进了内衣口袋。"癫师傅"发现"傻徒弟"在清点钱数时,一名嫌疑人的神情非常慌张,据此推断出了丢失赌资的去向。

"漫不经心"的讯问

所里抓到了几名毒品案件犯罪嫌疑人,安排"癫师傅"和"傻徒弟"讯问。

从来没见过这么大场面的"傻徒弟"像打了鸡血,死死盯着嫌疑人问个不停,而"癫师傅"在一旁默不作声。两个小时过去了,嫌疑人就是不开口,讯问陷入了僵局。"癫师傅"冲"傻徒弟"做了个停的手势,说道:"让我来!"他顺势递给嫌疑人一支烟,漫不经心地拉起了家常。在轻松愉快的聊天中,"癫师傅"慢慢地把话题向案件上转移,步步紧逼,不时抛出一个问题,像连环套一样,环环紧扣。三个小时的讯问,笔录顺利录完了,还掌握了很多有价值的线索。

"感觉怎么样?"

"师傅,很过瘾,看您讯问就像看一部侦探小说!"

"我要的不是你过瘾了,而是你从讯问中学习到了什么。""癫师傅"一脸严肃。

"讯问之前对犯罪嫌疑人的家庭和生活一定要尽可能了解,要把讯问策略制定出来,尽力避免临场发挥。面对狡猾的犯罪嫌疑人一定要控得住局面。讯问中你是主导者,不能被犯罪嫌疑人牵着鼻子走。""傻徒弟"若有所思地说。

"悟性还可以,继续努力,下一个嫌疑人你来审!""癫师傅"拍了拍"傻徒弟"的肩膀,微微扬起了嘴角。

夕阳下的界碑

一连几天,"傻徒弟"话比平时少很多,常常一个人待在宿舍,"癫师傅"看在眼里,急在心里。一个傍晚,"癫师傅"风风火火冲进宿舍,拉着正在发呆的"傻徒弟"就往外跑。

跑出了将近三公里,"癫师傅"终于在一片草地上停了下来,默默点上了一支烟。

"说说吧,有什么心事,一天天不在状态!"

"找不到动力,改革脱了军装不说,女朋友也跟我闹分手,我想离开!"

"走,跟我去界碑。""癫师傅"神情凝重。

黄昏,界碑上"中国"两个字在余晖下格外夺目,远处的边境苗寨若隐若现。师徒俩一前一后站着,默不作声,四周的空气也宛如凝固了一般。

"你知道吗?我的师傅为了追捕一名境外毒贩永远倒在了这里。他最大的心愿就是希望边境线上的这片山水,再也没有贩枪贩毒和走私偷渡,永远如这美丽的夕阳安静祥和……"

"傻徒弟"将头深深地低了下去。沉默许久,他向界碑庄重地敬了个军礼。

"无论穿什么衣服,你的前方是界碑,身后是祖国!"

"师傅,我知道以后该怎么做了!"

"傻徒弟"捡起一块石头,拼尽全力向远处扔去。苍茫的国境线上,师徒两人奋力冲刺的身影被吞没在晚霞里。

年底,"癫师傅"被评为全市优秀人民警察,"傻徒弟"也荣获嘉奖。庆功宴上,"傻徒弟"为师傅斟上了满满一杯清茶,两人四目相对,一饮而尽。

(作者单位:广西边检总站)

爱的暖流从南粤流向西藏

陈兰芳

春节临近,刘洋带着我来到东莞虎门老街市场。

"快快长大!学业进步!这些适合孩子们!"在一家店铺前,刘洋拿起几个古色古香的红色挂件,看了又看。这可不是刘洋为自己扫年货,而是为远在千里之外的西藏的孩子们。

一张纸承载着八年的坚持

"阿姨,我的新年愿望是考上大学。"1月26日,刘洋给西藏女孩德庆卓嘎拨通电话,她是刘洋持续帮扶了六年的一名学生。挂了电话,刘洋把手中一张记满电话号码的白纸,如获至宝般小心翼翼地放进了抽屉里。

刘洋,东莞出入境边防检查站政治处副主任,被她放进抽屉的是一张记录了43个西藏孩子联系方式的纸。

寒假期间,刘洋打电话给西藏甲日小学校长卓玛,询问之前两个生病孩子的情况,无意中校长告诉刘洋,孩子们家里都有电话了。

"孩子们家里都有电话啦?"刘洋惊喜地问道。校长告诉她,在国家扶贫政策的大力支持下,山区家家户户都用上了网络,几乎每个孩子家里都有手机,可以直接联系了。

刘洋当即跟校长要了43个孩子的联系方式。

而刘洋在老街店铺拿起"学业进步"那个吉祥挂件时,第一个想到的便是德庆卓嘎在电话里许下的新年愿望。

八年前,刘洋到西藏帮助工作一年,与雅鲁藏布江畔的甲日小学结下了不解之缘。

甲日小学,位于西藏自治区山南地区贡嘎县一个穷山沟里,全校有300多名学生。在一次走访贫困孩子的家庭中,她发现那些孩子穿着打补丁的衣服,鞋子也不合脚,有的脚趾戳穿鞋面挤在外面。

从当场给每个孩子量脚,到发动远在千里之外的东莞边检站同事们参与"扬帆助学行动",刘洋开启了一段跨越千山万水的助学扶贫之路，至今已是第八年了。她先后帮扶了 71 名藏族贫困学生、累计捐助物资 30 余万元，其中 28 名学生已顺利小学毕业，43 名学生还在持续帮扶中。

"现在孩子们都有了联系方式，以后助学工作可以更加深入了。"刘洋说。

一个人带动一个群体

"完全没有预料到会有这么多同事参与到我们的助学行动中来。"刘洋一边扫货，一边向我介绍。

2013 年，刘洋从西藏回到东莞，跟时任政治处主任吴文静汇报了自己想帮扶西藏儿童的想法后，立马得到肯定和大力支持。"我们可以发动一下单位同事一起参与进来。"吴文静建议。

现在的"扬帆行动"已经扩大到 29 人，其中最年轻的是"90 后"民警张保昌，是 2019 年分配到东莞边检站的，他还发动妻子和家人一起帮扶。

张保昌回忆说，2019 年夏天的一个中午，在虎门街道偶然碰到了扛着几个大黑色塑料袋的刘洋，正大汗淋漓地从时装市场走出来。张保昌边上前帮忙边调侃："洋姐，这是大采购啊，这衣服什么时候能穿完。"

后来他才知道，这是刘洋给孩子们量身采购的衣服，当即张保昌便要求加入这个小组。自此，每次采购行动和打包邮寄，这个身高近 1.9 米的张保昌必是主力之一。

兄弟单位珠海边检总站拱北边检站十六队民警们听说了刘洋的事迹后，也组织了一次大型捐赠活动，为甲日小学捐赠了 6 台洗衣机和 500 多张凳子，解决了寄宿学校孩子的洗衣难题，改善了学习硬件设施问题。

从"独角戏"到"大合唱"

1月28日是春运首日,也是刘洋的休息日,她决定去市场给孩子们挑些开春的衣物。这次采购与以往不同,刘洋通过电话精准掌握了孩子们的个性化需求。

服装市场离刘洋的住处不远,步行五分钟即到。刘洋径直左拐就走进一座商铺大楼,进去映入眼帘的便是琳琅满目的店铺,只见一个四十几岁微胖的齐耳短发大姐,正朝刘洋招手:"洋洋,又来啦!"朝刘洋招手的大姐叫戚赛,是专营儿童裤子的店铺老板。

戚大姐没等刘洋开口,便挑了几条裤子介绍起来,哪些裤子适合西藏的孩子,哪些适合顽皮些的孩子。有些裤子过完春节后就要收起来了,但她还预留一些准备捐给西藏孩子。

戚大姐不是"扬帆行动"小组的成员,但是,自四年前认识刘洋后,便自觉参与到捐赠活动中来。"第一次认识刘洋,是刘洋跟她妈妈一起过来给西藏的孩子买衣服。"戚大姐说,自从那次知道刘洋的爱心活动后,都是以批发价出售给他们,同时,刘洋他们买多少,她每次都是以同等份数捐出。

"我当然相信刘洋啊,我信的就是她身上的衣服。"问及为什么相信素未谋面的刘洋时,戚大姐这样回答。

跟戚大姐预订好衣服尺寸和数量后,刘洋带着大家弯弯绕绕好几条小胡同,来到了另一条老街。

刘洋匆匆的脚步停在一间狭小的文具店铺,告诉我:"这个老板姓黄,有点儿腼腆,也经常给西藏的孩子捐文具。"黄老板是专营文具的，也卖些书籍。

刘洋在里面挑了一套曹文轩文集，这是学校推荐的必读书目，黄老板看刘洋拿起那套书便说："便宜着呢，我送！"黄老板猜到刘洋又是给西藏的孩子挑礼物。黄老板每次在刘洋捐东西的时候，都会坚持捐上一些纸笔之类的，但每次都略带腼腆地说东西都便宜着呢。

就这样，在这八年时间里，刘洋用善意和爱心，打动着远在千里之外的藏区孩子，打动着身边的人。在一次倡议捐书活动中，驻地学校1500多名师生捐赠了一吨的书籍，正在刘洋为邮寄方式一筹莫展时，有物流公司愿意以2000元的价格，将一吨的书籍运往西藏。

原本以为是自己的"独角戏"，却慢慢发展成社会多方力量的"大合唱"，刘洋用爱心感染带动身边同事、群众，激发了各方出力、共同给力的激情和热情，合力画出了扶贫助学的同心圆。通过刘洋，我们看到了威严警服下的真心、真诚、真情。

（作者单位：广州边检总站）

躬耕政线晓晴日
峰恋白云任卷舒

邓　潮　周笑臣

"多动笔头，工作才能入心头。"从2002年入警至今，白云边检站政治处主任杨晓峰记了76本笔记，满满当当400余万字，这是他二十年如一日辗转深耕政工战线的所思所想。这一摞摞"政工密码"，见证了他为思想政治工作倾注的心血。

一片真诚付与育警识才

从事思想政治工作多年,理论学习是杨晓峰的"常用功"。无论工作多忙,他总要挤时间翻阅、研读各类党报党刊和党史书籍。经年累月,党的创新理论在他身上不断发生"化学反应"。

"多看多读多记,思想转换成语言要接地气,才能有吸引力!"这些年,他撰写理论文章 30 余篇,手中笔尖写下的极富亲和性、针对性的案例越来越多。

如何激活思政教育"一池春水",杨晓峰一直在思考最好的方式。2021 年,杨晓峰受邀走上广州边检总站思政大课堂,主讲《党史可以这样学》等系列课程。

课堂上,他摒弃简单灌输式的党课教育,改为采用通俗易懂的语言"拉家常"式地给党员民警讲述党史故事,用凝练的叙事,生动表达优秀党员代表的先进事迹,激发起全场听众的热情……

一个多小时里,所有民警聚精会神,在党史中产生共情,身临其境地感受党的百年奋斗重大成就。现场气氛热烈,台下赞叹声、掌声不绝于耳。

同年,他率队参加总站全警实战政工岗位大比武。除了备考应考党史知识答题、公文筐测试、情景剧表演外,他还得带好队伍、照顾队员。

民警张怀新是站里参加大比武的四名队员之一。一直在执勤队工作、没有机关工作经验的他,一度打起了退堂鼓。

张怀新的心事瞒不过杨晓峰。傍晚时分,他主动约上张怀新到操场上慢跑。二人一圈圈跑,一路不提工作,而是畅聊生活,直至夜深折返宿舍。

"怀新是个心思很细腻的同志,不用'说教'太多,陪他跑步就可以帮他释放压力、调节心情。"

"和杨主任一块儿跑步,是我备战比武最放松的时候。"张怀新言语中不无感动。

同为参赛队员的民警张亚蕾则有着另一份担忧。比武脱产集训期间,她因放心不下家中年纪尚幼的孩子,精力无法集中,成绩提高缓慢。作为两个孩子的父亲,杨晓峰更能体会这份担忧。为了让张亚蕾安心参赛,他积极统筹协调站工会、处工会小组,及时关心关照她的家庭。

"那段时间,主任白天拉着我'抢时抓点'背记理论要点,晚上又尽可能安排我陪孩子。"解决后顾之忧后,张亚蕾全身心投入到比武赛程中,并取得了总站公文筐测试个人第二名的佳绩。

党史知识答题条理明晰、熟练掌握党务工作规定、情景表演寓教于乐……近两个月的潜心备考、精心准备,让杨晓峰与团队最终在赛场上迎来了"高光时刻",摘得团体第一名的佳绩。

政工大比武上表现出的"反差萌",也让杨晓峰"圈粉"无数。"析、答、演、讲、论……赛场上所有'针线活',杨主任仿佛都能信手拈来,从容自如。"同为参赛队员的郭晶教导员言语间满是敬佩。

"政工干部的表率,本身就是最好的政治工作。"在他扎实细致、尽心尽责的教育培养下,白云边检站政治处一批"好苗子"逐渐成长成才,两名民警分别获评全国移民管理机构成绩突出党员民警和广东省优秀共青团干部,一名政工骨干入选首批国家移民管理机构政治工作人才库。

一片热诚心系民警冷暖

博览群书，亦阅历人生。"心怀至诚、有情有义"，是军营生活厚植给杨晓峰的带兵之道。

谈及主任的"达情"，政治处民警陈凌风清楚记得一年前与杨晓峰的一场"偶遇谈心"。当时刚刚转入纪检岗位的陈凌风，一度因白云站庞杂的队伍与复杂的情况而精神焦虑。

一天下班，正赶赴地铁口的陈凌风在路上"恰好"碰上了杨晓峰。"主任说开车捎我一段。"陈凌风回忆着，"路上，主任同我分享了他当年在纪检岗位的诸多工作经历和心得，还告诉我，万事开头难，坚持可破万难。我受益良多，顿时重拾起了信心。"

同样的情景，执勤十一队民警罗镓杰也记忆犹新。"杨主任刚到白云站就挂钩我们队。有次深夜两点多，我们下勤休息，想不到主任还在备勤室等着我们。他边和我们拉家常，边招呼我们吃东西垫垫肚子。说实话，当时心里暖乎乎的。"

在杨晓峰看来，眼神、举动甚至只言片语的关心，都是有温度的。2018年8月，时任顺德站政治处主任的他，得知所属民警黄毅恒的母亲突发急症，急需看护。

由于当天前往珠海的车票已售罄，杨晓峰在为黄毅恒批好假单后，又主动以"顺路"为由，驾车将其送到母亲的病床前。

"最近我才知道，主任那天就是专程绕路送我回去的，主任一句'我顺路'瞒了我四年。一路上，主任一直在安慰我、开导我。"

"如果不是杨主任，我小孩儿可能连书都没得读！"民警刘婷话语间满是感激。

看到一线民警夜以继日戍守国门，却为了孩子入学入托着急上火，杨晓峰急在心里，更记在心上。

"一定要为大家解决后顾之忧。"他积极联系相关教育部门，在政策允许的范围内，协调资源，前后为顺德、白云边检站近40名"警娃"解决了就学问题，以实实在在的举措让大家安身安心安业。

一片赤诚朗照空港国门

白云边检站队伍超千人，人员成分构成多样。在杨晓峰眼中，这些战友都是有信念感的"国门守卫者"，更是有血有肉的普通人。

"在一线执勤岗位的民警很累、很苦，他们常年日夜倒班，为口岸管控、疫情防控、服务发展等发挥了重要作用，不能让他们流汗又流泪！"杨晓峰的心里，始终有着一杆"情法秤"。

2021年10月，在广州边检总站党委的关心关怀下，白云站30名困难民警如愿交流到总站范围内的其他边检站工作。

熊玲等民警在看到调动公示的时候，甚至难掩激动心情潸然落泪。对他们来说，能够免去往返数小时通勤的痛苦，能照看家中老人小孩，这简直是"天大喜讯"。但大家不知道的是，为了真正把这件好事办好，杨晓峰两个月前就已开始着手摸底调研、拟制方案。

"老李的妻子在东莞工作，小肖每天通勤直线距离超过40公里、需要6个小时……"桌案上一本厚厚的情况记录本，工工整整地记载着民警向他反映的情况。直至最终明确原则、审核评分，杨晓峰带领政治处民警连续忙碌了两个月才最终完成这项工作。

他的认真付出，让全站民警信服，调动工作更是无一杂音。"杨主任为我们着想，我们信任杨主任。"

2022年4月，广州接连发生疫情，最困难时全站超过三分之二民警健康码转黄、变红，无法上岗执勤。

"发生重大事件、接到重大任务，政工干部必须第一时间在岗，这是规矩。"杨晓峰带领政工干部和病毒抢速度、抢时间。4月27日深夜，因疫情态势严峻而紧急下达的"原地驻守"通知，让航站楼内的移民管理警察全员静默坚守。"封"的时长未知，"锁"的情况不明，口岸的不安情绪顿时不断蔓延。

"现场的防护服隔离衣不够怎么办？"

"没有带换洗衣服怎么办？"

……

杨晓峰深知，此时的队伍思想亟待廓清迷雾、找准方向、鼓劲暖心。

"摧伤虽多意愈后，直与天地争春回。平安国门，我们一起向未来！"疫情发生12小时内，杨晓峰与同事连夜拟写党委公开信——《有些心底话，想说与你听》，通过微信推送给全站民警职工及家属，迅速激起全站共鸣。

一封信件、一份鼓励，平复了当时仍坚守在口岸执勤一线上百名移民管理警察的心结，凝聚了全站警心士气，杨晓峰功不可没。

从在全国移民管理系统内率先施行"两点一线"闭环管理专项勤务，到圆满完成多项重大安保工作任务；从严厉打击跨境违法犯罪，到顺利实现航站楼执勤转场专项工作……白云边检站这支千人队伍在思想政治工作引领下，一次次以耀眼成绩书写答卷、擦亮名片，得到国家移民管理局、广东省委省政府、广州市委市政府高度肯定。

以"警营师者"称呼他，或许最适合不过。"要把道理变成故事，将党的创新理论讲得沾泥土、冒热气……"下班时，杨晓峰路过站图书室，见几名理论骨干正在交流分享，兴致盎然又赶忙加入讨论，一如既往地向大家传经送宝。

（作者单位：广州边检总站）

山坡坡挂满"金钩钩"

张成斌

刚过秋分的广西三江侗族自治县，一场秋雨一场寒，淅淅沥沥，细细绵绵。临近中午，富禄苗族乡归述村的钩藤山上，七八名工人仍在冒雨砌砖垒墙，笃定要在10月底前建好这处加工厂。"这雨已经断断续续下20多天了，工期可耽误不得。"望着满山的钩藤，滚迪踌躇满志。

眼看立冬时，就到了钩藤的采收季，这个加工厂将派上大用场。滚迪说，这是对口扶贫的广州出入境边防检查总站出资援建的，厂房建成后，还将配剪切机、烘干机等设备。村民的钩藤将集中在这里剪枝、烘干。往年，村民都是把钩藤一捆捆背下山，到村里的小作坊剪枝，累不说，还慢，有的没来得及烘干就发霉了，有的索性不烘干就贱卖了。

　　山坡上的钩藤树很不起眼，如低矮的灌木丛，像直立的葡萄藤，但它的全身上下都是宝。它能长出许多枝茎，叶子绿中带着红，叶子对生之处，结有或单或双的弯钩，单钩如鹰爪，双钩似船锚。钩藤，最大的药用价值便在于这些弯钩。据《本草纲目》记载，钩藤能治"大人头旋目眩，平肝风，除心热，小儿内钓腹痛，发斑疹"。可从带钩的枝条提取钩藤碱，临床上用于降血压、抗血栓。滚迪介绍，还可以把它的嫩叶进行发酵，吸引名叫"化香夜蛾"的幼虫蚕食，再将这幼虫的粪便筛滤晒干，就制成了一种"虫茶"，饮用可防治高血压、高血糖、高血脂。

　　眼前的这个苗族汉子也不起眼，矮小、话少、52岁的年纪，双鬓华发生、额头眼角皱纹横。眼神里，却满是岁月沉淀过的睿智和坚定。作为一介农民，滚迪的人生堪称"传奇"——

　　1988年起，在村里当代课老师，工资低，养不活人，他不甘心。

　　1995年到广东闯荡，他胆子大、脑子活，别人进厂当工人，他"包厂"当"老总"，玩具厂、电子厂，从流水工到管理员，他全部包办，带着乡里100多名年轻人第一次走出大山。

　　2000年，国家西部大开发。他乘风返乡，一口气承包400亩荒山。没两年，就赶上退耕还林，仅每年的国家补贴，都能让他全家旱涝保收，衣食无忧。但他爱"折腾"，10多年里，种过油茶板栗，栽过茶树杉树，养过鸡鹅猪兔，办过茶叶加工厂，根本闲不下来。

他聪明能干，又吃苦耐劳，村民们看在眼里。2002年，村两委换届选举，他高票当选村支书。迄今一干18年，连续6届没间断。

2015年，他到贵州剑河县考察，看当地农民家家户户种钩藤，比种油茶还挣钱。他运回了一车钩藤苗。水土合适，育苗成功。2016年扩种，他挨家挨户发动。2017年牵头成立钩藤种植合作社，他为其取名"金钩"。每年种收、施肥季节，他都跑前跑后争取县里支持。后来县里自2018年起，不仅发育苗和肥料补贴，还把钩藤种植作为扶贫主导产业。

滚迪说，钩藤有个极大的优点，易种易活、易管理易采收，山坡上种了就活，砍了枝来年又长，因此适合大面积种植。如今全县已种植钩藤6000亩，仅归述村就占1200亩，由168户种植，其中120户为建档立卡贫困户。

可喜的是，由于近年来药用越来越广泛，钩藤供不应求，价格不断上涨。干的带钩钩藤，平均35元一斤。每到采收季，村里就天天有来自贵州、湖南等地的商贩，上门收购，有多少收多少。

但加入"金钩"合作社，却是有门槛的。滚迪要求，必须按照他总结的一套方法管理钩藤，施肥、除草、修剪、打顶、扯芽，每一样都得勤快，都要注意节点，这样既能保证产量，也能保证质量。尤其两个"高压线"不能碰：一不许上杀虫剂，二不许上除草剂，否则农药中的有害物质残留在钩藤中，害人害己。"按照合作社这样的标准种钩藤，一亩钩藤能收入六到八千元。"滚迪说。

与其说是钩藤产业，让这个深度贫困村的乡亲们挣了钱、脱了贫，倒不如说是滚迪的带动和感染，让乡亲们更懂得靠自己的双手勤劳致富。

滚老杜一家，就是2019年全村脱贫的85户贫困户的代表。

见到滚老杜时，他正在山上的猪棚里喂猪。猪棚里，有母猪区、公猪区、幼猪区，足足70多头。猪棚外，是他种的10亩钩藤。看着长势喜人的钩藤，滚老杜说起了往事。

三年前，他在广东打工，从没想过回乡创业。"现在国家扶贫政策好，你回村里包些山地种钩藤，方法我教你，再辛苦养几头猪，用猪粪浇地，也省了肥料，保证赚钱！"滚迪为说服他，费了不少口舌。

回来后，滚老杜在乡里贷款5万元，加上政府补助的1万元，承包了10亩山地，买了10头幼猪。喂料、清粪、防病防疫，苦兮兮、脏兮兮、臭兮兮，但勤快的夫妻俩每天起早贪黑，把猪养得越来越肥，越来越多。为防夜里猪被盗，二人就在猪棚旁搭个窝棚睡。养猪之余，也按照合作社的标准，把10亩钩藤管理得丝毫不比别人差。

总有苦尽甘来的一天。2019年12月，滚老杜一家不仅翻身脱了贫，还成了村里的致富带头人。41岁的他有四个孩子，加上年迈的父亲，一家七口人过去挤在一栋老旧的吊脚木楼里。危房改造时，木楼被鉴定为危房，拆了。他拿出养猪、种钩藤挣的钱，加上国家移民管理局补助的4.25万元、"粤桂帮扶计划"补助的1万元危房改造款，又向亲戚朋友借了5万元，一口气盖了五层楼。

走进滚老杜的小洋楼，相当气派！大客厅、大卧室、大阳台，还有旋转扶梯，一家人住得宽敞、舒适。站在阳台上，就能望见对面山上钩藤地和猪舍。滚老杜掰着指头算了算，2019年以来，刨去成本，赚了36万元。"基本上赚了栋新房，过阵子再收了钩藤，又能得6万元，把房子再装修装修。现在装修太贵了，你看装个这种转梯都要8000元。"滚老杜说着，扬起一抹灿烂的笑容。

"人只要勤快肯干,就一定能脱贫致富。"在滚迪看来,这满山坡的钩藤树,就是满山坡的"金钩钩"。他算了一笔账,只要大家都用心管理,全村这1200亩钩藤,每年能采收100吨干钩藤,按照每公斤70元的价格,年产值就能达到700万元。可现实中,并不是每家每户都勤快、都舍得管理,产量和质量有的自然跟不上。而且,每年外地商贩上门收购,一般都把价格尽可能地往低压。

了解这一情况后,广州出入境边防检查总站积极为归述村钩藤销售牵线搭桥。该总站扶贫干部何湘保介绍,今年9月下旬,南沙出入境边防检查站就联系到江苏省一家制药厂。目前双方初步达成协议:药厂每年从归述村收购20吨干钩藤,保证价格不低于市场价,归述村则要保质保量提供药材。滚迪喜出望外,这是村里的第一个大订单,而且中间没有"二道贩子"赚差价,价格高一点儿,村民的收入就能更多一些。

雨过天晴的午后,滚迪难得回了趟家。身穿苗族服饰的妻子,正独自在木房里用小小的剪切机,剪着去年没卖完的干钩藤枝,滚迪赶快搬个板凳坐下,一枝一枝地递上去。这么多年,妻子不容易啊!自己当村支书,整天忙得不可开交,家务农活,几乎全落到了妻子的肩上。可妻子不仅把自家的钩藤园、茶叶园和油茶园都管理得好好的,还兼管着村集体的70亩钩藤地。他想对妻子说声"老婆辛苦了",可每当话到嘴边,看着妻子幸福的笑脸,两人就相视而笑,一切尽在不言中。

这笑眼里,映着彩虹。

(作者单位:广州边检总站)

火热的红　火热的辣

温厝伯

说起贵州的味道，一定有着辣味，对于300多年前饥饿的贵州来说，辣是最奇妙的味道。历史上，贵州山区少油少盐，饭菜粗劣难以下咽，但贵州人惊奇地发现，辣椒刺激味蕾，十分下饭。再加上贵州地处山区雨多潮湿，吃辣椒可以排汗除湿，长此以往，也就养成了贵州人爱吃辣椒的习惯。

说起辣，一定要说到贵州的代表食物：辣子鸡。与四川辣子鸡不同的是，贵州辣子鸡并不讲求麻辣香脆而是追求软糯香辣。大年初一早晨，天刚蒙蒙亮，警营的山间依然弥漫着一层薄雾，上勤科队便前往机场迎来最早的航班。

今天食堂的安师傅起了个大早，来到后山的鸡舍挑选总站放养的公鸡，为的就是在中午前做出一份味道浓郁的辣子鸡给他们送去，当作鸿运当头的祝福。鸡经过拔毛、洗净、去掉多余的内脏，切成六分见方的块。腌制时放入胡椒、花椒、姜、葱以及料酒，加入甜酒酿使炒出来的鸡肉更红，再放入少许淀粉，使鸡肉更为软糯。腌制20分钟后，用油爆至金黄色，肉便焖好了。制作贵州辣子鸡的关键在于使用糍粑辣椒，这是贵州独具一格的调味品，因形似糍粑而得名。安师傅的糍粑辣椒通常在外面购买，而闲暇之余也会自己制作。糍粑辣椒选用三种辣椒混合制成：花溪辣椒的香、遵义条子辣椒的辣、遵义灯笼辣椒的红，经过热水浸泡让辣椒发胀，随后放入碓里，加入姜末、蒜末经过一小时的反复舂打，变得黏糯松软如同糍粑状，因此得名糍粑辣椒。而辣椒在舂打的过程中，辣椒素得到充分释放，也使辣味更加浓郁、香醇。而贵州出入境边检总站的民警，正如这糍粑辣椒一样，越是面对艰难困苦越是在磨炼中成长，越是严峻考验越能从容不迫。在制作辣子鸡时，要用猛火热油，炒出辣椒香味，再倒入姜块蒜瓣以及焖制好的鸡肉，经过反复翻炒，让鸡肉中的水分慢慢收干，辣椒作料渗透到每一块鸡肉中，看上去油色通红、肥而不腻，闻起来飘香四溢，这样一份辣子鸡就可以出锅了。

午饭时间，机场的入境大厅仍排着长龙，等到检查员结束验放回到休息室时，满身的疲惫退去他们不少食欲。这时，一份辣子鸡便成了最好的调味料，舀一两勺放入饭中，辣椒素产生的灼烧感刺激着他们的味蕾，食欲也得以激发，而疲惫也随之一扫而空。对于喜爱辣味的民警来说,辣子鸡中的油辣椒配上任何食物,都能称得上珍馐。饭后民警们稍作休息,继续等待下一趟航班的到来。

今天,总站营区的食堂格外忙碌。安师傅除了准备辣子鸡外,还准备了另一份独有的小食:豆腐圆子。豆腐圆子讲求外酥里嫩的口感,所以一定要在饭前的几分钟才开始下锅油炸,此时盛上的豆腐圆子轻轻摇晃,还能感觉到里面的豆腐在晃动。豆腐圆子最奇特的便是全部采用豆腐制作,但是外皮焦黄酥脆而内心鲜嫩爽滑。要做出这样的豆腐圆子,奥秘全在豆腐上,在点豆腐时,既不用卤水也不用石膏,而是贵州特有的酸汤进行点制。贵州人爱吃酸,米酸是其中的一种,用糯米面和着泉水自然发酵便成了米酸。在吃豆腐圆子时也很有讲究,需要在圆子上撕一个小口,然后将配制好的蘸水灌入其中,蘸水中煳辣椒的煳香融合了豆腐的味道,尝起来别有一番滋味。而一盘豆腐圆子也祝福着值班的民警们团团圆圆。

说到蘸水,不能不提贵州人对它的独特感情,在贵州,把用辣椒做的佐餐调味料称为"蘸水"。蘸水不一定是液态的,可干可湿,可为酱也可为汁,可跟菜上桌或是作为调料烹饪菜肴,甚至直接成菜。贵州的蘸水辣而香,风味极其独特,即使偶尔烤制的手撕辣椒,也要浇上一点蘸水,才觉得味道最正。贵州的辣椒蘸水主要分为干辣椒蘸水和鲜辣椒(糟辣椒)蘸水两种,而干辣椒蘸水又分为油辣椒蘸水和煳辣椒蘸水两种。所有的菜都喜欢用到它,而不同的配菜也有不同的讲究。热气腾腾的清水鱼,要配上一份新鲜切碎的朝天椒,在保持鱼肉清淡鲜明的同时,也吃上了一份鲜辣。一份萝卜蹄髈便要配上一份煳辣椒蘸水,煳香味在遮盖肥肉油腻的同时还能增加萝卜的香甜。凉拌米豆腐需要搭配油辣椒，香浓的辣味配上特殊的"米"香更有一番味道……来自福建的杨志强到总站已经三年，从轻微的初尝变为彻底地爱上，每次吃饭都要打上不同的蘸水，才会大快朵颐。

　　昨天拟录用民警培训队刚刚看完春晚，今天便又投入到紧张的学习、训练与营区保卫中。早餐依然是肉末粉，但对于爱吃辣的警员王安赟来说，却少了一点儿味道，每次粉盛上来，他总是要加上三四勺油辣椒拌着吃，对他而言，辣就像激素一样，激起了一天的干劲与活力。

　　春节的红是热闹与喜庆，它带给了人们更多的欢笑，送去了声声祝福；验讫章的红是守卫与等待，它迎送着离去归来的人们，守护着国门的安全；而餐桌上的红便是那火热的辣，它激发着民警们体内的热情与火热，并将这份热情传递给每一位来黔的旅客。这里的每一份辣都代表着边检官兵的性格，如腌制时的糟辣椒般的耐性、炙烤中煳辣椒般的坚韧、油爆中的糍粑辣椒般的火热血性。同时，它也会用它的"热"情等待着你的出现。

（作者单位：贵州边检总站）

哈尼族"炊妈"的家国情怀

夏春伟

炊妈名叫李和努,是一位普通的哈尼族农村妇女,1991年9月被骑马坝边境派出所聘为炊事员。她30余年如一日坚守灶台,舍小家为大家,把一茬茬民警当儿女,起早贪黑买菜做饭、洗衣带娃,让远离家乡的民警们感受到家的温暖。风雨同舟30余载,一代代民警亲切地称她为"炊妈"。

边境乡镇骑马坝位于云南省红河州绿春县中部,距县城114公里,乘车从县城出发需四个小时才能到达,山高沟深,交通极其不便，是典型的哈尼族聚居区。红河州边境管理支队骑马坝边境派出所就驻扎于此。

炊妈是骑马坝乡土生土长的哈尼族，没上过一天学，到派出所前在家一直种地，她虽不识字，却通情达理、深明大义。在做好本职工作的同时，每有时间，炊妈总会尽自己所能，帮派出所的警察"子女"们排忧解难。"为哈尼族老乡'翻译'，参与法治知识'宣讲'、提供辖区'情报'，这都是她的日常……"派出所民警小张动情地说道。30年来，炊妈送走了一批批"老人"，迎来了一代代"新人"，有的民警虽已离开单位多年，但始终对她念念不忘，只要提起骑马坝，大家都会不约而同地想到这位质朴的做饭大妈。

2014年1月29日，是我刚参加工作到所里报到的第一天，我第一次见到了"传说"中的炊妈：一米五左右的小个子，身材微胖，脚下一双有几处补丁的旧帆布鞋，黄色涤纶料裤子，右裤腿卷到小腿肚位置，上身穿着一件宽松的淡黄色的确良衣服，头发往后梳到后脑上笼扎着，黝黑的脸上总是挂着笑容。

我看到她时，她正坐在派出所办公楼前的石梯上，手旁放着一个褪色的黄色竹背篓，正和一位前来办理户口的老乡闲聊。

"小伙子，是不是晕车？吃饭没有？"看到我，她关切地询问。因晕车厉害，没说几句我便到房间休息，第二天才知道，原来她就是炊妈。

炊妈住在派出所附近，每天来回奔波于两个"家庭"之间，有时所里忙不过来，她还常常带着家人一块来帮忙。炊妈常说，30年前刚到派出所做饭时，只是单纯想找个事情干，工资多少不重要，后来时间长了，对派出所的感情越来越深，要是自己不做饭了，所里的孩子们就得饿着肚子。

炊妈和丈夫曹应福育有一子曹校东，儿子结婚后便用家里临街的房子经营起一家小饭馆，生意不算太好，但维持一家生计绰绰有余。2012年9月，派出所拟招聘几名情况熟、语言通的当地少数民族老乡作为联防队员，但因工资低、任务重且没有编制，一直无人问津。炊妈了解情况后，说服儿子儿媳，将她和老伴儿唯一的孩子送到了派出所，一干就是六年。2015年5月，老伴儿曹应福因鼻咽癌去世，家庭境遇每况愈下，即便如此，她始终坚持把儿子留在所里。2018年8月，派出所招收边境专职辅警，虽说待遇提高有了编制，但曹校东早有计划，盘算着回家和妻子一起经营饭馆。得知儿子的想法后，炊妈严厉批评了他，并劝说其报名考试，最终成为一名边境治安管控专职辅警。邻居们很不理解，但炊妈心里很透亮，"小家"固然重要，但在抉择之时，她心里的天平总会向祖国这个"大家"倾斜。

2014年7月1日，炊妈郑重向党组织递交了入党申请书，"尽管我不识字，只是一名普通的农村妇女，但我热爱中国共产党、热爱骑马坝边境派出所。我郑重向党组织提出申请，恳请组织吸收我为光荣的中国共产党党员。"同年建军节，骑马坝乡党委、政府授予她"践行社会主义核心价值观模范"荣誉称号。2015年、2016年，炊妈连续两年被原公安部边防管理局评为全国"优秀护边员"。

对炊妈来说，骑马坝边境派出所门口景观石上"戍边为民"四个大字可能她并不认识，"边关宁才能国家安"的话语也许她并不理解，"家是最小国，国是千万家，有了强的国，才有富的家"的歌词或许她从未听过，但这背后的道理，我相信她比任何人都清楚。她不会说响亮的口号，也未曾手握钢枪、巡边查界，她所做的只是一日三餐，简单的几句哈尼语翻译，跟乡亲们闲聊时告诉他们要遵纪守法，但正是这些看似细小至极的琐事，却折射出了边疆群众对祖国的爱与责任。炊妈虽从未到过祖国国门，但国门早已内铸于心。

按照《深化党和国家机构改革方案》，公安边防部队官兵集体退出现役，转为人民警察。2019年1月1日，骑马坝边境派出所举行集体换装仪式。这天，炊妈特地找出平时舍不得拿出来的新衣，穿戴得整整齐齐。合影时，炊妈被"藏青蓝"围在中央，儿子曹校东也身在其中，当按下快门键的一刻，炊妈脸上挂满了幸福的笑容。这笑容，不仅是向过去峥嵘岁月的挥手告别，更是哈尼母子两代人对移民管理事业的主动担当和无声传承。

岁月不居，时节如流。30年春华秋实转瞬即逝，人的一生能有几个30年？炊妈平凡却不平淡的一生中，第一个30年留给了自己的"小家"，第二个30年献给了祖国这个"大家"，她不离不弃，见证了公安边防部队的发展壮大，见证了第一代中国移民管理警察的诞生。有一天炊妈终将老去，但我坚信，在第三个、第四个30年或是更长的时间里，炊妈仍将一如既往地陪伴在我们身旁，继续见证新时代国家移民管理事业蓬勃发展，见证伟大祖国更加繁荣昌盛。

我常想，一位普通的边疆哈尼族农村妇女尚能如此，作为共和国第一代移民管理警察的我们，更当心怀赤子之心、感恩之情，立足本职扎实工作，用汗水书写新时代国门新篇章。

（作者单位：国家移民管理局北京遣返中心）

"女汉子"石淑亚

王云龙

拱北口岸，连接珠澳，旅客验放量连续7年全国第一。穿越人海，四下张望，一个身影，撞入眼帘：一米七多的个头，全副武装，身姿笔挺，眼里放光，凛然生威。不细瞧，还以为是个汉子。

就是她！石淑亚，拱北边检站处突队民警，站里唯一的女处突队员。处突队成立，她就在，一干17年有余。"寻找最美国门卫士"，为她而来。

如 雷

女人惜声,女汉子除外。

早上8点,入境通道。旅客通关,大包小包,行色匆匆。受疫情影响,通关人数不比从前,但珠澳往来密切,人流依旧密集。见到石淑亚,是在前沿岗——处突队9个执勤点之一。澳门入境珠海,先打此过。

"来啦!欢迎!"一个军礼划过发梢,热情中透着干练。寒暄两句,尚未熟络,石淑亚走开了。

"先生,请不要在口岸限定区域停留!"

"靓女,看到那边没有,直走右转!"

……

熙攘人群,说话要靠喊。石淑亚不光喊,还爱打手势。走上前,给旅客比画着,动作脆生、利落。当然,看谁不规矩,隔着老远,先吼一嗓。

"嚯!这嗓门。"我一怔。再一打听,石淑亚被人尊称"哑姐",不是说她生而沙哑,是喊而嘶哑。

现场维持秩序,别人都用喇叭,偏偏她不,全仗着有个大嗓门。这不,三喊两喊,喊出了声带结节,前两年,去医院挨了两刀。医生劝她,以后少说话。石淑亚略一思忖,应声道:"噢!我尽量少喊。"

"哑姐,用喇叭吧!"难!别人笑她痴,她说别人看不穿。"怎么说呢,就觉得擎着那玩意跟人说话,有距离感。"

"不过,咱有哨子。"歇息时,石淑亚从怀里掏出一把警哨,银光闪闪的,"现在很多人都不吹这个了。要不是疫情,我天天挂着。"

"跟您多久了?"我随口问。

"进处突队,就在用。"

石淑亚轻轻地揩拭警哨,往事历历在目:1990年春,石淑亚南下广东,参军入伍,在拱北边检站,干上了检查员。2003年春,处突队组建。起初招人,应者寥寥。口岸限定区域,上万平方米;单日通关量,动辄几十万。现场有个风吹草动,处突队就得上,辛苦不说,搞不好还得挂点儿彩,谁愿意干啊!石淑亚想也没想,蹦出俩字:我干!

俗话说,没有金刚钻,别揽瓷器活。警哨,成了石淑亚手里的金刚钻。"有个哨子好哇,镇得住场。"

早上6点,晨光微曦,一声长哨,跟着一记大嗓:"开闸!"

人流涌进,珠澳共此时。

如 电

女人爱美。女汉子也如此。

猛地一瞧,皮肤白皙,面色红润。嗯!保养得不错。

定睛一看,手臂"露了馅":几处伤疤,长的、短的、横的、竖的,看得出,针没少缝。

"大姐,揭您伤疤了,讲讲呗。"我咧嘴一笑。

"喏,这儿,一女孩儿失恋,在大厅里寻短见,为了夺她那把伞,被戳了一下。"

"这儿,一醉酒老太,失去理智,见人就嚷,我上去就是一把抱,她上来就给了我一口。"

"这儿,磕的,也是一位女孩儿,精神失常,脱得一丝不挂,为了给她穿衣服,我俩缠在一起,滚了两层楼梯。"

……

毫发未伤,也有几回。一回,入境大厅,两拨人喝了酒,你推我搡,一场群殴,一触即发。处突队上前制止。不承想,一拨人肥了胆,见了警察,还敢造次。

控制!一个摁一个,分给石淑亚的,是个相对瘦小的。那小子看是女警,想比画两下。说时迟,那时快,别肘、压腕、带离,石淑亚没给他机会。"咋?还想练练?""哎哟,警官,不关我的事啊。"

还有一回,三男一女,抄手缩脖,在出境大厅门口探头探脑。

"几位,准备去哪儿啊?"石淑亚走上前。

"呃……看看。"四人支支吾吾、面露怯色。

"请出示下证件。"石淑亚发现端倪,暗中安排警戒。

见状,一男子撒腿就跑,奔出几百米,被一只大手从后面给揪住了。咦,怎么还是她?"得得,警官,我跟你走。"

一查,四人偷渡入境。顺藤摸瓜,打掉蛇头,端掉一个20人的团伙。

石淑亚有一爱徒,叫杨欢,警校毕业,实战技能了得,谈到师傅,直伸大拇指说:"15万平方米区域,只要有警情,无论她在哪儿,30秒之内准能到。"

如 水

女汉子,下手再狠,心还是软的。

跟石淑亚巡逻,一路总有人招呼:"高妹,早啊!"我听得懂，是在跟她问好。可是，她不姓石吗？

旅客中间，石淑亚的大名，没多少人能叫得全，但一说"高妹"，知名度就高了。"那大个子警官，人好好！"

先看两件事——

崔伯，澳门人，年逾八旬，独自生活，早晨买菜，爱去珠海，更好凑石淑亚的班。

"老人家孤独啊，就想找人聊两句，我儿子啥时候大学毕业、在哪儿工作，他都知道。"说这话时，霹雳女警变得慢条斯理。

崔伯心脏搭过桥，脚步蹒跚，两步一喘，三步一歇。来了口岸，有两处专座，石淑亚给找的，供他歇脚。"一关两歇"，传为佳话。

今年以来，没见老人，石淑亚直念叨："真有点儿担心他。"

人一热心，就受欢迎，老少皆宜。

跨境学童，拱北特色，早上去澳门，下午返珠海。要是石淑亚值早班，你就看吧，她的身边站满了孩子。有家长托付的，有上去攀谈的，还有的就想过去喊个阿姨好。

前一段，小雪考试受挫，闷闷不乐，家长心急，想到石淑亚："高妹啊，明天早班吗？给劝劝，你说话，她听。"

"这事也管？"我不解。

"话不能这样说，口岸无小事，珠澳深度融合，咱也是个桥梁。"石淑亚回答起来一套套的。

再细数，700万珠宝、2000万欠条、10克拉钻戒，石淑亚让它们物归原主。旅客送来锦旗——"雷霆战队 雷锋警队"。

苦恼也有。旅客爱给高妹带东西，随手捎点点心，表表心意。高妹难为情地说："哎呀呀，这哪行？"旅客却坚持道："要的要的，我给你们领导说。"

如 初

岁月不饶人，女汉子也得服老。

石淑亚坦言："体力、身手赶不上年轻时候了，我尽力做到不掉队。"

处突技能，别人练一遍，她练十遍，回家再拿爱人当陪练。咔！咔！一顿猛练，爱人直呼："淑亚，下手轻着点儿。"

这段时间，全国移民管理系统搞全警实战大练兵，石淑亚对证件研究着了迷。要转行？"干处突，不是说有个大傻个儿，站那儿就行了，要从业务中来。像一些护照的防伪特征，多学一点儿，巡查中用得上。"

结束一个班次的勤务，石淑亚打开手机，有个未接来电，是广东省退役军人事务厅打来的。回拨过去，电话那头，声音高起八度："知道你在评'国门卫士'，我们投票了，顶你！"

"一想到有这么多人在关注你，浑身有使不完的劲儿。"这话说得掏心窝。

工作30年，石淑亚头衔不少：全国优秀人民警察、全国模范退役军人、广东省三八红旗手……

年近半百，石淑亚初心不改："只要眼里有活，永远不会停的！"

（作者单位：国家移民管理局常备力量第一总队）

少年壮志不言愁

——我的三个春节故事

王　皓

2020年是我到北京的第七个年头。七年来，我一直在有"第一国门"之称的北京出入境边防检查总站站岗值守，见惯了团聚别离，看多了事态众生，自以为内心强大，但每天下班后回到空荡荡的宿舍，或坐着地铁游荡在北京这座"寻不到头尾"的城市里，有些往事还是涌上心头。

"这么多年,终于回来了……"

2014年除夕,我值夜班。

后半夜,整个入境大厅非常安静。我却焦急万分,系统一直显示台湾方向入境航班少一名1932年出生的中国台湾旅客,尝试了各种方法都无法联络到当事人。正当我灰头土脸在男厕所门口喊旅客姓名的时候,一名地服工作人员推着轮椅小跑着奔向我,一脸歉意地说:"在这儿呢。"我扭过头,看到轮椅上坐着一位身形瘦削、发型凌乱的老人。

地服姑娘告诉我,老人自己一个人回来的,腿脚不便也听不清楚,还晕机吐了很多次,前后折腾了半个多小时才被人抬下飞机。我蹲下来,接过台胞证,问他是不是第一次回大陆。问了三四遍,他一直没说话,只是眼睛红了,眼泪顺着眼角缓缓往下流。过了一会儿,他断断续续地说自己是浙江人,十几岁去了台湾,从此再也没能回来。早些年,通信还不自由,父母兄长亡故自己也不知道,更未能见到最后一面。

说完,老人用干枯的手盖住眼,肩膀轻轻颤抖,喃喃自语:"这么多年,终于回来了,回来了……"

办理完手续送老人下楼时,他拉着我的手说:"还是回家好,谢谢你。"说完给我敬了一个礼。"欢迎回家!"我整整警服,回了一个礼。

很普通的两句话,老人不太标准的军礼,我却记了整整六年。从那时我渐渐明白,家是斩不断、拆不散的血脉相亲,乡愁是一种刻骨铭心的思念,漂泊再久,叶落必要归根。

七年来我都没有回家过过春节,我想家,也越来越明白,个人的离别,是为了更多人平安团聚;我虽然不是城市中最明亮的灯火,却也能逆着黑暗守护万家光明。

凝聚起每个人的牺牲奋斗,才能铸就祖国的强大昌盛,才能让更多的人"回家"。

长大后,我终于成了你

在我小的时候,爸爸是一名刑警,每年只能见他寥寥数面。他给我的记忆,大多是一身脏乱回到家,倒头就睡,接到电话就往外跑。

小学时的一个寒假,爸爸消失了半个多月,快过年了家里连点儿像样儿的菜都没有。妈妈每天都看着电话和我说,哪怕只是爸爸来电"喂"一声也好。

那年春节,格外难过。除夕夜,我俩拿着几挂鞭炮出门送了年。回来以后,妈妈自己躲在厨房里哭。我偷偷看着,不敢流眼泪,拿了一块儿糖塞进她手里,对她说:"妈,这糖可甜了,你吃一个吧。"妈妈抱着我擦了泪,起身给我包起了饺子。

初六那天爸爸回来了,从早上睡到晚上。醒来以后告诉我们,他临时接到任务,要去边境实施抓捕,为了任务成功完成,必须保密,不能告诉任何人。至今,我都无法想象爸爸穿着并不厚实的衣服在冰天雪地的深山老林里蹲守两天一宿是什么感觉,也没办法体会妈妈流着泪包饺子是什么心情,但我一直为他们感到骄傲、自豪。

小时候,因为父亲是警察,我们一家三口很少在春节团圆;长大后,我成为一名警察,春节的饭桌上,依然聚不齐一家三口。

但很荣幸,长大后我终于成了你。

最明亮的星

2017年春节期间,奶奶身体状况很差,时而清醒时而糊涂。清醒时就问爸爸我什么时候回家,糊涂时逢人就说自己孙女在北京给主席站岗。对于民国时期出生的她来说,"边防检查"是一个不太好懂的词语。

奶奶一直以我为傲,每次电话都嘱咐我好好工作别挂念她。这是她第一次不停地问我什么时候回家。我心里有不安的感觉,在元宵节赶了回去。

奶奶看见我,变得像小孩儿一样,抱着我不撒手,一直说"我想你了,怎么瘦了啊"。我问她有啥想吃的、有啥想干的,她说想看烟花。

元宵节当晚,我把奶奶推到阳台上,给她裹上羽绒服,盖上小被子,站在她身后默默陪着她。她看着被交错楼房挡住大半的烟花,高兴地拍着手,说"星星,快看星星"。听奶奶说,我小时候,她背着我看烟花,我一直说"看星星",在她背上高兴地拍手。

20多年过去了,能陪伴她的时间越来越少,慢慢体会到"子欲养而亲不待"的悲哀。想了许多,我拉着奶奶说,以后把最亮的那个摘下来给你吧。奶奶说:"神仙能同意吗?"我没说话,握着她的手看完了烟花。

没想到这一见竟是永别,奶奶走的时候很清醒,和爸爸说别给我打电话,让我安心上班,等她入土了再告诉我。她去世那天,我在现场执勤,知道消息以后强忍着上完了班。匆匆赶回去,看到的只有一个小小的坟包。一抔土,把我和她分隔到两个世界。

当天晚上，我自己在阳台上看星星，想起了木法沙告诉辛巴，每当你寂寞的时候，要记得那些逝去的人永远在星星上注视着你、指引着你。从那以后，每次想她我都会抬起头看天空，就算没有星星，我也能感觉她在遥远的地方，陪着我走脚下的每一步。

每名警察，都有着对家人的愧疚。许多警察都没来得及和家人亲友好好道别就天各一方，其中的痛苦也只能自己扛。忠孝难全，祈祷我们都拥有一颗透明的心灵和会流泪的眼睛，不负信仰，亦不负卿。

很喜欢《少年壮志不言愁》这首歌，经过这许多年，方知时光飞逝，痴心难改；峥嵘岁月，何惧风流。

（作者单位：国家移民管理局外国人管理司）

"涛"声依旧

伏雪琨

平生第一次去新疆,就去红其拉甫,兴奋铺满前行的路。

从喀什到塔什库尔干县,沿途的景色逐渐发生变化。开始是郁郁葱葱一片绿波荡漾,慢慢绿色稀疏点缀戈壁,星星点点的蒙古包,就像大海上扬起的白帆。随着海拔逐渐升高,高原的壮美逐渐展现眼前。阳光刺眼,峰峦的浓影,清晰地映在大地上,斑驳陆离,耳畔呼啸的风似大海的波涛,汹涌奔腾。

正当我欣赏车窗外的风景时,开车的班

长突然说:"前面可能发生泥石流,估计要返回喀什了。"我不禁紧张起来。

"没事的姐,这个季节,雪山融化,常事。"红其拉甫边检站(以下简称红站)的民警王涛一脸淡定。"我媳妇第一次来,也遇到了泥石流,把我骂惨了。"王涛媳妇是老家潍坊的一名护士,很少独自出远门的她,第一次来队探亲,先是因飞机晚点耽误了中转航班,独自在乌鲁木齐住宿一晚。几经辗转,又在喀什到塔县的路上遭遇泥石流,身心疲惫的她"痛骂"王涛,并表示再也不来了。

王涛说:"媳妇第二次来,我出差了,真是没有好好陪过她。"

"媳妇来了还出差?"

王涛没说话,渐渐看向远处。

第二天抵达红站后,我们向前哨班进发。路上,王涛抓住难得的时间和孩子视频,说:"没办法,我们和内地差了三四个小时,经常我忙完了,孩子早睡着了。"

王涛的儿子今年四岁,经常指着监控摄像头说,爸爸在这里。今年10月,王涛的二胎宝宝即将出生,他却不能陪伴妻子度过难熬的孕期。"在红站,两地分居太正常了,大家都一样,但是,我媳妇觉得,每次独自去产检,只有她是不一样的。"说起家人,刚才还慷慨激昂介绍前哨班光荣历史的王涛渐渐沉默。

终于抵达前哨班,兴奋、憧憬,太多的心情交织在一起,伴随而来的还有高原反应。我的双脚像踩在棉花上,使不上劲儿,心脏跳动的频率也越来越快,我被带到小会客室吸氧休息。"姐,实在撑不住,就吃一粒,我上次就是靠它救命的。"王涛拿着一个绿色的小瓶,焦急地递给我。

红站前哨班所在地海拔5100米,可谓生命禁区的禁区。这里高寒缺氧、冰峰林立、沟壑纵横,执勤民警担负着中巴唯一陆路口岸的出入境边防检查任务,每 21 天轮换一次。

一次,王涛带队坚守前哨班时,赶上重要任务,他一直忙到凌晨两三点钟。高原天气变化多端,稍有不慎,就引发感冒,在内地小小的感冒不治亦可痊愈,在高原感冒如洪水猛兽。王涛"中招"了,在陪同领导参观检查前哨班营区时,他眼前漆黑,一头栽倒。战友赶忙将他抬回房间,大声呼叫他的名字,一边给他吸氧,一边喂他丹参滴丸,站长命令马上安排车辆送他下山。

"我能听到战友不停地呼喊我,我试图抬抬手回应他们,却无能为力。"那次,战友们都以为王涛会"交待"在前哨班了。

"我命大,但是我师傅就没那么幸运了。"王涛点上一支烟,烟雾弥漫,我看不清他的表情。王涛口中的师傅,比他小一岁,也是红站的民警,曾教授他边检业务。工作日的上午,师傅没有按时到食堂吃早餐,这引起了值班科长的注意。科长推开房门才发现,王涛的师傅已经没了心跳。虽然全力抢救,却无力回天。"突发疾病,谁也没想到。"长期在高原工作,很多民警患有高血压、心室肥大等高原疾病,这种损伤,不可逆。

王涛吐出一口烟:"就是那次,我媳妇来队,我去给师傅料理后事了。"在强烈的高原反应中,我只能断断续续地听着王涛的讲述,"每年,站里都会给师傅的父母发放抚恤金,但谁都不愿意给他父母打这个电话。"

经过吸氧和休息,我的体力逐渐恢复。来到前哨班,必定要到国门参观。走出营区,目光所及之处是此起彼伏的连绵雪山,美得波澜壮阔。营区前是正在执勤的民警,挺拔身姿的背后是热血激昂的前哨班。一扇门、一哨所,雪山与前哨班彼此对望，雪山与前哨班紧紧相连。

抵达国门，我抬头仰望，泪满眼眶。"姐，别太激动，会加重高原反应，疫情期间，只能远观国门。"王涛告诉我，之前，他在国门执勤，一对老夫妻从内地赶来，非常渴望近距离感受国门威严。他们说自己年事已高，或许是最后一次出行，求他通融。"我很矛盾，他们年纪大了，来一次不容易，我能理解，但是，这是疫情防控规定，我必须执行。"

经过再三劝阻，老夫妻还是执意前行，王涛灵机一动，拉着身旁的另一名执勤民警："大爷大妈，这名正在履行职责的'95后'，是不是和您二老的孙子差不多大？您看看他的手、他的脸，您孙子是不是正在家刷着手机，喝着饮料……"老夫妻愣住了，他们开始仔细地端详起这名民警来。

在强烈的紫外线照射下，民警的"黑脸"饱经风霜，高原气候干燥，空气稀薄，昼夜温差达30℃。民警全副武装，装备重达十几斤。白天烈日炙烤，常常是汗流浃背，夜里风声呼啸，裹着大衣都能感到刺骨的寒，但他们依然用青春践行着戍边人的誓言，用生命守护着"生命禁区"。

"我们不往前了。"老夫妻满眼心疼。

风把国门上的五星红旗扯得笔直。国门前，王涛正在为明天的连线直播活动忙碌着。他和其他民警一起调整会场布置，不断用相机尝试拍摄光线，看着他不断跑动，我不免担心。"姐，我们没事，每天如此。"阳光把雪山映照成金色，如果说，高原的冰川雪山和壮丽美景能够让王涛驻足，那么高原的缺氧、寒冷、荒凉，则激起他心底的情怀，初心依旧。

(作者单位：国家移民管理局新闻中心)

红站的"八卦"

伏雪琨

采访出发前,主任再三叮嘱我:"红其拉甫边检站(后简称红站)人人都有故事,你要像饿狼扑食般搜集故事。"

"那多'八卦'啊?"

"不必排斥,搜集'八卦'是成为好记者的第一步。"

于是,我带着"满脸问号"去了红站,搜集了"八卦"一箩筐。

站长偏爱包饺子！

没想到，刚到红站，我最先听到的"八卦"竟然是关于王站长的。红站民警亚斯曼悄悄告诉我，站长特别喜欢给别人夹菜，而且要求吃光。果不其然，早饭时，我证实了这个"八卦"。

王站长，山东人，有着典型的高原黑，风趣幽默，不停地往我的盘子里夹菜："记者同志，要吃完啊。"一向注意保持身材的我满脸为难："站长，我真的吃不下。"站长夹菜的手停在了空中，放下筷子，他双手交叉抵在桌边，缓缓地说："记者同志，这些菜都是咱们孙超班长亲手种出来的。"

孙超班长在移民管理队伍中，可谓无人不知无人不晓。他24年扎根帕米尔高原，在万仞冰峰、一片荒芜中建起了蔬菜大棚。这座蔬菜大棚的建成是毅力，更是魄力。我不再言语，低头吃光了所有菜。

王站长有时看见我便会关心道："记者同志，能适应高原吧？"

"报告站长，我觉得可以留在红站了。"

"在红站，所有人都会包饺子，你会吗？"

留在红站和包饺子有什么关系？看着转身而去的站长，我望向身旁的亚斯曼。

亚斯曼告诉我，在红站逢年过节或者来客人时，都要包饺子。站长要求每个人都要学会，他把所有人集中起来，每人分配一套家伙什儿，让大家学着包，站长逐一检查、点评。当然，站长本身也具备包饺子的"特长"，他一个人擀皮可同时供多个人包。

好吃不过饺子，对崇尚亲情、热情好客的中国人来说，饺子是思念是团圆，而红站的饺子更是待客的最高礼节。民警以站为家，把所有的祝福与期盼，都包进薄薄的饺子皮里。红红的火苗，滚滚的水，饺子越煮越有滋味，日子也越过越有滋味。热腾腾的饺子，让这满眼萧肃里飘出了烟火气。

班长"心机"特别深？

所有的"八卦"里，我最关心的还是"爱情八卦"。当我问到男朋友时，政治处民警娟娟白皙的脸庞泛起一丝绯红。娟娟是2018年的入警大学生，是公认的"站花"。她的男朋友是转改民警托班长。"爱情八卦"还要从"边关年·家国情"活动说起。

2020年春节前夕，娟娟的父母应邀到红站参加团圆计划。从喀什到塔县的路上，举目四望，除了几株小草艰难而凄楚地活着，剩下皆是连绵起伏的雪山。上高原的路越走越荒凉，荒凉的还有母亲的心。"孩子，咱别干了，跟妈回家。"娟娟的母亲边哭，边给她打电话。"红站有红站的好，我是一个纯粹的人，恰好红站也是一个纯粹的集体。"

娟娟为了证明自己在红站一切都好，特意和老乡托班长一起接待了父母。托班长细心周到，让娟娟的父母很是高兴。托班长还特意准备了一大袋零食送给娟娟，当她打开时才发现，里面竟然还藏着一盒粉色心形的巧克力，再一看手机，不得了，当天居然是情人节，托班长的"心机"不言而喻。老乡见老乡，改成搞对象。娟娟捋了捋头发，不好意思地笑笑说："这里自然环境恶劣、工作强度大，有时难免情绪低落，但他始终保持乐观向上的心态，这就是我坚持下去的动力。"保持乐观向上的精神状态，正是对生命的尊重与热爱。高原之巅，四季飘雪，红站虽置身雪海，民警的心里却春暖花开。

红站骑马上下班？

都说三个女人一台戏，女孩子多的地方自然是"八卦"的集散地。当我拿出从北京带来的各种头饰送给女民警们时，1997年出生的小杨瞪大了双眼感叹道："哇，我好久没见过这些头饰了。"我们的话题自然从臭美开始了。

小杨告诉我，在这里我们都忽略了打扮，高原寒冷缺氧，气候干燥，前段时间中医来巡诊时说，我们女民警几乎都是湿寒入侵，身体状况才是大家最关注的事。

"后悔来这里了吗？"

小杨有着与年龄不相符的沉稳，此刻却露出调皮的微笑："红站比我想象中的好多了，我以为还要骑马上班呢！"小杨是去年通过国考进入红站的，来站里之前，她只是通过百度信息对红站有些许认知。考试时，政审民警看到小杨的家庭条件优渥，且她已经在当地公安局入职，便充分说明了红站的艰苦环境，劝她三思。"我才24岁，我的青春就是要不一样。"小杨给自己的青春加了一剂"猛料"，让勇锐盖过怯懦，奋斗压倒苟安，我想，"奋斗"这两个字，已经写进每一代红站人的基因里。

尽管刚到站里时，高原反应严重，小杨只能和战友们相互搀扶着上楼，甚至晕倒过，不省人事，但她的青春依旧被演绎得气贯长虹。"红站在我心中就是一面旗，我不会倒下。"

正装才能配国门！

临走前，我得意扬扬地告诉站长："报告站长，我来了没几天，站里的'八卦'我全都掌握了！"

"走之前我也说个'八卦'。去年，有位女作家来站里采风，从进营区一直哭到前哨班，到了国门，她才擦干眼泪，郑重其事地拿出从北京带来的正装换好，神情庄严地与国门合影。当时，我也热泪盈眶，不说了……"站长摆摆手，不再继续说下去。

正装才能配国门！这是每一名中国人看到国门时都有的肃穆与庄重、激动与自豪。海拔5100米的国门，正是移民管理警察在誓死守卫。这里是万家灯火照耀不到的地方，民警们甘愿忍受寂寞、备尝艰辛、离妻别子、守护高原。他们很平凡，平凡得就像高原上的一块石，但是他们很纯粹，纯粹得就像雪山上的一捧雪。我相信，每一个来到红站的人都会满含热泪，都不会忘记民警们的牺牲与奉献，当然，祖国也不会忘记。

（作者单位：国家移民管理局新闻中心）

一名缉毒女警的花季雨季

伏雪琨

2018年1月,刚到兴海查缉点工作一个月的张迪,就被"骂"哭了。

一个中班,遇到一名极不配合的驾驶员,她再三解释,每个过往旅客都需要检查身份证件,却遭到驾驶员的无端指责和谩骂。

张迪委屈极了,最后还是班长帮她解了围,并让她回宿舍暂时休息,一瞬间压抑和无助让泪水倾泻而出。

"我们的工作不是问几句话那么简单,穿上这身制服,知道意味着什么吗?"班长的话让张迪逐渐冷静,她开始反思。

眼泪和汗水,都是成长的必需品。从那之后,胆小怯懦的张迪开始蜕变,就像化茧成蝶一样,皮蜕得越利索,成长得越快。

一

张迪轻触电脑键盘,直视屏幕,仔细查看旅客行李物品。"有时眼睛干涩难耐,但不敢闭眼,生怕一个疏忽,错失重要信息。"

云南西双版纳毗邻境外毒源地"金三角",特殊的地理位置使其成为中国禁毒斗争的主战场之一。张迪所在的西双版纳边境管理支队兴海查缉点,距离缅甸第四特区86公里,是缅甸勐拉通往景洪市必经之地,是禁毒战场的最前沿。

查缉点24小时对车辆、人员、货物进行双向公开查缉,同时在防范境外疫情输入,打击枪支犯罪、走私偷渡、电信诈骗等方面发挥重要作用。

进入8月的西双版纳阴雨和酷热交替循环。突然一阵骤雨,地面像被点燃一般,热气蒸腾起来,让人喘不过气,路边的杂草都耷拉着叶子。张迪从容挺立在车检通道,离得近点儿,能闻到她身上除了汽油味还有一股淡淡的花露水味。

每天,她需要在防护装备外再穿防弹背心,加上头盔、手电筒、镜子、通条等查缉工具,大约重15斤。另外,一个两升的水壶,也是她上勤的"标配"。

晨曦微露,等待通过的汽车已排起长龙,查缉点被浓重的汽车尾气味儿包围着。查缉工作从早上6点开始,每六个小时为一班,分四个班次展开,每个班次都是一次"汗蒸"。

站了近五个小时,她不停地重复询问。"那感觉就像是双腿灌了铅，嗓子冒着烟儿。"她原地踏了踏步，缓解身上的疼痛。张迪说，"静脉曲张、腰肌劳损，大家都有，去了几次医院，看了好，好了犯。"

边境是艰苦的代名词。缉毒工作更是危险重重，需要搭载重任，负担前行。

有一次，一辆汽车连续撞倒多个锥形桶后，依然风驰电掣而来。班长高举手臂，示意停车。司机丝毫不理会，驶过多条减速带，"哒哒哒"的声音尖锐刺耳。正在车检通道的张迪，毫不犹豫举起手，再次示意司机停车。

司机却以每小时50公里的车速冲向张迪。当时，她不知所措，迈不动腿脚。生死一瞬，班长一把把她拉上台阶，汽车擦着她的左肩扬长而去。"毒贩穷凶极恶的样子，我这辈子都不会忘记。"

二

2017年12月结束新训，张迪被分配至兴海查缉点工作。

"我以为边防武警的任务是巡逻、站岗，没想到还有缉毒工作。"张迪跟随班长从最基础的看证件、观表情、摸物品、闻味道学起。在这里，她认识了各种各样的毒品样本，见识了"白色魔鬼"的可怕。

2018年3月，张迪照例检查旅客身份证件，一名旅客时不时瞄她一眼，引起了她的注意。"就像作弊的学生看到老师一样不自然。"看到那名旅客的鞋子、行李箱上有很多泥，张迪更加犯疑。

当她仔细检查了那人的行李箱后，却只发现了一些蓝色塑料碎片,并无其他。她想,可能是自己判断错误,于是要放行该旅客,这时,组长提醒了她。

"组长拍了拍我的肩,接着用对讲机把队长和其他战友叫来。他们先把这名旅客控制住,然后用小刀把行李箱底层划开。天哪,夹层里蓝色塑料袋中装的全是毒品。"张迪说,"真不敢想象,如果当时组长不在,我就把毒贩给放走了。"

这件事,让张迪憋着一股劲儿,她更加努力地学习查缉技能。车体哪些位置最容易藏毒、什么季节通过什么样的车,她都烂熟于心,甚至将经常过往的车牌号倒背如流。张迪说,只有把各种可能出现毒品的情况都"刻"在大脑里,遇到情况时才能以最快速度作出准确判断。

三

"眼看着同批入警的 10 多个战友中,有人第一周就查到了 10 多公斤毒品,其他人也陆续有所斩获,我还是'颗粒无收',特别着急。"张迪曾一度"怀疑人生"。

那段时间,她"加班加点"背记理论要点,不论打扫卫生还是排队吃饭都"念念有词"。查缉手册已经被翻卷了边,备忘录里也满是查缉技巧,甚至连做梦都是查获毒品。她渴望早日挂上军功章。

2018 年 4 月的一天,一辆满载快递的货车驶进查缉点。张迪在核对货品清单时发现,居然有收货人是某个明星名字的燕窝保健品。

"为什么要从边境往内地寄保健品?于是,我决定打开看看。"打开快递,一股香味儿触碰到她最敏感的神经,肯定有料。

燕窝包装完整,经张迪反复查看,并没有发现任何可疑物品。她考虑毒品或许会掺进燕窝,于是,举起一瓶,透过光线仔细观察,燕窝的性状并没有变化。

"我告诉自己,别着急,相信自己的判断。我先把燕窝拿出来,抬起空泡沫箱时,发觉很重。拿着小刀一点点切开泡沫箱,果然,在底部发现夹层,内有蓝色塑料袋,和我第一次错过的毒品包装一模一样。当时就想,这一次我终于逮到了你。"

打开包装,麻黄素一颗一颗呈现眼前。

这是她第一次真正独立查到毒品。张迪高举通条,指着毒品向组长炫耀:"我查到了,我查到了!"

"从存疑到寻找、再到发现的过程特别兴奋。"说到第一次成功查获毒品,张迪少了一些浮躁,多了一份底气。

成长没有捷径,日积月累的沉淀,才能练就一身过硬本领。很快,张迪迎来职业生涯的第一次"高光时刻"。

这天,日暮西山,阴影已经将查缉点吞下大半,车流影影绰绰。张迪钻进一辆物流车的货仓。她一手拿着电筒,一手用小刀划开快递盒的包装。没什么异常,张迪把刚检查完的快递盒用胶带封好,又往货仓里挪了挪。连续拆了五箱,都是用竹叶包裹的饼茶,她有些疲惫。

"当时真不想拆了。"张迪犹豫片刻后,打起精神,检查第六个纸箱。拿出一饼茶,捏了捏,和正常茶饼手感不太一样,她剥开竹叶,里面裹着黑色塑料袋,装的正是冰毒。在27件茶叶中查获冰毒19公斤,张迪荣立个人二等功,那年她18岁。

"立功受奖确实开心。"谈起当时的感受张迪说,更多的是对毒贩的憎恨。她曾看到一名毒贩拒捕时劫持了自己的孩子并将其刺伤，毒贩丧心病狂的样子，让她恨之入骨。"毒贩不要命，我们唯有更加拼命。"

四

2022年6月的一个中班，气温直逼40℃。张迪突然一阵阵冒冷汗、头晕眼花，呼吸困难。开始以为是中暑，随着小腹一阵阵绞痛袭来，才知道是生理期到了，她双腿打战、蹲在原地。

查缉工作日夜颠倒，任务重、压力大，张迪平均每天检查过往车辆800余辆，核查比对人名信息2000余条。她的身体、心理在不同程度上受到影响，生理期变得不规律。

"两名战友把我架回宿舍。我吃了一颗布洛芬胶囊，大约半个小时后，体力慢慢恢复。"张迪重新换上防护装备。在她看来，缉毒战场上没有性别，只有战斗员。于是，她返回执勤现场，继续对出租车、网约车进行检查。

有时，男民警也会调侃："你们晒得这么黑，都快和我们一样啦！"张迪尴尬一笑。的确，常年爬车顶、钻车底，满身污渍，哪还有女孩子模样，但她转念一想，这也是对女民警肯定的另一种表达吧。

"经常有拖挂车通过，约两层楼高，需要手脚并用爬到车顶，对车体进行检查。毒贩很狡猾，他们将毒品混在几十吨货物里，甚至将毒品压到车厢最下面，只有把一车货物全部搬完，才知道里面有没有毒品。这个过程大约需要六个小时。"张迪展示着"强壮"的大臂，她也曾因搬货物而手酸到拿不起筷子，身上碰得青一块紫一块，但现在，她的力气变大了，练出了肌肉。不因性别给自己设限，才能保证完成重要任务。

在一次检查中，男同事对一名女乘客产生怀疑，于是请张迪和一名女辅警把这名乘客带到人身检查室进行检查。"从她的腰上以及内衣夹层里查获毒品 800 多克。"张迪说，经常有女性利用性别差异，企图蒙混过关，这时女民警的作用就凸显出来。

作为女性，张迪也有柔软的内心。一次被指派看守一名女子。带该女子吃早餐时，张迪发现她吃得非常少，便关心地询问，她却说在减肥。后来才知道，该女子吞食毒品，企图以体内藏毒的方式偷越边境。"太心疼了，她才 18 岁，就被毒品葬送一生。"张迪说，"我们能做的就是竭尽全力查缉，才能避免更多家庭支离破碎。"

五

2015 年兴海查缉点搬到 214 国道上，距离勐海县城 12 公里，这里离使命最近，离繁华很远。

办公区和宿舍区是依山而建的活动板房。周围树木笔直高大，纷乱的蔓藤垂落在窗户上，还有蛇、老鼠等野生小动物时隐时现。

六条检车通道上车辆川流不息，每当有大货车经过时，轰鸣声震耳欲聋，活动板房随之颤动，就像地震一样。"我们用手机软件测量过，车检通道的噪声达 105 分贝，民警宿舍也有 87 分贝。刚来时，入睡困难，现在习惯了。"张迪说。

每天落日时分，金色的光辉迅速在后山蔓延，眼前的车灯汇聚成一条条光带穿梭而过，脚下的花草随着清风自由摆动，单调的查缉点生动起来。这是张迪最喜欢的时刻，她用手机拍摄这一刻的美好。

初来时的热情和好奇终被艰苦和单调消磨殆尽。工作之余，后山成了张迪的游乐园。时而雨雾弥漫，时而天气晴朗，她在密林间大口呼吸难得的新鲜空气，爬到山顶，眺望远方。

2018年1月，父母第一次来队看她，那天是她18岁生日。张迪说，她忘不了母亲诧异的神情。母亲几乎不敢相信，眼前这个又黑又瘦的女孩儿是自己的女儿。张迪向父母介绍了工作情况，带他们参观了宿舍，母亲几度欲言又止。

父母和张迪吃完午饭，送她回营区时，母亲再也抑制不住泪水，半晌，挤出一句："注意安全！"

张迪每天都会和家人视频聊天，父母说得最多的还是那句"注意安全"。在边境一线，报喜不报忧是民警们的一贯做法，张迪也不例外。

2020年8月，张迪做了甲状腺手术，直到现在父母还不知情。"当时心里很害怕，不知道病情是否严重，单位工作任务繁重，又不想给大家添麻烦，所以请假时，我跟领导说有家人陪同。"

其实，她一个人到了昆明，找到同学给她的手术签字并陪护，总共请假七天。她告诉父母，这周有上级领导来检查工作，方便时再联系他们。

张迪说，她度过了最漫长的七天，感觉自己一夜之间长大了。

"父母未必什么都不知道，他们会上网搜索和我工作相关的内容，但不会刻意问我。其实，父母不盼着我立功受奖，只要我平平安安。"张迪的泪水在脸上晶莹交错，就像山脚下点点灯火。

六

女孩子天性爱美，但张迪已经很久没有刻意打扮了。"蚊虫太多了,被咬后几天都消不了,她们喷香水,我只喷花露水。"

第一次休假回家,街上的女孩子粉妆玉琢,窈窕多姿,张迪觉得自己与她们格格不入。专程来接她的闺蜜带她坐地铁出行,她却问,在哪里买票?闺蜜回答,刷手机就可以!她竟一下子呆了。

"看到同学们每天打扮得光鲜亮丽,我在边境线上灰头土脸,甚至连地铁票都不会买,心里很难过。"张迪哽咽了,她说,那一刻感受到巨大的差距,甚至有些自卑。

当年,张迪看到表哥在部队发生脱胎换骨的变化,于是心生向往。在入伍通知书和大学录取通知书一同到达时,她做出了抉择。本想着到部队后努力考取军校,不承想2018年部队改革转隶为移民管理警察,她失去了报考军校的机会。没读成大学,成了张迪的遗憾。

她的落寞很快被闺蜜发现。闺蜜告诉她,只要看到她的新闻,都会留言称她是"最美小迪"。闺蜜为有一个缉毒警察朋友而感到骄傲。

"不需要所有人认同我,得到身边人的肯定,再苦再累也值了,繁杂的工作也有了意义。"张迪擦干眼泪,"这是独属于我的荣誉。"

七

日复一日的查缉工作,习惯了默默无闻的张迪,从来没想过,有一天居然能在电视上看见自己。

2021年6月,张迪受邀到北京参加国家移民管理局"边境移民管理一线的缉毒先锋"媒体记者见面会。

"刚开始很骄傲，因为就我一个女孩子参加发布会。在缉毒战场上，大家争的是困难和危险，而不是荣誉。在发布会现场，看到前辈们胸前挂满军功章，我想，他们肯定经历过生死考验，顿感自己的渺小。"那一场发布会上的战友都是张迪眼中的"大咖"。

　　"前辈们在高山密林伪装设卡，被蛇鼠啃咬，甚至被毒贩用枪指着头，只为边境多查一克毒，内地少受一分害。"张迪说，尤其是郑兆瑞班长同样在边境检查站工作，从"菜鸟"开始，通过一点一滴学习积累变成今天的"大咖"，特别敬佩他。郑兆瑞参加边境缉毒工作19年来，屡立战功，累计参与查破毒品案件850余起，缴获各类毒品500余公斤，人称"缉毒兵王"。"兵王"厚重的履历，让张迪找到了追赶的目标。

　　发布会上，听着前辈们讲述一茬一茬的战友守护边境安宁、奋战缉毒一线的真实故事，张迪想到了自己的班长，想到了多年前班长的那句话："穿上这身制服意味着什么？"

　　刚参加工作时，张迪的心愿是通过立功受奖证明自己。现在，她的心愿发生了改变，她说："不想再因为缉毒立功了，只有不因为缉毒立功，才可能实现真正的天下无毒！"

（作者单位：国家移民管理局新闻中心）

一束光温暖了寒夜

伏雪琨

11月20日,国家移民管理局定点帮扶的国家级深度贫困县——三江侗族自治县顺利通过广西壮族自治区人民政府评估验收,如期实现脱贫摘帽,侗乡人民历史性地告别了延续千年的绝对贫困。

我此次采访的目的地正是这里。

早听说过,北方的冷是物理攻击,南方的冷是魔法攻击。这种冷会360度无死角地侵皮入骨。我已经做好了透心凉的准备。

第一次走进侗家,是一个蒙蒙细雨的寒

夜，我跟随支教民警做一次家访。

支教民警叫李海弟，来自浙江出入境边防检查总站，支教的良培小学位于三江县洋溪乡良培村。我们此行家访的对象是一个品学兼优的小姑娘。

夜晚的山路格外湿滑，李海弟反复叮嘱我们，踩稳台阶。说是台阶，其实也就是只有两拳大小的石头，顺着地势铺就而成，台阶上还布满青苔，泥泞不堪。每个人都小心翼翼，紧盯着脚下的路，我只听见上气不接下气的喘息声，只看见一股股白色的哈气。李海弟不断提醒我们："注意要下坡了，地上有水沟。"我是无论如何也跟不上他的速度，只得死命地抓着同事的衣角，低头前行。

村里的路，李海弟不知走了多少遍。虽说如今村里也算道路畅通，但仍然比较闭塞落后。尤其是教育上的落后，不仅是校舍的陈旧，更是师资力量的薄弱、教学方法的传统、思想理念的滞后。面对封闭的成长环境引发的一些问题，李海弟也在寻找更多方式来拓宽孩子们的视野，打开通往孩子心中的门。

雨还在下，不知走了多久，我们来到一处破旧的木房。屋内一片漆黑，李海弟顺手按下开关，微亮的灯光下，他轻车熟路地带我们走向里间。一个小姑娘闻声跑出来，亲昵地扑向李海弟，抱着他的胳膊，只露出半个小脑袋，好奇地打量着我们。紧跟着出来的是小姑娘的爷爷奶奶，连拉带拽地把我们带到屋里的火盆旁，李海弟和他们用侗语交流着。

支教七个多月，李海弟已能听懂简单的侗语，也会简短地交流。

李海弟大声喊："我们吃过了、吃过了，谢谢！"奶奶依然打着油茶。她身着侗族传统服饰，靛蓝色上衣的领口、襟边绣着五彩斑斓的花纹。

我们坐在火盆旁看奶奶忙碌着,李海弟则在泛黄的吊灯下,开始给小姑娘辅导作业。炒茶的火焰像婀娜的精灵,而点点星火纷飞,是安心,是踏实,是温柔的凝视。火光后的奶奶,连少有的黑发都被映衬成银白色,有时她转头看看正在学习的孙女,眼睛就眯成了一条缝。

这样的家访,几乎每天都有。

白天李海弟在学校给孩子们上课,放学后他继续批改作业、备课,傍晚才能逐一到孩子们家中了解情况、辅导功课。村里的孩子大多是留守儿童,家庭教育缺失,使他们孤僻而敏感。对于孩子们来说,知识的获取是其次的,他们最需要的是陪伴与关注。

灯影中,小姑娘晶莹的双眸里满是求知的渴望,更有对支教民警的信赖。李海弟神情专注,光亮掠过他的脸颊,也洒到了孩子身上,这光源虽微弱,却足以照亮孩子的心。

"练习题都做完了吗?这个数是怎么得出来的?"李海弟佯装生气地问。他根据班里孩子的学习情况,有针对性地给孩子买了不同阶段、不同层次的习题集,帮助孩子巩固学习内容。

"没做完呢,我不会,你教我。"小姑娘笑嘻嘻地望着李海弟。

这时,爷爷奶奶递过来一碗碗油茶,蒸腾的热气、弥漫的茶香、耳畔的低语,一扫我们行路的紧张和寒冷,身心瞬间温暖。

在李海弟看来,村里的孩子缺乏安全感,所以会不自觉地排斥集体活动。周末时,李海弟只要不外出就会带孩子们一起爬爬山、谈谈心、读读书,消除他们的孤独和无助。

"她把我当成大哥哥了，成绩上的进步很明显。"关系密切了，孩子们便有了情绪的宣泄口，成绩自然有所提高。李海弟告诉我们，孩子们心安才能读好书，心理健康远比学习成绩更重要。

每次家访，小姑娘都是李海弟和爷爷奶奶之间的小翻译，爷爷奶奶基本听不懂、也不会讲普通话。当我们让小姑娘用侗语，问爷爷奶奶支教民警李海弟怎么样时，奶奶不假思索，大声用普通话说："好！"

放下城市生活的舒适便捷，放下家庭的安逸温暖，带着对父母的不舍与牵挂，对妻儿的思念与内疚，李海弟来到良培小学，给孩子们带来广阔的天地、多彩的童年。此刻，奶奶对李海弟的千恩万谢，都浓缩成了这个炙热的"好"字。

待李海弟检查完作业，我们饱餐了一顿油茶后，家访结束。我们起身出门时，爷爷拉着李海弟的手，不知道说些什么，李海弟点着头喊："我还来、我还来，我不走。"

出了小姑娘家的门，我们又一头扎入黑夜。不知何时，背后亮起了一束光，这光源似乎很不稳定，左右摆动，忽明忽暗，于我们而言却是洒落的温暖。寻光回头，爷爷的身影出现在浓夜中，他正用颤抖的双手打着手电，为我们照亮。我们冲着爷爷喊："回去吧，回去吧！"

李海弟告诉我们，不用喊，爷爷听力不好，喊也听不见。"每次给孩子补完课，爷爷都会打着手电送我，直到我走上村里的主路。"

我们走上台阶，回头看，那束光依然亮着。

（作者单位：国家移民管理局新闻中心）

好的呢

聂虹影

局宣传处艳红处长说:"你还记得算井子边境派出所那个叫斯日古楞的蒙古族所长吗?"我当然记得,眼前立刻出现了戈壁滩上那张流泪的面孔。

两年前,随"寻找最美国门名片"采访组抵达算井子时,正逢所班子调整,新老所长交接。刚上任的斯日古楞所长就开车拉着我和另外两名记者前往牧民老额吉家采访。印象最深的是路上拉家常时,聊到他老家在3000多公里外的通辽,小家安在330公里外的额济纳旗，在戈壁滩上跑，300多公里的路要走一天，如今路况改善了，回趟家也需要大半天的车程。他的父亲四年前去世了，肺癌，老人与病魔抗争了10年，他除了往家里汇医药费，基本上没有在床前尽过孝。接到父亲病危的消息，他乘坐飞机赶到家一个小时后父亲咽了气。他说："有文章说大学生眼中的家乡只有冬夏，我们当兵在外，家乡连冬夏都没了，只剩下回忆。"

斯日古楞所长2002年入伍，2004年考上军校，2007年毕业，12年换了五个派出所，都是在戈壁滩上，回家的次数屈指可数。老妈妈想他，舟车劳顿来到额济纳旗，正赶上国庆安保，全所都停止休假，妈妈来了四个月他只回去待了两天。平时爱人独自带着孩子，风里雨里接送、做饭、辅导功课，还要兼顾工作，把自己忙成陀螺。他们两口子最怕孩子生病，守在孩子身边着急，无法守着更着急。他说两个肩膀一头是家庭，一头是工作，家是顾不上了，如果国家的事也没干好，就等于两头都欠。与其两头欠，倒不如好好干，至少不亏欠国家。说到这里，斯日古楞所长情绪突然失控，泪流满面。

透过后视镜，我看到了所长脸上肆意流淌的泪水。窗外是一望无际的黑戈壁，看不到任何生命的痕迹，哪怕是一棵树一根绿草一只飞鸟，通通没有。戈壁滩没有路，只有石头，轮胎碾过一块块大大小小的石头，车也随着石头的大小忽高忽低颠簸着。车内一阵沉寂，我想不出任何词语来安慰他。

当年除夕，子夜的钟声快敲响时，我收到了算井子派出所小崔发来的两小段视频，打开看，原来是斯日古楞所长爱人给我的专属拜年视频："聂社长，您好！我是斯日古楞的爱人，新年到了，祝您新年快乐，牛年大吉。给您唱首《美丽的额济纳》

吧，祝你们全家幸福。"第一个视频刚唱了两句就忘词了，于是又重新录了一遍。小崔说，嫂子到算井子来过年了，吃年夜饭时念叨起您来，嫂子就说要给您献首歌恭贺新年。视频里的所长爱人身着大红毛衣，短发及耳，眉清目秀，显得既端庄秀丽又落落大方。"美丽的额济纳可爱的家乡，你生机蓬勃日益向上……美丽的额济纳可爱的家乡，我放声高歌把你歌唱……"声音不大，但充满对那片土地的深情。歌声也勾起了我的回忆和感念。

一晃从算井子回来两年了，其间艳红处长又去过一次，而我再也没有机会过去。艳红处长告诉我，斯日古楞所长前两天来北京给女儿看眼睛。离京前那个晚上她才知道，赶紧连夜跑去见了个面。本来想带他们看看长安街的夜景，但孩子睡着了，只在宾馆楼下说了几句话。

错过与戈壁滩相识战友的见面机会，我觉得有些遗憾。我发了信息给算井子的小崔询问所长的微信，刚发送出去，所长的信息就进来了，原来他就在我微信朋友圈里，是我当时没有备注。我打电话给他，怪他来京看病也不提前说，至少我们能关照下。他说你们都忙着呢，打扰你们过意不去。我询问了他女儿的病情，所长说好的呢，主要是视力下降太多，现在配了治疗的眼镜，问题就解决了。我说来京复查时一定提前说啊，他说不用来北京了，额济纳医院就能复查。

我问所里这两年怎么样？斯日格楞所长说，都好的呢，喝水问题解决了，现在每年给拨 20 万元水费，酒泉的纯净水厂一个月送两次桶装水，喝水和做饭时省着用，一年下来水钱还有结余。还有个好消息，去年所里打了一口井，有 102 米深，"八一"那天出水了，大家给它起名叫"八一井"。

所长说，辖区群众也好的呢。你们来时看望过的老额吉和党叔身体都挺好的。辖区开了两个矿，有60多人，加上常住人口，也有100多人呢。我们下乡进行疫情防护、法律宣传和安全检查，忙忙碌碌充实着呢。还有一件大事，也是所里的亮点工作，今年3月，我们帮助当地牧民哈斯楚鲁开了家网店，卖戈壁石、卖驼奶。其实，我们也不太懂如何开网店，于是就请了老师授课，一起学习开店基本知识和基本运营技巧，接到第一笔订单时，大家兴奋极了，运营四个多月收入了12000块呢。所长说，这里的通信好的呢，虽然其他网络还是不通，但移动信号很稳定。最近还开通了"警民邮路"邮政快递，每个月都会来一次，统一送到所里，再由所里分送给辖区群众，边疆牧民也可以网购了。

所长说枣树好的呢。你们来所里前种的枣树都成活了，去年还结了几个枣，今年没结，主要是水没跟上。不结也没关系，有绿叶就很漂亮呢。现在又添了许多新品种，柳树、胡杨、榆树，只管试着种种，万一成活了呢。他说所里"剪刀"和"步"两条狗也好的呢。前不久又生了五只小狗，等满月断奶了就送给辖区群众，牧民放羊需要，矿上看家护院也需要。他说所里的两头猪也好的呢。养到年尾过年会餐用，大半年过去已经肥肥的了，年底能过个肥年，吃完了再买小猪仔继续养。我问猪和狗还是好朋友吗？他说一直比较友好，只是现在变成了井水不犯河水，狗也很忙，很少去看望猪了。上次我们去时听到的故事，算井子的猪和狗是好朋友，每次喂猪，狗都要跟过去，两个前爪趴在猪圈围栏上，猪哼哼唧唧的，狗也哼哼唧唧的，听不懂它们在交流什么。年底把猪拉走宰杀时，狗追着拉猪车跑了几十公里。所长说，所里又添了新动物，都好的呢。

有四只鸵鸟、两只兔子，还有鸽子和鸡鸭，都圈在一起，就像一个小动物园，叽叽喳喳挺热闹。

所长说，文化生活也好的呢，这两天正在安装上级配发的KTV，你们下次来就可以在里面吼歌了。所长说，营区环境也好的呢，我们自力更生把营区的外墙粉刷了，给大门和围墙栏杆也刷了漆，很快要完工了，戈壁滩上雇不来工人，派出所的活儿我们自己干，辖区群众家的活儿也是我们帮着干。

我说忙得过来吗？所长说，能呢能呢，就是睡觉时间少点儿。我问几点睡啊，所长说每天一两点、两三点睡都有呢。所长说，这里的人气也比前几年好的呢，现在成立了新警培训基地，经常有战友过来培训，比原来人气旺了许多。

我问候他的家人，所长说，好的呢。不好的是老丈人去年去世了，也回不去，只能汇钱表达心意。所里民警都这样呢，给老人尽孝都到不了床跟前，只能从经济上支持。我说这么多年一直在忙，都没带孩子出去旅游过吧。所长说，有呢有呢，2017年带上她娘儿俩去了趟三亚，看了一周的海。我说长期不陪孩子和你感情疏远吧？所长说，没有没有，好的呢。每天一打电话就说爸爸我想你了，你啥时候回家啊。我都不知道该怎么回答，我回不去啊。我只要一回家，孩子就缠着我，都不怎么理她妈，还真是自己的小棉袄。

所长说，今年春节好的呢。除夕那天，刚把辖区独居的老额吉接到所里准备过年，自己的老母亲居然从3000多公里之外赶到算井子，给我一个大惊喜。所里的战友们向两个老妈妈献哈达、敬礼，一起包饺子、看春晚，过了个从未有过的团圆年，所长说这是他这些年春节里最开心的事。

最后所长说，请大姐放心，这里一切都好的呢。算井子的每个人都特想念李处跟您，李处第二次来时同志们特高兴，她下车时没看到您，感觉好遗憾。所里的同志们都盼着社长跟处长的呢！

在黑戈壁坚守 19 年的斯日古楞所长，一直在强调"好的呢"的地方，位于内蒙古自治区阿拉善盟额济纳旗巴丹吉林沙漠腹地，辖区面积 9400 平方公里，这里不见绿色，不见人迹，是生命的禁区。在这里驻守整整 50 年的派出所，全称叫内蒙古边检总站阿拉善边境管理支队算井子边境派出所。民警们的口号是："最远最苦最忠诚，爱党爱边爱牧民。"

（作者单位：国家移民管理局新闻中心）

在长安街聊起独龙江

聂虹影

7月2日的广场之夜,节日的气氛依然浓烈,长安街上灯火璀璨,人流车流如织。我和报社的杨林主任,开车载着来京参加表彰活动的云南独龙江边境派出所的苟国伟教导员,行进在长安街上,聊着遥远的独龙江的事情。

苟教导员是作为"全国先进基层党组织"获奖代表,受邀进京参加建党百年系列活动的。苟教导员第一次来北京,参加完所有活动,距他离京时间不足八个小时,他说要赶回独龙江，把幸福和喜悦分享给战友和乡亲们，所以预订了第二天最早的航班。见到他时已是深夜，我们能想到的就是开车拉着他，走一遍长安街最繁华的地段，让他感受下首都的夜景。走着走着，他突然问："这是从南往北走吧。"大家笑了，说我们是从东往西走，长安街是东西走向的。苟教导员很不好意思地说："从独龙江出来，看所有的路都是南北向的。"我一下子恍然，三年前，我曾随"寻找最美国门名片"媒体采访团进入独龙江，那个深山坳里只有三条宽六米、长一公里南北走向的街，群众们郑重命名为一环路、二环路、三环路，还有怒江的美丽公路、独龙江公路也都是南北走向。

独龙江地处中缅边境、滇藏交界，是一个遥远与险峻相伴的地方，也是一个艰苦与秀丽齐聚的地方。在党的关怀下已经实现全面脱贫奔小康，也修通了公路。但"天无三日晴、地无三尺平"是独龙江生活的真实写照，2014年独龙江高黎贡山隧道通车前，每年12月至翌年6月高黎贡山山脉大雪封山依然很难通行，生存环境依然恶劣。独龙江边境派出所成立于1952年，前身为解放军边防某连、怒江州公安边防支队独龙江边防派出所，历经几次转改，2019年1月1日由现役制转改为人民警察。几十年来，一代代戍边人秉持"扎根独龙江、一心为人民"独龙江卫士精神，守护着祖国这块1997平方公里的领土，捍卫着祖国115公里的边境线。

提起所里的战友们，他说："大家都挺好的，只是现在任务依然繁重，尤其是西南边境地区的疫情防控形势愈加严峻，云南边检总站增设了很多警务室和执勤点，我们独龙江所有六个警务室，您去过的41号界碑处就有我们的执勤点，民辅警24小时值守在那里。再就是雨水太大，从4月到6月，只有一天晴天。昨天所里打来电话说又下了大雨,很多地方塌方了,多处受灾,巴坡到马库的路中断了,江水漫过公路,大家都在忙。"

长安街上灯火璀璨,想到那次去独龙江的当晚就遭遇停电,手机也没有了信号,我问苟教:"现在独龙江还停电吗?"苟教说:"受自然环境条件限制,独龙江电力供应目前还属于独立微型小电网,联网工程正在建设中,电力相对于外面还是偏弱。手机网络现在好了太多,独龙江乡政府所在地开通了5G信号,只是覆盖面不广。开视频会所里上线率应该是最低的,有很多无法掌控的因素导致,要么停网要么停电,但和以前比,条件已经非常好了。最大的改观是独龙江公路开通,结束了我国最后一个少数民族大雪封山半年的历史,没有路时我们民警出警走访都是靠溜索。"苟教向我们描述道,横跨怒江的钢索就是往来的路,溜索时人必须紧紧抓住索绳使劲、蹬腿,身下就是奔腾不息的江水,溜索旧的时候铁索上有刺,刹车都是用手控制,常常刺着手心出血,那时候条件真是艰苦。

车过新华门,我介绍说这里是中南海,他连忙举起手机说:"我们国家所有伟大英明的决策都从这里出来,我要拍个照片带回所里给大家看看。"他说到了独龙江才更深地感受到社会主义好、共产党好,独龙族从原始社会直接进入社会主义社会,是共产党让独龙族改变了贫困的面貌。尤其是2014年和2019年,五年内总书记两次给独龙族群众回信,充分体现了习总书记和党中央对少数民族的关怀,独龙江脱贫方案都是经过省委研究确定的。习总书记说,"党的百年奋斗史就是为人民谋幸福的历史"。身处边疆的我们体会最深刻,乡亲们都发自内心地感恩共产党、感谢习总书记,现在各村组都有活动室,学汉语、学时政,各家都挂有习总书记亲切会见贡山县少数民族群众的照片。

现在独龙江的孩子们从幼儿园开始一直到初中教育，党和政府都给予很优惠的政策，集中办学，总共 800 多个孩子都是寄宿制，民警们承担着对孩子们的法治宣传教育和护校安园任务。

苟教感慨道，北京好繁华，首都真好，20 年前牺牲在独龙江的于建辉烈士，就是北京籍的。于建辉烈士牺牲后，他的父母从北京千里迢迢赶过来，想看看儿子最后战斗过的地方，因大雪封山内外隔绝，等了一周也未能如愿。面对吞噬儿子的独龙江水，父母号啕大哭，最后悲痛欲绝地离开。由于路遥且险，这么多年来，只有烈士张枝繁的亲属曾经来独龙江扫过墓。现在独龙江路修好了，派出所和地方政府正在策划，将八位烈士的家人请到独龙江来看看。脑海中映现出独龙江密林深处那座鲜为人知的烈士陵园，瞬间湿了眼眶，采访时我们曾到那里凭吊长眠的战友。陵园袖珍而简陋，八座墓碑依山而建，由于无法找到遗体，八座坟茔大都是衣冠冢，园门用水泥砌成，门廊两侧，是"干革命不讲条件，保边疆为国献身"的挽联。在那里，我第一次听说烈士们的故事，他们牺牲时平均年龄只有 20 岁出头，为守护和建设独龙江，把青春和生命融入祖国边陲这片山水之中。

我问苟教，巴坡烈士陵园山坡上那棵橘子树还在吗？苟教说："太遗憾了，那棵树去年'5·25'泥石流时被冲走了，那是独龙江唯一的一棵橘子树啊，陪伴了所里好几代人。"采访时，那棵橘子树也给我留下了深刻印象，满目荆棘丛林中，摇曳着果实的橘子树显得出类拔萃。所里战友介绍说："由于气候和土质的原因，独龙江除了种植作为调料的草果外，其他庄稼和果木都很难成活，这棵橘子树是 50 多年前一位战友探家时徒步背进独龙江的。"那时独龙江还没有公路，独自一人背着棵树苗翻山越岭、跋山涉水的艰辛可想而知。为了这棵橘子树能够成活，大家精心培育没少花费心思，后来不但成活还结了果实。小小的橘子树成了官兵们寂寞深山生活的调剂，也承载了许许多多绵长的乡愁，没想到泥石流斩断了战友们持续几十年的念想，好遗憾。

去年5月25日至28日，独龙江持续强降雨，导致泥石流自然灾害，独龙江近一公里的路全部掉到江里面，进独龙江的路中断10多天，那也是独龙江有史以来最大的一次泥石流，整个独龙江乡断水断电断网，与外界失联一周。当时巴坡受灾更严重，通往烈士陵园的台阶连同防护的铁栏杆全部被冲掉了。巴坡警务室的一个民警，写了份遗书留在警务室，然后徒步在随时可能发生塌方滑坡的山野中走了整整一天，才到达乡政府，把巴坡的灾情作了汇报。危急关头派出所立即启动应急预案，全力投入到救灾工作中，协同乡政府为受灾群众和滞留旅客搭建临时安置场所，提供食物补给，保障受灾群众，媒体曾做过报道。苟教说那次之后，雨季所里给养保障存储增加到每人一个月的需求量，尽管新鲜的菜依然不行，但是罐头存储比较多。他说，派出所处于乡政府所在地，条件还算好的，警务室就更艰苦了。

钦郎当警务室、41号抵边警务室，是距离边境线最近的警务室，一年有280天以上都在下雨。民警们除了负责村民的日常事务外，也要抗击泥石流等频发的自然灾害，一旦有泥石流，就要转移安置群众。采访团去时已停电一周，午饭是烧柴做的，停电时就捡拾山上的枯枝烧火做饭，警务室所有的锅都被烟火熏得漆黑。也有罐装液化气，但运输成本太高，大家非常节俭，一般舍不得用。在这里冰箱是摆设，肉买不到，从山外带进来了也无法储存，必须马上吃。民警说他们从不轻易剩饭，因为供给保障太不易。40号和41号界碑的巡逻区域，很多地方都是悬崖峭壁，极其险峻。民警王成鹏毕业于贵州大学，我问他："双一流大学就业空间很大，为什么选择入警啊？"他说当时公安边防部队到学校招人，因为爷爷当年在遵义当过兵，自己有很深的军人情结，就报名入伍了。我问他后悔自己的选择吗？话音刚落他就迅速摇头，说："不后悔。"我说在这里确实辛苦和艰苦啊。他说："守边疆就该是这样，现在转了警察，服装变了但责任没变，我觉得还跟以前一样。"我说没电、手机没信号、没网络，怎么办？他笑着说："没电也有没电的过法啊，已经习惯了。现在路通后不封山，条件好多了。"话语里满满的知足。苟教说，小伙子还在所里工作，积极上进，在建党100周年之际，他光荣地加入了党组织，成为一名预备党员。

行至西单，路边彩灯缠绕的花坛中"以人民为中心"几个字闪着光芒。脑海中浮现出独龙江派出所老营房墙上那行"扎根独龙江，一心为人民"的标语，首都和边关，隔着几千公里的时空，遥相呼应。在独龙江特殊的环境中，派出所历代戍边人帮群众开梯田、种粮食、修驿道、抗疾病，帮助群众改善生产生活状态，助力群众过上幸福美好的生活。派出所曾被民政部、解放军总政治部授予"独龙族人民的贴心人"荣誉称号、被云南省委授予"爱民为民模范边防派出所"荣誉称号。不管是现役时期还是转改后，派出所和群众的关系一直是鱼水情深。在独龙江民警们什么都干，在老百姓眼里民警什么都能干，民警们为老百姓服务是本分，老百姓也无比感恩，有了好吃的总忘不了派出所，明着送来派出所不收，他们就暗地里送，有时是几把蔬菜，有时是几个鸡蛋，还有时是一只活鸡。苟教说他们的服务对象还有一个特殊群体，那就是独龙族仅存的文面女老人，健在的只剩下16名，最年轻的也已经65岁了。提起获得"人民楷模"国家荣誉称号的老县长高德荣，苟教说，这次老县长也来了，受邀到天安门城楼观礼，观礼结束后老县长把自己上城楼佩戴的领带送给了苟教，说要把这份吉祥留给最亲近的人，那是乡亲们为老县长进京赶织的独龙族领带。老县长说："总书记的讲话不但是对中国共产党前100年的总结，更是第二个100年的总动员令，我们警民同心协力建设好家乡，守护好边疆。"

回转时途经广场侧方，苟教非常兴奋地指给我们看昨天观礼时他们所处的位置，他说功模代表都在橙色区，是比较居中的观礼位置。他说队伍转隶后，工作强度更大了，获得荣誉也更多了，转改以来，独龙江边境派出所先后荣获"第23届中国青年五四奖章集体"、"全国民族团结进步示范单位"、全国首批"枫桥式公安派出所"、"全国先进基层党组织"称号，荣立集体一等功、二等功、三等功各1次，两名同志荣立个人二等功，三名同志荣立个人三等功。苟教说："我们要珍惜荣誉，再接再厉。有人说在艰边地区，躺着就是奉献，但独龙江这里躺不了，那么多的事情等着我们做，一直在忙，一直有那么多的事情要做，群众需要我们，边境的守护不能有丝毫马虎啊。"

想起三年前的独龙江之行，一位90后女记者和我的交流。她说到了独龙江开始反思人生，作为独生女，她一直认为自己就是中心。首先自己照顾好自己，其次要求别人也应该照顾好她。她说出差前还在与男友吵架，指责他不够体贴。在独龙江采访的过程中，听到的看到的，无不令她泪目，她对我说："到了这里我才体味到什么叫不计得失和舍生忘死。聂老师您说，下着大雨接到群众的报警电话,民警毫不犹豫就钻进雨中出警,难道他们不知道危险吗?万一山体滑坡石头滚落丢了命怎么办?他们为什么会这样?"

　　我把女记者的感慨和困惑转述给苟教,他听后笑了:"我们的所作所为还能起到反思人生的效果啊,战友们都习以为常了。网上曾流传一句话,'这辈子,您是否为别人拼过命?'我想说,我和战友们都很自豪,因为这辈子,我们都是为别人拼过命的人。大家说,这辈子曾为别人拼过命,值了!"

　　三年前女记者抛给我的问题,这一刻,答案跳了出来。

(作者单位:国家移民管理局新闻中心)

我们的队伍向太阳

王益民

真没想到,在2003年脱下警服的15年后,因为国家移民管理体制改革,那身久违的藏青蓝又穿了回来。

近20年与国门、边关密不可分的从警生涯,让我无论在什么岗位、干什么工作,都不自觉往"家国安危"、"边关冷暖"方面去想,也让我从中得到了极大的精神满足。

作为一名警察,一名新时代的移民管理警察,我感到脸上有光,而这光是先烈用生命照耀的,是先辈用青春奋斗的。

一

22年前,我满怀豪情进入心心念念的警院。入校没多久,就收到了要换发99式警服的消息。

"王益民!"

"到!"

"哎呀!你这声太突然了,人都给我吓趴了!后面同学领新警服不用这么大声啊!"

那是阳光明媚的一天,我和同学们穿着95式橄榄绿警服,在警院礼堂门口排队领99式藏青蓝警服,心情都很激动。我也没想到,这一队的第一个会叫到我。

师兄师姐们都说我们这一届最幸运,警校改革赶上了,橄榄绿、藏青蓝警服换代也正好赶上了,一切都是新的,像春天里早晨八九点钟的太阳。

那是我与藏青蓝警服的第一次亲密接触。

毕业时,和其他同学回到所在地市入警不一样,我入伍到了边防,又穿回了橄榄绿。从当好一个驻扎在渔村的边防派出所警长,开始了与同期同学宗旨使命一样、制服颜色不一样的奋斗之路。

我一直觉得,奋斗是我们这一代——第一代移民管理警察最不可或缺的品质,也是装点青春画卷最绚丽的色彩。特别是,两次穿藏青蓝警服的经历让我更加明白:成绩从奋斗开始、进步从奋斗起步!

"西南边境有个逃犯,谁能联系上那边的同志?"

"有同学在邢台襄都区吗?追个逃。"

"一个月，吸贩毒的，电诈的，没消停过！"
……

几百人的同学群平时很安静，一旦有事却一呼百应，有时也会有几声抱怨。但上过警校的人谁不知道，警服不止是身份的标志，更代表着担当与奉献，哪那么容易穿！既然穿上了，就要为自己的选择负责到底，别想着半道"尥蹶子"。

可是，就有人"尥了蹶子"。

"你走得太洒脱，不像你的性格……一切怎么这样突然？一双双眼睛，泪水浸满！" 2020年7月，那个性格大大咧咧的海滨走了，这之前，他还在微信朋友圈"显摆"那些他们办理的、从地面直摞到天花板的案卷，那是他青春奋斗的见证，那是他穿上警服后引以为豪的骄傲。

"永彬同学2022年2月8日14点15分于省二院永辞于世。家属感谢这么多天同学们的关心，感谢这么多年的关爱！鞠躬致谢！"

警校毕业以后，我一直关注同学们的动态，时常能看到同学胡子拉碴、辗转多地办案的画面，偶尔听到他们或师兄弟勇斗歹徒负伤的消息。每次看到或听到他们以苦为乐、不知疲倦、英勇无畏的事迹，我都感同身受、深受感动。

每每想到曾经一起学习、一起训练、一起畅想未来的好兄弟说不见就不见，更是泪流满面、难以自已。

  在繁华的城镇，在寂静的山谷，
   人民警察的身影，披着月光，迎着日出。
  神圣的国徽放射出正义光芒，金色的盾牌守卫着千家万户。

啊，我们维护着祖国的尊严，全心全意为人民
服务！
　　在欢腾的海岸，在边疆的水路，
　　人民警察的身影，披着星光，浴着晨露。
　　崇高的理想，培育着高尚情操；
　　严格的纪律，锻炼出坚强队伍。
　　啊，我们维护着祖国的尊严，全心全意为人民服务！

　　这一首歌——《人民警察之歌》，是我们入学时必学必唱的，当时只道是寻常，如今回忆起来，那一字一句都锥心刺骨，一字一句都彰显人民警察队伍血染的风采。

二

　　"打老远就看着像，来北京这么长时间也不吱一声！"
　　"知道你们都挺忙，准备结训后看时间再说。"
　　去年的一天，我到局党校参加一个短训。晚课结束后，在操场偶遇一位也来参加集中培训的老友——王锦，培训期间坚决做到不外出、不会客、不喝酒，他的规矩意识挺强。
　　我说这"偶遇"算不算会客了，他说你不也来参加培训吗，虽然不是一个班，应该也算同学间交流。
　　算下来，由于工作岗位调整，我和王锦至少已经五六年没见面了，如今，他在河北一个历史悠久的边检站任副站长。
　　多年不见，再见面时看着彼此穿着的藏青蓝，哈哈大笑——历经风雨，我们还在一条船上，我们还是一个战壕的战友！
　　那晚，在党校的操场上，我们一圈一圈地走着，有一句没

一句地聊着。聊得最多的就是以前在共同单位时的点点滴滴和那群吃住在一起、工作在一起的"单身汉",以及换装后的一些趣事,心情少有的轻松。

"体制跟着时代变,人必须得跟上改革的步伐!"

"要低调,努力做到名实相符,配得上自己的位置。"

聊着聊着,聊到了工作和今后的职业规划,话题变得略显沉重。

"你警校毕业,对这身警服不陌生,我当年是地方大学入警,这次改革是第一次穿上这身警服,不过,挺有感觉!"他说完,爽朗大笑。

"是挺有感觉!我们'一报一刊'曾报道过不少士兵转改民警和大学生新警典型,孙超、郑兆瑞等等,转隶换装后,有了更加明确和长期的奋斗目标,都有大发展大进步!"

我不由感慨,体制改革这几年来,士兵转改民警群体的精气神在陆续出台的惠警政策激励下,发生了很大变化,有的工作成绩突出多次立功受奖,有的得到破格提拔,有的走上基层领导岗位,这说明,我们这支年轻的队伍充满了活力和向前的动力。

我们在为这个不断变化演进的时代,在为这支向着朝阳前进的移民管理队伍茁壮成长而感叹的同时,就这次"会谈"达成了一个共识——路是自己选的,成绩是玩儿命干的,要多琢磨"怎么办"、"怎么干",要想方设法为所在集体创造价值;对组织忠诚、勇于担责、专业敬业的人,无论在哪儿都不会吃亏。

那晚,我感觉特陶醉:看到参训的同志穿着一水儿的藏青蓝穿梭左右,我仿佛回到了20多年前那个处处洋溢着青春气息的警校，浑身充满了力量！

那晚，我感觉特自豪：我仿佛看到了在无数先烈、先辈为我们铺就的阳光大道上，一个个只争朝夕、奋发有为的硬脊梁、铁肩膀，顶天立地、无所畏惧地，向着太阳的方向，欢呼奔跑！

"职业精神你能说上来吗？"冷不丁，王锦抛出一个让我在当时情景下无论如何也想不到的问题。

"忠诚为民、担当奉献、专业文明、公正廉洁。怎么想起问这个？要考考搞宣传的？搞得我还有点儿紧张。"我笑着回他。

他说明天上课可能有交流，想在这个方面说下自己的想法，先讨论一下。我说你参加培训快魔怔了吧。

"课挺紧，认真一点儿，不丢人。"说完，又一阵爽朗的笑声。

那晚，我们敞开心扉，从晚课结束一直聊到熄灯时间，聊完工作聊家庭、聊孩子教育，总之聊得很透彻。

"警歌会唱吗？"他冷不丁又抛出一个让我在当时情境下无论如何也想不到的问题。

我说，你这是要送客啊，你不是不知道，我哪儿会唱啊，只会"嚎"。

那"嚎"一段听听，他说。

"伟大的祖国赋予我使命，复兴的民族给予我力量……"

跟着伴奏"嚎"毕，王锦说，还行，在调调上。

对于他真实但略显苍白的评价，我不知道该说啥，反正唱的时候虽然有些莫名，但心里挺畅快。

那晚，我睡得出奇地香，还做了一场跨越时空的梦。

我梦见，我在中国最东端的派出所——黑龙江乌苏镇边境派出所，和"东极卫士"一起张开双臂，迎接东升旭日第一缕霞光；我梦见我在中国海拔最高的派出所——西藏普玛江塘边境派出所，和"雪域雄鹰"一起高举旗帜，看无边云海似万马奔腾。

(作者单位：国家移民管理局新闻中心)

因为热爱,岗位出彩

夏 飞

立秋过后,天气依旧闷热。因受邀参加山东出入境边防检查总站举办的"喜迎二十大、央媒走国门"新闻采访活动,我从内陆地区来到黄海之畔。驻足齐鲁国门,不仅感受到沿海湿热的气候,更感受到边检人火热的青春。

采访期间,民警们身上无不展现出新时代青年人的样子,充满奋发向上的力量,"火热青春,不负热爱;因为热爱,岗位出彩"是他们共同的特点。

李桂军,岚山出入境边防检查站政治处

民警、宣传骨干。在口岸一线采访过程中,他口若悬河,向我详细地介绍口岸基本情况。提及出入境边防检查工作,他更是如数家珍。

"我们这里是全国沿海港口最大木材进口港,木材大多从新西兰、俄罗斯等地进口⋯⋯"李桂军告诉我,岚山港主要接卸木材、铁矿石、煤炭、非金属矿石等,港区环境相对较差,民警执一次勤,白色防护服上蒙一层黑灰,加上海边湿热,身着全套防护装备更是不好受。

李桂军说,岚山口岸有五个港区、33个对外开放泊位,联通全球100多个国家和地区,年出入境船舶4000余艘次、人员八万余人次,有全球唯一同一港区四个30万吨级泊位原油港、全省最大两个钢铁厂原材料进口港,去年口岸货物吞吐量达2.48亿吨。

在介绍船舶靠泊情况时,李桂军蹲下捡起一块碎石在地上比画起来:"这里是我们目前所在位置,前方海边是各个泊位,整个区域属于港池。泊位紧张的情况下,有船舶入境靠泊需在锚地等待,锚地一般建在十几海里外,有时我们还需要到锚地巡查,以防非法搭靠外轮等情况发生。"

我不禁感慨,作为一名宣传骨干,对业务工作如此了解,这不仅有利于更好地开展宣传工作,更是对岗位的热爱。当时正值正午,虽有阵阵海风,但天气依旧炎热。我看到李桂军的警服已经贴在了后背上,有意识地拍拍他,他却若无其事地对我说:"比起穿着防护服的同事,出这么点汗不算什么。"

在日照港口采访期间,一名女"飞手"引起了我的注意。她是日照出入境边防检查站民警赵琳,也是该站无人机警航队九名"飞手"中唯一的女性。她娴熟地操控着遥控器,还时不时与同事讨论着巡查画面。

看着赵琳将无人机稳稳当当停靠在指定位置，我上前采访。"驾驶无人机不仅是工作任务，更是我的爱好。"善谈的赵琳很快打开了话匣子。她开心地向我展示挂在脖子上的证件，"这是无人驾驶航空器系统操作手合格证，是经中国航空运输协会认证制发的，今年5月刚拿到手。"

"我们同事应该给你们讲了'E民宝'微信小程序吧，我也参与研发了！"赵琳骄傲地告诉笔者，"我平时就是喜欢捣鼓这些，刚好站里计划研发一款便民利企的微信小程序，我就自告奋勇参与研发设计等工作。"

赵琳说，整个研发过程经历了两年多，虽然时间跨度长，但这是她喜欢的事业，也没有感到枯燥乏味，反而很享受。如今使用的这款"E民宝"已经是2.0版本，具有船舶实时动态查询、相关法律法规及口岸警情提示、中英文同声翻译、疫情重点提示等功能，极大地方便了日常勤务工作，也为服务对象带来了便利。

添加赵琳的微信时，我发现她的微信头像是"ORACLE"几个字母。后来才知道，这是一款关系数据库管理系统的名称，可见她对科技信息系统是多么着迷。她说，自己利用业余时间学习了Linux服务器、Oracle数据库等知识，还自学考取了Linux红帽认证系统管理员和认证工程师、CCNA思科认网络初级工程师等资质。

因为热爱，所以执着。赵琳在自己热爱的岗位上大放异彩，这正是青年民警奋斗的价值。

走进董家口出入境边防检查站，大厅内摆放着全国优秀人民警察胡云龙的海报。"他是我们站重点推介的先进典型，曾荣立一等功、二等功、三等功各一次，被联合国授予和平勋章。"该站政委王彩玉介绍道。

我仔细地看了看海报上胡云龙的照片，皮肤黝黑、眼神坚毅，透露出一股坚定的力量。在前往口岸一线采访时，我遇到了正在执勤的胡云龙，本人跟照片相差不大，给人感觉成熟、稳重，聊起口岸基本情况也是侃侃而谈。

胡云龙于2006年入伍，从事带兵工作10年，曾赴利比里亚执行维和任务。维和期间，利比里亚埃博拉疫情暴发，很多驻利机构和人员纷纷撤离。"我们是中国维和警察，别人可以退，我们坚决不能退，因为我们代表的是中国！"回忆起维和经历，胡云龙语气坚定。

2020年7月，按照调动政策，胡云龙从北疆内蒙古调回家乡山东，成为董家口出入境边防检查站的一名民警。当时全警实战大练兵活动开展得如火如荼，胡云龙发挥带兵特长，承担起站里的组训施训任务，最终带领同事在2021年山东省边检机关全警实战百日练兵竞赛中取得优异成绩。

胡云龙告诉我，他第一次执行港区巡查任务时，遇上了大风天气，在梯口检查登轮人员记录，发现一名登轮作业人员未办理登轮证，便第一时间报告指挥中心立案侦查，对相关人员作出处罚。事后，违法人员所说的"风那么大，没想到你们会来检查"，让他感触颇深。

后来，在胡云龙建议下，站里成立了港区巡查队，全天候执行巡查任务。截至目前，已成功处置多起案（事）件，为近千名港区群众提供服务和帮助。

火热青春，不负热爱；因为热爱，岗位出彩。他们在热爱的岗位上恪尽职守、闪闪发光！

（作者单位：国家移民管理局新闻中心）

孙超笑时，我却哭了

杨 林

我没有想到前往红其拉甫出入境边防检查站的路途竟然如此艰辛。

红其拉甫边检站被尊称为"红站"，1995年被国务院、中央军委授予"模范边防检查站"荣誉称号，是一面鲜红的旗帜。

新中国70周年华诞之际，国家移民管理局举办了成立以来首次大型集中采访活动——"寻找最美国门名片"，我们新疆采访组一行16人，于9月23日乘车从喀什市前往"红站"驻地塔什库尔干县，300多公里的路程，整整

12个小时才到达,一路山重水复、爬坡过坎,极其艰辛。

当我们乘坐的中巴车行至半途,来到慕士塔格峰下的苏巴什村附近时,水箱出现严重问题抛锚了。当时夜冷风急,我们一车人饥寒交迫,幸亏"红站"及时协调驻地政府派出车辆前来救援,我们才脱离困境。

我们这次来"红站"的一个最主要目的,是为采访这个站一位赫赫有名的民警——孙超。

孙超为何出名?

种菜!

"红站"位于祖国西部的帕米尔高原,这里平均海拔4000米,含氧量仅为平原的48%,空气稀薄,紫外线极强,很多蔬菜在这里根本种不出来,被称为"生命禁区"。

那时,"红站"没有自己的菜地,吃的蔬菜、肉、蛋都要从喀什市运过来,由于路途遥远颠簸,到了站里经常是蔬菜烂了、鸡蛋碎了,储藏也是一大难题。

1996年12月,家住河北高碑店的孙超,入伍到"红站"服役。他在高原第一次吃上蔬菜,还是在他的生日会上,兴奋的他捧着一碗菠菜卤水面想把碗里的菠菜夹给战友,但大家都抿着干涩的嘴唇躲开了。在他的坚持下,几个人一人一片菜叶分享了一碗面。

孙超看到,因为长期吃不上新鲜蔬菜,很多战友出现了皮肤干裂、指甲深陷、手脚蜕皮等病症。他的心里很难受,有了让大家吃上新鲜蔬菜的念头。

为解决吃菜难的问题,"红站"建起了塑料温室大棚,孙超主动当起了管理员。从改良土壤到培育幼苗,再到规模种植,满腔热血的孙超历经数年上百次的反复摸索、论证、试验,终于总结出了"营养钵育苗移栽法",使幼苗成活率大大提高。为此,他研读了 50 多本 300 余万字资料,写下了 50 余万字的种养殖心得体会。

目前,孙超已在"红站"建了 12 座温室大棚,成功种植 36 个品种的蔬菜,畜养家禽 800 余只,养猪 35 头,每年收获各种蔬菜一万余公斤,鲜蛋 5000 余公斤,基本上解决了站里吃蔬菜、肉类难的问题,创造出"万仞冰峰、十亩江南"的绿色奇迹。

第二天上午,我们如愿以偿见到了心目中的"男神"孙超。1979 年出生的他,今年刚好 40 岁,但他看上去比实际年龄要苍老许多,皮肤黝黑、头发稀疏,患有高原上常见的症状。

孙超辛勤耕作的温室大棚,被大家亲切称为"雪域江南苑"。在这里,孙超向采访组讲述了他和这座大棚不凡的经历。

孙超说,这座温室大棚,是他和战友们挥锹舞锄挖走营区 3 万多方沙石,从 30 公里外挖回 19000 余方泥土,从 80 公里外挖回 9500 余方羊粪,平整改良土壤 12 余亩才终于建成的。

孙超说,那时一次次种菜失败,他经常独自一人蹲在地头哭得一塌糊涂。听到这里,我也有想哭的感觉,但忍住了,男儿有泪不轻弹嘛!

我们了解到,孙超种菜成功后,不但改变了战友们的生活质量,还产生了辐射效应。驻地群众纷纷前来观摩,孙超一有空儿就带着各类蔬菜种子往村里跑,毫无保留地将自己的技术和经验分享给当地群众。

后来,在孙超的推动下,一座座大棚在高原上建了起来,驻地电视台也邀请孙超讲授种植、养殖知识。然而,蔬菜虽然种起来了,群众脱贫致富却依然是个大问题。为此,孙超又开始研究养殖畜牧业，通过改良当地传统的游牧方式，帮助牧民建立高原牦牛养殖合作社，开辟了一条特色养殖的发展之路，有力带动了驻地经济发展和产业升级。

目前，已有50多户牧民在孙超的帮助下建起了大棚，十余户开展了牦牛养殖。孙超在帮助群众脱贫致富的路上，不仅洒下了自己的汗水，也将希望的种子撒在了群众心间。

我们了解到，孙超先后荣立二等功1次、三等功9次，被公安部评为公安现役部队优秀士官，被公安部边防局评为农副业生产先进个人、后勤工作先进个人。今年5月光荣入围全国"最美奋斗者"活动候选人，7月被评为"全国模范退役军人"。

2018年年底，孙超和大多数战友一样，随着公安边防部队集体退出现役，成为光荣的第一代移民管理警察，迎来崭新的事业。

其实，在高原上服役了23年的孙超，原本可以在这次改革中选择退役，拿着近350万元的高额复员费回到河北老家，陪伴家人。

"我也想过回家，可是红其拉甫培养教育我这么多年，不能在关键时候一走了之，我舍不得这里！"面对选择，孙超也曾犹豫过，但坚定的信念让他最终毅然选择了留下。

事实上，这不是孙超第一次放弃"机会"。早在2007年，原公安边防部队后勤训练基地准备调他到北京工作，他谢绝了。2012年，位于浙江的海警学院想调他去当教员，讲授军需专业知识，他也谢绝了。后来，新疆维吾尔自治区农科院还向他发出工作邀请，还是被他婉拒了。2014年，河北老家一家生态园的老板想要高薪聘请他，再次被他婉拒。

"他的选择在我意料之中，红其拉甫就是支撑他的精神家园。"孙超的妻子张永慧说,她与孙超结婚 15 年来,一直两地分居,因聚少离多,婚后八年才有了孩子,父母也已年迈多病。她需要丈夫,但她也更理解孙超对红其拉甫的感情,她会坚强地支持丈夫的选择。

孙超说,历时八年他才种菜成功,婚后八年他才有了孩子。遥远的家人是他最大的牵挂,他把儿子孙屹阳的照片挂在钥匙链上,实在想孩子了就偷偷拿出来看,看得眼圈泛红、热泪滚滚,稚嫩的小脸怎么看也看不够。

孙超说,他表达对亲人思念最好的方式,就是把精力和心思都投入到高原警营的各项工作中去,把平凡的工作当作至高无上的事业去拼搏和奋斗。他的心愿是,在帕米尔高原的冰峰雪岭间多植一片绿,为"红站"模范旗帜再添一抹红!

听到孙超此时的讲述,我感到眼眶里有些湿润,但泪水终究还是没有滚落下来。因为我不但是一名记者,还和孙超有着相似的经历,是一名有着近 30 年军龄的边防老兵。战友们和家属亲人两地分居的感人故事,我知道很多。

采访孙超期间,我们还来到和他结对认亲的塔吉克族牧民艾力那扎尔家中,这户牧民的家在距"红站"营区 90 公里的麻扎乡。得知我们来访,他们一家四口高兴地出门迎接,两个孩子看到孙超,就像见到最喜爱的亲人那样,欢快地飞奔过来。哥哥哈尼卡一跃跳入孙超怀里,搂着孙超在他脸上送上好几个热吻。妹妹安尼达尔则一手接过孙超带来的食品、衣服、玩具等慰问品,然后兴高采烈跑向父母,边跑边说:"爸爸、妈妈!孙超叔叔又来看我们了!"

我看到抱着牧民孩子的孙超,满脸都是发自内心的喜悦,他笑得是那么纯真、那么幸福!这时,我却情不自禁想到了孙超远在千里之外的家人,他那只能在照片中亲近的儿子。刹那间,我的眼泪夺眶而出……

年近半百还老泪纵横,真是太丢人了!我赶紧转过身,仰望湛蓝的天空。此时,阳光灿烂,难以直视。

没想到旁边的战友早已发现我哭了,为我递上纸巾。我有些害羞地对他说:"不好意思,这阳光真是太耀眼了!"

(作者单位:国家移民管理局新闻中心)

黄平的"平"

于雷 陈琪

"你好!"问候的同时,接过证件、人证对照、提交资料、盖章交还……日日月月年年,黄平一丝不苟重复这样的动作。37年来,黄平已验放出入境人员276万余名,相当于迎来送走了五个卢森堡或者八个冰岛的人口,没有收到一名旅客投诉。

如果让一个人每天只吃一种菜,肯定会闻"菜"色变;黄平一生只做一件事,却做到了极致,达到了痴爱。"回家睡觉爱的是床;来到单位,爱的是验证工作,不'上台'

就像丢了魂。"黄平说。

平凡的工作，就像每天重复的验证动作

深圳出入境边防检查总站深圳湾边检站组建于2007年7月。当年5月，黄平所在的罗湖边检站执勤二队，整体被调至深圳湾站。那一年他45岁，成为这个全国第一座实施"一地两检"查验模式的综合性陆路口岸里年龄最大的民警之一。"平哥"的称谓由此而来。

"我认为'平哥'不仅是大家对我年长的尊称，也促使我有大哥风范，必须要把工作干在前。"2016年，总站开展"文明使者"评比，在验放速度、数量、质量以及服务态度等方面制定了极高的标准，很多年轻检查员都持观望态度，年长的民警更是望而却步。时年53岁的黄平毫不犹豫走上了冲刺"文明使者"的起跑线。

"这么老的同志也参加，是不是看上了年终的绩效奖？"刚分来的大学生在心里悄悄打了问号。

最后的结果是最响亮的回答。当年，黄平验放出入境人员数量达到19万余人次，在全总站3600多名检查员中名列前茅，"成功冲刺"！而所谓的年终绩效奖，子虚乌有。

成功给了黄平更大的信心和勇气，接下来2017年、2018年，黄平连续荣获"文明使者"称号，特别是2018年，黄平验放人员数量达到15万余人次，居深圳湾站第一，没有发生一起差错。

其实，在深圳湾站工作12年来，黄平还创造了多项纪录。

2015年大年三十，黄平接过一本外国护照，资料比对时，敏锐地识别了出入境记录缺失的破绽，也击碎了持证人"年三

十检查员会放松"的幻想,一举查获一本伪假南非护照。这种用非控手段查获的概率仅为百万分之零点八,黄平成为深圳湾站查获伪假南非护照第一人。

验放外国人对检查员素质要求极高,要有一定的英语对话基础,问得清"五必问"(来华目的、目的地、第几次来、是否有同行人、国内是否有联系人);要有好视力,看得清很小的英文字母……对于黄平,这些都不是困难。黄平随身携带的小本本,上面记满了常用的英语会话;老花镜成为他的亲密朋友,透过老花镜的目光依然犀利……黄平是目前深圳湾站依然战斗在外国人查验通道上为数不多的老民警之一。

队里所有关于个人的文字材料,比如思想汇报、学习心得,唯有黄平还在手写,无论长短。"平哥的字写得真好,他报上来的每一份材料总让我眼前一亮。"干过内勤的王立恺深有感触。

老民警自带"资本",眼花、耳背、容易出错,理应可以提出到货检、监护等相对轻松的岗位,或者到离家近的边检站工作,但黄平从没有提出过。2017年5月,站里拟抽调老同志到相对轻松的货检通道,执勤队征求他的意见。"年龄大并不代表能力弱,我越老越稳重、细心,越知道肩上的责任。我请求继续留在这里。"

黄平似有预感要被抽调,那几日,他来单位的时间更早了。"他一遍遍地巡视验证台,认真做着开机、清场、报警测试等准备工作。"细心的执勤二队教导员吴洪,察觉到了黄平心中的留恋。

热爱、执着是对岗位最好的告白,黄平最终留在了验证台。

深圳湾地处粤港澳大湾区核心,一桥飞架,将深圳最有活力的蛇口与香港元朗紧密连接,推动着深港合作更加便捷、广阔。随着粤港澳大湾区经济的飞速发展,深圳湾口岸客流量日益增长,至2018年年底,过关旅客人数达到4900万,目前日均查验出入境人员13.4万人次,居全国第四,日均查验出入境车辆1.29万辆次,居全国第二。

深圳湾口岸验证大厅毗邻闻名世界的"粤海街道办",透过验证大厅的窗户,可以看到林立的高楼大厦,大厦里藏着"华润"、"腾讯"、"恒大"等全球知名企业总部。"工作在现代化科技的前沿,不储备知识,就站不稳这片热土,没有扎实的业务知识就可能离开热爱的岗位。"黄平时刻感受到本领恐慌。

2013年,总站开展"全能型检查员"考试,这是对黄平业务学习的一次最大挑战。熟练的电脑操作为年轻检查员学习创造了便利,而黄平对电脑始终"敬畏"。

"笨手笨脚地操作更耽误时间,不如我的笨办法更有效。"黄平的笨办法,就是把不会的题目一条一条抄在笔记本上,一有时间就拿出来看,找不到学习窍门就死记硬背。他整整抄了四大本,密密麻麻,一丝不苟。后来,黄平以优异成绩通过考试,执勤队专门把四大本笔记,作为"励志教材"放在勤务督导台上展示,激励检查员加强业务学习。

马行千里,不洗泥沙。学习状态的"满格电",让黄平"底气很足"地始终战斗在自己"最中意"的岗位上。荣誉是对他辛勤付出的褒奖,37年来,他荣获"三十年突出奉献奖",四次荣获"文明使者"称号,两次被评为"模范边防检查员",六次荣立三等功。

平实地做人，就像默默无闻地做事情

黄平生性寡言少语，没有人见他发过脾气或者牢骚，给人的印象就是踏实做事、老实做人。

遇到早班，黄平必然是第一班"上台"。如果新换了排班的内勤，他会提前告诉"排班的规律"。"早餐最重要，要吃好。让这些弟弟妹妹们先吃，年轻人饿得快。"黄平在第二班吃早餐，常常吃到最后，然后打包剩下的面包、馒头之类，悄悄塞给从农村过来打工的保洁阿姨，天天如此。

深圳湾边检站从关心民警的健康出发，在每个班次的中间时间安排了"加餐"，有水果、点心，也有民警自带、自购的"另类"食品。最后打扫"战场"是黄平的"规定动作"。"这样不行、这样不行……"在"碎碎念"中，黄平把剩下能保存的，都收进了他的"百宝箱"。"饿了，找平哥"成了日常用语，"百宝箱"成为晚班同事的最爱。

黄平用实际行动昭示了"最美奋斗者"、"老黄牛"、"老工匠"精神，赢得了大家的尊重。每个班次下来，黄平都扶着酸痛的腰走近他的水杯。而水杯就在那里等着，里面是弟弟妹妹们给他泡好的红茶，水温刚好。

2017年10月，单位取消了通勤车。起初，黄平乘公共交通上班，但"感觉耗时"，就搭同事的顺风车。不到一年，黄平又坐不住了，"总麻烦别人，心里过意不去。更重要的是，早来或晚走都受到限制。"黄平决定学车，"特别想像年轻人一样，自由地开车上下班。"

学车第一天，一位学友猛给他递烟，以为他是教练。教练

说,年纪这么大还学车,第一次碰到啊。历时六个月,补考两次,黄平终于拿到了驾照。有了驾照就可以参加深圳的车牌摇号,但摇号中签难于上青天。两个月后,黄平很突然地开车上下班了,一辆黑色的吉普,感觉特"拉风"。黄平说:"车是借我大舅哥的。"

车上每天坐着搭车的同事阳波和林桂叶,"一点儿也不麻烦,空车才浪费。"黄平对同事说。

平淡的生活,就像楼顶建起的小菜园

楼顶所谓的菜园,是黄平维修楼顶渗漏时的一念之想:何不用剩余的水泥、砖块砌出个花园。黄平便自己动手,砌成了几个30厘米高的长方形的槽,外加捡来的别人丢弃的大花盆,填上土便建成了不规则的花园。

起初种花,黄平感觉没有种菜实惠,花园就成了菜园。然后再捡别人淘汰的桌椅板凳,围在菜园的中间,用钢管搭了棚子,遮阳挡雨,便成了茶座。

继爱工作、爱睡觉之后,黄平拥有了第三爱。四周高楼林立,菜园绿意盎然。工作之余,黄平常常在菜园里种菜、喝茶、听雨、赏月,一坐就是半天。收获时,也邀三两个同事分享。"我去摘过几次菜,还带女儿同学的奶奶去学习种菜的经验呢,"同事杨晓楠说,"感觉菜园就是平哥的'验证台'。"

黄平不饮酒,但抽烟,总是抽广州产的"双喜"牌;从春到冬大都穿警服,便装就那么几件,颜色非黑即白;黄平极少出省,至今没去过北京,但去过上海、杭州和大连。"这都是借单位组织的学习、疗养等活动去的,不用自己花钱。"他说。

黄平老家在广东信宜农村，入警前的穷苦日子深深地影响了他，对自己"抠门"，但对父母却"非常大方"。1992年5月，父母和哥哥、妹妹听说黄平在深圳有了自己的房子，便一起来旅游。黄平带他们游了深圳著名景点"锦绣中华"。后来，再有亲戚来玩，都由妻子莫秀慧"导游"。"工作忙，没时间，而且可省一个人的花费。"黄平说。

离乡37年，黄平带老婆孩子回去过五次，仅有一次回乡过春节。"回去耽误时间，不如让父母来深圳。"所以，父母身体好的时候，黄平每年都邀请父母来深住上数月半载，最长一次住了三年。近几年，父母年迈，身体不便，来得少了，黄平就雷打不动每月给父母1000元生活费，每季度还安排莫秀慧委托跑车的同乡捎去牛奶、钙片等。

2015年，警察可以申请办理因私护照和港澳通行证。"每天花花绿绿的护照从我眼前滑过，非常想拥有一本自己的护照。"黄平积极地填表申请，领取时，他高兴得像个孩子，"护照是中华人民共和国公民身份的象征，更让我激动的是，我的名字第一次离国徽这么近。"

现在，黄平的护照被统一保管在单位，一次没有用过。其实，黄平出过一次境，他说："从深圳到香港就像邻居串门。"2015年7月8日，黄平带着莫秀慧，开始实施二人平生第一次的"香港一日游"。从文锦渡口岸出境，车行半小时后，二人到达一个叫"上水"的小地方。

"有点儿晕车，回吧。"他说。

"听人说，香港的东西不比内地便宜，不去了。"莫秀慧附和道。

二人意见一致，立马打道回府。"其实他是怕花钱。"莫秀慧心里最清楚。

平静的爱情，就像家里每晚亮起的灯

莫秀慧是在老乡家的一次聚会时认识黄平的。"就看上了他人老实。"那时的黄平每月的工资才400多元，莫秀慧挣的几乎是他的两倍。

恋爱时，黄平没有给她买过一束花，没有带她看过一次电影，没有请她在酒店吃过一次饭。"见了面，也很少说话，只是笑。"莫秀慧说，"两个人不说话也不是办法啊，我就把我想知道的问题写在纸上，让他拿回去准备，再见面时，读给我听。"

"嫁给老实人，以后过日子安稳。"在征求父母意见后，1991年11月1日，二人在家里做了一桌饭，叫了几个亲戚老乡过来热闹一下，算是举行了婚礼。

1992年11月，知道莫秀慧怀孕了，黄平悄悄给莫秀慧买了一件孕妇裙。那是黄平给她买的唯一一件衣服。"白色的底子上开满了蓝色的小碎花，真好看，至今还保留着。"莫秀慧说。

爱一个人就要爱他的全部，就把一切给了他。莫秀慧怀孕后，再没有出去工作，一直到现在。"黄平这么热爱他的工作，我要给他创造一个没有后顾之忧的家，好让他全身心地'出门工作、回家睡觉'。"操持家务、抚养孩子、尽孝老人……莫秀慧一个人扛在肩上。"有一次，儿子半夜发高烧，但看到黄平睡得正香，一早还要上班，就一个人背着孩子去了医院。"

无论黄平晚班回家多晚，莫秀慧都准备好一杯热水、一套干净的睡衣，一直等他回来。"有时他加班，会等到凌晨三四点钟，但已形成习惯，他不在身边，我也睡不着。"

如上早班，黄平就把闹钟的时间定在 5 点 10 分起床。莫秀慧也有闹钟，把时间定在 5 点 15 分，"怕他太累，闹钟闹不醒，我就叫他起床。"

在深圳湾边检站工作 12 年来，黄平没有请过一天事假。2017 年 5 月，黄平接到老家电话，说是哥哥病了。"我知道哥哥的身体情况，应该不是什么大病。"黄平让莫秀慧寄了 5000 元钱给哥哥治病。半个月后，黄平接到哥哥病故的消息，一下子蒙了。

黄平找队领导请假，"用我的正常休假天数来抵销吧。"他提醒队领导。

他请假七天，但三天就处理完家事回来上班了。"他们兄弟感情很深，回来后，上床就睡，一句话不说。"莫秀慧说。

郭建岗是黄平关系较好的同事，"别看平哥话少，有时候也能蹦出金句。他常说我，你名字的意思就是建设皇岗，怎么还赖在深圳湾呀。"郭建岗说，平哥处理完家事上班的第二天，下了晚班回家，路上堵车近三个小时。忽然接到嫂子的电话，嫂子哭着说，打黄平的电话一直没有接，这几天，他心情沉重，他在车上吗？他可别出什么事啊！

郭建岗立刻叫醒昏睡的平哥，让他回电。

尽管站里的饭菜"很便宜"，每天，只要不加班，黄平都要赶回家吃饭。家住八楼，没有电梯，黄平常把自己疲惫的身躯努力抬到八楼。

推开门，饭菜飘香，黄平笑了，劳累散了。

（作者单位：国家移民管理局新闻中心）

大漠深处"枣红色的达坂"

王科亮

"大漠风尘日色昏，红旗半卷出辕门"，7月20日，根据国家移民管理局轮勤轮训工作方案，海口出入境边防检查总站15名民警到达新疆吐尔尕特出入境边防检查站开展为期三个月的轮勤工作。从海拔15米的滨海花城海口到海拔3975米的雪域高原吐尔尕特，我们飞过了昆仑和天山，行程6000多公里。

吐尔尕特口岸位于新疆克孜勒苏柯尔克孜自治州乌恰县境内，是中国通往吉尔吉斯斯坦以及中亚、西亚、欧洲各国的重要通商口岸。吐尔尕特，柯尔克孜语译为"枣红色的达坂"，口岸原址位于海拔 3795 米的边境山口，由于气候恶劣、面积狭小、条件艰苦，制约了边境贸易的发展，经国务院批准，于 1995 年下迁至现址托帕。

刚到吐尔尕特那天，天气很好，蓝天白云，不想第二天我们便见识了这里特有的气候现象——"下土"。君不见走马川行雪海边，平沙莽莽黄入天，因为毗邻沙漠、缺少降雨，一旦起风，沙尘便跟着大风到处飞扬，漫天的黄沙遮天蔽日，甚至连几米之外的国旗杆都看不见。我紧闭门窗，生怕沙尘刮进宿舍。但隔着窗户听见吐尔尕特边检站的民警列队之后，喊着口号消失在茫茫黄沙之中，开始了一天的执勤工作。第三天，我们就见识到了这种干燥气候的厉害，脸上开始起皮，鼻涕中带有血丝，几个老民警因不能适应恶劣的气候环境，感冒的感冒，咳嗽的咳嗽，可谓"全军覆没"。吐尔尕特的民警告诉我们，这个月已经是托帕气候最好的时候，不出一个月，就会寒风呼啸、大雪压境，好好享受现在吧。

吐尔尕特边检站处于南疆喀什地区，处突拉练是家常便饭，每周至少两次，每逢周末或者节假日，还要参加口岸联防部门统一组织的全口岸反恐演习。

吐尔尕特边检站民警超高的反恐意识、快速的支援能力让我非常佩服。记得有一次反恐拉练，紧急集合的铃声一响，住在宿舍旁边的两名女民警迅速夺门而出，边跑边穿衣服，鞋子还拎在手里。不用一分钟全站民警集合完毕，按照处突方案各司其职。这种意识、这种速度对我们来讲简直不可想象。

该站政委董伟平讲，时间就是生命，大家是一个整体，必须迅速支援，同心协力，才能保证自身安全，才能保证兄弟姐妹们安全。在后来的演习中，我们15人也参与其中，真正把每一次演习当成实战，深化了我们对反恐工作的认识。

"千嶂里，长烟落日孤城闭"，这是对我们营区的真实写照。因周边环境复杂，为了安全，吐尔尕特边检站有严格规定，除执勤时间外，任何人禁止走出营区，因此，这里还有一份特殊的工作——夜间值班。夜间值班就是指挥中心坐值，主要任务是对夜间监控视频进行监视，协调值班民警处理夜间突发事件，遇有突发状况负责呼叫支援，协调口岸联防联控，是夜间的总指挥。所以，在指挥中心坐值需要整夜不能打盹儿，时时刻刻关注着监控视频和面前一排对讲机的各种汇报情况。

我清楚地记得每一个巡逻的夜晚。八九月份的新疆，夜晚寒风凛冽，与我相伴的只有黑夜皓月，寂静得让人害怕。我想，这就是历史长河中无数次出现在文人墨客笔下的边关冷月。每隔半小时指挥中心便会通过对讲机询问情况，这普通的对话确实带来了安全感，暂时驱散了皓月当空的寂寞。这是一段宝贵的经历，寂静的夜晚让人思考、让人成长，也衷心希望吐尔尕特边检站的夜晚永远这样寂静下去。

"北风卷地白草折，胡天八月即飞雪"，恰是盛夏的季节，没想到在我们到达前哨班的第二天便漫天飞雪。前哨班，即是吐尔尕特边检站旧址，位于海拔3795米的吐尔尕特山口，中国与吉尔吉斯斯坦交界51号界碑处。这里常年积雪不化，气候条件极其恶劣，一天可有"四季"，光秃秃的山坡寸草不生，连绵不断的山脉与沟壑勾勒着帕米尔高原的威严，我们习惯称之为"生命的禁区"。

到达前哨班的当天，我便出现了严重的高原反应，头晕、恶心、乏力，只能被迫吸氧休整了几天。

跟随前哨班民警执勤的时候，才真正体会到了他们的艰辛。

汽车排在长长的公路上，我们要一辆一辆地进行车体检查，以保证没有偷渡和走私等违法行为。如果是晴天，汽车激起的灰尘铺天盖地，民警的头发都变成了土灰色；如果是雨雪天，汽车溅起的泥水让民警变成一个个泥人。东方既白而出，披星戴月而归，如不是亲眼所见，着实不可想象。记得有一次我跟队查车，爬上爬下，完成两辆车后就累得坐在地上休息，缺氧的症状马上出现，而吐尔尕特边检站的民警一干就是整整一天。

前哨班的艰苦不只是环境和勤务，还有生活条件。这里寒冷缺水，洗澡、洗漱十分不便，做饭、洗碗、打扫卫生都要靠民警自己干。半个多月的时间里我感觉自己一直处在缺氧状态，手冻脱了三层皮，脸也有了高原红。离开前哨班的时候，驻守的民警为我们送行，我隔着窗户望了一眼孤立在半山腰的房子，心里有说不出的滋味。引用微信朋友圈的一段话就是："在海拔3795米这块贫瘠的土地上，吐尔尕特边检人创造了奇迹。这里民警的辛苦，我苍白的语言无法描述，同是父母生养的血肉之躯，同样是家里的掌中宝，同穿一身藏蓝色警服，我们又有多少区别呢？除了向他们说句辛苦了，我什么都做不了。真心向这些坚守在祖国最艰苦地区的最可爱的人致敬！"这是我们15人共同的感受、共同的敬意。

三个月的时间白驹过隙，转眼就到了说再见的时刻，心中对吐尔尕特边检人充满了敬佩和不舍。三个月的时间，我们的收获太多太多，是艰苦奋斗的精神，是吃苦耐劳的品质，是戍边卫国的情怀，是甘于奉献的人生境界。这一段经历的收获是注定受用一生的，必将改变我们的思想境界，成为未来源源不断的精神动力，激励着我们努力工作，勇往直前。

（作者单位：海口边检总站）

所爱隔山海 山海皆可平

张证杰

对很多普通人而言,春节的"年味儿"是阖家团圆,但对那些以"岗"为家的移民管理警察来说,春节的"年味儿"是坚守奉献。

执勤与备勤、责任与担当,即便在家门口执勤也不能与家人团聚,抑或相遇也并不能相拥。但亲情、友情、爱情,即使隔山隔海也从不隔离爱。春节期间,我有幸走进郑州出入境边防检查站,近距离探寻守卫国门不能回家的故事。

亲情，透过窗户传送

这个春节，李哲注定不能与家人团聚了。

"除夕要在隔离点过了，初二核酸检测之后我才能回家。"执勤完毕，郑州边检站执勤六队副队长李哲无奈地给妻子发微信。

李哲所在的执勤六队担负春节期间货运航班检查任务，按照疫情防控要求，执勤结束后实行闭环管理，核酸检测阴性结果后才能返岗。意味着今年他又不能回家过团圆年，缺席家里的团圆饭已是常态。

初一早上7点，隔离酒店在暖色灯光的照耀下显得朦胧又寂静。

"爸爸！爸爸……"突然传来呼喊声，是四岁儿子李奕卓的声音。该不是做梦吧，他有点儿不敢相信。

原来，妻子带着孩子，从市区赶来，想看一看他。

"咦，怎么不打招呼就来了，这么远，天气还这么冷。"尽管李哲嘴上带着一丝埋怨，但是看到窗外突然出现的家人们，嘴角还是洋溢着微笑。

"卓卓很想你，闹着要来看看你，虽然隔着窗户，但我们很满足，家里给你留的有炸好的鱼、蒸好的枣花馍，等你回来吃……"妻子掰着手指，给李哲一一说着。

"好好，回去咱们再好好过年，天太冷，你们快点儿回去吧。"李哲打开窗户催着家人回去，刺骨寒风吹得他不禁打了个寒战。

"李哲，你胃不好别受凉，快把窗户关上！"妻子谷颂阳担心地催促他。

"你们回去我就关上!"李哲态度坚决。拗不过李哲,她只好恋恋不舍地转身离去。

李哲一直站在窗前,看着车渐行渐远。

友情,通过屏幕表达

"饺子真好吃,不知谁包的?"除夕夜,执勤一队的隔离民警在微信群里聊天。

"同志们过年好,小胡的饺子吃到了没有?"郑州边检站政治处主任鲁尧通过手机向隔离人员拜年,才揭开送饺人的谜底。

饺子意味着团圆,中原地带的民俗与许多地方一样,过年就要吃饺子。考虑到民警在酒店隔离,食堂的胡伯文有个想法,想为隔离民警亲手做一顿饺子。

下午5点左右,小胡带着一盒盒手工饺子来到酒店,再三请求前台工作人员代为送达。

"小胡,原来是你包的饺子呀,我说怎么那么好吃!怎么不带点儿醋来。"隔离点负责人、执勤一队副队长张倩与胡伯文视频连线时打趣道。

张倩的丈夫胡晓泉是武警河南总队一名参谋,今年除夕夜对他们夫妻来说,平凡而又特殊。

说平凡,两人再一次一个在国门执勤,一个在哨位值守,将年幼的孩子交给父母,已然成为常态。说特殊,她主动请缨,战斗在执勤一线。

"在隔离点有什么困难,一定要告诉我们,隔离病毒不隔离爱,我们和你们始终在一起。"大家在微信群里互相鼓励着。

深夜，食堂蒸笼里依旧呼呼冒着热气，等着下一拨执勤人员到来。

爱情，隔着防护服感受

除夕之夜，郑州机场外场车道上，一幕"鹊桥相会"正在上演。

行驶中的一辆机组车有意放慢速度，车上一名南方航空乘务人员不停地向窗外张望着。她叫李炎，是郑州边检站民警吴猛的妻子。

此时的吴猛还在为"空中丝绸之路"的畅通忙碌着，根本没有注意到不远处的车辆。

机场的探照灯下，到处是工人紧张忙碌的身影。随着境外疫情的蔓延、境外防护物资吃紧，郑州机场作为"空中丝绸之路"的起点，成为物资往来的重要枢纽。

吴猛与同事正忙着货机出入境检查。

知道丈夫此时奋战在一线，李炎希望邂逅，哪怕能看他一眼也是幸福的。

在经过263号廊桥口时，防护服上印有"中国边检"字样的人群映入李炎的眼帘。"吴猛！吴猛！我在这儿！"李炎激动地摆着手呼喊。

司机师傅有意停下车，打开车门，让这对小夫妻短暂"团聚"。

正在执勤的吴猛十分惊喜，看到李炎准备下车，才回过神来，挥手阻止道："小炎，别下来。"吴猛知道，自己还在执勤，穿着防护服不允许互相靠近。

李炎探出身来，向丈夫挥手。

"快走吧,起落安妥,等你回家。"吴猛边催促她离开,边用双手比画着一个爱心。

李炎默默地回到座位,不敢回头看,怕爱人看到她湿润的双眼。

吴猛看着车辆远去,和同事一起又踏上下一个待查验航班。

(作者单位:河南边检总站)

"网红"洋教授玩转科普秀

韩 睿

25年前,怀着对中国发展速度"好奇"心理的戴伟(David G. Evans)绝对没有想到,现在能成为中国的"网红"。

1996年9月,戴伟辞去英国埃克塞特大学化学系教学委员会主席的职务,加入北京化工大学段雪教授的科研团队。

很多英国同事不理解:"你疯了吧,在中国能搞什么科研?"

"中国上升的发展曲线,让我明白未来中国发展潜力不可限量,我相信中国会越来越好。"戴伟坚信自己的看法。

戴伟的预言很快实现了。中国像是搭上了高速运行的列车，经济实力不断提升，科研投入也水涨船高。凭借在化工领域的造诣，他和团队研发了两种添加剂，一种让农业大棚塑料膜夜间保温效果成倍提升，另一种增强了高速公路抗晒效果，延长了使用寿命。

其间，细心的戴伟发现，中国孩子接触科学实验的机会相比英国孩子，实在少得可怜。"在好奇心最强的年龄错过接触化学实验的机会，实在太可惜了。"

于是，2011 年，身为英国皇家化学会北京分会主席的戴伟用 1000 英镑的项目拨款，购买了化学实验设备和药品，带着化工大学的研究生，到北京周边的打工子弟学校做科普实验。"仍然记得当时的场景，孩子们睁着好奇的眼睛，发出'哇哇'的惊叹。"

之后，戴伟积极投身中国青少年科学普及工作，先后奔赴中国 30 个省（区）300 多座城市，为 20 余万名中小学生和公众开展科普讲座 600 余场；连续 10 年参加全国科普日、全国科技活动周等各类大型科普活动，受众人数接近 30 万人。

2018 年 3 月，助手索乐乐将戴伟演示的"火星四射"实验视频上传至网络。不承想，视频播放量超过 1500 万，戴伟一夜爆红。

"让更多的中国学生感受化学实验的神奇，从而激发他们对科学的热爱。"此后，戴伟趁热打铁，锐意创新，逐步将电影、小说的元素融入化学科普实验中，制作出"大象牙膏"、"穿云箭"等化学科普视频 260 余个，在新媒体平台传播量达 4.5 亿次。越来越多的中国孩子因为这个洋教授的科普而喜欢上了化学。

"我深刻感到,中国是个有人情味的国家。只要为中国作出贡献,就是中国的朋友,就会得到很高的认可。"扎根中国的戴伟在教学科研、化学科普、人才交流等方面取得卓越成就。2001年戴伟荣获中国政府"友谊奖",2005年荣获中华人民共和国"国际科学技术合作奖",2016年荣获"科普中国特别贡献者"荣誉称号,还当选2020年度"北京榜样"和"2020科普中国·十大科学传播人物"。

2020年9月11日,戴伟受邀参加了习近平主席主持召开的科学家座谈会,在面对面与习近平主席交流后,戴伟对中国吸引海外人才、建设科技强国的远景更加充满期待。

"二三十年前,国际交流合作是单行线,外国人认为是在帮助中国,而现在是双行线,是优势互补。另外,中国丰厚的科研条件、高水平的科研团队、优秀留学生的现身说法,都对外国科技人才产生了巨大的吸引力。"已是"中国通"的戴伟经常言传身教,引导身边的外国人换位思考,读懂、接受中国文化,更快、更好地融入中国。

目前,戴伟科普的足迹几乎遍布中国,仅有广西和西藏没有去过。当获悉中国移民管理机构在广西三江县定点扶贫时,戴伟说:"我了解这个机构,他们办理出入境手续的效率越来越高,不用排长队,这在很多国家做不到。我非常乐意去三江做科普,让山区的孩子感受化学的乐趣,培养他们的科学思维。"

(作者单位:黑龙江边检总站)

跨越万里 只为握住你的手

邱小平 姜明金

家，是中国人最核心的认同。年，是中国人最盛大的节日。回家过年，是中国人最温暖的信仰。在万家灯火的背后，总有人为了大家的团圆而舍弃小家团聚，他们是用脚步丈量祖国边境线的戍边民警，是手握验讫章迎接你们回国的检查员。在这个春节，他们没有被忽略，在坚守工作岗位的同时，他们也以另外一种方式收获了团圆。

从四川成都到黑龙江漠河
63 小时火车硬座，为你带来家乡的味道

今年 21 岁的王国龙，个头瘦小，戴着黑方框的近视眼镜，看起来还是个学生样。之前他在云南磨憨边防检查站服役两年多，2019 年考入黑龙江出入境边防检查总站漠河出入境边防检查站。这是中国最北的出入境边防检查站，担负着中俄原油管道工程施工检修人员的出入境边防检查任务。今年春节，王国龙在单位值班。

为传递国家移民管理局党组对戍边民警的关爱，漠河出入境边防检查站邀请了王国龙的父母王代华、梁贵华夫妇到漠河，陪儿子过年。

1 月 20 日早上，天空还是一片漆黑，王代华夫妇带着给儿子的礼物就出门了。这一趟东北之行，他们要坐 63 个小时的火车，全部都是硬座，在哈尔滨中转 9 个小时，整个旅程 72 小时，三天三夜。

1 月 23 日早上 8 点，火车到达漠河站。此时，王国龙早已等在站外。前一个小时，梁贵华还因路上的美景洋溢着笑容，此时一见到儿子，就落泪了。无数的想念，无数句我想你，都化作一个紧紧的拥抱。

在漠河的这几天，王代华夫妇参观了最北的边检站，到北纬 53 度的 1314 爱情坐标点和儿子合了影，参加了边检站的团拜会，听到了单位对儿子工作的肯定，对儿子最北戍边有了切身的体会。

"儿子，你从事的是一项高尚的工作，你好好干，无论路有

多远、坐多久的火车,我们都会来看你。"这是 1 月 29 日王代华夫妇离开漠河时对王国龙说的话。

从安徽淮南到黑龙江逊克
穿过人山人海,只想看到你的进步

1 月 20 日,在安徽省淮南市潘集区潘集镇的一家农资服务站,王如祥早早关了门,回到家里收拾行囊,和爱人准备出趟远门。

王如祥的儿子王桂坤,在黑龙江省黑河市逊克县边境管理大队工作。一周前,黑河边境管理支队邀请王如祥和爱人陈付芳到逊克陪儿子一起过年,这让一辈子没出过远门的陈付芳既惊喜又激动。

对于 52 岁的陈付芳来说,儿子王桂坤一直是她的骄傲。10 年前,儿子入伍江苏张家港边防检查站,因为工作成绩突出,被选拔为士官,在部队干了九年,2018 年通过考试,成为黑龙江黑河逊克边境管理大队的一名民警。

说起儿子,王如祥满脸自豪:"我儿子干啥都中,你看寄到家里的那些证书,都这么厚一摞。"王如祥用双手比画着一尺多高的厚度,脸上满是笑容。

这些证书、奖章摆在了王家客厅最显眼的位置,陈付芳每天都要擦拭这些"宝贝":三个三等功奖章,全省"四会教练员"奖牌,优秀士官证书……

在电子地图上,从安徽省淮南市潘集区潘集镇到黑龙江省黑河市逊克县边境管理大队约 2684 公里,往返是 5368 公里。这个距离比起陈付芳对儿子的思念,不值一提。

这一次为了见儿子，虽然做好了充足准备，但还是事情有变。之前王如祥找人在蚌埠代购点预订的火车票没有票了，以致他们夫妇俩在蚌埠火车站滞留了一天后，决定到合肥坐飞机去边疆看儿子。

在去车站接父母的路上，王桂坤看到了朋友录制的视频，他眼睛都不眨，久久地盯着屏幕。听到母亲对自己的思念，似乎有些酸楚，但是坚强的他没有表现出来。

1月23日8时许，跨越六个省份，辗转30多个小时，换乘飞机、火车、大巴和出租车的王如祥、陈付芳夫妇，终于到达儿子工作的黑龙江省黑河市逊克县。接到父母的那一刻，王桂坤紧紧地抓住母亲的手，感受着母爱的温度。

春节几天，是属于王桂坤一家的团圆时间，攒了好久的话，要在这几天倾诉，一家人一起包饺子、贴福字，和同事一起吃团圆饭。微笑，是洋溢在他们脸上的幸福标志。

王桂坤还带着爸妈专门到边境线走了一圈。白雪皑皑的中俄界江，目之所及是白茫茫的雪原。王桂坤说："这就是我们的国境线，我们每天都在用脚步丈量着祖国的土地。有我们在，边境就安宁，这就是我跑这么远不能回家过年的意义。"

不善言语的陈付芳说："你爸妈虽然没有多高的文化，但是一些道理还是懂的。儿子你要记住，你现在是一名警察，希望你好好干，为了我们国家，看好边境线。"

从吉林图们到黑龙江绥滨
午餐时的"意外"，是对你的最高礼赞

"立国，尝尝这个鸡爪，看看好吃不？"1月22日，鹤岗边

境管理支队建设路边境派出所民警在食堂吃午饭，所长王洪民给民警陈立国碗中夹了一个鸡爪。

陈立国吃了一口，总感觉有一种说不出来的熟悉，带着怀疑又紧接着吃了一口，反复回味，一直没有说话。

"好吃吗？"所长的追问打断了他的沉思。陈立国缓过神来："好吃，好吃，跟我妈做的一个味儿。"

王洪民微笑着说："那你回头看看。"

陈立国转身见到站在自己身后的爸爸妈妈，突然蒙了，自己做梦也没想到爸爸妈妈来看他了。

"爸、妈，你们咋来了？"陈立国起身跑了过去，紧紧抱住了父母。陈母周亚贤也紧紧抱着儿子，摸着儿子的头发，哭着说："儿子，妈来看你了。"陈父陈丙利一只手拍着儿子的肩膀，一只手擦了擦眼角的泪水。

这一刻，陈立国就像孩子一样，在爸爸妈妈的怀抱里号啕大哭，把所有的思念和惊喜全部融入到了眼泪之中。在场的民警们也因感动而泪眼婆娑，仿佛自己也见到父母一般。

陈立国平复心情后，随行的鹤岗边境管理支队政治处民警姜明金道出了事情的原委和这1000公里的艰辛。

春节前夕，鹤岗边境管理支队为激励先进、鼓舞士气，制订了新春团圆计划。由于陈立国在2019年度抓逃工作突出，被国家移民管理局荣记个人二等功，并代表黑龙江出入境边防检查总站到公安部领奖。为了给他一个惊喜，单位派员将其父母"偷偷地"接到单位。

吉林省图们市距离黑龙江省鹤岗市绥滨县1000公里，1月21日6时40分，老两口拎着沉甸甸的行李箱踏上了火车，前往第一个中转站——长春站。在路上，陈父陈母时而看着窗外，时而翻看着陈立国的照片,回忆着照片背后的故事,总是笑得合不拢嘴。

9时30分,火车到达长春站。14时20分,老两口又踏上了前往佳木斯站的火车。因逢春运高峰,一行人只买到了无座票,只能站到佳木斯站。18时38分,终于到达佳木斯。

长途乘车,周亚贤身体不适。为了以更好的状态见儿子,陈父陈母决定先休息一晚,再与儿子见面。

第二天中午,所长王洪民组织民警吃饭,特意安排陈立国坐在了一个背对门口的位置。此时,陈父陈母已经悄悄地来到了食堂门口,静静地看着儿子。接下来,就发生了开篇的一幕。

陈立国听完整个过程后,哭着说:"感谢组织,让我度过了一个今生难忘的春节,以后我会更加努力工作,安心驻守边疆,争取更好更大的成绩。"

日行千里,是父母对儿子的迫切思念。在派出所陪儿子过年的几天,是周亚贤夫妇最开心的几天,每一次和人聊天,他们都会听到年仅24岁的儿子一年之间抓获12名网上逃犯的故事。陈立国没有对父母讲抓捕这些逃犯背后的艰辛,只是告诉父母,这些都是工作分内的事儿,今年还会一如既往地加油干。

"儿子,你是爸妈最大的骄傲。我们感觉到,这次能来派出所过年,是组织对你的肯定,你要好好干,我们期待下次再来。"周亚贤深情地对陈立国说。

(作者单位:黑龙江边检总站)

情暖完达山

邱小平

一

初春时节,南方已是春意萌动,东北边陲仍是冰天雪地。

"干爸干妈,我们来看你了。"在黑龙江省双鸭山市饶河县大岱林场,还没走到王庆安家,双鸭山边境管理支队大岱边境检查站民警魏锦广就喊了起来。

"快进屋,你们经常来,还买什么东西。"

于美丽急忙迎了上去。躺在病床上的王庆安眼里也顿时有了光泽，他记不清每年有多少次这样的激动，但他知道，是这帮孩子给了他新的生命。

时间回溯到 1998 年 9 月的一天，王庆安开着拖拉机上山干活儿，迎面一辆大卡车风驰电掣般驶来，随着一阵山崩地裂般的撞击，王庆安没了知觉。

三天后，王庆安终于醒了，双下肢高位截肢，胸口以下失去知觉，医生说这种情况最多活 18 个月。

王庆安出车祸的消息很快就传到了比邻而居的双鸭山边境管理支队大岱边境检查站（当时叫武警双鸭山边防支队大岱公安检查站）。

"就是那个老实巴交的老王啊，他这一倒下，家里的顶梁柱算是塌了，咱们给他捐点儿钱吧！"有战士提议。当天下午，检查站站长贾永强把 1000 多元捐款送到了医院。

回单位的时候，贾永强发现王庆安最小的女儿艳秋正往家里抱苞米秆子。他问："为什么不去上学？"

不到 10 岁的艳秋回答："爸爸起不来，妈妈要照顾爸爸，我要拾柴做饭。"

这一晚，贾永强一夜没合眼。第二天，他组织检查站党支部开了会。"咱们是人民子弟兵，人民有困难，我们不能光看着，得帮忙。"

大家一致决定：每天下勤之后，派两名战士去王家干活儿。

春耕夏耘、秋收冬藏，补屋修炕、砍柴挖窖，战士们都包了。于美丽用一句话概括："凡是家里需要干的活儿，他们都帮我干。"

为了让王庆安心情舒畅，年轻的战士们给他讲笑话，逗他开心。他们还发明了只有王庆安才能做的"摇头舞"——播放快节奏的音乐，王庆安会随着节奏点头耸肩，尝试着向左或向右挪动身子，保持肌肉有活力不萎缩。

"呵！这下你们可捡着一个爹啦！"林场里的人和战士们开玩笑的话，却让战士薛力辉动了心，他干脆就管王庆安、于美丽叫起了干爸干妈。他这一叫，战士们也都随着叫了起来，于是战士们"捡了一个爹"的故事在十里八村传开了。

二

鲁迅说，地上本没有路，走的人多了，也便成了路。

从大岱边境检查站到于美丽家这条不足10米长的小路，见证了20余年来166名官兵（民警）每天往返的足迹与身影。

2005年的一天，王庆安到县医院做检查，经过执勤点时，正在执勤的战士郑志海看到了躺在车里的干爸，他的心也揪紧了。

下勤后，他找到一根钓竿，在执勤点后山池塘钓了几条鲫鱼，拿到食堂熬了鲫鱼汤。等干爸检查完回来，他顺着小路把鱼汤送过去给干爸补身子。

四川籍战士程雷、庞振武、彭永胜记得：2006年，单位购买了30只獭兔送给干妈养殖，他们每天轮班顺着小路去打草喂兔、清扫兔笼。当年獭兔发展到了150只，干妈家的收入增加了5000元。

山东籍战士陈文书也记得：2009年，大岱林场出资，大岱官兵出力，在王家院内修建了280平方米的蔬菜大棚，在老家种过菜的他，每天通过小路去大棚种植反季节蔬菜。那年干妈家的收入增加了好几千。

炊事员于若愚忘不了：当初自己蒸不好馒头，干妈每天往返这条小路数十趟，送来 200 个馒头，直到他的馒头蒸得和干妈一样好为止。

王家门前的这条小路，是警民鱼水情的高清投影。

三

王庆安就躺在炕梢，头冲着后窗，脸却执意冲着房门。他喜欢用这个姿势迎接新的一天，还有那一张张不断变换的笑脸。

2005 年 9 月的一天，王庆安突然看到已经退伍三年的干儿子薛力辉，那是薛力辉专程来大岱看望他们。

"干爸干妈，我'十一'结婚，请帖发出去不少，但总觉得少点儿什么，后来一想，大岱我干爸干妈还没有来呢，今天特意来邀请你们参加我的婚礼。"薛力辉说。

2015 年"八一"前夕，王庆安看到了干儿子董传斋带着媳妇肖靖沂从哈尔滨来大岱省亲。见到王庆安家的墙上挂满了退伍战士与干爸干妈的合影，小肖哭了，说："以前董传斋总说他干妈有 100 多个干儿子，我还不信，今天我真真切切地看到了。"

王庆安还看到邮递员送来的一个个饱含爱心的包裹。

"干妈，你经常用的那个胰岛素太贵了，现在我们集团也生产了，价格要便宜一半，以后我给你买，方便。"2003 年退伍的哈尔滨籍士兵王宏志，经常寄来药品。

"干爸，给你寄了点儿海鲜，我们青岛没有别的，就是海鲜多，你别省着，吃完了我再给你寄。"青岛籍退伍老兵丁方强丝毫不比黑龙江本地的含糊。

王庆安这个躺姿已经保持了20多年。铁打的营盘流水的兵，这些年来，他满怀喜悦地迎来了166个充满青春活力的面孔，恋恋不舍地送走了160多个伤心的背影。

他知道，每一个转过身的背影，都是洒落在五湖四海的牵挂。

四

自打薛力辉认亲之后，大岱边境检查站就有了一条不成文的规矩：新战士入伍，第一件事是到王家认亲；老战士退伍，最后一件事是到王家道别，吃上一顿饺子，留下一张合影，即使单位改制也不例外。

2012年，随着新的边境公路开通，边境管理区政策调整，边防执勤点被撤销，大岱边境检查站也成为被裁撤的对象。

见证了边防官兵10多年爱心壮举的76名大岱群众坐不住了，他们写请愿书，摁上鲜红的手印，请求留下大岱边境检查站，并为其请功。

双鸭山边境管理支队综合考量之后，大岱边境检查站最终得以保留，变成了后勤养殖基地，人员只剩下三人。

2019年1月1日，随着公安边防部队改革，大岱边境检查站从武警现役体制，变成了公安基层单位，昔日的武警官兵，变为移民管理警察。

王庆安和于美丽寻思，这下子算是彻底断了联系。

没想到一个月后，检查站民警赵景辉又来了："干爸干妈，执勤点虽然撤走了，但咱们这份父子情、母子情永远撤不了，我们还会常回来看你们。"

今年春节，检查站民警到饶河县饶河镇二连村驻点执行疫情防控任务。正月十五，轮休的赵景辉到王庆安家拜年，得知执勤点条件艰苦，于美丽花了大半天时间，包了200多个饺子，煮好之后让赵景辉捎到执勤点。

最低保障金从最初的每年1200元提高到7368元，三个女儿都已出嫁，日子也越过越好，最重要的，是收获了166个干儿子，这些都是于美丽时常摊在手心里的骄傲。

时间堆积多了，便成了岁月；感情沉淀久了，就变成了亲情。在完达山脉，王庆安、于美丽夫妇与干儿子们延续多年的亲情故事，在群众中温暖地传颂。

（作者单位：黑龙江边检总站）

我的所长我的赫乡

邱治博

2020年6月30日,是我从警校毕业的日子。

两年的警校时光说长不长,说短不短,学校把我从一名现役士兵培养成为一名移民管理警察,日月如梭,如今我已拿着毕业证书、提着行李站在了学校门口。看着头上"热烈欢送2020届毕业生奔赴公安战线"的条幅,对于未来漫长的职业生涯,我有着些许的焦躁与不安。

为了避免疫情带来的影响,我们这批毕

业生全程专人专车负责接送,在经历了一整天的车马劳顿后,夜幕临近,我终于到达了分配单位——黑龙江佳木斯边境管理支队街津口边境派出所。一下车,一个皮肤黝黑、憨厚且英俊的男人一把拿过我的行李,笑着对我说:"欢迎来到派出所!"

在那一瞬间,我仿佛有了小时候爸妈接我放学时的归属感。

这就是我和所长的第一次见面。

所长名叫刘昌凡,别看所长相貌平平,他可是纵横在黑龙江上长达20年的"浪里白条"。

刚到时,并没有什么重要的任务,所长只是每天带着我巡江,想借此让我将辖区情况迅速熟悉起来。"治博啊,边境管理工作说简单不简单,说难也不难,有些时候它是个体力活,有些时候却是个脑力活。"在江岸上巡逻的时候,所长对我说道。

"这天天巡逻有啥需要用脑子的?"我一头雾水,不明白所长的意思。"因为边境管理并不是只有巡逻。"他没有看我,而是一边走一边对我说,"慢慢你就会明白了,有些事需要你用心去办,有些人需要你用心去交。"我越听越糊涂,对于刚刚参加边境管理工作的我,他的话让我云里雾里。在我的追问下,所长讲起了他刚刚参加工作时的一件往事。

20年前,街津口赫哲族乡当地居民"靠山吃山,靠水吃水",长期的过度捕捞让赖以生存的渔业资源几近枯竭,江里的鱼越来越少,渔民仅靠捕鱼已经难以维持生计。在那段时间里,所长在巡逻的时候总会遇见一位渔民,他经常坐在河堤上抽着烟,愁容满面地望江兴叹。这幅情景让所长不明所以,于是他下决心要探个究竟。有一次,所长来到他旁边坐下,和他聊了起来。

这个人叫于立强。于立强对所长说,他从16岁就开始打鱼了，凭借出色的天赋和技巧，在那个时候一天下来能打满满一船鱼，很快他就拥有了一艘全乡最大的渔船。可是好景不长，现在黑龙江的渔业资源急转直下，有时候忙活一天也打不了几条鱼，家里的老父亲重病还需要用钱，可愁坏了他。在这之后，所长每次看到于立强都会坐下来和他聊聊，隔三岔五还会去他家里看看，久而久之，他们就熟络起来。

一天晚上，所里接到群众举报，在黑龙江216航标江堤处出现了一艘渔船，形迹可疑，疑似要在禁捕期下江捕捞。

所里当即组织警力迅速赶往现场，将目标控制住，所长也参与了抓捕。当时，深夜的江边伸手不见五指，为了看清嫌疑人的面貌，抓捕组用手电筒打在对方脸上。"是你!?"手电筒的光芒下，映照的正是于立强的面容。那个时候，所长看着他略显憔悴的脸，心里有种说不出的酸楚。

后来，于立强还有过两次违规捕捞的行为，均被派出所依法抓获处罚。"这样下去不行。"接二连三的事件让所长认识到，比起打击和处罚，他更应该做点儿什么才能改变这种现状，让于立强有所转变。于是，所长在业余时间学习了许多国家对边境地区、乡村地区的扶持政策，在走访当中了解地域特点，对辖区主要产业进行调研，还经常与他担任人大代表的妻子沟通，征求她的意见，逐渐将街津口赫哲族乡的经济发展规律了然于胸。"老于啊，听说乡里马上要搞特色旅游了，你打听打听相关政策，看看你这能不能弄点儿啥，我这有些材料，你看一下。"在那之后，所长在走访的时候去得最多的就是于立强家里，向他传授创业知识，和他聊一聊创业的方向和想法。

所长还组织派出所的民警们在辖区办起了民生教育，利用法律法规宣传等契机，向辖区渔民讲授符合本地经济发展的创业知识。就这样，经过长期的努力，一部分渔民从江里走到了岸上，开始从事种植业、养殖业和手工业，街津口赫哲族乡也乘上了国家振兴边疆政策的东风，搞起了民族特色旅游区。于立强也在乡里的人工湖做起了渔业养殖，凭借多年捕鱼的丰富经验，他的鱼塘始终是乡里的产鱼大户。与此同时，他还在湖上开起了水上乐园，借助街津口赫哲族乡打造民族旅游区的有利条件，他的生意蓬勃发展，为乡里吸引了大批游客。于立强也终于能够走出以捕鱼为生的老路，为自己找到了新的人生方向，再也没有做违法越界的事情。现在，所长还将于立强发展成了我们所的情报员，成为筑牢界江防线的一分子，为共同做好街津口乡的边境管理工作贡献力量。

听到这里，一种对所长的敬佩和崇拜油然而生，我也终于能够理解所长刚才那番话的含义。所长阔步向前渐渐离我远去的背影，显得无比伟岸。

我追了上去，继续和所长攀谈。我们还有将近10公里的边境线需要巡查。

20年来，所长为辖区群众做的实事数不胜数，打击违法犯罪也是成绩斐然，他的柜子里放满了奖章和锦旗。可是，在如此光辉的外表下，谁又曾知道，在所长漫长的职业生涯中，家庭一直都是让他牵挂的事，对家庭的亏欠始终让我的所长无法释怀。

所长的妻子刘蕾是一名全国人大代表，为人民发声、为国家献策便是她至高无上的使命。"她这个代表当得很用心，为老百姓做事可马虎不得。"所长说，平时，刘蕾为了倾听到最真实的民意，了解到最真实的情况，不管是烈日酷暑，还是凛冽寒冬，她都扎根在百姓中间，穿梭在人群里面。

而往往越是到两会召开的时候,越是夫妻俩容易闹矛盾的时候。两会前夕,刘蕾需要尽可能地采集民意,调研社情,而后整理材料,制定出符合实际的两会提案,而所长的工作也正处于两会安保任务的关键时期。每到这个时候,夫妻俩都面临着孩子没人照顾的问题。平时因为所长边境管理工作的特殊性,都是刘蕾在家带孩子,现在到了她也忙不过来的时候,所长还是帮不上她。

孩子也经常给所长打电话,问他:"爸爸,你什么时候回来,我都好长时间没看见你了。""每次听到这句话的时候,我都会心如刀绞。"所长难过地转过头去。就这样,夫妻俩每到两会召开的时候都会吵架,孩子只能托付给年迈的姥姥姥爷照顾。两会是全国人民盼望的盛事,却是所长家的"伤心事"。虽然如此,但所长深知维护界江安全就是他当仁不让的责任,守望万家灯火就是他义不容辞的使命,无论在何时,他都是一名人民警察,都是筑牢祖国边境"长城"至关重要的一份力量。

"所长,这些年真是辛苦你了。"我说。所长冲着我笑了笑:"你看那边。"我顺着所长手指的方向看了过去,那里是一片房子,房子上飘起了袅袅炊烟,"每次我看见街津口这种平安祥和的景象,看见这万家灯火,我就觉得,苦点儿累点儿,都是值得的。"所长说。

"苦"和"累"这两个字从来不在所长的字典里,但是这两个字却深深地镌刻在了他的身体上。因为长期从事边境管理工作,处在阴暗潮湿的环境中,所长患上了严重的风湿、关节炎,一到阴天下雨的时候就钻心地疼。周围的同事总是开玩笑说:"今天下不下雨问问所长就知道了,他就是天气的'晴雨表'。"

我们在开展打击违法捕捞的时候,主要的一项措施就是蹲滩，简单来说就是不眠不休地盯在滩地上，夏天的时候躲在草丛里，冬天的时候藏在雪堆里，观察着界江上的情况，蚊虫叮咬、寒风凛冽的程度可以说是非比寻常。滩地的住宿和饮食条件也比较有限，执勤点都设在人迹罕至的荒郊野外，物资运输难，所以吃不好、睡不好便是家常便饭，因此所长还患有严重的胃病，对于他来说，吃顿饱饭，顺利消化，犹如一场战争。

人们也许只能看见他胸前的勋章，而隐藏在背后的伤痛，只有我们这些战友最清楚。时光飞逝，我来到所里将近两年，在我的印象里，所长始终没有抱怨过什么，他在我们心里，是好领导，是老大哥，有了他，驻守在"赫哲故里"的这个派出所就有主心骨，就有源源不断的前进力量。

走着走着，随着夜幕临近，今日的边境踏查任务完成了。回过头去，江岸上已经被我们踩出了一条蜿蜒曲折的"蛟龙"。我跟在所长的后面，循着所长的足迹，低头思考着，对于未来漫长的职业生涯，我还有着些许的焦躁和不安："我到底能不能成为所长那样的人，做好一个移民管理警察？"

"治博，快跟上，再不快点儿赶不上吃饭，张阿姨又要生我们的气了。"

"来了。"我看向远处，落日的一抹彩霞映照在街津口乡的上空，就像云朵打翻了水彩笔盒，将颜料统统洒在幕布上。我快步跟了上去，坚实地踩在所长的足迹上。

（作者单位：黑龙江边检总站）

万里征途

王 枢

谭勇的烟吸得很勤。

老公安说："这警察的烟啊，难戒！工作越忙，压力越大，烟就跟得越勤，困了用它顶睡，饿了用它管饱，还能'修复'脑细胞。"

烟雾后面的谭勇不再是风风火火、无坚不摧的"警察叔叔"，而是一名全年出差180多天、一双儿女学业繁重、父母双亲年迈的普通中年人。20年的从军生涯，从边防部队的精英典型，到国家移民管理队伍中的先锋人物，他对自己的要求一刻都不曾松懈。

英模热血

连续坐了三十几个小时的车,谭勇终于从边境城市同江抵达首都北京。接到去北京参加公安部英模表彰大会的通知后,他就失眠了。一路上脑海里不停地翻腾,自己真的被评为英模了吗?他总感觉像是在梦里。

人民大会堂中央大厅的灯光特别亮,把整个大厅照得如同白昼,年轻的谭勇和全国公安系统的 300 多名英雄模范齐聚于此,现场掌声如雷。这是 2006 年 5 月 25 日,全国公安系统英雄模范立功集体表彰大会上的场景。

党和国家的认可沸腾了青年人的热血,更激起了谭勇的责任感和使命感,男儿志在边关,建功立业、抛洒热血的豪情在掌声中像汲足了养分的树苗一样,将根深深地扎在他的心里,指引他无所畏惧勇往直前。

边陲民警

谭勇的思绪逐渐平复,从基层普通民警一步步走到人民大会堂,特别是他独创的"谭勇工作法"得到了公安部的肯定,记忆画面一帧帧浮现在他的眼前。

2004 年 3 月,谭勇被分配到原佳木斯边防支队同江边防大队繁荣边防派出所。怀着满腔的戍边报国热情来到同江的他,感受到的不是城市的繁华与喧嚣,而是满眼的荒凉与七月里迎面而来"打脸"的蚊子。

那时的同江不过是一个顶着口岸城市"帽子"却偏远落后

的小县城,民警每天都要下片区巡访,毒辣的太阳晒得人皮肤生疼。

谭勇硬着头皮敲开一户人家的大门,一声"大娘"把老太太叫得乐颠颠的:"你是新来的民警吧?我们家就老两口,孩子都在外地,没事你就常来坐坐,和自己家一样。"大娘拉起家常,问起谭勇很多个人情况,没想到,这第一次走访,谭勇就被老百姓给"访"了个明明白白。

谭勇迷茫了,难道自己满怀壮志奔赴边疆就是为了和这些家长里短"交锋"吗?他暗暗发誓:一定要为百姓分忧解难,做实事!

春风化雨

有一户人家,十次走访九次无人,好不容易见到女主人,态度也不是很友好,谭勇开始寻找原因。

谭勇还真问着了明白人,辖区的赵大爷问谭勇:"你都问她啥了?"

谭勇答:"我问她丈夫干啥的。"

赵大爷不客气地白了谭勇一眼:"唉,你小子,活该呀!那闺女打小儿就是同江长大的,后来出嫁了,男人叫魏有军(化名),不争气,偷了人家十多万块钱的鳇鱼籽,那年赶上严打,判了个死缓,差点儿枪毙了。你想想,一个女人到处打零工,又拉扯个孩子,日子过得能好吗?你一上来就问人家有几口人、老公是谁,她能不跟你摔门甩脸子?她老公提前释放后一直待在家,家里人对他没信心,左邻右舍也提防着,搞得魏有军现在对社会越来越恨。"

了解情况后,谭勇经常找魏有军聊天,开导他、温暖他,并六次前往同江市乐业镇为其联系承包鱼塘事宜。生活有了奔头,魏有军重新回归了社会。

爱民筑路

在谭勇的辖区有三条老城区的翻浆路,冬天打滑,雨天化浆,严重影响百姓生活。就在谭勇为这几条路"求助无门"的时候,辖区搬来一位新居民——新到任的主管城区建设的副市长。

几次走访下来,谭勇对这位新住户有了简单的了解,开始合计着给居民修路、安装路灯。一呼百应,群众都表示愿意凑钱修路,剩下的就是和领导"谈判"了。

一天傍晚,谭勇走进这位副市长家,想到自己肩负着群众的希望,他很快镇定下来。时间一分一秒地过去了,因为紧张,谭勇说得口干舌燥,对方却没有表态,这可急坏了谭勇,他脱口而出:"您看,您家住的位置离这条巷道很近,您出入有车代步,要比老百姓方便很多,您也不忍心看着老百姓天天这样过。为官一任、造福一方,路要是修好了,老百姓心里肯定永远记着您这位好官!"

谭勇这股初生牛犊不怕虎的劲儿,把那位副市长逗乐了,答复说:"修路、安装路灯不是我一句话的事情,要市里规划,多个相关部门审批,按照规定走程序,很麻烦。"听到这里,谭勇的心凉了半截。"不过……"一听事情有门儿,谭勇赶忙说:"您说,只要能修好路,再难的事情我也做得到。"副市长又乐了,赞许地看着谭勇说:"我这里没有问题,你自己去相关部门申请，批文下来路就可以修了，至于能修成什么样就看你年轻人的本事了。"

第二天，谭勇就开始跑审核，批文下来后整个居民区都沸腾了。看到群众凑的钱远远不够，谭勇拿出了自己所有的积蓄。一家民营砖厂的老板听说谭勇为老百姓修路的事情后很感动，主动找到他按成本价将铺地的红砖头卖给了他。辖区的电工师傅带着两个徒弟，和谭勇在烈日下整整忙了三天，将三条巷道全部都安装上了路灯。

这条路修好后，被群众命名为"爱民路"。

寒夜明灯

辖区明珠小区在建设前是一块闲置的空地，群众来来往往都绕道走。放学的学生绕不开，家长们只能风雨无阻地在漆黑的空地处等着接孩子，数九严寒连个避风的地方都没有。谭勇知道后，借着修路的机会在这一片路段拉起了一盏简易路灯，照亮学生回家的路。

如今，这里建设成为热闹的小区，那根老式简易路灯也不知被丢到哪里去了，可曾经在那盏路灯的陪伴下回家的学生和家长，永远记得有一名民警为孩子们架起了一盏寒夜明灯。

谭勇有一张领奖的照片，照片上的他穿着军装，能看到的军功章就有七枚，每一枚军功章都是用汗水和心血淬炼出来的。他说："荣誉是一种重量，一定要挺直脊背担好这重量，要时刻让自己头脑清醒，不能给警察丢脸，不能给组织抹黑，不能让老百姓失望！"

"他这人就这样儿，一工作起来就'疯'，能豁出命来。"

这是"警嫂"徐巍对谭勇的评价。谭勇获得60多次荣誉,和家庭的支持是分不开的。在徐巍眼中,谭勇还是个特别有生活、懂生活、会生活的人。每次只要谭勇在家,肯定给女儿一笔一笔地改画,坐在女儿身边拿起画笔的谭勇是那样耐心和细致,这时的他,是女儿眼里崇拜的大师。

(作者单位:黑龙江边检总站)

坚守的颜色

赵文煜

2月1日一早,位于黑龙江黑河的中俄黑龙江公路大桥迎来了新春第一抹阳光,小半轮紫红色的火焰跃出灰蒙蒙的江面,在斑斓的云絮和寥寥的星空间,涌出一寸寸秀丽的殷红,随朝霞一同映红的还有黑河边境管理支队守桥民警赵镭的脸庞。

"我家不过年"

黑龙江大桥是中俄两国首座跨江公路大

桥，是两国的元首工程，全长 19.9 公里，主桥长 1284 米。大桥虽然已经完工，但还没有正式开通运营。2020 年 4 月 15 日，黑河边境管理支队大黑河岛边境派出所民警进驻，成为大桥上穿警服的"守桥人"，26 岁的民警赵镭便是其中一员。

年关将至，派出所所长把赵镭叫到办公室："三年没回家过年了吧？今年所里给你调休，回家过个年吧。"

"我家不过年。"赵镭的理由和去年春节一样，"让其他家在外地的同事休息吧。"

赵镭的老家在福建莆田，父母工作繁忙常年在外地，哥哥在西安打拼，家里只有 14 岁的妹妹和 80 多岁的姥爷，自己也记不清一家人上一次相聚是什么时候了，即便是万家团圆的春节，对于赵镭一家来说也经常只能是手机里的嘘寒问暖。

远方的游子哪有不想家的？以前休假的时候，赵镭总是飞机、高铁、汽车各色交通工具折腾个遍，探望老家的外公，投奔外地的父母，有时间再去西安看看大哥，不亦乐乎。如今 3000 多公里的路程，分散各地的亲人，却变成了他不回家的"借口"。"所里还有很多家在外地的民警，他们有的刚结婚不久，有的孩子只有一两岁，有的年龄比我还小、家比我还远，他们比我更需要过年回家！"赵镭笑着说，"做警察嘛，能够在祖国北疆守护万家团圆，在桥上过年我也觉得很值得！"

"我不下桥"

2021 年 10 月末，黑河市区的本土疫情再次来袭，面对已经存在社区传播，感染风险加剧的疫情状况，黑河支队全体民警职工闻令而动，穿上防护服、戴上红袖标、拿起体温枪，从边境一线到公路卡点，从值守小区到隔离宾馆，从协助核酸检测到转移密接人员……通宵达旦与时间赛跑，同疫情作战。

"放心吧，我俩在桥上守着。"大桥警务室正常的勤务是三班警组轮流上桥执勤，考虑到人员紧张，赵镭和李海宝主动留守在温度接近零下40℃的黑龙江大桥上，一住就是一个多月。"疫情不退不下桥！"赵镭在笔记本上写下了这句话。

一个执勤方舱，一个后勤装备车，比市区低10℃的温度，90%以上的相对湿度……这就是大桥警务室的客观条件。大桥周边地势开阔，执勤方舱的位置距离桥头有一公里，因地处边境管控区域，车辆不允许开到桥上，每天取饭、如厕需要步行到下桥楼梯处，来回得走半个小时。"凛冽的寒风径直朝脸上刮来，就像用小刀割似的，特别疼。"赵镭说。

"那段时间，说句实话，条件上的恶劣远远比不过心理上的孤独。"在大桥执勤时，手机是不敢随便看的，因为执勤方舱的背后就是国界线，很容易连上国外的信号，一旦连上，健康码就会判定为红色，如果需要紧急联络，一般是跑到远离执勤点的我方桥头一侧，因此在不足10平方米的方舱中，两个人如同与世隔绝般履行着执勤任务。"一想到战友同事正全力投入在疫情防控工作中，我们这点儿苦也没什么。"赵镭笑着说，"网上有一个禁闭空间挑战，我觉得我们俩可以试试。"

"我不喜欢小鸟"

大年初一，早上8点钟，所里送来了一盒饺子，赵镭边吃边拨通了外公的电话："阿公，身体健康，长命百岁！"拜完年，赵镭穿上了大衣和同事一起进行巡逻踏查。

"巡逻看起来简单,其实有很多讲究,哪段边境线要重点查看,哪些点位要仔细检查,都要做到心中有数。"赵镭说,"这是远红外线报警器和激光对射报警器。"为严防偷越国(边)境案(事)件的发生,桥上遍布着各式各样的报警系统。敏感的设备也给民警们带来了一点小小的困扰——任何的风吹草动,哪怕是一只小鸟飞跃或者风力过大都会引起设备的报警感应。白天,民警可以通过摄像头进行误响排除,但在夜晚就要拿着探照灯下车去现场查看,一个晚上折腾两三趟属于正常。"我们晚上是轮流休息的,必须保持着有一人时刻盯着监控设备,有时候早上4点多钟响起警报,调整完以后基本上也睡不着了。"赵镭说,"这里的鸟特别多,警报总是在响,有时候真想把这些小鸟都赶走。"

长时间在桥上值守也让赵镭挖掘出了新的爱好——拍照。一有时间赵镭就拿起小相机抓拍着。"黑龙江上绝美的风景仿佛能将情绪染上颜色。"赵镭解释道,"零下40℃的大桥上,思念是女友额头的淡粉色,牵挂是母亲外套的浅灰色,信念像党旗一般鲜红似火,梦想如晴空一样蔚蓝如洗。"

浪漫,对于有的人,是长情的告白,是珍贵的礼物,是心底的情愫……而给爱赋予颜色,是赵镭的浪漫。

"坚守是什么颜色?"

"警蓝色!"透过睫毛上凝结的冰珠,赵镭的眼里充满光亮。

(作者单位:黑龙江边检总站)

"无人区"的人世间

林俊辰　王一明

蜿蜒曲折的331国道，两侧群山耸峙、层峦叠嶂，山上草木茂盛、林海苍茫。穿行在这条中国最美的北境公路上，每个人都会惊叹于大自然的鬼斧神工、雄奇壮丽。

沿着鸭绿江一路向东，在翻越一座又一座山峰后，"长白镇边境检查站"几个大字映入眼帘，提醒着过往车辆人员已进入边境地区。在阳光的照射下检查站棚顶的警徽熠熠生辉。

为有效打击涉边违法犯罪，织牢织密边

境防控网，吉林出入境边防检查总站白山边境管理支队长白边境管理大队专门在 610 平方公里的长白"无人区"设立了两个单位——长白镇边境检查站和二十一道沟边境检查站。多年来，两个边境检查站驻守在高寒地区，与深山为伍、与林海为伴，踏雪巡逻、站岗执勤，守护着边境一线的和谐安宁。

最前和最后的两个人是双保险

金秋十月，长白山深处，已经漫天大雪。

这里是长白山南麓，海拔 1600 米至 2690 米，一年有七个多月降雪，山高林密、地形复杂、人迹罕至。

"立正！稍息！讲一下！"早晨 7 点，嘹亮的口令响彻山谷，长白镇边境检查站副站长李鹏正在组织民警进山巡逻，"今天巡逻'无人区'，大概需要五小时，大家打起精神，巡逻结束，我给大家加餐！"沙哑的声音、过高的发际线，任谁都很难相信，这个陕北汉子才刚满 34 岁。

六名民警穿戴好装备踏上进山路，行走在积雪没膝的林海雪原中，长白山脉的雄奇险峻尽收眼底，边关的山水沟壑早已印在他们脑中。

李鹏是巡逻队的主心骨，巡逻时，他始终走在最前面。咯啪、咯啪、咯啪……突然，脚下仿佛多了一种平时没有的软滑感。李鹏心头一紧，立刻像弹簧一样蹦了起来，他知道，脚底下肯定是一条蛇。巡逻民警不禁吓出一身冷汗，心有余悸地继续巡逻路。步巡就像开盲盒，你永远不知道下一脚会踩到什么。

尽管进山的路已不知走过多少回，但李鹏仍然小心翼翼："大家提高警惕，路标都被雪盖住了，一定要注意安全。"

26 岁的民警吴禹龙走在队伍的最后面,每次巡逻,他都是负责"断后"的那个人。

他断后,大家心里最踏实。2022 年 5 月的一天,"无人区"的冰雪开始消融,熟悉的草甸再一次悄悄从地里钻出来。"咚!"倒数第二名队员,一脚踩在一小片暗冰上,水壶与甩棍狠狠地撞在了一起,发出了很大的响声。摔倒的队员身体失去平衡,向着另一边更陡峭的斜坡倒去。

"抓住我!"只见一个身影飞扑而下。队伍最前面的李鹏循声看去,只见吴禹龙死死地拽住了队友的小臂。在其他队员的合作下,两人被拉了上来。"只是脸上被划了几道口子。"消毒、止血、包扎……李鹏带着队员熟练地处理好伤口,继续步巡。"轻伤不下火线"是他们的传统。从那以后,吴禹龙便承担起了巡逻队的"断后"工作。

林海雪原中的穿行,总有危险相伴

巡逻,是日复一日的任务,在这个过程中,流血、受伤便成了家常便饭。"这里要进行雪地设伏。"冬天,总有人试图借着风雪进行违法行为。

预设点在左边矮坡的一处高地,抵达那里要穿过一条小河。"有情况!"吴禹龙率先发现踪迹。大家默契地弯下腰,轻轻地向目标靠拢过去。一时间,这片大地,只剩下风声。

"再近一点!"大概 50 米后他们看见了一个黑影,李鹏小声发出指令。

靠近小河边,他们总算看清了黑影的模样,而对方似乎也看见了他们。

"这是我见过最大的一头野猪了。"还等不及李鹏把这句话说出来,一头高1.2米、长1.8米的大野猪,伸出的獠牙有15厘米长,像举着两把匕首,径直向他们走了过来。

"吭哧、吭哧",他们已经能看到野猪鼻孔冒出的白气。"拿锅来!"吴禹龙迅速解下身后的行军锅。"哐哐哐……"李鹏拿着甩棍在锅底一阵乱敲,野猪闻声而逃。

"喔哦……喔哦……"倒是有几只狍子,听到声响反而靠近过来。它们看野猪跑了,好似有些不满,叫了起来。"真是傻狍子!"李鹏笑骂了一句,一行人再次向目的地进发。

穿过密林时,民警刘孝禹一脚踩在了断落在积雪下的枝杈上。枝杈外皮结满了一层厚厚的冰,他一屁股坐在地上,枝杈从裤管穿入,锋利的冰尖在他的小腿上划开了一道15厘米长的口子,鲜血霎时沁红了雪地,刺得人眼睛一紧。

民警傅洪源迅速拿出急救包,甩开手套,开始消毒包扎。不到五分钟,伤口就处理好了。"气温太低,必须马上救治,不然会留下冻疤。"傅洪源一边说着,一边扶起刘孝禹。

"啵"的一下,手背顿时像脆皮西瓜一样,裂了个口子。那根枝杈,像故意考验他们一般,轻轻地碰了一下傅洪源的手背。在零下30℃的气温中暴露太久,手背的皮肤已经被寒风吹得比纸还脆。迅速处理好伤口后,巡逻民警继续走向预设高地。

抵达后,21岁的民警韦仁杰主动揽下了风口的哨位。雪,从长白山顶吹来,等到收队时,他大半个身子已经被埋了进去,唯一不变的是,他的双眼锐利如初。

回到检查站,民警们身上全被冻得邦邦硬。大家更换衣服,如同卸盔甲一般。"你的裤腿好有造型哦!"一堆裤子并作一排,像奇峰怪石,起伏成山。这是属于戍边民警独有的"时尚"。

夏季巡逻不怕"虎狼"却怕虫

在长白镇边境检查站只有两个季节,一个是冬季,另一个是"大约在冬季"。熬过漫长的严冬,冰雪逐渐消融,谁承想,另一种危险正悄然来临。

林子里的夏天可热闹了,遍地都是刺猬、松鼠、野兔,猫头鹰也频繁出没。林地早晚温差很大,正午最高温不过 26℃,民警都会多加一层薄毛衣。

夏天步巡,地面上的状况虽然不像冬天那样难以琢磨,但蜱虫和雌螨这两个"小动物"却让人不堪其扰。虽然每名民警都打了疫苗,但提起"草爬子"(蜱虫),所有人还是会不自觉地抽动一下嘴角。

初夏时节,漫山遍野的映山红分外妖娆,但每次路过花丛的时候,巡逻民警总是远远地看几眼便匆匆走开。

花丛下经常会有蛇,草窝边飞着"小咬"(雌螨),叶尖上是蜱虫的地盘,只要靠近,它就能跳进衣服里。老民警都有的默契便是"只可远观,不可亵玩"。

"站长,这有一朵人参花。"一名新队员兴奋地靠过去,准备拍照。"别动!"站长王帅在这名队员后颈上,看见了一只"绿豆"(蜱虫的幼虫),他急忙拿出驱虫喷雾,将这个伺机"作案"的家伙赶走。

"有的蜱虫咬人不疼不痒,能在身上吸一个小时的血。"王帅指着布满了密密麻麻咬痕的手臂,向队友说道,"最多的时候,从身上找到了七八只。"夏天,巡逻队员们每次回来,都必须把全身上下好好检查一遍。对于这些"小家伙",王帅也显得十分无奈。

"哈哈,这都是'荣誉勋章',别人想拿都拿不到呢!"唐任邦看着王帅操心的样子,嬉笑说道。

"你可拉倒吧,当初是谁一边抹药一边骂骂咧咧的?"王帅没好气地说。俏皮的"斗嘴"惹得大家哈哈大笑。

野炊,没有温度却有温情

每次进山都要走十几里地,冬天蹚着齐腰深的积雪更加艰难,一圈下来至少要五小时至六小时。由于路途遥远,民警习惯了背上一个卡式炉。

"这里正好是个背风坡,咱们开饭吗?"吴禹龙一边摸着早已咕咕叫的肚子,一边问李鹏。李鹏一声令下——"开饭!"大家迅速搭起简易"灶台",开始煮面。他们一把一把往锅里投入积雪,水开后,投入速食面和调味包,不一会儿,香味就飘散开来。零下30℃的天气,热腾腾的面条出锅就凉,根本不怕烫嘴。

"还是面条香啊,再给我来一碗!"

"就你吃得多,一会儿还走得动吗?"

"吃得越多跑得越快,你一会儿可别掉队啊。"一阵阵欢声笑语不时在山谷中回荡。这支平均年龄仅有24岁的民警队伍,常年与山林相伴,体会着"雪水煮面分外香"的欢乐。

长白镇边境检查站刚成立时,只有一间小平房,没水没电没信号,取暖还得劈柴烧炕。炕就是一个大通铺,七八个人挤在一起,晚上睡觉拳打脚踢不说,呼噜声此起彼伏,简直比打雷还响。

冬天是最艰难的时候。民警们需要到站点 100 米外的小河里凿冰取水,化冰做饭。起夜要穿上厚厚的棉大衣步行 80 多米去室外旱厕。想和亲朋好友打电话,就要到步行五公里外的地方才有手机信号。

吃完面,民警唐任邦抹抹嘴,悄悄打开手机,屏保是他一岁大的女儿的照片,他抚摸着手机屏幕,就像抚摸女儿娇嫩的小脸。

唐任邦虽不是站里年龄最大的,却是坚守时间最长的,作为第一批进驻"无人区"的民警,12 年前,他就来到了这里。执勤休息时,他会习惯性地打开手机,看看妻子和孩子的照片。唐任邦与妻子长期两地分居,妻女给了唐任邦莫大的支持,休假回家时,他想抱抱孩子,换来的总是抵抗和哭闹……

唐任邦新婚那年,带妻子到站里体验生活。尽管早早说好了"条件一般",可当夜幕降临,绕过了十几个弯仍不见一丝光亮时,唐任邦分明看见,坐在汽车后排的妻子还是流下了眼泪。

如今,营房条件已改善许多:执勤卡点成了一座二层小楼,食堂、电暖气、活动室一应俱全……

经历过艰苦条件的唐任邦对现在来之不易的工作环境感觉到特别满足,他曾经在日记里写下一句话:12 年,我看着执勤点从一间小平房,变成现在的两层小楼,我们的生活越来越好,这身警服带给我的使命感、荣誉感和责任感也日益增强,我为我的戍边青春感到骄傲。

"无人区"的邻居志同道合

积极乐观是戍边民警的一大特质,长白镇边境检查站民警如此，作为兄弟单位，二十一道沟边境检查站民警也是如此。

从长白镇边境检查站出发，驱车一小时，翻过几座大山，便来到另一个驻守"无人区"的检查站——二十一道沟边境检查站。这是一栋具有"警察风格"的三层蓝白建筑。站点外墙上，几行大字格外醒目——"耐得住寂寞就是奉献，经得住考验就是忠诚，守得住辖区就是能力"。

"白天林中行，晚上看星星，夏天蚊虫咬，冬天寒风侵。"这是二十一道沟边境检查站民警自己总结的顺口溜，也是他们驻守"无人区"的真实写照。

"那天我坐了七个多小时的客车，一眼望去全都是山。到了之后发现，单位的基础建设还是比较齐全的，同事们也热情，第一印象还不错。"当问到第一次到单位的感受时，去年6月刚入警的孙振说，"第二天早上打开窗的时候，看到窗外茫茫的大山，脑海里不由自主地蹦出一句诗——千山鸟飞绝，万径人踪灭，内心瞬间涌出一股强烈的孤独感。"

作为一名守边六年的老民警，杨程始终记得第一次巡逻"无人区"的经历。顶风冒雪，又累又饿，几次想躺下来休息，但零下30℃的严寒，躺下了可能就会严重冻伤，带队民警让大家手拉着手，不许一人掉队，一趟巡逻下来，腿脚早已冻得失去知觉。夜里躺在大炕上，看着窗外的点点星光，耳边传来风吹树叶的沙沙声，偶尔还能听到几声黑瞎子的低吼声，让人心里发毛。

"在'无人区'磨炼过的人，心性都非常强大，这么艰苦的环境都熬过来了，还有什么困难是克服不了的呢？"又一次巡逻后，站长周伏生望着茫茫大山，对身边民警语重心长地说。

周伏生从警21年，经历了风风雨雨，执勤时遇到的突发事件更是数不胜数。

有一次在"无人区"开展夜巡,接近11时,车辆突然抛锚,荒郊野岭,周围一片漆黑,又因为没有信号,无法联系到站部,周伏生只能自己带着一个民警回去寻求支援,让其余民警在原地看守车辆。当时不能开手电,只能摸黑走了三个多小时,10多公里路,才搜到信号。每每想起这段经历,周伏生都感到后怕。

清晨第一缕阳光撕破暗夜投射大地时,急促的呼吸声、清晰的跑步声早已在鸭绿江畔蔓延开来。天色渐明,一群奋力奔跑的身影逐渐映入眼帘,他们就是二十一道沟边境检查站快反分队的队员。

在训练间隙,民警范忠文和队员们分享了一个故事:那是一次抓捕行动,嫌疑人藏身在一处废弃的居民楼内,范忠文持盾和战友们刚刚破门而入,嫌疑人就从侧面拿着菜刀向他的脑袋横劈过来,范忠文本能地下潜躲避,将盾牌砸向嫌疑人的脚背,在嫌疑人吃痛的同时,队员们迅速冲上前去,将其制伏。

"平时训练多出汗,真打起来才能少流血。"回想起这段经历,范忠文深有感慨。模拟抓捕训练结束后,队员们准备收队,阳光照射在训练场上,他们的身姿显得越发挺拔。

入夜,结束了一天的工作,民警们聚在一起,分享着家人寄来的特产。民警王文凯拿出了父母寄来的茶叶,这个又黑又壮的小伙子,在长白"无人区"已经驻守五个年头,他曾经也有过迷茫的瞬间,也动过回家的念头,可只要一到"无人区"开展巡逻踏查,这个念头就消失得无影无踪,只觉热血沸腾。"选择了边境就是选择了奉献",这句话已经成了所有戍边民警的座右铭。只要祖国需要,他们就会无怨无悔地干下去。

"黑七"的故事也很精彩

同行者,不以山海为远,不以崎岖为险。伴着戍边民警的脚步,警犬同样巡守着祖国的土地,成为边境线上一道别样的风景。

王晓东是一名警犬驯导员,他的警犬名叫"黑七"。分犬的时候,王晓东在90多条犬中一眼就看到了最瘦小的"黑七"。"我看见它的眼睛里有亮光,一下子就吸引了我。"

"就是你了!"王晓东强烈地感觉到,"黑七"一定能成为一只优秀的警犬。

每天天蒙蒙亮,王晓东就会到犬舍给"黑七"喂食、梳毛,观察它的习性,培养人犬之间的信任。一开始,"黑七"胆子小,王晓东每次喂食都用手抓着食物,一点一点地喂它。慢慢熟悉后,王晓东就开始训练"黑七"扑咬和追捕。在充当人肉靶子的时候,因为不知道"黑七"的咬合力有多强,王晓东还被误伤过好几次,有一次,"黑七"直接咬穿了防护服,带掉了王晓东胳膊上的一块肉,当时,伤口甚至能看到骨头。受伤并没有使人犬产生隔阂,相反,在一次次严格的训练中,王晓东和"黑七"不仅练出了默契,也练出了成绩。

第一次任务,是去深山里抓犯罪嫌疑人,蹚着80厘米厚的积雪,行进非常困难,但是"黑七"异常兴奋,不停地向前跑,靠着灵敏的嗅觉很快发现了嫌疑人。一声怒吼,"黑七"高高跃起,死死咬住嫌疑人的衣袖,将其扑倒在地,民警迅速跟上,将嫌疑人制伏带回。

立了功,王晓东非常开心,买来肉和鸡蛋,下厨给"黑七"

"加鸡腿"。

在执行任务的时候,训导员和警犬就是最亲密的战友,在平常生活的时候,警犬也是训导员最离不开的亲人。王晓东已经半年多没回家了,和"黑七"在一起的时间,比和家人在一起的时间多得多。对王晓东来说,驻守边境的日子里,有"黑七"在身边,孤独减少了一半,快乐增加了一倍。

连绵不绝的长白山、源远流长的鸭绿江,在美丽富饶的东北边陲,在空谷回响的"无人区",一代又一代戍边人紧握手中的接力棒,全力守护边境辖区安全稳定,用青春和热血谱写着卫国戍边的壮丽篇章。正如二十一道沟边境检查站民警杨程所说,壮志还未竟,盛世还须守。属于"无人区"的故事还在上演,属于戍边民警的感动还在继续……

(作者单位:吉林边检总站)

不会颠勺的驾驶员
不是好摄影师

殷卓骏　刘　钊

　　印象中,能在某个领域做得出色的人,一定是个守一不移的人,可老徐班长颠覆了笔者的认识。

　　老徐班长叫徐志东,公安边防部队转隶前,是一级警士长、名副其实的兵王。在吉林出入境边防检查总站,都知道老徐班长摄影技术高超,别人眼中的边关美景、戍边战友的勃发英姿都能在他那里成为永恒。翻看他的摄影作品,不禁让人感叹:兵王就是兵王！而熟悉老徐班长历史的人，则说，不会颠勺的驾驶员不是优秀的摄影师。

原来，有着30年军旅生涯的老徐班长，并不是个"专一"的人，从普通士兵到高级士官，支撑他不断突破的并非摄影技术，而是车辆维修技术，而让他走上驾驶维修岗位的却是他出众的厨艺。

"见一行爱一行"和"干一行专一行"

年少时的徐志东没有实现大学梦，在职业选择上也是"见一个爱一个"。

初中毕业后，没事儿做的徐志东常到父亲朋友的餐馆后厨帮忙，父亲发现这小子不为赚钱，只为偷学后厨师傅的颠勺功夫，于是徐志东被送到了职业学校学厨师。他头脑灵活又肯吃苦，厨艺上进步飞快，毕业时拿到了三级厨师资格证书。

父亲本以为学成归来的儿子，会找份工作或者开个餐馆好好过日子，殊不知这小子又有了新目标。

一次到邻居家串门，正赶上当武警的邻家哥哥回家探亲。年少的徐志东看着那身军装两眼发直。回想起当时的情节，徐志东记忆犹新，"比看见了肉还馋，心里满是羡慕和仰慕！"于是在1989年春天，他如愿穿上了军装。

带着技术入伍的徐志东自然有用武之地。新兵连结束后他被分配到原通化边防支队招待所工作，梦想和技能的高度吻合，家人都觉得他一定会安稳下来，可徐志东就是不按套路出牌。

招待所的院子里，常常有司机班的战友修车，徐志东干完了手头的活儿就跑去看，看来看去看出了兴趣也看出了门道，有时候帮忙出门买配件，时不时也上手修一修。"志东，你别做饭了，跟我们干得了！"徐志东听后正中下怀，于是又放弃了招待所的美差，报名参加了驾驶和汽修培训班。

青春的迷茫让徐志东有些"花心"，可自从和车辆打上交道，他不仅握紧了人生的"方向盘"，更挂上了事业的"前进挡"。

从事维修和驾驶岗位后，徐志东拿出了超乎常人的劲头。纸上得来终觉浅，他先后五次到大型汽修厂跟班学习，维修技术日渐高超的他，也走上了"领导"岗位——支队机关车队队长。这个岗位不仅要管车，更要管人，车的脾气他上去开两把甚至听声音就能摸透，可那些驾驶员的脾气秉性可没那么容易摸清，但无论干什么，徐志东做事都让人服。

2000年春节前，徐志东率领车队到吉林省最偏远的边境地区长白县慰问。冬天开车去长白是驾驶员的噩梦，雪大路滑不说，而且全是"胳膊肘子"弯。徐志东亲自选人，亲打头阵。

返程时，路过一个弯道，一位年轻驾驶员一脚重刹后，车辆跑偏直接撞上了路边的石碴子。虽没有受伤，但驾驶员明显受到了惊吓。看到徐班长跑来，更紧张了，不停地咽着口水。"兄弟，这不怪你，你开我那个，这个车交给我！"良言一句三冬暖，驾驶员平复了许多。

徐志东命令车队先行，他驾驶受损车辆慢慢行驶。当行驶到长白山无人区路段时，方向盘突然失灵，车又滑到路边沟里。无人区里没人没车没信号，徐志东只能下车跑步往前进。跑了一个多小时后，终于遇到一台车，这才脱险。

从1990年开始，徐志东在车辆维修、驾驶、管理岗位上干了20多年，维修技术从初级到高级，警衔从初级士官升到高级士官，其间他执行过几十次重大任务，为单位节省了近百万元经费，培养了几百名优秀驾驶员，成为名副其实的兵王。

"偶然相遇"和"长相厮守"

说起对摄影的理解，老徐班长说摄影是一种情感的记录；说起和摄影的缘分，他说是一次偶然。

1993年，徐志东被抽调到原公安部边防管理局技术通信处担任驾驶员，兼任通信技术器材库管理员。

徐志东第一次走进通信器材库，遇见了人生中的第一台照相机——"海鸥DF300"。那时有照相机的个人不多，摄影人才更稀缺。看着他爱不释手的样子，同事便请示领导，帮他申请了胶卷，让他学习摄影。

徐志东兴奋得整晚没睡着，抱着相机翻来覆去地琢磨，看着机器上天书般的字母，猜测着按键的功能，他想按下去，又怕弄坏了机器。纠结许久，徐志东勇敢地按下了快门，"咔嚓"，那短促清脆的声音为徐志东打开了一扇通向"新世界"的大门。

从那时起，他便成了铁杆摄影迷、相机发烧友。攒钱买相机、学摄影成为他的一大乐趣。摄影是个烧钱的爱好，徐志东掰着手指仰着头算了算，他买设备器材已经花了不少钱，远远超出给家人买礼物的花销。老徐班长说："一个月看不见媳妇可以，一天不拿相机不行。"从什么都不懂的小白，到同事眼中的大师，徐志东在碰壁与失败中执着地追求着，记录部队发展、展现戍边人吃苦奉献的梦想越来越强烈。

2010年，已是高级士官、年逾不惑的徐志东再一次转行，成了宣传战线的一员。光阴十余载，初心未曾变。其间，他无数次深入吉林边境"两江一线"采访拍摄，从人迹罕至的双目峰，到人群熙攘的圈河口岸，他用镜头记录普通民警的内心独白，也拍摄过全警实战大练兵的超燃场面，帧帧画面、张张照片，构成了徐志东从警的心路历程。

"幕后的担当"和"昨天的荣誉"

穿林海、踏雪原，苍茫的边关稀释了城市的霓虹。徐志东更加明白：摄影需要技术，宣传工作更需要情感和情怀。所以，他的镜头常常对准边境线上那一个个跃动身影和警徽之下一颗颗滚烫的初心。他清楚作为一个摄影人的责任，更时刻铭记自己戍边卫士的担当。

2017年8月，图们江下游遭遇特大洪水，徐志东随警赴抗洪一线采访。

浑黄的江水拍击岸边，溅起的水花打湿战友们年轻的脸庞，留下了粒粒沙土。徐志东刚到一线，指挥部就接到消息，20名群众被困一栋楼房顶已经一天一夜，需要立即前往救援。徐志东一听，扛起摄像机就要登船，救援组负责人抬手拦住："徐班长，你就别去了，太危险！""我也是战士咋不能去？1998年我就抗过洪，这种情况怎么能少了我，赶紧的吧，老百姓还等着呢。"

途中，冲锋舟在穿越被洪水淹没的稻田时，螺旋桨绞进了杂草，发动机无法运转。徐志东带头跳进水里推船，几人一起顶着风浪把船推上了一块土堆，但此处距离被困群众仍有五六百米，前方看似水浅，却不知水下是何情形，远处的群众岌岌可危。"游过去！"负责救援的同志向被困群众慢慢接近，徐志东打开摄像机，紧随其后一步步走到没过脖子的深水中，然后将摄像机高高举起，拍摄了战友们救人的珍贵画面。撤离时，徐志东为拍摄完整坚持最后一批撤退。

当这段救援画面出现在新闻联播时，所有参与救援的同志都清晰可见，唯独不见站在洪水中举起摄像机的老徐班长。后来，因在抗洪救援任务中表现突出，徐志东被吉林省政府授予个人一等功。

2018年12月，还有三个月就可退休享受生活的徐志东选择和战友们一同转隶。从军数十载，两鬓已泛白，徐志东卸下了三条粗拐的肩章，换上了和所有转隶民警一样的两拐警衔。老徐班长说，戴上这个警衔我找到了一名新兵的感觉，一切从头再来。

（作者单位：吉林边检总站）

窗　口

李　岗

在最初的记忆里，我的边检工作是从天然汉港里浓烈的海腥味和那个不过十来平方米的小屋开始的。那是20世纪90年代，改革开放的春风刚刚滋润那个略有些偏僻的小渔港和附近的近百条渔船。

我第一次去那间小屋，是前辈带着我熟悉岗位。刷了绿漆的双开木门侧面就是一扇大大的窗户，紧靠着窗户的是一张有些年头的长木桌和两把木椅，桌面的黑褐色包浆在阳光下带着油润的光泽，饱含岁月的痕迹。

两本大开页的记录本，大大咧咧地放在桌面上，大概是经常翻阅的缘故，牛皮纸的封面有些破损，微微地卷着页脚。一组三层的木质物架靠在墙上，上面堆放着一些不知名的物件。

一个身影出现在窗口，带来一阵海腥和着汗酸的味道。来人有些黑，40岁上下，可能是海风吹刻的缘故，脸上交错着道道皱纹。他看起来对这里挺熟悉，但眼神闪烁，显得有些局促，咧嘴一笑，露出缺了半截的门牙，额头隐隐地冒着热气。他伸出结着厚茧的手，在衣服上用力搓了搓，从衣袋中抽出一包烟，拈出两支，向我递了过来。我不吸烟，道了声谢谢，没有接。前辈却很自然地接过烟，并在他手背上轻拍了两下，说"刚抽过，歇下"，把烟夹在了笔记本里，又掏出一包白色的红塔山，抽出一根递了回去。

"准备出海了？"前辈一边问，一边掏出火机给他点上。

"是的，我们村都约好了，九条船一起走，就这几天。我把船检修了一下，顺便来办手续，着急，您给加急点儿。"

来人将小塑料袋包裹着的一沓证件从窗口递进来。

"明天办好，上午我还在这边。船上的事情马虎不得，要注意安全！"

"我晓得，麻烦王干事了！"

来人走了，不时地转过头来朝这边点点头，露出一脸憨实的笑容，阳光将他的身影拉得长长的，像一只手掌伸向我们所在的窗口。

"没见你抽烟，我还以为你不抽呢！"我对前辈说。

"我不抽烟。"前辈答道，"这人是苏岭村的一个船老大，家里过得挺紧巴的，但爱面子，你不接他的烟，他会觉得你嫌弃他。一般我都先接过来，有时也抽两口，但不往嗓子眼儿里咽。

身上放包烟，不是自己抽的，是准备递给他们的。"

"为人民服务嘛，这里面有学问，不容易的！"这句话有些像前辈的口头禅，刚来的两天里，我已经听了若干次。

接下来的日子，这里成了我每天工作的地方。坐在窗口，看着渔船出港进港，一个个人来窗口登记、办手续、拿东西，一张张脸从陌生到熟悉。我也从听不太懂当地话，到能够同他们天南地北地聊，并逐渐熟悉每一个船老大的名字、绰号以及爱好。在每日的作息间，变化悄然发生着。

过了千禧年，小渔港建起了水泥的驳岸，停泊的渔船也高大了些，一根根桅杆沿着两边的河岸向内伸展，放眼望去，好似一片树林。警务室挪到了港区新建的两层小楼里，第一层有个连着楼梯的门厅，门厅侧面有个半人高的灯箱，上面有警务室的联系电话，一到夜晚，这里便是小渔港的一个显眼标志。窗口铺上了大理石台面，老木桌换成了崭新的办公家具，纸质登记本也换成了电脑打印机的办公组合，寄存物品有港区提供的专门服务，不需要堆在警务室了。

同样是一个明媚的上午，苏岭村的船老大再次出现在窗口，熟稔地和我打着招呼。他夹着一个包，穿着一件褐色的夹克，显得挺干练，缺了半截的门牙已经补上了，看起来比十年前还年轻了一些。我知道，他换了新船，这次是来备案并给他的雇员办证的。

"王所调走有五年了，听人说你也快调走了，我今天过来想和你打个招呼，告个别，这些年谢谢你们了！"

"你别客气，这是我们的工作，和你上船出海一样，我的工作就是为你们服务的。有个同事会接手我的工作，你下次来就可以看到他。"闲聊中，我将办好的证件递给他。

调走后，我再次回到渔港已是 2019 年。小渔港还在原来的地方，但渔船却没有以前多了。南边不远处两公里长的栈桥向海面延伸出去，连接的是数千米的码头泊位，泊位上头尾相接地停泊了十多艘远洋船，巨大的吊机来回忙碌着，一辆辆载重卡车在栈桥上鱼贯穿梭。

船民证已经取消了，当年仅有一两个人的港口警务室变成了对外开放口岸的边检大厅，统一的蓝色外观标识、透亮的落地窗和现代化的服务设施给人以便利舒适的感觉，背景墙上"对党忠诚、服务人民、执法公正、纪律严明"16 个金色大字熠熠生辉，电子屏滚动播放着服务指南和业务流程，电子咨询台代替了人工。电子证件增加了人像识别和网上签发功能，大多已不需要来现场办理，相关业务也都实现了即到即办，一切都方便快捷、有条不紊。

在我的眼前，三个时期的执勤点画面逐渐重叠，边检人的身影也纷纷汇聚。我们的执勤点从小屋升级为现代化的边检大厅，工作方式从手写登记到电脑打印，再到现在的信息化和无纸化办公，管理模式从繁多的证件管理到"放管服"改革，一切以肉眼可见的速度变化着。

不论时间过去多久，我们全心全意为人民服务的宗旨始终如一，执法为民的信念始终如一。一个个工作窗口就是我们作答的考场，我们将立足平凡岗位，将奉献作为职业理想和追求，用一生交上一份令党和人民满意的答卷。

（作者单位：江苏边检总站）

振翅翔"银河"
丹心照"碧海"

孙模同　鞠　鑫

　　一位民警，负责碧海、银河两个社区，12个小区3000多户10000多人的治安管理服务工作，近三年，实现零上访。他，就是民警李鹏。

　　9月30日，笔者慕名来到辽宁丹东东港碧海社区采访。听说我们是来了解李鹏打造平安社区工作事迹的，辖区群众如数家珍。

　　2010年7月，李鹏被调入丹东东港新港边境派出所，在碧海、银河社区负责警务工作,一干就是十几个年头。如今,在他负责的辖区里,人们亲切地称他为大鹏,"有事找大鹏"已逐渐成为群众解决急难愁盼问题的一句口头禅,无论大小事,只要大鹏到场,就能妥善解决。

派出所政治教导员高崇动情地告诉笔者,这几年,所里的报警电话越来越少,辖区群众有什么事,几乎都直接打电话给大鹏,大鹏在辖区群众心目中就像一个移动的警务工作站。

李鹏初到工作岗位那阵子,辖区的治安状况并不乐观,尤其邻里纠纷、物业业主纠纷、家庭纠纷相互交织在一起,让人头疼。而处理这些是是非非、家长里短,李鹏没有经验,往往把矛盾往身上引,给双方当出气筒,受了多少委屈只有他自己知道。

有的男人打老婆,他看不惯,可出警就要把人带走,结果进一步激化矛盾。俗话说,"床头吵架床尾和,夫妻没有隔夜仇"。最典型的就是辖区有一对卖啤酒的小两口,两人一喝酒就吵架,一吵架就砸经营的小店,等第二天酒醒了,就悔不当初,再一起购置家当、重新营业。为此,李鹏想了一个办法,请群众帮他监督,只要发现那小两口喝酒,就赶紧给他打电话,他就提前提醒小两口不要喝醉。李鹏一次次的举动渐渐感动了小两口,当他们再喝酒的时候,便主动打电话给李鹏:"大鹏,我们今晚就喝两杯,绝不吵架,绝不砸店。""不吵就好、不砸就好……"电话另一端,李鹏憨笑着。

十几年里,大大小小的矛盾,李鹏每年都要调解上百起,讨薪的、扰民的……在他的印象里,这些矛盾纠纷没一起好调解,可群众却都满意地竖起大拇指,称赞他处理得恰到好处。

2018年12月的一天下午,李鹏接到一名群众电话,说华能小区有人准备跳楼，李鹏迅速骑车赶往现场。路上，李鹏听到议论，"这事要不解决，一定会出大事……"李鹏心里更急了，站起身拼了命地往前蹬。

到达现场后，李鹏发现情况非常糟糕，楼上，80多人站在楼顶边缘，声称问题得不到解决就立刻跳楼。而楼下，聚集了大量围观群众，有人煽风点火，大声喊着"我们支持你"，场面十分混乱。李鹏随即拨打了"119"、"120"，飞奔冲向楼顶。

李鹏通过短暂问话了解到，这些群众之所以这么做，是因为他们所在的小区一直无社区接管，进而导致医疗保险迟迟无法补交，要是拖过时限，很多人将失去补交的机会。

在情绪激动的人群中，李鹏发现了熟人张大姐，立即诚恳地对张大姐说："请相信我，这事我一定尽最大努力替大家办好，你带大家往后退一退，到安全的地方……"没等张大姐回话，就有人不耐烦地责问："凭什么信你，谁要和你谈？"

面对群众的质疑，张大姐说："喂！大家静一静！听我说，这个大鹏警官我熟，确实为咱们老百姓办实事。前些日子，南城佳园小区700多户居民补办房照，就是他帮忙协调解决的，咱们给他时间。"张大姐话音刚落，李鹏立即接过话茬儿，喊道："大家这么多人挤在楼顶，危险！咱们换个地方……"几经劝说，大家终于稳定了情绪，下楼到了安全地方。

通过协商，华能小区业主的医疗保险最后由邻近的碧海社区代收，至此，一起涉及240余人的重大群体矛盾纠纷，得以成功化解。

几次成功化解群众纠纷的经验，让李鹏深深地体会到，要把社区警务工作做好，就必须把自己时刻置身于人民群众之中，赢得人民群众的信赖与支持。十几年里，他摸索总结出一套在全大队推广使用的"五六七社区警务工作模式",即警民联调、警企联调、警政联调、警律联调、警法联调"五联"矛盾纠纷化解机制；信息采集、隐患排查等六项每日打卡工作内容；代办上门、帮扶上门等七项便民服务举措。曾先后为群众化解矛盾纠纷1500余起,防止矛盾纠纷激化650余起,直接挽回经济损失470万余元,并协助派出所侦破各类案件540余起,帮助辖区群众代办各类便民服务事项600余件,为群众生活提供了便利,有效维护了辖区的长治久安。

十几年前,他还成功劝返过一名证据确凿的杀人犯投案。那是2012年7月的一天早晨,派出所接到报警,称在东港打工的外地人黄某,将室友杀害并携凶器在逃。据辖区群众反映,黄某16岁就没了父母,常年在外打工,老实本分,就是大家看不起他,有时欺负他。这次动手杀人,就是室友往他的被子上倒水不让他睡觉引起的。

李鹏在案件线索摸排中了解到,何老板与黄某关系不错,有可能知道黄某去向。于是李鹏找到何老板,希望共同劝黄某归案,争取减轻量刑。

经过李鹏与何老板苦口婆心的劝导,黄某最终同意投案,但见面的地点要由黄某指定。到达指定地点时,李鹏发现黄某不仅手持锐器,情绪还极不稳定,有伤人危险。

为避免黄某再次伤人,李鹏事先躲在门后,待黄某推开门的刹那,李鹏一个箭步,上前将其撂倒在地,紧紧抱住。黄某疯狂地喊道："你们都是骗子!"李鹏义正词严地说："我们没有骗你,是为你好!这样也许能救你一命!"

几经安抚,黄某渐渐放下心中包袱,主动向办案人员交代了犯罪事实。黄某最终被判处无期徒刑。

碧海社区副主任戴黎娇告诉笔者，李鹏总把大家的事当成自己的事办，深受群众爱戴，有人叫他叔叔，有人叫他哥哥，更有人把他当作亲儿子。隆宇华庭小区70多岁居民金英子大娘，对我们说的第一句话便是："没想到这么大岁数，我还能得到李鹏这么好的'儿子'。我身体不好，还有一个得了两次脑梗的儿子，在我住院那段时间，都是李鹏来照顾这个家，给我儿子买药、送饭，还天天来医院看我，每天悉心照料着我们，真是老来得福。现在我担心，如果哪天他调走了，我就失去这个依靠了……"说着，金大娘潸然泪下。

闲聊时，笔者问李鹏，在新港工作这么多年，有没有想过换个地方。李鹏沉思道："以前确实有过这个想法，特别是受到委屈、不被理解时……"

2017年年初，碧海辖区一位有严重妄想症的患者，被他的媳妇举报有吸毒、贩毒行为。李鹏接警并依法进行了处理。妄想症患者便对李鹏怀恨在心，即便李鹏再三做出说明，此人仍认为是李鹏成心与他过不去、故意害他。

随着病情的加重，此人的举动也愈加疯狂，甚至把房子卖了，在派出所门前搭帐篷来胡闹。

那段时间，李鹏基本不回家，生怕家人的安全受到威胁。有一次李鹏到精神病院看望他，他动手打了李鹏。在属地警察处理、给他说明"内幕"的时候，他才渐渐悔悟，深感愧疚。原来这么多年，李鹏本可以多次对他无理取闹的行为进行处理，可李鹏却始终忍受屈辱，不离不弃地感化他、陪伴他……

后来，此人专门找到李鹏，表达心中愧疚和歉意。

谈及去与留，李鹏说，辖区群众把他当亲人，他也对工作了十几年的地方有了故土难离的感觉，尤其像金大娘这样的一大群人非常需要他，就更不想走了。李鹏说："群众的愿望无非想过安稳日子，所以一路走来，我守护着他们的梦，其实也是在守护着自己的梦……"

辖区群众都说李鹏不像警察，倒像社区的工作人员，事无巨细地帮助大家。为困难群众协调办理低保，助力企业复工复产，带领大家一起参与"创城（创建国家级文明城市）"，提醒物业对老旧设备及时进行检修……只要是和群众有关的事，他都要参与。因工作成绩突出，李鹏先后获丹东市青年岗位能手、辽宁出入境边防检查总站优秀共产党员、辽宁省公安厅"人民满意民警"、全国移民管理机构成绩突出民警等多项荣誉。碧海、银河两个社区也多次获评"丹东市先进集体"、"丹东市先进基层党组织"等。

采访快结束时，我们与李鹏走在秩序井然的居民小区，心安即家的烟火气扑面而来。警务工作室墙上的几个大字，在夕阳的余晖中显得格外耀眼醒目：人民对美好生活的向往，就是我们的奋斗目标！

（作者单位：辽宁边检总站）

大爱传承没有尽头

白玉泉

今年9月9日,一部名叫《海的尽头是草原》的电影在全国上映,引起了很多观众的反响。电影上映的第二天,地处内蒙古呼伦贝尔市陈巴尔虎旗东乌珠尔苏木海拉图嘎查(嘎查,蒙古族的行政村)的一个抵边警务室挂牌成立。两件看似无关的事情,却牵扯到同一个人——巴特朝格图。

"看完《海的尽头是草原》这部电影,我觉得特别感动,电影取景也特别好,把我们草原拍得特别美,把牧民善良、淳朴、温柔的性格刻画得非常形象。拥有一半汉族、一半蒙古族血统，同时身为'三千孤儿'的后代，我感到无比自豪，因为我身体里流淌的血液就是民族团结的有力证明。"面对我们的采访，身材高大魁梧、皮肤黝黑的巴特朝格图显得有些腼腆，但在说这句话的时候，我们在他的脸上看到了发自内心的微笑。

说到"三千孤儿"，自然就提到了他的父亲。那是1959年到1961年，我国遭遇到罕见的自然灾害，全国出现了不同程度的粮荒。上海等地育婴堂的米粮眼看就要见底，政府收养的几千个孩子怎么办？党中央最后决定，将上海、江苏、浙江等地的约3000名孤儿送到内蒙古大草原，由牧区牧民抚养，他们有一个共同的名字——"国家的孩子"，巴特朝格图的父亲就是其中之一。

巴特朝格图的父亲叫其日麦拉图，1961年从上海孤儿院来到这片草原时才一岁，在养父的牛车上颠簸了一天，从海拉尔幼儿园来到了陈巴尔虎旗海拉图嘎查，从此在草原扎下了根。

海拉图嘎查是传统的牧业嘎查，牧民世代生活在这片草原上，骑马放牧就成了必备技能。刚满四岁，其日麦拉图就被阿爸扶上马背，在一颠一簸中增长了见识和勇气。那时家里生活并不宽裕，但父母和姐姐们全力供他读书，让他成为嘎查少有的"高才生"。毕业后，其日麦拉图接过父亲的套马杆，成了一名真正的牧民。

"1995年，阿爸担任了嘎查党支部书记，一干就是10年。这期间，他带领牧民发展生产，响应国家号召退牧还草，保护海拉图嘎查的草原生态，使得群众的收入逐年提高，草原也逐渐恢复了原貌。"回想起阿爸为草原所做的事情，巴特朝格图的脸上满是自豪。

"阿爸每天有忙不完的事,救灾保畜、防疫统计、扶贫解困,只要嘎查有事,他就不闲着,这期间还承担起义务巡边的任务,每次一出去就是好几天见不到他。"巴特朝格图始终视父亲为榜样,父亲的高尚情操让他深受感动。耳濡目染之下,巴特朝格图也暗暗立下了誓言,要把一生都奉献给生养自己的这片草原。

2003年7月,巴特朝格图大学毕业后来到山东发展,从事了几年装修设计工作,也有了优渥的生活基础。2006年,他辞职回到家乡创业。

"我在牡丹江上了大学,在山东搞设计,学到了很多知识。但是那段时间,我经常想起阿爸的教导,他总说自己是国家的孩子,生活在边境线附近,就要守好自己的家园。人在哪里发展都一样,为啥不回家多做贡献呢!况且我还能在这片草原上跟阿爸一起,为国家守着这片草原和边境线。"巴特朝格图说。

在海拉图嘎查,巴特朝格图带领牧民共同发展第三产业,开办"游牧人家"旅游点,不仅保护了草原生态平衡,还增加了牧民收入。

"最初身边好多人都把自家的草场租出去,然后去城里住,后来国家政策好了,我又发动'老邻居'回来发展畜牧业,大伙儿跟着我,一起致富。"在巴特朝格图的带动下,家乡的牧民渐渐富裕起来,生活充满浓浓的幸福感。现如今,巴特朝格图家里的牲畜达1400多头(只),家庭年总收入60余万元,年纯收入达20余万元。

牧民们的生活越来越好,巴特朝格图却始终惦记着父亲的教导,他主动找到当地派出所,表示自己想跟阿爸一样守边护边,希望能够成为派出所的专职护边员。

"我的家就在边境前沿地带,距离边境线直线距离不到五公里,我更有义务做好巡边护边工作。"他是这样说的,也是这样做的。加入护边员队伍后,在父亲的教导下,巴特朝格图积极配合东乌珠尔边境派出所民警,护卫着边境线的安全。

2022年7月,巴特朝格图在巡边路上,突然听到头顶嗡嗡作响,抬头一看,无人机!他环顾四周,发现远处边防公路上停着一辆车,经了解,为了拍到更多美景,一名外地游客在禁飞区域飞起了无人机,在他的劝说制止下,游客了解了相关边境政策规定,及时收回了无人机并删除了所拍摄的视频。"边防公路每隔一段距离都会有警示牌,但有些人不太在意,这也容易引起不必要的涉外情况发生。"巴特朝格图介绍道。

十余年的坚守,巴特朝格图巡边总里程达十多万公里,劝返和制止临界人员千余人次,管控区内未发生一起涉外事件,这是他"最自豪的事"。

"这面写着'感谢人民好警察,帮困救人显真情'的锦旗一半归功于巴特。"东乌珠尔边境派出所副所长张胡其图指着挂在抵边警务室里的这面锦旗,跟我们讲起它背后的故事。

"我的车翻了,腰疼得厉害,从车里出不来,快救救我!"2022年7月5日,一位女私家车主用微弱的声音打来求助电话,东乌珠尔边境派出所接警后,民警在协调驻地卫生院医生的同时,第一时间联系巴特朝格图前往事故现场,民警到达现场后合力展开救助工作,终于成功将女车主救出并送往呼伦贝尔市人民医院救治。

"谢谢你!"车主被抬上担架后,声音微弱地说。看着远去的"120"急救车,巴特朝格图心里满是忧虑和担心,后联系医院确认车主没有生命危险时,巴特朝格图才长舒一口气,放下了心。

在他工作的地方，还有很多类似的救援故事：邻居家草垛起火，他第一时间报警，还发动群众一同灭火；游客在旅途中车子陷入泥地无法前行，他会主动上前帮忙推车；有牧民家的牛被邻居开车撞残了，发生了矛盾，他会主动帮助派出所协调解决……

"新时代草原110建设是支队一直在探索和研究的课题，我们大队也结合辖区实际，精挑细选了100多名护边员，其中就有巴特朝格图，像他这样对辖区环境熟、群众基础好的护边员，对我们管边控边和调处纠纷起到了'桥梁'作用。"呼伦贝尔边境管理支队陈巴尔虎边境管理大队大队长达林台指着新时代"草原110"警务示意图，对我们介绍说。

这些年，巴特朝格图先后参与边境巡逻、堵截勤务千余次，参与灭火、宣传、帮教等活动500余次，累计协助化解各类矛盾纠纷60多起，为维护边境持续安全稳定贡献了自己的一份力量。他的脚印遍及家乡边境线上的每一块界碑、每一条河流、每一片土地。善良、正直、无私是邻里之间对他的评价，忠诚、勇敢、无畏是呼伦贝尔边境管理支队政治委员潘伟对他的称赞。

"2021年11月，我刚到海拉图嘎查工作时，看着星罗棋布的民房和纵横交错的自然道，真是有点儿摸不着头脑，只能自己一点点走访熟悉。但是认识巴特朝格图以后，有了他的帮助，我很快熟悉了辖区，而且他也在工作中帮了我不少忙。你们看海拉图嘎查，群众热情、淳朴好客，治安秩序稳定，巴特的功劳很大。"任职不到一年的副所长张胡其图说。

结束采访时，巴特朝格图对我们说出了这样的话："我特别爱这片草原,不仅是因为这里养育了我,更因为这片草原养育了阿爸,以及像阿爸一样的几千个'国家的孩子',所以我要像阿爸一样,守护好这片草原。"

(作者单位:内蒙古边检总站)

大漠深处边守边爱

牛 鑫

> 如果丈夫甘愿做一棵伟岸的胡杨，我愿做一株依偎在他身边的梭梭，虽不能替他遮挡边境的风沙，但总能陪他度过每一个苦寒的夜晚。
> ——摘自大漠戍边夫妻警务室辅警李文娜的日记

最远的边疆最近的爱

内蒙古阿拉善边境管理支队驻守在祖国

北疆，担负着 16.8 万平方公里边境管理区和近 735 公里边境线的边境管理工作任务。2020 年伊始，为强化管边控边职能发挥、积极拓展稳边固防举措，支队决定加强抵边警务室建设。银根边境派出所民警徐乃超得知这一情况后，主动申请到最远最艰苦的警务室去守边。他将这个消息告诉了妻子李文娜。

作为辅警的李文娜十分赞同丈夫的决定，一个大胆的想法在李文娜心中诞生——和丈夫一起去戍边。经批准，内蒙古出入境边防检查总站首个戍边夫妻警务室正式成立。

"边疆确实是遥远的存在，甚至是人间孤岛，这里没有风花只有风沙，没有雪月只有清苦，不过，还好我有他在身边！"李文娜有写日记的习惯，在组建警务室的第一天，在收到一场强沙尘暴的"见面礼"之后，她在日记本上写下这样一段话。

五间砖房支口锅，二人一狗一台车，这就是戍边夫妻警务室的真实写照。在这里，吃水要到 20 公里外的边防连队去拉，吃菜要由 85 公里外的银根边境派出所供给，仅有的风力发电只能维持四个小时的夜晚照明，而通信则只能靠信号扩大器勉强维持手机基本通话，洗澡更是只能存在于脑海中的奢侈事情。

旷日持久的风沙蹂躏着干涸的土地，目之所及只有黑色戈壁和漫漫黄沙。由于沙尘暴是常客，因此，李文娜和徐乃超每日清晨的第一件事几乎都是清扫院子里夜晚刮下的厚厚沙土。

艰苦的挑战远不止如此，人烟稀少的边境地区，一切的事务，都只能靠夫妻二人完成。从生火做饭到换胎打气，从洗洗涮涮到房屋修葺，在这里，夫妻只有齐心协力首先完成独立生存，继而才能谈及生活。炉子坏了自己动手修理，没有柴火就到野外去拾枯树枝，断电了就点蜡烛，没有网络信号就听收音机娱乐，不会做饭就一点点学。小两口用坚毅和果敢战胜了一次又一次挑战，成功在边境线上安下了家、扎稳了根。

警务就是家务，家务也是警务

警务是打击犯罪，维护稳定；家务是柴米油盐，家长里短。原本两个不相关的事务，却在戍边夫妻警务室有了交集。在这个只有两个人组成的独立单元里，家务是警务的伴生，警务是家务的延续。对于城市女孩李文娜来说，坚守的每一天都面临着前所未有的挑战，一种似乎只存在于电视剧情里，却又真实发生在身边的挑战。

在卧室床头的墙上，挂着一张大大的结婚照，与十分简陋的屋子形成反差。这是李文娜专程从320公里以外的家里带来的。对于李文娜来说，走出院子二人是戍边卫士，但是回到屋子，就组成幸福的小家。对于妻子刻意追求的温馨与浪漫，徐乃超总是会心一笑。

徐乃超有着14年基层工作经历，在他看来，103公里的边境线和3145平方公里的边境管理区是尽情施展才华抱负的舞台。他曾作为中国第二支赴利比里亚维和警察防暴队队员，在非洲参与国际维和任务，荣获联合国"和平勋章"。对于阿拉善，徐乃超更是留下了太多的记忆：抗洪抢险、重大安保、紧急救援、抓捕逃犯……

徐乃超经常对李文娜"吹嘘"："别看咱这里是荒漠戈壁，我闭着眼睛都清楚哪里有沟、哪里过坎，我的心里有一幅地图哩！"为了更好地加强边境管理，警务室成立以后，徐乃超将附近群众纳入群防群治组织，同时主动对接相关单位和职能部门，全力构筑党政军警民合力强边固防工作机制，累计开展联合边境踏查八次，联合处突演练四次，有效提升了管边控边职能作用发挥。

而妻子李文娜，也深深被徐乃超的工作热情感染着，最开心的事情就是和丈夫共同巡逻踏查边境线，在庄严的界碑面前，李文娜总感觉有一种神秘的力量使她变得坚强勇毅。她说："和爱人共守边疆，用脚步丈量祖国土地，这种油然而生的自豪感绝不是三言两语就能说清的。"

2020年3月7日，是李文娜32岁生日，也是警务室运行一个月纪念日。徐乃超也浪漫了一次，特意从几百公里以外带回一个蛋糕，为李文娜过了一个只有两个人见证的生日。

望着丈夫坚定的眼神，李文娜当即将自己朋友圈备注改为"戍边夫妻警务室——革命战友、恩爱夫妻"。

群众是咱最亲的人

二十公里做邻居、五十公里去串门，这是银根边境派出所辖区的真实写照。近年来，随着国家禁牧政策的实施，使得许多牧民进城务工，加剧了边境空心化现状。因此，戍边警务室的建设意义显得尤为重要。

戍边夫妻警务室很大，大到辖区面积超过内地几个县城之和；警务室很小，小到方圆30公里以内，只居住着8户27名牧民群众。对于徐乃超夫妻来说，这些仅余的牧民群众，是守边的堡垒和移动的哨兵，如果没有这些抵边居住的群众，边境管理工作的难度和挑战将不可想象。更为重要的是，这些牧民群众是二人最近的邻居和最亲的家人。

警务室建设之初，群众闻声而来，他们以蒙古族特有的方式欢迎着远来的贵客。怕夫妻着凉,恩图格日勒送来柴火;怕警务室没有水吃,胡日岱主动送来一车饮用水;怕两个人吃不上饭,乌仁包好饺子送到警务室……每一名淳朴的牧民,都在全力帮助着夫妻二人。

而夫妻二人也尽己所能关心照顾着群众。李文娜曾就读于内蒙古医学院,在走访群众中发现牧民就医难,于是萌生了成立便民医疗室的想法。针对辖区常见病、多发病,李文娜向上级争取配发了一批医疗药品,免费发放给群众。年逾古稀的敖云高娃患有老年慢性疾病,几乎每天都要到苏木输液,来回170公里的颠簸土路,既耽误家中的牧业生产,又加剧了病情发展。得知情况后,李文娜主动联系卫生院将药品配置好后带到警务室,上门为老人输液。经过一段时间的照料,老人的病情有了好转。

牧民焦多文夫妇儿女常年不在身边,二人靠养羊为生。由于年事渐高,家中许多活都积攒下来,这可愁怀了老两口。徐乃超夫妻主动与焦多文家结成帮扶对子,定期上门义务劳动,从饮羊喂羊到盖圈垛草,夫妻二人的身影经常出现在焦多文的家里。

"人心换人心,八两对半斤,你对群众好,群众和你亲。"李文娜日记中的这句话,道出了戍边夫妻警务室在群众心目中的地位和作用。

"下一步还要开个超市,还要争取设立快递投放点,这样就能更好地服务牧民群众了。"在徐乃超和李文娜的心里,他们还有好多计划,他们用双手建好自己小家的同时,也计划着为牧区群众创造更加美好的生活。

(作者单位:内蒙古边检总站)

乌兰河畔警民情深谊长

韩志祺　吕昊俊

美丽的乌兰河蜿蜒流淌，犹如一条洁白的哈达穿过乌兰毛都草原，养育了一代代草原人民，也见证着内蒙古出入境边防检查总站兴安边境管理支队乌兰毛都边境派出所民警与当地牧民群众守望相助、团结奋斗的情深谊长。

老毛与老乡的"板凳情"

"有困难，找老毛。"牧民们口中的老毛，

是乌兰毛都边境派出所的社区民警毛旭明。这名曾经的维和尖兵，现在是一名优秀的社区民警，是当地有名的"和事佬"。

草场事关农牧民收入，时常引发矛盾纠纷。今年5月，毛旭明在走访时发现，牧民白某和额某因草场使用权问题存在矛盾，有时会借着酒劲吵上一架。毛旭明多次对二人进行调解，但二人都各执一词、互不相让。

"要想真正解决问题，就要和牧民坐到一条板凳上想问题！"毛旭明想，调解室里调解不成的矛盾，如果换到炕头上、地头里就可能收到更好的调解效果。自此，毛旭明每天带上一条小板凳，叫上白某和额某在树荫下一起拉家常，给两人讲法律、说道理、谈感情。渐渐地，两人在毛旭明的提议下各退一步，分别在自家草场割让出半米距离作为分界线。

毛旭明的这个调解方法，被大家称为"板凳交涉"，并作为化解草牧场纠纷的典型案例被驻地总结推广。毛旭明还通过"炕头会"、"地头聊"等形式，将矛盾纠纷化解工作持续前移，有效密切了警民关系。

患病大妈圆了"网红梦"

"这款刺绣包的绣花用的全是驼绒线，质量杠杠的！"6月30日，乌兰毛都苏木的"带货主播"斯琴大妈（化名）正在直播间向网友介绍自己制作的民族衣帽、围巾、包等蒙古族刺绣品，十分热销。

这样的景象，几年前斯琴大妈想都不敢想。2018年，大妈被确诊患有宫颈癌，经历了五次化疗和放疗。面对昂贵的医疗费，她几乎对生活失去信心。乌兰毛都边境派出所民警蔡磊磊走访中发现,斯琴大妈情绪异常消极,一瓶放在桌下的农药更是引起了他的警觉。

于是,蔡磊磊坚持每天去看望她,陪她聊天,无意中了解到大妈从小就跟着长辈学习刺绣,并希望有一天传统手艺也能走红,蔡磊磊便记在了心上。他一边帮斯琴大妈申请大病补助,一边与苏木的志愿服务队一起联合打造"爱心直播间",陪着大妈一起学习带货知识和直播技巧。

斯琴大妈没想到,自己的第一场直播就很成功,网友纷纷留言要求"上链接"。随着人气上升,蔡磊磊还邀请来其他手工艺者与大妈联合举办手工艺课堂,在直播间里讲授蒙古族传统刺绣、蒙古马鞍、民族服饰等制作技巧,让观众们感受到蒙古族传统文化的魅力。

斯琴大妈脸上的笑容越来越多,身体也慢慢恢复。"那时候,磊磊每天都来看望我、鼓励我,不仅让我有了信心,还帮我圆了'网红梦'。"谈起过往,斯琴大妈眼圈泛了红,"现在,我的刺绣也远销全国各地了!"2021年,斯琴大妈获评内蒙古自治区非遗文化传承人,成为当地有名的"带货主播"。

苏和大叔当上"羊老大"

7月6日,同往常一样,乌兰毛都边境派出所民警李卓源来到帮扶对象苏和大叔家中走访。几年前,刚分配到派出所工作的汉族小伙李卓源与64岁的蒙古族牧民苏和大叔结成帮扶对子,学蒙语、打牧草、剪羊毛……凡是牧民生活需要的,他都一样一样向苏和大叔学习。

苏和大叔年轻时因伤右眼失明,家中有80多岁的老母亲和两个还在上学的孩子，那几年生活过得紧巴巴的。为了帮助苏和大叔，李卓源发动派出所民警集资为他购买了五只羊，并对他承诺："赔了算我们的，赚了都是你的！"在国家扶贫政策和民警的帮扶下，苏和大叔通过大力发展肉羊产业，短短几年时间将当年的几只羊发展到现在的500余只，迈上了致富路，成了当地有名的"羊老大"。

如今，苏和大叔一家的日子越来越好，不仅盖起新房，还买了小汽车，大叔逢人便说："感谢党的好政策，感谢民警对俺们家的帮助，带俺们过上了好日子！"

苏和大叔的故事，是乌兰毛都边境派出所服务民族地区经济社会发展、促进民族团结的一个缩影。长期以来，派出所坚持让每名民警都与牧民结对子，助力辖区实现全面脱贫。李卓源说："我喜欢和老乡们生活在一起，看着他们的日子越来越好、生活有奔头，我打心底里高兴！"

（作者单位：内蒙古边检总站）

草原深处是我家

张攀峰　冀　虹　张志敏

内蒙古，犹如一匹骏马，奔腾在祖国正北方。

浩瀚林海、风景如画，国门巍峨、湿地神秘，天堂草原、辽阔壮美，大漠孤烟、长河落日……4200余公里边境线绵延起伏，36万平方公里边境管理区横贯东西，不仅是祖国北疆亮丽的风景线，也是祖国北疆安全稳定屏障的第一道防线。

边关景色壮美，但对于常年驻守在艰苦偏远边境村镇的内蒙古出入境边防检查总站民警职工而言，面对的是艰苦恶劣的自然气候、人烟稀少的社会环境、匮乏落后的文化基础设施和孤独寂寞的精神文化生活。

从公安边防部队官兵到移民管理警察——众多远离家乡的"国门卫士"守边戍边工作从"一阵子"变成了"一辈子"。新时代移民管理事业肩负着捍卫国家政治安全，维护口岸边境稳定，服务经济社会发展和保障人民安宁的神圣职责使命，如何让广大民警职工在祖国北疆安心、安身、安业，"做神圣国土的守护者、幸福家园的建设者"？

船的力量在帆上，人的力量在心上。三年多来，内蒙古出入境边防检查总站深入贯彻落实全国移民管理机构文化工作会议精神，牢牢把握新时代移民管理机构文化建设的原则要求，着力探索以文化的力量吸引人、感染人、打动人，突出文化建设的政治性、战斗性、群众性、时代性，聚焦从优待警、暖心惠警文化工作指向，高举旗帜鼓舞警心、多措并举温暖警心，创新推进"北疆移民管理家园文化体系"建设，基层工作生活条件得到极大改善，文化基础设施发生翻天覆地的变化，民警和家属心里越来越亮堂，获得感、幸福感、自豪感与日俱增，内蒙古移民管理队伍凝聚力、向心力、战斗力明显提升。

乘势而上，构建家园文化格局

大道至简，繁在人心。每一名民警的背后，都是一个完整的家庭。只有解决好广大民警职工的后院、后代、后路问题，才能让他们安心戍边报国、履职尽责。

"边疆最苦，基层最累。"怎样让戍边民警在艰苦边远的边疆工作生活暖心舒心，安心放心，实现人生价值？

2020年1月15日,甘其毛都出入境边防检查站民警张建的爱人王群,带着两个孩子踏上北上之路,辗转江苏、河南、内蒙古三个省份,来到丈夫坚守的甘其毛都口岸,一家人共同迎接春节的到来。"边关年·家国情"活动,让200多个家庭在祖国北疆团圆美满,欢度春节。

几年来,内蒙古出入境边防检查总站深入贯彻落实国家移民管理局从优待警工作部署,旗帜鲜明地推进暖心惠警工程,下大力气解决广大民警住房、团圆、婚恋、子女入学、大病就医等急难愁盼问题,不断提升基层民警的获得感、幸福感、自豪感。

"北疆移民管理家园文化",内蒙古边检总站党委一班人研究提出后,得到广大民警认可。总站党委将"家园文化"建设作为实现总站全体民警对美好生活向往的有力抓手,推进移民管理事业发展进步的重要力量源泉,深化内蒙古移民管理警察队伍人文管理的灵魂工程。

"家园文化"借鉴"崇尚自然、践行包容、恪守信义"的草原文化核心理念,大力弘扬"吃苦耐劳、一往无前"的蒙古马精神,探索完善以铸魂文化、励志文化、党建文化、职业文化、书香文化、传统文化、安全文化为主要内容的"七大文化内容",内蒙古边检总站文化建设呈现出新面貌、新气象。

以习近平新时代中国特色社会主义思想为指导,发挥文化潜移默化、养德固本功能,推进铸魂文化。

以大力培树宣传"公安楷模"、"北疆楷模"、"十大优秀护边员"典型群体,立起新时代移民管理警察好样子,推进励志文化。

以"国门党建学院"、"北疆党建长廊"、"党员中心户+警务室"为依托，研发推广智慧党建APP，丰富打造党建文化。

以建立完善入警、授予（晋升）警衔、立功受奖、从警特定年限、重大任务等10项仪式机制，丰富职业文化。

深化全警全员读书活动，开展"书香润警营·学习新时代"读书和草原阅读季系列评选活动，孕育书香文化。

注重家庭家教家风，以好家风涵养移民管理好政风好作风，弘扬优秀传统文化。

建设廉政文化长廊、廉政教育展厅，探索文化与正规化管理新途径，让安全文化贯穿到安全行为养成的全过程。

七大文化内容逐步构建完善，为共同支撑起北疆移民管理家园文化体系的强大内核。

凝心聚力，激发队伍活力士气

蓝图已绘就，关键在落实。"北疆移民管理家园文化"建设构想能否取得成功，关键在于基层末端落实。

多年来，部分基层单位仍存在文化与中心、业务工作"两张皮"，就文化抓文化的"自我循环"，"文化工作说起来重要、做起来次要、忙起来不要"的尴尬局面。

获得感的提升是助推文化工作关注度的最有效手段，内蒙古边检总站从解决他们关心关注的焦点问题入手，取得明显成效。

"以前所里条件差，大家都瞒着父母和媳妇，说这边都挺好，现在可不一样了，'温馨家园'一建成，战友们变着花样在朋友圈'显摆'。"说起所里的变化，兴安边境管理支队伊尔施边境派出所教导员王禹新，最先想到的就是民警生活环境的改善。

让"边疆最苦"变为"戍边不苦"。内蒙古边检总站党委累计投入 1100 万元,为具备场地的基层单位建设家园文化活动中心。在 2020 年为 12 个试点偏远边境派出所建设"温馨家园"的基础上,2021 年全面扩大建设范围,投入 1.43 亿元为 83 个边境派出所、边境检查站建设"温馨家园",全面提升住宿标准、改善用餐条件、美化生活环境。投入 1350 万元在满洲里、阿尔山、鄂尔多斯建立了三个轮勤轮休服务站,全年安排 500 余名民警及家属到区外疗养轮休。支队、大队把所属基层所站两地分居民警家属就近纳入家园文化保障范围,总站所有文化场所、餐厅、轮勤轮休服务站在不影响正常工作的情况下向民警家属开放,将文化成果转化成实实在在的发展改革红利,让全体民警家属受益。

2021 年 9 月 20 日,"边守·边爱"之"左手牵你,右手敬礼"主题青年联谊活动在巴彦淖尔市举行,甘其毛都边检站民警与驻地女青年共同参与"桃花朵朵开"、"默契大考验"等互动游戏,迅速拉近距离,加深彼此印象,现场时而掌声阵阵,时而笑声不断,处处洋溢着幸福欢快的氛围。活动最后,互相产生好感的三对男女青年走上舞台,大声说出爱情宣言。

转隶以来,民警婚恋难问题引起各级的高度重视。内蒙古边检总站各级多措并举,积极为民警牵线搭桥。30 余场"边守·边爱"警地青年交友会助力 300 余名民警成功牵手;三场国门集体婚礼见证近 70 对新婚民警夫妇步入婚姻殿堂。

2020 年 9 月 8 日,在庄严国门和神圣界碑的见证下,内蒙古出入境边防检查总站首届"边守·边爱"集体婚礼在满洲里隆重举行,39 对因战"疫"推迟婚期的移民管理警察与新娘携手步入婚姻的殿堂，一份份信物在新人手中交换，他们的脸上洋溢着甜蜜笑容。

转隶以来，内蒙古边检总站帮助解决 79 名民警家属随迁随调就业难题，推动 180 余名民警子女择校入学、参加中高考落实军人优待政策，为 107 名患重疾的民警家庭发放困难补助 110 余万元；开设"网络夜校"，组织 1502 名新警参加学历提升教育，启动"四个百人"培训计划；与内蒙古自治区图书馆合作建设的三个图书馆分馆、警地共建的两个鸿雁书屋相继落成使用，成为基层民警学习提升的"加油站"；与内蒙古农业大学等高校建立素质教育全面战略伙伴关系，录取 2400 多名民警及家属就读深造，民警的职业认同感和获得感不断提升。

几年来，内蒙古边检总站从广大民警职工关心关注的职业激励、互助关爱、子女助力、家属优待、安居安业、健康保障六大方面建立机制，同步发力。在一系列举措的推动下，广大民警职工扎根北疆、以站为家，戍边报国、安身乐业的信心更为坚定。

砥砺前行，打造家园文化品牌

2021 年 6 月 21 日，在中国共产党成立 100 周年之际，一场别开生面的慰问演出在锡林郭勒盟"天边草原"乌拉盖管理区隆重上演。

"没有共产党就没有新中国，没有共产党就没有新中国……"内蒙古边检总站"边境乌兰牧骑"、内蒙古自治区"最美"千村百场巡回公益演出团队，与 300 余名牧民群众和护边员欢声笑语、载歌载舞，共同歌颂美好生活，表达对党的无限热爱。

"乌兰牧骑"，蒙古语意为"红色的嫩芽"。60多年来，乌兰牧骑犹如一曲悠扬的牧歌，始终活跃在内蒙古各族群众中间，成为全国文艺战线的一面旗帜，被誉为"草原上红色文艺轻骑兵"。

2020年，内蒙古边检总站深入贯彻落实习近平总书记给乌兰牧骑回信中的重要指示精神，立足推进民族团结与边疆稳定实际，组建移民管理系统首支"边境乌兰牧骑"。

聚是一团火，散是满天星。"边境乌兰牧骑"文艺小分队坚持根植基层，以任务繁重和条件艰苦偏远地区为服务重点，把演出服务的阵地延伸到农村牧区、安保一线，延伸到民警奋斗、群众需要的地方，队伍人少精干、队员一专多能、节目小型多样、装备轻便灵活，充分发挥轻骑兵优势的"边境乌兰牧骑"让广大基层民警和群众耳目一新。

"都说阿尔山是最小的城市，这里虽然景色怡人，但是精神文化资源十分匮乏，'边境乌兰牧骑'小分队的战友们为我们送来了欢歌笑语，带来了冬日里的暖暖阳光。"2021年1月，在首个中国人民警察节来临之际，"边境乌兰牧骑"小分队来到口岸小城阿尔山，开展"走进国门"基层行文艺演出。阿尔山边检站民警闫苇铭的脸上洋溢着幸福喜悦，身体也随着音乐律动。他说，这是他戍边工作八年来第一次现场观看文艺演出。

"边境乌兰牧骑"组建以来，先后应邀赴满洲里、二连、包头、锡林郭勒等地慰问演出30余次，中央政法委官网中国长安网、国家移民管理局官方微博对活动进行了同步直播，累计观看量超过600万人次。"守望忠诚"、"梦想花开"、"八千里北疆赞"、"边关长歌"等一大批原创文艺精品，随着"边境乌兰牧骑"走遍了八千里北疆，"优秀作品演起来、文化场地用起来、文化骨干动起来、民警群众乐起来、核心价值观活起来"

从构想变为现实。

为进一步锻炼文艺骨干,提升"边境乌兰牧骑"的影响力,内蒙古边检总站协调自治区党委宣传部、文旅部门,将"边境乌兰牧骑"纳入自治区文化品牌;受邀参与草原文化艺术节、国际胡杨节等大型文化活动演出,推动移民管理队伍成为服务地方文化事业和文化产业的生力军;选派队员参加第二届中国马文化节暨首届内蒙古国际马文化博览会大型马头琴表演;自觉融入"一带一路"、"向北开放"发展,积极参加自治区"一带一路乌兰牧骑行"展演……

"美丽的草原我的家,风吹绿草遍地花,彩蝶纷飞百鸟儿唱,一湾碧水映晚霞,骏马好似彩云朵,牛羊好似珍珠撒……"如今,"边境乌兰牧骑"已经逐渐发展成为内蒙古边疆基层家喻户晓的文化品牌,也鲜明地成为内蒙古边检总站扎实推进文化育警、文化惠警工作的美丽缩影。

文润边关细无声,国门卫士唱赞歌。三年来,内蒙古边检总站"北疆移民管理家园文化体系"建设取得丰硕成果,在新时代先进文化的感召下,内蒙古移民管理队伍在艰难险阻中创造了不平凡的业绩,也涌现出了一批广受赞誉的先进典型。赵永前当选全国"公安楷模"、内蒙古"北疆楷模",杨春燕获评全国公安系统二级英雄模范,黄健获评全国公安机关成绩突出个人,呼伦贝尔支队获评平安中国建设先进单位,阿拉善支队获评全国民族团结进步示范单位;1个组织获评全国五四红旗团支部,2名民警光荣当选自治区第十一次党代会代表;3项工作和3名民警获评自治区"十大法治事件"、"十佳法治人物";9名新警获评"百名岗位建功新警标兵",10个集体八名个人受到省部级表彰,2个集体9名个人荣立二等功。

骐骥一跃，不能十步；驽马十驾，功在不舍。文化自信是更深沉的自信，怎样让"北疆移民管理家园文化"深入警心，发挥最大效能，树立起广大民警职工的文化自信和职业认同，在边疆安心安身安业，需要久久为功，持续发力。

历经三年的探索、实践、总结，内蒙古边检总站"北疆移民管理家园文化体系"建设迈出了关键的一步，也让驻守在祖国八千里北疆的第一代移民管理警察，在赓续红色血脉，忠诚戍边报国的实践中，感受到组织深沉的爱和亲切关怀。

站在新的起点上，内蒙古边检总站将顺势而为、因时而兴、乘势而上，将内蒙古地域特色、民族特点的文化元素和总站特有的文化传承、文化创新进行深度融合，大力推进"北疆移民管理家园文化体系"建设，让广大民警职工报国无憾、戍边无悔。

（作者单位：内蒙古边检总站）

一声"云龙" 一生"亮剑"

李明珠

　　他叫胡云龙,一提起这个名字,大家立马会想到另一个云龙,那就是《亮剑》中的李云龙。他曾说:"古代剑客在对决时,无论对手多么强大,哪怕是天下第一,明知不敌,也要亮出自己的宝剑!一句话,狭路相逢勇者胜,亮剑精神就是我们的军魂!剑锋所指,所向披靡!"就是这番话,激励着胡云龙走上从军之路。2006年他光荣入伍,驻守在内蒙古高原,在那"风吹石头跑,山上不长草,雨水不管饱,百里人稀少"的茫茫戈壁上,他曾在日记里这样倾吐心声:"我是和平年代的胡云龙,但我要像战争时期的李云龙那样,勇者无惧,敢于亮剑!"

首次亮剑:利比里亚

2015年,胡云龙入选中国第二支驻利比里亚维和警察防暴队,担任战斗二分队四小队小队长兼防暴队军事训练教员。当他肩扛和平使命飞往陌生的利比里亚时,满心豪情万丈,却未曾预料除了恐怖袭击和暴乱事件,还有一场更可怕的灾难正埋伏在那里。

胡云龙到达利比里亚的第一个月,埃博拉病毒疫情便在那里暴发,每天都有成百上千人死亡。8月20日,防暴队驻地出现首例埃博拉死亡病例,尸体就掩埋在距离机场执勤警戒哨位不足100米的地方,整个营区充斥着如临大敌的紧张气氛。

8月25日,胡云龙负责的四小队战斗队员陈道飞突然身体发热,高烧42度!而五天前,首例埃博拉死亡病例掩埋时正是他在执勤,结合高烧的症状,陈道飞被怀疑感染了埃博拉病毒。在他被隔离的日子里,身为小队长的胡云龙每天给陈道飞送饭,带兵多年的他知道,陈道飞正在承受着生死考验,在这样的时刻,任何语言的抚慰都是苍白无力的,胡云龙只能用这种方式去鼓励他,给他情感上的支撑。这是一个队长的担当,也是生死与共的战友情!

当最终确诊感染的是疟疾而不是埃博拉病毒时,陈道飞喜极而泣,他拥抱着胡云龙问:"队长,那时你给我送饭,怕不怕?"

"我当然怕啦,埃博拉可是死亡之神,每次给你送饭,我提饭盒的手都是抖的。"陈道飞没想到队长会这么说,一时不知如何往下接。胡云龙笑了，他拍着小陈的肩真诚地说："跟你开玩笑呢，道飞，真正的勇者，并不是心中没有恐惧的人，而是踏着恐惧还能勇往直前的人！你在我心中，是名副其实的勇士。"

这正是胡云龙和他的维和战友们面对埃博拉病毒时的亮剑精神。经历了9个月、270多个日夜、近7000个小时的昼夜奋战，胡云龙成功完成维和任务，被联合国授予"和平勋章"，并被公安部荣记一等功。虽然荣誉和勋章都属于过去，但维和之旅铸造而成的"亮剑精神"却扎根在他的血脉深处，并伴随他的从警生涯一路奔涌……

再次亮剑：国门战疫

2018年，公安边防部队转隶改革，胡云龙脱下橄榄绿换上了藏青蓝。2021年，在国家移民管理局"团圆计划"的关怀下，他被山东出入境边防检查总站接收，进入董家口出入境边防检查站工作。就是在这里，他经历了第二场战"疫"。

说实话，来到这个海港边检站，胡云龙的内心是带着疑问的：荣归荣调之前，他带兵数十年，一直认为自己的舞台在训练场上。而来到海港边检站，首先要懂得出入境边防检查业务，此前胡云龙却从来没有接触过。他的舞台在哪里？又该如何亮剑？面对着这片蔚蓝的海洋，恍惚间，他产生了一种巨大的心理压力。

为了让胡云龙尽快适应岗位，执勤队长带领他去董家口的码头一线，深入我国第一大深水港区的每一个泊位。而此时，抗击新冠肺炎的外防输入已成为工作的重中之重。执勤民警需要全副防护武装，24小时巡查在这片惊涛拍岸的海岸线上。

胡云龙清楚地记得,那是一天清晨,天还没亮,他们就接到一位船舶代理的求助电话。说是一艘外贸船受到疫情影响,船上的两位厨师工作时间已超过合同规定,但安排替班又非常困难,这导致船员情绪非常激动,扬言谁让他们出海,就与谁同归于尽!

这通电话敲打着队长和胡云龙的神经:生命安全、疫情风险、航行安危……来不及多想,他们穿好防护服十万火急直奔现场,远远就看到两名船员站在甲板上,冲着下面的人喊道:"今天要是不让我下船,我就从这里跳下去!"

船长在下面喊道:"你不要威胁我!有话好好说!"

但这两个人不为所动,并抱着煤气罐喊道:"谁敢再往前一步,我立马就点了它!"

情急之下,胡云龙对他们喊道:"我们是董家口的移民管理警察!你们要相信我,我们是来给你们解决问题的!"

谁也劝不下来的两个人一听"警察"来了,仿佛看见了救星:"警察?你们能给我们解决问题吗?"

狂风骇浪中,胡云龙拍着自己的胸脯说:"请一定相信我们!我们是警察,警察可以保护你们!"看着他们的情绪稍微稳定了一点儿,胡云龙继续说,"我们非常理解你们的心情。按照合同规定,你们早就该下船了,可现在是疫情期间,特殊时期安排替班船员非常困难,所以你们要理解船方……"

"找替班船员是他们船方的事,我们现在已经是超负荷作业了!"本来平静下来的两人又激动起来。

这时,船长凑到胡云龙耳旁说:"他们现在这个样子,打死我也不敢带他们出海啊!但是我这船上一天也不能离了厨师,离了他们这一船的人都吃不上饭!"

胡云龙迅速决断，他对船长说："现在最主要的是安抚这两人的情绪，既然不能让他们下船，那就适当提高薪资，估计他们会接受。"

这一招果然奏效，想要跳海的厨师放下了一直抱着的煤气罐，与船方达成了增资续约的协议。当这艘巨轮如期驶离董家口时，那深沉悠长的引擎声仿佛表达着船方深深的感激！

回来的路上，队长对胡云龙说："云龙，不愧是维和英雄啊，真有你的！"队长的夸奖让胡云龙陷入了思考，难道抗击新冠疫情，严防输入比直面埃博拉病毒更危险更困难吗？既然穿上这身国门蓝，心中就要装着这片蓝色港湾，昔日做维和警察能够在异国他乡维护和平，今天就一定能够在家乡故土守好国门！

习近平总书记曾经说过："一个时代有一个时代的英雄。" 18年的从警之路锻造了一个全国优秀人民警察，更刷新了胡云龙对"亮剑"精神的理解："曾经，我想做一个李云龙式的英雄，而一路走来我才明白，英雄是被时代塑造的，想成为英雄，必须听从时代的召唤。作为新时代的移民管理警察，只有不负时代赋予的使命，才能传承并刷新亮剑精神！"这是一个英雄的心声，倾吐着对亮剑精神的深刻解读。"路漫漫其修远兮，吾将上下而求索"！让这亮剑精神指引着我们每位人民警察的从警之路，锻造使命，映照初心！在新时代移民管理事业的新征程上，再立新功！

（作者单位：山东边检总站）

每一个与北京相遇的日子都是对青春的礼赞

杨宛茹

"快,宛茹,穿上防护服上台子,下一班飞机要到了,已收到消息,飞机上有确诊旅客。"闷热的防护服、戴着雾气的护目镜、拥挤嘈杂的现场、惶恐不安的旅客……奔跑、驻足、呐喊,错乱的记忆与现实的梦境交加。我喘着粗气自梦中挣脱出来,环顾四周熟悉又带点儿陌生的宿舍,重新回到现实,心里的失落感油然而生。

现在的我早已完成支援任务,离开北京

边检总站,回到齐鲁大地。

回顾一年的支援时光,故事要从那辆北上的列车说起。

初识——你认真的样子真美

烟台边检站是没有夜间勤务的,所以我一直在期待"第一国门"的夜间勤务。

没想到夜班却给我"当头一棒"。明亮而嘈杂的入境旅检现场,密密麻麻望不到尽头的人流,疲惫但依旧细致的检查员,三小时才换班的自助通道,肿胀的小腿和制式高跟鞋……这些也构成了我对北京边检总站工作的第一印象——累。

经过12个小时的辛苦工作,我作为"新人"的新鲜感已经被疲惫感全部覆盖,坐上下勤的班车,我已经对任何问题都无法思考,脑海里只有两个字——睡觉,我把头靠在窗户上,闭上眼睛,准备入眠。

"按照最新业务规定,那就是一个差错。"

"我觉得不是差错,这样办理是可以的。"

"队长,你说,到底是不是差错。"

"这是怎么了?"睡眼惺忪的我被一阵"争吵"声吵醒了,那激烈程度让我以为马上就要"大打出手"了。原来是对业务文件理解不同的两个姐姐,各执一词,争得不可开交,而车上的其他人也渐渐加入讨论,班车上立马热闹起来。那股精神头,像一群晨起的鸟儿,让我感觉仿佛昨天晚上大家未曾经历一场大夜班。我身旁的师姐看我一脸疑惑,笑着说:"习惯就好啦,上班下班都一样,随时随地讨论业务是北京边检的一大特点。"

的确如此,在备勤室里讨论最新文件,在电教室里讨论考试难题,下检查台后讨论刚遇到的证件问题,甚至有时候在吃饭时都会说两句业务规范,这使我对北京边检的印象不断丰满。它是努力的样子,是好学的样子,是认真的样子。这勾勒出了北京边检的骨架,亦使它的血肉不断充实。

熟知——何其有幸与你们并肩战斗

"我不害怕,队长,我要报名。"
"你是支援民警,可以不用去的。"
"既然要去战场,都是战士!"

T3-D,T3-D,这个名字我现在读起来依旧心潮澎湃,这是北京边检总站防疫的第一线,也是我战斗了近半年的地方。

它充斥着汗湿的防护服,不透气的N95口罩,互相听不清的"嘶喊声",不断变化的业务规定……但也是在这里,我收获了最快的成长和进步。

被感染怕不怕?答案肯定是怕。

但是对前台检查员来说,工作失误同样可怕。刚进入T3-D的我,唯一熟悉的只有手里的验讫章和验放流程,不停变动的新规定和多变的前台情况,防护服的帽子摩擦产生的噪声和现场的麦克风电流声,连续几个小时不间断办理出入境手续,这一切都让我对自己产生了疑问,我究竟能不能撑下来?

"谢谢谢谢,很累吧,你们太不容易了。"检查台前的麦克风突然传来这样一句话,我惊讶地看过去,原来是那位我刚刚办理完的旅客又折返回来。这时,已经站在台子前的下一位旅客见状也对着我说"您辛苦了"。随后的每个旅客都不约而同地说"辛苦了"、"还好有你们"、"回来真好",仿佛是一个固定的流程一样。

回到备勤室的我内心久久不能平静,看着身旁忙碌的战友,有身着防护服五六个小时办理旅客出入境手续的,有推迟婚期为了抗疫胜利的,有把孩子送回老家夫妻二人共上一线的,他们从未喊过一声苦、一声累,甚至还能笑着互相"埋汰"被护目镜压出来的"丑陋",在彼此的防护服上写下无数鼓励的话语。

我可以撑下去的!我在台上默默对自己说。我周围是克服万难认真查验的同事,我身前是无比信任我们的旅客,我身后是团结强大的祖国,我又如何能后退呢?

累并充实,是我最大的感受。

离别——在生日的欢笑中不说再见

"要吹蜡烛啦,宛茹快许愿。"

在金秋九月的微风下,我收获了一个别开生面的生日宴会。

那天,我作为指挥员刚刚带领我们队夺得会操桂冠,还没从欢呼声中缓过劲来,就被一个大惊喜给砸中了。

"快过来,宛茹,你在等什么呢。"

我懵懵懂懂地被大家推向操场的中心。大家唱着生日歌,向我聚拢过来。

"希望都越来越好,我们、总站、国家都会越来越好。"我在心里默默说道。

这是第一次有这么多人给我过生日,泪眼模糊中,我认真看着每一张笑脸,是跟我一起欢笑的笑脸,是跟我一起战斗的笑脸,是陪伴我走过这一段旅程的笑脸,是在我的生命里留下重要印记的笑脸。

  这是一次集体生日,也是一次集体道别,一帧帧画面在我脑海里快速闪过。回首这一年,和大家一起完成工作,一起参加演出,一起赢得比赛,这些都写满了我的支援生活,这种齐心协力朝着共同目标前进的感觉太美妙了。

  这种美妙存在于凌晨 3 点航班的催促声中,存在于半夜赶稿子的舍友的呼噜声中,存在于茶话会大家的掌声中,存在于各项竞赛的呐喊中……它不是一朝一夕的感动或喜悦,是一年 365 天的沉淀与收获。这一年,绘画、演出、主持、考试、竞赛……以营区、勤务现场为两点一线的 365 天,被无数个满满当当的时刻连接着,构成了我在北京充实而难忘的一程。

(作者单位:山东边检总站)

中秋谁与弄花影

施 慧

她喜欢中秋。

年少时,每年中秋小长假都会和父母来一趟说走就走的短途旅行。

这是四季中最好的时光。他们一起在黄山欣赏过山风浮荡中清丽疏朗的月色,在黄冈赤壁泛舟河上看千年时光流转下古老静谧的月影,在三峡的夜行船上欣赏过李白笔下影入平羌的峨眉山月,也在北京领略过红墙绿影掩映下皎洁明媚的月光。

哪怕高三那年学习最紧张的时候,他们

仍然去了一趟杭州西湖,在一碗龙井的袅袅余香中,三人对月长谈、说彼平生,让她的同学好生羡慕。

大学四年,他们一家三口依然保持这样的习惯,她从学校直接出发去某地和父母会合,一起在陌生城市的月色里感受着岁月的缓缓流逝与亲情的历久弥新。

说起来,她平生第一个离开父母度过的中秋,是在2006年的9月。那年8月边检入警培训结束后,她被分配到浦东机场边检站。

中秋的夜晚,轮到值"收底"的晚班,队里准备了南北口味各色月饼,航班间隙还有一个短小的晚会,有才艺的民警都表演了自己擅长的节目。有人说了一个笑话,一屋子人笑得前仰后合,她也笑弯了腰。

突然航班到达的消息从对讲机里传来,欢乐戛然而止,众人立刻起立,虽然意犹未尽却不得不匆匆散去。她也跟着快速起身,却在抬头刹那,看到了窗外一轮皎洁明月正兀自悠然,就在那一刻,眼泪夺眶而出。

时间来到2008年的中秋。那一晚,哪怕在多年之后回忆起来,她依然柔肠百转,情愫万千。

那天她本来是个早班,可以早早下班和老家赶来上海陪她过节的父母一起吃团圆饭,但是为了帮助一个赶着中秋夜回国团聚,却不慎遗失护照的老华侨寻找证件,到深夜10点多才下班。

离开前,有人匆匆地往她的执勤包里塞了一块月饼,是她最爱的广式奶油椰蓉口味,还附带了一张寥寥数笔画着皎洁白月光的贺卡,上面写着:"你是一个好姑娘。民谣歌手周云蓬说,这句话是对所爱之人最好的赞美。"

她有些羞涩，几乎是仓皇地离开。独自走在月色中，心怦怦地跳。突然手机短信响了，她以为是那写信和送月饼的人发来的，结果是队长，发来一张老华侨感谢信的照片。她觉得很幸福，既因为助人为乐带来的充实与满足，也因为，被人惦念与喜欢。

时间来到 2010 年的中秋前夕。她结婚了，新郎是两年前队里那个送她月饼和情书的男孩。

他们最初商量着把婚假放在中秋节，男孩听说了她与父母中秋旅行的故事，觉得浪漫诗意，便想他们的蜜月旅行也如此。

可是那年中秋正值上海世博会，航班密集、客流巨大，安保任务极其繁重。队内同事知道内情后，鼓励他们休假，可他们仍然决定留下来与大家并肩作战。

那个中秋夜，他们从深夜 10 点一直忙碌到凌晨 4 点半。

天亮时，一群同事站在航站楼门口等候下班班车，她依偎着他。虽然月色已暗淡，可她觉得秋日的黎明格外美。逐渐发白的天边，天色微亮，紫红的云彩变得纤细，长拖拖地横卧苍穹，浦东机场临着海边，远眺海岸线，几艘小舟飘摇，海面显得格外清远，薄暮之中，那船、那水，都缥缈如仙境。

那一刻，她终于深深体会到，秋色之美，是美在内心的安宁与充实，是美在尽己之职责，是美在所爱之人在侧。

等时间走到 2019 年中秋，她 8 岁的儿子已经会和她谈天说地了。说起她和姥姥姥爷一起中秋节旅行的故事，儿子眼睛里闪烁着光芒，说他也要这样的旅行。

她抱着儿子温软的小身体，跟他说爸爸和妈妈都是国门线上的移民管理警察，并不能像普通工作那样拥有小长假。儿子轻轻地"哦"了一声，可她看得出，一直到临睡前，他都有些小失望。

那一晚，伴着一年中最清丽的月光，她为儿子读了《风景的哲学》：我们留意地或漫不经心地看到树木和江河、草地和田野、山丘和房屋，以及那光和云变幻无穷的交相辉映。风景，是建立在我们的思想之上的，是我们心底深处建立的属于我们自己的艺术品。

孩子似懂非懂地点了点头，不知是这段充满哲思的话触动了少年的心绪，还是母亲温柔的声音安抚了一切不愉快，他渐渐鼻息沉重坠入梦中，不知梦见了什么，脸上还有隐约笑意。

她想，也许孩子还无法全然理解她的内心，但终有一天，他会明白的。

中秋，依然是她挚爱的时节，虽然不能在这时节里和家人一起万水千山携手走遍，她也不会觉得伤感和遗憾，因为她坚信，她和丈夫在国门线上的付出，正是为了守护着更多人的岁月静好与平安喜乐，而这些，正是她平凡平淡的人生里，最骄傲的事。

（作者单位：上海边检总站）

且看湾畔水正清

郑增浩

夕阳余晖洒落在深圳湾大桥上,犹如熠熠生辉的金色巨龙腾驾于深港之间,彰显气吞山河磅礴之势。深圳湾口岸坐拥全国第四的旅客查验量和全国第二的车辆查验量,随着先行示范区和粤港澳大湾区的建设发展,深圳与周边城市群乃至国际的来往交流空前紧密。身处这座蕴含希望与生命力的城市,守护西部粤港澳大湾区建设的"桥头堡",深圳湾边检站民警不仅是国门名片,也是深圳名片。

名片的意义在于他们脸上迎来送往的笑容，在于他们手中严查细验的验讫章，在于他们焕发新气象、奋发新作为的国门卫士风范，更在于他们矢志守初心、奋楫再远航的使命担当。

湾畔水柔　如丝如缕

今年3月，一件小事刷爆了我的朋友圈，事情的起源仅为一杯温水，这杯纯手工制作的温水让一位年轻的妈妈感动不已。这位新手妈妈带着刚满百日的宝宝经深圳湾口岸返港时，嗷嗷待哺的宝宝饿到忍不住撕心裂肺地啼哭，她一手拿着奶瓶一手抱着宝宝急忙跑向旅检大厅勤务督导台，操着"港普"向值班民警董枫求助："阿sir，我的热水用完了，能不能借点儿温开水给宝宝冲奶粉？"董枫一时间也找不到温开水，于是就用最笨的方法对刚烧的开水进行手工降温：用两个杯子来回翻倒，如此反复，直至水温降到适合冲泡奶粉为止。喝完奶，宝宝满足恬静地睡了，妈妈再三向董枫道谢："真的太谢谢你们了，我可以跟你们合个影吗？我想发个朋友圈让我香港的朋友们知道，在内地有这么暖心的好警察！"于是，那张定格董枫和同事翻倒开水瞬间的照片收获众多香港"粉丝"的点赞。

曾千方百计追寻遗失护照的旅客——他说："护照丢了，对行程影响很大，得想办法联系上她。"曾为因证件过期无法出境的孤寡老妪购买返程高铁票——他说："陈奶奶，您到家了一定要打电话给我报平安。"曾守护离家出走的迷途少年直至深夜——他说："回去后要和父母多沟通，可不能再一走了之了啊。"

本可"置身事外"，他却选择"多管闲事"。在口岸人海茫茫的迎来送往中，董枫用一抹抹柔情，如暖流般浸润着旅客们的心田。

湾畔水静　笃行无声

黝黑的肤色，板正的寸头，平时沉默寡言，打起呼噜来却震天响，这位其貌不扬、不善言辞却业务精强的老民警被称为边检"老黄牛"。56岁两鬓斑白的他至今还奋战在外国人查验岗位上，在验证岗位上一干就是37年，职业生涯查验300万人次且无一次差错，他就是黄平，深圳边检总站年纪最大的模范检查员。前不久，平哥作为移民管理系统两位候选人之一，到北京参加全国"最美基层民警"候选人事迹推介展示活动。这次活动着实让他火了一把，在网络推介平台上足足收获了97万多个赞。即便如此，他质朴谦逊的性格却并未改变分毫，从北京返深后，顾不上休息一天，就迫不及待地回到他钟情的三尺验证台。"我不太会讲话，站上全国的大舞台展示自己太难为我了，还是小小的验证台适合我。"

旅客对他亲和、高效的服务竖起的大拇指，深港跨境学童清脆的一句"黄爷爷早上好"，或是一本伪假护照的准确研判等细枝末节，拼凑出平哥边检岁月里坚守平凡、奋发进取的厚度。他总是说得少，他总是静静地干，在深港分界线上守护着大家的365天。

岁月失语，唯石能言。每一枚盖下的验讫章都是他对祖国最长情的告白。

湾畔水清　映照初心

是什么让她坚持申请前往红其拉甫边检站轮勤轮训？

"我想去边疆追寻初心。"民警孙胜利给出这样的回答。

在那片"死亡雪域"上，孙胜利每天都强烈地感受到来自"生命禁区"发出的警告——晕眩呕吐、水肿出血、呼吸困难……军人出身的她并没有丝毫退却，跟随着红站前哨班的战友们顶风霜、斗严寒、耐寂寞，与雪山为伍、以冰峰为伴，千难万险也挡不住他们巡边踏查、为国戍边的步伐。一位红站战友告诉孙胜利："在这里没有什么是扛不住的，如果有，那只能是对家的思念。"

大雪纷飞中，7号界碑前，孙胜利庄重地向界碑和战友们敬了一个礼。她热泪盈眶、红心滚烫、敬意满怀，只因那儿总有一种力量生生不息，总有一种责任冲锋在前，总有一种使命义无反顾，这便是她追寻的初心。孙胜利激动地说："我要把红站战友们'宁挑肩上千斤担，不倒心中一面旗'的精神带回去！"

"南方有座山，一张青春的脸；山下有个湾，无数寻梦的眼。"深圳湾边检人逐梦的精神也恰似那一湾水：柔，用尽百转柔肠，汇聚鱼水深情，始终将自己与群众紧紧维系；静，任凭春去秋来，无论斗转星移，数十年如一日默默坚守；清，乍看朴实无华，细品坚韧不拔，以心坚石穿的信仰坚定地践行初心。

（作者单位：深圳边检总站）

每一朵花儿唱着歌
每一次通关伴着爱

徐殿伟　刘姝梦　张　铖

在香港上水小学读三年级的陈镜书今天开心极了。他举着奖状，朝远处的爷爷挥手致意，笑容在脸上绽放。"这是我在'六一'国际儿童节收到的最喜欢的礼物。"

在深圳口岸通关旅客中，有三万多名和陈镜书一样家住深圳的香港籍儿童，父母双方中一般有一方为香港籍（即单非），很多双方都是非香港籍（即双非）。他们就读于香港的幼儿园、小学和中学，每天需要往返深港两地上学，其中小的只有两三岁，大的十二三岁。他们有一个共同的称谓：深港跨境学童。

"睇，我系'平安小卫士'"

时间定格在 5 月 30 日上午 7 时，陈镜书手中挥舞的奖状由文锦渡出入境边防检查站颁发，上面"平安小卫士"几个大字格外耀眼。从通过文锦渡口岸通关的 2000 余名学童中过五关、斩六将，陈镜书成为 15 名小卫士之一。"睇，我系'平安小卫士'！"他骄傲地对爷爷说。

陈镜书今年八岁，妈妈是外籍人士，爸爸因为工作原因经常不在身边，平时都是爷爷照顾。他每天都要乘车到香港上学，在文锦渡口岸通关成了一门"必修课"。别看他现在看起来乖巧可爱，其实以前特别顽皮，是个"孩子王"。

提起陈镜书，文锦渡边检站民警祖康飞有着说不完的话："这孩子呀，特别有性格。前年开学第一天，过关的学童都非常兴奋。为了维护通关秩序，我和同事请孩子们排好队配合检查。结果，站在队伍最前面的陈镜书，直接来一句'干吗要配合你们啊'，给我印象特别深。"

有个性的陈镜书，很快引起了民警注意。2017 年，文锦渡边检站启动"平安小卫士"项目，探索构建"学童自治"模式，通过表彰优秀跨境学童，鼓励他们发挥模范作用，带动其他学童讲秩序、守秩序，共同营造安全有序的通关环境。活泼好动、有号召力的陈镜书无疑是一个合适的人选。

不过，当民警第一次发出"平安小卫士"邀请时，陈镜书并没有答应，每次过关，对民警很少有好脸色。有一次，陈镜书在口岸冲着保姆发脾气,说什么也不肯坐大巴上学。见状,边检执勤队领导赶紧把他带到身边,耐心与他聊天,细细开导。终于,陈镜书打开心扉,原来他在学校受了欺负,对学校产生了抗拒心理。队领导立即将情况告知他的家长及保姆,一起鼓励他上学。这件事以后,陈镜书对民警的态度发生了转变,每次过关都主动和民警打招呼。

"陈镜书非常崇拜警察,希望有一天能当上警察。"陈镜书爷爷的话,让祖康飞记在了心里。今年"平安小卫士"选拔,祖康飞找到陈镜书,问他是否愿意参选,做边检民警的"同事"和"战友"。陈镜书满口答应了。在他看来,成为"平安小卫士"也就实现了警察梦。

自从担任"平安小卫士",每次过关,陈镜书总能带头讲秩序、守秩序,其他孩子也自然而然地被感染了。此外,他还经常配合民警维持秩序,帮助劝说一些顽皮好动的小孩,俨然一名敬业的小警察。

"'平安小卫士'活动启动以来,学童通关秩序得到很大改观。"文锦渡边检站负责人吕平说。除了请小卫士们协助维护通关秩序,站里还定期举办警营开放日活动,邀请他们和家长参观口岸执勤现场,亲身体验警械设备,极大地提高了学童和家长对边检工作的理解和支持。

"你们就是跨境学童的保护神"

深港跨境学童从20世纪90年代开始出现,香港回归之前,这一群体仅有数百人,随着近年来深港两地人员、经贸往来日益频繁,以及受到通关便利化等多重因素影响,深港跨境学童的数量连续多年呈上升趋势。

杨漫红是罗湖口岸最早一批跨境学童的家长，对于孩子的通关安全，她一直非常担心。早期，罗湖口岸跨境学童与普通旅客混合验放，虽然有保姆公司每天接送孩子上下学，但口岸人流混杂，孩子常常淹没在人流中。"一到客流高峰期，万一其他旅客把孩子挤受伤了怎么办？"怀着担忧的杨漫红选择每天和孩子一起上下学，感慨道，"实在太折腾了。"

随着跨境学童数量急剧增长，学童通关安全问题日益成为社会各界关注的焦点。罗湖出入境边防检查站在深入调研论证的基础上，于2003年9月，在罗湖口岸率先开通"深港跨境学童专用通道"，将学童与其他旅客分开验放，随后又设置"学童专用候检区域"、"学童集合点"，安排专人维持秩序，切实做好学童验放区的安全防护。

"一开始我还是不放心，毕竟过关的孩子这么多。"专用通道刚开通的时候，杨漫红跟着过了几次关，看到秩序确实好了很多，又有民警在旁看护，才真正放下心来。

"深港跨境学童专用通道"在罗湖口岸试点成功后，迅速在深圳各口岸推广开来，如今，在深圳有学童通关的口岸，学童专用通道和专用候检区域已经成为标配。

创新举措卓见成效，罗湖边检站获得极大鼓舞，开始探索新的服务工作机制，努力在实现跨境学童动态管理上下功夫。自2016年起，每到开学前夕，罗湖边检站都会组织学童家长和跨境保姆公司代表召开座谈会，提前掌握跨境学童人数，研讨如何做好跨境学童管理，在警力调配与安全防护等方面打好提前量，实现管理与服务前置化，悉心呵护学童的求学之路。

在一次跨境学童座谈会上，黄菁荭跨境学童校车服务公司为罗湖边检站送上锦旗——"跨境学童保护神"。该公司负责人黄菁莅说:"非常感谢你们为跨境学童通关工作做出的努力,你们就是跨境学童的保护神,有你们在,我们很放心!"

"通关变得更加快捷,'嘀'一下就过关"

"小朋友请坐好,看着这个镜头。"在深圳湾口岸出入境自助查验信息采集中心,边检民警正耐心地指引学童完成信息采集。很快,一张硬币大小的电子标签就办好了。

别看电子标签体积小,用处却很大,里面包含了学童出入境证件资料和学童采集照片,具备单独的识别码,是"学童电子标签查验系统"的核心。学童出入境时,系统通过感应器非接触式读取标签并自动关联调取资料,查验系统自动对证件资料进行查验,民警同时进行人像比对后放行,出入境手续便完成了。

谈起"学童电子标签查验系统"的研发应用,最初参与该项工作的深圳湾出入境边防检查站七队副队长马灿利深有感触。

2009 年,每天经深圳湾口岸过关的学童不足 800 人;从 2010 年起,学童数量呈爆发式增长,至 2019 年学童人数近 8000 人。由于跨境学童通关时间固定、通关人员密集、服务需求较高、管理难度较大,如何提高通关效率、降低安全风险,成为一个亟须解决的难题。

"2011 年底,站里提出改进学童查验模式的设想。我们最初的灵感来源于 IC 卡,设想学童通关查验能不能简化程序,'嘀'一下就过关。"马灿利说,当时技术保障人员通过反复论证,在充分保障查验安全的基础上,确定了这种查验模式的可行性。

深圳湾边检站民警杨帆当年参与了学童自助通道设计改造工作，他的手上留有一条那时造成的疤痕。"为不影响白天口岸的正常通关，我们搞安装试验基本在深夜进行。有一次，在安装改装后的自助通道时，我的手不小心被划了一道大口子。"

2012年11月，在研发民警的努力下，深圳边检总站反复调整改良，不断优化设计，终于研发出"学童电子标签查验系统"，验放一名学童由之前的20秒降低到仅需3秒，查验效率大幅提高。

"学童电子标签查验系统"一经推出，便受到学童家长、香港学校和大巴运输公司的一致好评，香港学校和运输公司等84家单位联合向深圳湾边检站赠送"阳光国门 学童卫士"匾额，同时该项工作被评为2017深圳关爱行动"百佳市民满意项目"。

2016年，深圳边检总站技术研发团队基于电子标签，又成功研发了"学童移动终端查验系统"，并在皇岗口岸的出境方向和沙头角口岸的出入境双方向实施学童免下车查验服务。2017年，以"学童电子标签查验系统"和"学童移动终端查验系统"为基础的"深港跨境学童专用查验系统"，代表原公安部出入境管理局参与全国公安机关改革创新大赛，荣获铜奖；在深圳市直属机关工委举办的"党建杯"创新大赛中，荣获服务创优组一等奖。

"警察叔叔，明天见"

6月10日清晨，在宽敞的沙头角口岸出境场地，两个身着校服的小朋友吸引了众人的目光。他们是来自香港打鼓岭幼儿园的小墨晗和小墨桐，是一对年仅两岁半的龙凤胎。由于家在沙头角,他俩每天天没亮就要起床,来到沙头角口岸乘车前往香港上学。

因为年纪太小,两姐弟都没法独立登车,一旁的沙头角出入境边防检查站"小天使服务队"民警白晓宾赶紧上前将他俩抱上车。为了行车过程中的安全,小墨晗和小墨桐一般都分开坐,方便同车的哥哥姐姐照顾他们。谁知这天和小墨晗同排座位的小姐姐请假了,老师便安排他和小墨桐一起坐,但小墨晗一直闹腾,拒绝和姐姐坐在一起。

白晓宾见状,立即蹲下身和小墨晗聊天。原来早上小墨晗本就不愿意起床,搭乘公交车时又被姐姐抢先一步上车,便发起脾气来,负面情绪一直延续到校车上。白晓宾拿出哄自家女儿的本领,先是用手中的查验工具为小墨晗办理出境手续,给他看查验系统中的照片,又拿出钥匙扣上女儿的照片,告诉他这个小姐姐也曾经坐车不老实,在车上重重摔了一跤后再也不敢乱动了。经过耐心引导,小墨晗终于同意让一个小哥哥坐在他身旁照顾。

当白晓宾完成查验工作要下车时,小墨晗竟然从座位上溜下来,扑到白晓宾的怀里,说道:"警察叔叔,明天见!"很快,这辆载满学童的巴士安全驶离口岸。

"每次小墨晗他们来口岸,都有'小天使服务队'民警帮忙抱着上车、验证,有时孩子困得不行,直接在民警怀里睡着了。"校方服务公司负责人邓女士说,现如今深港跨境学童入学年龄呈现越来越小的趋势,像小墨晗这样两岁就开始入学的孩子越来越多。这么小的孩子一大早起床,睡眼惺忪,走路都不稳当,多亏了边检民警贴心照顾。

据了解,每天往返沙头角口岸的学校老师、职工和学生有

1300 人左右，由于上下学时间集中，每天 7 点 30 分至 9 点、11 点 30 分至 13 点、16 点至 17 点 30 分，口岸就会迎来客流高峰。以前，幼儿园学童要一一下车到验放大厅排队候检，孩子们在一起嬉戏打闹，四处乱跑，特别危险。

为确保学童安全快捷通关，2009 年，沙头角边检站立足工作实际，深化勤务改革，首创推出深港跨境学童免下车服务。为了将服务延伸到"最后一米"，经过认真研究部署，2015 年 11 月，沙头角边检站正式组建"小天使服务队"，专门负责学童出入境查验、现场引导、随车监护警戒等工作，每个环节都有专人负责，切实将各项服务举措落到实处，成功搭建起一座守护学童通关的"安心桥"。

当被问起队名由来时，"小天使服务队"副队长贾晓芳笑着说："小天使既指备受社会各界关注的深港跨境学童，也寓意我们服务队民警安全、贴心的执法服务，如小天使般陪伴学童平安通行。"

如今，"小天使服务队"早已成为沙头角边检站的闪亮服务品牌，获得社会各界广泛赞誉，先后荣立集体三等功一次，获评深圳市"青年文明号"称号。

"只要看到孩子们安全过关，再辛苦也值了"

"天快亮了，咱们得赶紧起来坐第一趟地铁，别错过送娃娃们过关的时间！"又是一天清晨，老伴儿督促着赵新群 6 点出门，赶往福田口岸。他们是相濡以沫 45 年的老夫妻，也是深圳口岸义工志愿服务队并肩作战的义工伉俪中一对典型代表，他们忙碌的身影经常穿梭在深港跨境学童中。

赵新群今年69岁，入党22年，从事义工16年，在公益岗位累计奉献17000余小时，现任深圳市罗湖区翠锦社区党委第七支部书记。妻子曾体荣的党龄长达45年，做公益的时间更长。1982年，特区开发初期，赵新群就来到深圳，不久调到深圳市机械工业公司工作。

"中铁十三局修建落马洲大桥，第一节拱形桥梁的钢模板，就是在我们公司加工预制的，所以我对皇岗、福田口岸有很深的感情。"赵新群说，2015年11月，他参与组建了福田口岸志愿服务队，协助边检民警维护口岸通关秩序，为通关旅客提供咨询引导服务。三年多来，他把别人晨练的时间用在一心一意做义工上。

"在口岸服务的这些年里，认识了不少小朋友，只要看到孩子们安全过关，就觉得再辛苦也值了！"在赵新群眼里，福田口岸是他帮助别人而收获"谢谢"最多的地方，印象最深刻的是一次一个小女孩过关时忘了带证件，赶不上赴港校车，急得哭闹起来，把小手机都摔碎了。赵新群以长辈的身份安抚她的情绪，同时联系家长送来证件。第二天，小女孩特意跑到赵新群面前说，"谢谢赵爷爷"。

每天早上，有很多与赵新群夫妻一样的义工在为守护深港跨境学童安全通关而忙碌着。有的在安抚哭闹学童，有的在黄线处协助维护通关秩序，有的在手把手教孩子使用自助通道……

"他们的工作极大地缓解了边检勤务压力，成为守护学童通关不可或缺的重要力量。"5月15日，在福田口岸义工咨询服务台启用仪式上，皇岗出入境边防检查站边检处副处长何连慧说，"每一位义工朋友都是一颗文明的火种，传播着友爱的信息，弘扬着奉献的精神；每一位义工朋友都是一张'国门名片'，展示着中华友谊之邦的良好形象，成为城市文明的风向标。"

正是义工们不求回报、无私奉献的精神品质，感召着越来越多的人投身口岸志愿服务工作，志愿服务队由组建时的两名义工发展到现如今的近 300 人，服务时间由刚开始的周末福田口岸客流高峰时段，扩展到现在的皇岗福田口岸常态化志愿服务，服务逐渐规范专业。

一花独放不是春，百花齐放春满园。除了深圳口岸义工志愿服务队、文锦渡口岸学童家长义工队等各类义工组织活跃在学童集中通关时间段的口岸外，2018 年 7 月和 9 月，深圳湾、罗湖边检站还先后成立边检志愿服务 U 站，为服务深港跨境学童注入新的力量。

"让每一位深港跨境学童安全、快捷通关，始终是我们追求的目标。"深圳边检总站站长李长友表示，站在新的历史起点上，总站将始终坚持以人民为中心的发展思想，紧紧围绕提升人民群众获得感、幸福感、安全感的总目标，不断提高民警的职业素质和履职能力，为维护国家安全和社会稳定，服务经济社会发展和包括深港跨境学童在内的广大出入境旅客，作出更加积极的贡献。

（文中陈镜书、杨漫红、墨晗、墨桐均为化名）

（作者单位：深圳边检总站）

团圆时，炉火正旺

代 超

"爸爸妈妈，今天学校公布了成绩单，我考了班上第五名，语文全班第一。"拿着学校颁发的奖状，本想着第一时间将喜讯告诉父母，然而懂事的刘思涵知道爸妈白天工作忙，硬是压着激动的心情熬到了晚上。

"儿子，不要骄傲哈，继续努力。"盛夏七月的晚上，怒江边境管理支队石月亮边境派出所民警刘明佳和妻子边玲玲正坐在亚坪警务室的炉子旁烤火，得知这一喜讯，一天的疲倦瞬间一扫而光，欢声笑语通过网络在

4000公里间来回传递。那时，炉火正旺，炉子里的水"咣当咣当"响个不停，正奋力冒着白烟。

父亲和儿子来到警务室

"转眼间，儿子小学五年级快毕业了，要不让他到警务室来体验一下。"说是体验生活，其实哪有父母不想念自己儿子的，只是东北吉林与云南怒江横跨大半个中国，来回要8000多公里，小两口怕孩子吃不了这个苦。

"先要搭车到沈阳，坐火车去昆明，再坐动车去大理，最后乘坐客车去丈夫所在地怒江州福贡县城。"那时候路不好走，崇山峻岭，一路颠簸，甩吐了好几次，边玲玲想起2019年9月第一次来怒江看望刘明佳的场景，心酸顿时涌上心头。

几天后，刚满12岁的刘思涵在外公的陪同下，踏上了看望父母的火车。

"父亲听力不好，又有高血压和心脏病。路上，我和明佳抽时间轮流给儿子打电话，询问具体位置。"走这么远的路，一老一小难免会让刘明佳和边玲玲担心。

"明佳要执勤，我就提前赶到山下，准备将父亲和儿子接上来。"根据行程预期，边玲玲搭了一辆拉货的车，早早来到山下县城等着了。

这几天亚坪警务室通往边境的路上在搞建筑，进出执勤点的车辆人员比较多，疫情防控检查工作马虎不得，本来刘明佳要一起去接儿子，边玲玲没有同意。

"在通向18公里亚坪警务室的路上，道路崎岖难行，人也随着车子左摇右晃起来，父亲两只手紧紧抓着车扶手，从他煞白的脸上可以看出身体并不好受。"警务室海拔2600多米,边玲玲怕父亲有高原反应身体吃不消,就提前准备了药。随着车辆驶进密林,警务室越来越近,海拔也越来越高,她把心也提到了嗓子眼,不时问父亲的身体状况。

活泼好动的儿子准备了好多话想给妈妈说,经过几天长途跋涉,竟然在车里睡着了。

"哎呀,这弯真多呀,路太远了!"脚刚踏地上,边玲玲的父亲边庆双老人一口东北话感叹道。好几个月没有见面,刘明佳将岳父请进茶室,本来打算好好聊聊家常,看着老人疲倦的身体,只得让他在沙发上休息。儿子则不然,从见面那一刻就拉着妈妈的手,在大人怀里撒欢感受着父母久违的温暖。

祖孙三代人的情怀

休息一晚,老人状态好了很多,刘明佳和边玲玲一大早要去更高的山上巡逻执勤。半路上因海拔过高,边庆双老人呼吸困难、说话吃力,出现高原反应,边玲玲只得带着父亲返回警务室,刘明佳则带着儿子刘思涵向大山深处走去。

怪石嶙峋的高山、盘根错节的植被、绿草如茵的荒野、清澈甘甜的山泉,刘思涵被眼前赏心悦目的景色深深吸引,感受着大自然的神奇。

到了晌午,火辣辣的太阳照射得让人眼睛发疼,汗水浸湿了刘明佳的执勤服,鞋子也沾满了稀泥,玩累了的儿子也早没了兴致,一个劲儿地吵着要回去找妈妈。看着爸爸还没有下山的意思,儿子有些恼了,他想不通父亲为啥要来这么远的大山里"受苦"。

"爸爸,你为啥要离开我,和妈妈到这么偏远的地方工作啊,我以后再也不来这里了。""哈哈,为了梦想啊,为了给你以后更好的生活,所以爸爸和妈妈要努力工作。"看出了儿子的小心思,刘明佳悉心安慰道。

怕儿子不理解,刘明佳一把将儿子抱在怀里,讲述了自己从警的初衷,以及这些年取得的成绩,特别是今年2月,在组织的关心下,他和妈妈双双被评为全国政法系统平安之星。

"孩子,只要认真付出了,终究会有回报,就像我和你妈妈工作在这片土地上,就是为了辖区的安宁。"

"爸爸,我长大了也要来这里守卫。"刘思涵听了父亲的话,两眼冒光,脱口而出。

刘明佳走在前面,儿子跟在后面,儿子走累了或碰上难行的路,父亲就牵着儿子的手。烈日映照着两个孤零零的背影,清脆而不知名的鸟儿鸣叫声,在丛林间叽叽喳喳响个不停。

警务室里,边玲玲早早地备好了可口的饭菜。丈夫和儿子还没回来,山上执勤的地方没信号,打电话也没用。看着父亲在客厅看着电视,便陪着老人拉起了家常。

"爸,身体好些了吗?"

"吃了你买的药,现在好多了。你和明佳在这里工作也要照顾好自己,环境苦点儿还好,身上的担子可不轻呢。"

部队转改时,老人是第一个赞成刘明佳来怒江工作的,正是有了他的鼓励和支持,最终让刘明佳下定决心留在边疆。

"感谢老爸在我人生道路上教会我很多为人处世的道理,干工作是一种责任更是一种态度。"边玲玲在父亲节发了一条这样的朋友圈。

边境线上的两枚稳桩钉

沿着福贡县城石月亮乡辖区亚朵村向上延绵 18 公里，据有心人数过，需要途经 212 道大弯，亚坪警务室因此被称为 18 公里警务室。

目前，警务室有 3 名民警、7 名辅警，加上驻地协勤人员、医生共计 15 人。刘明佳每天安排部署勤务，妻子边玲玲在做饭的同时，也会跟着丈夫到山上去巡逻，疫情防控工作任重道远，多个人手就多一双眼睛。

"前段时间，驻地政府准备在警务室上面路段再建几个疫情防控卡口。"刘明佳讲道，随着大量建筑车辆、务工人员进出，加大了执勤工作量，原来执勤点到了晚上是全封闭的，外地区的人进不来，里面的人过不去。现在为了保障施工，刘明佳将勤务模式调整为 24 小时，自己的手机号码也留给了施工方，最大限度为施工队提供便捷过卡、高效服务。

警务室附近有四五户人家，空闲时间，刘明佳和边玲玲就会到周边老百姓家中转一转，入户走访、宣讲边境政策法规，帮忙割割草、喂喂羊、切切菜、谈谈心，哪家有几口人，哪家家庭比较困难，他们心里都十分清楚，很快赢得了辖区群众的认可。

"孩子和老人离我们比较远，回一趟家确实不方便，我和明佳商量把他们接过来住。"为了离亲人更近一些，照顾起来也方便，刘明佳和边玲玲经过商量，决定在云南保山买房，等孩子上完小学，就让娃娃到保山念初中，家里老人也一同过来居住帮助照顾。

"家人过来了,离我们上班的地方相对近了,我和媳妇干工作便没了后顾之忧,真正将心踏踏实实安在了边境上。"

"思涵马上要开学了,我和媳妇明天休假,把孩子和老人送回东北老家。"8月2日晚,刘明佳和边玲玲站完休假前最后一班岗,一家四口其乐融融地坐在火炉旁,有说有笑到深夜。炉子里的木炭熊熊燃烧,映红了他们的脸,温暖着周边。

(作者单位:四川边检总站)

初心三问，唯奋斗作答

宋爽 周瑾

九河下梢，天子渡口。600多年前的一个"卫"字加身，定了天津城卫国卫民的终身。紧随新中国建立的天津边防检查站，始终守卫着这座城的东大门。70余年来，边检事业从无到有、从弱到强，一代代边检人本色不改，与新中国共前进，用满腔热血和铁骨柔情力顶时代三问。

一问驻边何为

天津地跨海河两岸，是北京通往东北、华东地区铁路的交通咽喉和远洋航运港口，对内腹地辐射华北、东北、西北13个省市自治区，对外153千米海岸面向东北亚。

百舸争流千帆竞，敢立潮头唱大风。1949年2月，天津港恢复对外开放。半个世纪历经创伤，怎样建立起属于新中国的边防检查机构，成为摆在天津边检人面前的第一问。

1949年3月，天津解放后的第一批边防检查机构"天津码头检查组"、"塘沽码头检查组"、"卡口检查组"相继组建，任务是对经由天津港进出国境的人员及其证件、行李物品和往来天津港的船舶及其载运的物资实施边防检查。当时，所执行的对外工作政策并没有文件规定，边防检查组与海关、派出所、港务局、纠察队等七八个单位也没有明确分工，第一代天津边检人凭着朴素的卫国戍边意识维护国家主权、保卫国家安全。1949年，天津港完成了大量国民党军政职员及眷属的遣送出境任务，迎来了大批立志建设社会主义的民主人士、学生回归祖国，全年检查出入境旅客达16732人。

在机构管理模式和业务检查方式的不断探索中，天津边检历经四次隶属关系变更，三次业务检查方式调整，到1952年初，港口管理和边防检查工作开始有秩序地进行，相关情况由天津市人民政府公安局写成《海防保卫工作总结》上报中央。1952年8月27日，政务院颁发《出入国境治安检查暂行条例》，中华人民共和国天津边防检查站正式组建，编制115人，赫然列入新中国第一批成立的边防检查站行列。

时任天津边防检查站检查一股股长申国俊回忆："1952年8月之前建立的是地方检查站，之后建立的是国家检查站，很多业务都是我们一点一点摸索出来的。"

天津港恢复通航后，不法分子投机偷运者有之，武装匪徒劫掠船舶者有之，美帝国主义和蒋介石集团侵扰潜入者有之。1953年9月至11月，天津边检站在"湖北"轮上抓获美蒋特务机关"中美联工处"的秘密交通员藩国诚、蒋金发。经过一番调查，得知两人曾三次由香港携带毒药、雷管等，与潜伏于天津市的特务分子屈鸿祺互换情报，企图炸毁天津市百货公司、中原公司，暗杀天津市领导同志。

时任天津边防检查站政委张德俊回忆道："改革开放之前，检查站查获了大量特务、偷渡人员和违禁物品，破获了美蒋特务三洋星子携带密信案、英国籍'东风'轮盗窃出口物资、日本籍'日京丸'轮擅自变更航线刺探情报案等重大案件。那时候，全体官兵想的就是怎样保卫国家安全、保卫国家物资。"

扣捕企图非法通过检查站混越国境的一切破坏分子、特务、间谍及其他反革命分子，作为天津边检站的一项重要使命贯穿20世纪50年代至70年代，查捕美蒋和日本特务分子、情报分子、叛逃人员数十名，粉碎破坏行为企图数起，战士们用血肉之躯建立起了不可摧折的钢铁国门。

同时期，1953年3月20日，首批抗日战争遗留下的日本侨民乘坐"兴安丸"轮由天津港返回日本，拉开了运送日侨、苏侨返国的序幕。1956年7月到9月，当最后一艘载着被宽大释放日本战犯的客轮驶离天津港，《全世界人民一条心》的歌声在渤海湾久久回荡。作为新中国"民间先行"发展对日、对苏外交关系的重要环节，天津港返侨工作持续了整整四年，但其在国际社会中产生的政治和文化影响绵延了近 70 年。

向党而生、与国同行，天津边检站将铸边之问回答得坚定不移！

二问守边何从

1978 年，党的十一届三中全会召开，改革开放拉开序幕。随着三期港区扩建工程陆续竣工、新码头投入使用，天津港吞吐量达到 1731 万吨，较 1951 年提高了 14.9 倍，对外贸易往来日益繁盛。怎样建立起适应对外开放、对内搞活经济的政策需求的边防检查方式，成为摆在天津边检人面前的新时期之问。

1979 年 7 月，公安部颁布了《关于边防检查工作中若干问题的暂行规定》，将边防检查工作原则调整为"维护主权、方便往来，坚持制度、区别对待，内紧外松、保证安全"，把边防检查工作的重点转移到依法办事、为改革开放服务上来。面对明确的政策方向，天津边检站根据边防工作涉外性、公安性、军事性特点，将各项工作转移到围绕边防业务这一中心上，强调要解决好工作制度，提高工作质量和工作效率。

时任天津边防检查站办公室主任张湖回忆："那时，站领导经常深入第一线解决实际问题，比如刚刚开始实行作业工人集体登轮的模式，该如何去完善、如何缩短各种手续办理的时间，都需要充分讨论和实践。"

理论和实践像行进中的两条腿，形影不离、轮番领路天津边防检查事业持续正向发展。1980 年下半年，天津边检站遵照公安部边防管理局要求，开展了题为"建设一个什么样的边防检查站"的讨论，提出了《关于搞好边防检查站建设的建议》，被公安部边防管理局转发全国各站参考，引起了反响。

"1986年起，天津边防检查站决定对外轮监护工作实行全面改革，并于1987年1月起分三步放开了对部分外籍船舶的梯口监护，改为每天24小时不定期的巡查制度。1990年至1991年，天津至神户、天津至仁川航线开通，中日班轮'燕京'轮、中韩班轮'天仁'轮相继首航天津。1994年，首次派员赴境外登上邮轮，开启了邮轮的全新检查方式——随船验证。"站史馆讲解员岳峻青对天津边检站的发展历史如数家珍，"这些'首次'，是属于天津边检的珍贵记忆。"

"1998年，职业化改革后，我站又进行了很多新的探索和改革。"她继续补充，"2002年我们全面安装了码头监测系统。2007年，做好了意大利歌诗达邮轮公司所属的'爱兰格娜'号以天津作为母港的六个航次的检查管理工作。2011年4月21日，公安部出入境管理局提高港口边防检查工作科学管理水平现场会在我站召开。"

经历了职业化改革，正式列入公安行政编制的天津边检站，陆续组建了海上巡查队，成立了出入境证件研究小组，定向打造精专队伍；试点建立勤务指挥室，创建综合性执勤队，形成扁平化勤务指挥模式，口岸管控力量不断强化，相继完成了党的十七大、北京奥运会、新中国成立60周年等重大安保任务，为2008年世界经济论坛新领军者年会落户天津、2014年中国（天津）自由贸易试验区在滨海新区设立建起有力支撑。

知命不惧、日日自新，天津边检站将守边之问回答得斗志昂扬！

三问治边何向

党的十八大以来，以习近平同志为核心的党中央励精图治、奋发进取，深刻把握国内国际发展大势，团结带领全国人民为实现中华民族伟大复兴的中国梦而努力奋斗。怎样完成好新时代移民管理职责使命，成为摆在天津边检人面前的新时代之问。

2018年，随着国家移民管理局挂牌成立，天津边检站在革命化、正规化、专业化、职业化道路上进入了新的里程。

2018年9月19日，"中国边检1253艇"完成了天津港锚地海域首次巡航任务，这艘最新迭代的边检巡逻艇最大排水量可达440吨，成为天津港打击海上犯罪活动又一重器。2021年，天津边检总站发起联络，联合天津海警局、天津南疆海关、天津新港海事局等14家涉海部门，在天津港主航道首次联合巡航，在实地违法查处中搭建起了协同执法机制。

进入新时代，天津边检站主动对标对表习近平总书记关于坚持和发展新时代"枫桥经验"的系列重要指示批示精神和全国公安工作会议精神，于总站范围内首创边检联合调处中心，着力构建海港口岸平安治理"枫桥模式"。

"四公司卡口处货车拥堵，救治受伤船员的"120"急救车无法驶入！"

"停靠在24段泊位的外轮欲驶离泊位，动态不明，动态不明！"

"码头作业队实行劳务派遣制，人员流动频繁，党员人数少，党的组织力辐射范围受限。"

这些声音都来自港区一线，所陈述的情况或需及时解决，或需长期治理，均被转写成文字，密密麻麻地记录在了服务诉求快速响应联合调处中心的工作日志上。

自该中心创建以来，天津边检站积极团结港区从业人员，不断发展壮大口岸治理队伍，在移民管理基础环节建起一条条直通港区内外的"信息链"，拉开一张张来自人民群众的"管控网"。截至目前，天津边检站服务诉求快速响应联合调处中心发展平安志愿者102名、信息员230名、调解员13名，调处矛盾纠纷、排查风险隐患100余起，响应急难愁盼的群众诉求300余起，在"我为群众办实事"的深刻实践中努力促进天津港营商环境持续向好。

2018年8月，作为深入推进"放管服"改革的自选动作，天津边检站将"最多跑一次"的理念引入海港边检手续办理业务，推出了口岸快速通关"1000"服务措施。盛唐船舶代理公司船代业务负责人谢超深有感触，他说："一个'1'，就是本航次之内，一条船的所有信息只要不发生变化，只需申报一次；三个'0'，就是预检通过的货轮，从靠港到作业'0'间隙、船员换班'0'等候、证件办理'0'距离。这个'1000'措施真是方便！"

为了切实增强人民群众的获得感和幸福感，天津边检站将人民中心思想和提前介入检查理念、大数据技术应用深度融合，于要点处真情动心，于关键处扎实动手，民警们用精准高效的"多付出"换取群众在保障安全下的"少跑路"。

2019年底，新冠疫情暴发，天津边检站在严守疫情防控工作规定的同时，将地方经济社会发展和人民生活秩序面临的困境放在了心间。针对疫情期间船员换班难度大、辖区船舶换班船员数量多的情况，该站经过反复论证推出了便利航行国际船舶船员换班"津心换"五项措施，进一步规范船员换班流程，保障口岸安全，同时提高接驳转运效率。2021年全年，天津边检站作为北方口岸换员的主要窗口，受理换班船员2451人次，为口岸经济和航运事业健康发展提供了有力支撑。

积厚成势、蓄力笃行，天津边检站将治边之问回答得信心百倍！

成长于斯，传承于斯。在江河奔流、开放包容的新时代，天津边检以70余年的精神血脉为滋养，孕育出累累硕果。艰难困苦，玉汝于成。多年砥砺奋斗也凝铸了政治过硬、业务过硬、责任过硬、纪律过硬、作风过硬的精神血脉，指引着天津边检人永远不变的价值追求。

（作者单位：天津边检总站）

夫妻携手支教，
只为两代人的梦想

岳峻青

8月末的一天，在广西三江侗族自治县仁里小学的门口，有一位头发花白的老大哥正搬运着学习用品。他面容和善、笑声爽朗，穿着与当地人一般无二，但一开口便能听出典型的北方口音。路过的村民亲切又熟稔地跟他打着招呼，喊他"连老师"，他就是天津出入境边防检查站的支教民警连松泊。他马上要迎来支教的第二个学期。

连松泊是一位有着40多年工作经历的移

民管理警察。今年 2 月, 58 岁的他积极响应国家移民管理局号召, 通过了层层选拔, 光荣地成为广西三江侗族自治县仁里小学的支教教师。

三江侗族自治县位于云贵高原东南麓苗岭余脉边缘的丘陵山地地带, 山脉交错, 河溪纵横, 满眼苍翠茂盛的草木映衬着少数民族风情的建筑, 别有一番景致。

所有的困难在支教面前等于零

连松泊支教所在的仁里小学坐落在富禄乡西部的榕江河畔与融水县大年河口之交的半山腰, 这里刚刚脱贫, 经济有所改善, 但受环境、交通等条件制约, 设施还相对简陋, 学校教师宿舍里只有一张木板床和一个薄垫子, 衣柜要搭车到几十公里外的县城才能买到。"怕苦怕累就不会来支教了, 这些不算什么。"他一脸轻松。

孩子们很喜欢这位笑容亲切的连老师, 有的孩子下了课还会围着他问问题。连松泊也很喜欢和孩子们聊天, 他经常问孩子们有什么理想, 得到的答案却让连松泊有些意外, "很多孩子都说不爱学习, 没有理想, 有的孩子说长大要去搬砖, 因为他爸爸在外打工就是搬砖。"

"国家的政策很好, 孩子们在校的午餐是免费的, 但是大多是留守儿童, 缺少家长陪伴, 也不懂得学习的重要性。"说起孩子们不爱学习, 一向爽朗的连松泊也皱起了眉头, 怎么给孩子们讲道理呢? 连松泊苦苦思索了很久。

"我刚入伍那会儿喜欢看书, 像抗战故事、爱国英雄等等, 看完总是热血沸腾, 说不定孩子们也会喜欢。"思来想去, 连松泊决定用自己最擅长的方式和孩子沟通。

果然，课堂上，连松泊的小故事很受孩子们欢迎，每次讲完后，他还不忘苦口婆心地多说两句："同学们，你们看如今的幸福生活是不是来之不易，大家要珍惜啊。"慢慢地，孩子们在连松泊的课堂上坐得笔直了，目光似乎也坚定了。"这不是一朝一夕的事，但我会一直努力下去。"连松泊很有信心。

支教以来，最让连松泊揪心的就是听到孩子辍学的消息。到达三江不久，他所在的班级就有一名学生不来上课了。

"小华很乖，上课时老老实实坐在座位上，不捣乱也不说话，后来忽然就不来了，一问才知道是受了已经毕业的学生影响，觉得读书没用，而且因为普通话不太好，不愿意和老师、同学交流。"连松泊心里着急，马上向学校汇报，也一直在跟进小华的情况。

小华在校长和班主任的劝说下返回学校。连松泊特意找到他，拉起他的手说："好好学习，以后可以走出大山，看看外面的世界，也去连老师的家乡看一看。以后连老师教你普通话，好吗？"小华怯怯地看着连松泊，点了点头。

此后，连松泊经常关注小华的状态，上课的语速也特意放慢了一些，还利用课余时间教小华发音。"小华你看，普通话没那么难，比如水果的发音，苗语和普通话基本一样。我们就从这里开始吧。"连松泊耐心地指着书本一点一点地教，有的语句小华听不懂，就让其他学生帮着翻译。

没多久，小华明显活泼起来，每次见到连松泊都会主动问好。"当地有些家长不重视教育，对留守儿童的督促关心不够，孩子们很需要老师的关爱和正确引导！"说起这些，连松泊觉得任重而道远。

每天晚上,年近花甲的连松泊戴上老花镜,认真准备第二天的课程。昏黄的灯光下萤虫飞绕,连松泊偶尔皱眉,单手抵住腰部,来缓解隐隐的不适感。近几年,连松泊身体状况不是很好,但忙于工作并没有放在心上。2020年,他时常感觉身体不适,直到体检才确诊了左肾恶性肿瘤,紧急入院接受了手术。术后,他的左腿深静脉又出现血栓,情况非常危险,经过两次抢救才脱离生命危险,至今虽然病情稳定,但仍需长期服药。

女儿的心愿在父亲的心底发芽

很多人不理解,支教这么辛苦,身体也不好的连松泊为什么要这么"拼"?这一切要从老连深埋于心的往事说起。

连松泊原本拥有一个幸福的三口之家。他一直是队伍里的佼佼者,凭借精湛的业务能力水平和踏实肯干的工作作风,从战士、检查员,到证检科副科长、科长,证检队队长,他一步一个脚印,兢兢业业履职尽责,多次获评个人三等功、嘉奖等荣誉。

妻子王淑华是一名铁厂工人,年轻的时候积极响应党和国家号召,跋山涉水深入太行山区投身炼铁事业,为祖国的"三线建设"贡献青春。

唯一的女儿白净乖巧、品学兼优,一口流利的英语让老师同学交口称赞,一直以来都是夫妻俩的骄傲。然而,这样简单的幸福却在2008年的一天被打破了。

连松泊永远忘不了那个噩梦般的早晨。那天早起,女儿突然说话含糊,叫不应答,连松泊感觉情况不对,背起女儿就往医院跑。然而,还是迟了,医院诊断女儿是突发脑出血,几经抢救无力回天。宣布结果的那一刻，连松泊呆呆地蹲在医院的走廊，妻子的哭声似乎离他很远，身边的人说什么他好像也听不见。女儿走了，他不敢相信也不愿相信。

直到回到家中，看到女儿的书包还像往常一样放在玄关，然而他却再也听不到每天女儿出门前那句"爸爸再见"。连松泊再也止不住泪水，放声痛哭。

面对中年丧女的打击，相当长一段时间，连松泊与妻子深陷沉痛难以自拔。妻子每日心情抑郁，以泪洗面，连松泊更是沉默寡言，彻夜难眠。时间无法抚平伤痛，但在身边的领导和同事的开解和帮助下，连松泊与妻子还是决定向前看。他们慢慢调整了心态，把对孩子的思念埋在心里，努力乐观面对生活。

近年来，连松泊夫妻在积极工作和生活之余，致力于爱心事业，多次为四川藏区孩子捐书、为塘沽爱心家园捐款、为太行山区捐赠衣物，经常通过各种慈善平台捐助善款，好人好事做得不计其数，却从来不计成本、不留姓名、不求回报。

在连松泊心底，始终刻着女儿小小的心愿。"爸爸，我长大以后想去支教，帮助那些艰苦地区的孩子们。"女儿从前总是有些害羞内向，但说这话时语气却很坚定，连松泊当时笑着对女儿说："好孩子，爸爸支持你！"女儿听到答复后脸上灿烂的笑容和眼神里闪亮的光芒好像初升的暖阳，时常浮现在连松泊的脑海中，挥之不去。如今，女儿学习的书还在家中，连松泊不时会去翻一翻，那些熟悉的字迹，犹如一首未写完的诗。

支教，成了连松泊深深埋藏在心底的愿望，不曾提起，却又从未忘记。当接到选拔赴三江侗族自治县支教的通知后，连松泊的眼底泛起氤氲，心里的种子终于破土发芽。

夫妻俩的携手却是一家人的支教

让连松泊感动的是,妻子王淑华深深懂得他的义无反顾。就在支教临行前,连松泊的岳父突发疾病入院,病情危重。单位征求他的意见能否正常前去支教,连松泊有些迟疑,妻子王淑华却毫不犹豫地表明态度支持他:"去吧,家里有我。"

此后,王淑华独自担负起照顾老人的重任。3月上旬,连松泊岳父去世,王淑华一个人操持后事,没有半句埋怨。在葬礼上,王淑华不小心撞到眼睛,她也没有在意,待家事处理妥当,她毅然整理好行囊奔赴三江。

王淑华的到来让连松泊感到开心又温暖,同样开心的还有仁里小学的师生,原来王淑华厨艺很好,饺子、烙饼样样拿手。她和老连自费购买食材,准备给大家包饺子。没有面板就把吃饭的桌子收拾妥当后当面板用,没有擀面杖就把矿泉水瓶和醋瓶子清理干净做擀面杖使,一顿北方水饺热气腾腾,孩子们开心极了。后来,他们购置了硅胶面板、擀面杖、电饼铛,仁里小学的师生吃上了地道的天津美食。

"老连白天上课,我就帮着做点儿事务性工作,学校师资紧张,总能帮得上忙。课间跟小朋友们一起聊聊天,做做运动,学校的'八大金刚'就是八个比较调皮的小朋友,都跟我很熟了。"王淑华很快适应了三江县的生活,也爱上了这些孩子,她性格外向爱运动,"八大金刚"在她的引导下,成立了"仁里小学篮球队",既满足了兴趣爱好,也增强了孩子们的集体荣誉感。

王淑华还向孩子们承诺,如果运动和学习两不误,就奖励他们一个篮球。她说到做到,早早地把篮球买了回来。

同时,她又有着女性细腻敏感的一面。一次,她发现一个女学生课间不和其他同学出去玩,总是低头坐着,情绪低落,就主动和女孩聊天。一问才知道,天气热了,女孩的凉鞋坏了不能穿,女孩母亲又在广东打工,没能发现这个小小难题。得知这些,王淑华给她买了一双漂亮的凉鞋,女孩收到后激动得红了眼眶。

为了激励孩子们好好学习,连松泊夫妻还购买了一些文具,作为孩子们学习进步、表现优秀的奖励。到目前为止,光是作业本就奖励了60多本,孩子们很珍惜连老师的奖品,课堂气氛也逐渐活跃起来。"六一"儿童节时,连松泊夫妻精心为孩子们准备了小礼物,与他们一起度过了一个难忘又开心的节日。

临近暑假,王淑华发觉自己的视力越来越模糊了,只能提前回天津检查,这才诊断出此前葬礼上的撞击导致她视网膜脱离,需要手术治疗。而此时,连松泊还在为孩子们的期末考试做准备。"需要我申请回去吗?"连松泊在电话里担心地问。"这会儿正是孩子们的关键时刻,你安心工作,我自己能行。"王淑华独自接受了手术,还经常电话宽慰连松泊,让他不要担心。

暑假快要结束,还在手术恢复期的王淑华担心不能准时返校,于是提前半个月就和连松泊赶回三江等待开学。不知不觉中,他们把仁里小学当成了另一个家,把这里的孩子当成自己的孩子,将心中的爱毫无保留地洒在千里之外这片温暖的土地上。

青山一道同云雨,明月何曾是两乡。9月的三江还未入秋,依旧温热潮湿,连松泊夫妻看着眼前孩子们天真的笑脸,似乎看到了女儿那熟悉的笑颜。"女儿,爸爸说过支持你,爸爸妈妈做到了,你看到了吗?"连松泊在心里默默地说。一阵湿润的暖风吹过,吹化了他们心里的一片片雪花。

(作者单位:天津边检总站)

走进新时代的边疆"三线人"

何宇恒

初识"三线建设"

第一个五年是在重庆大山中和一群"三线建设者"共同度过的。

"三线建设"是20世纪60年代中期中央作出的一项重大战略决策,在"备战备荒为人民"、"好人好马上三线"的时代号召下,超过400万的"三线建设者"从东部工业领先地区来到中西部穷乡僻壤扎下了根。

父母工作繁忙，我从小跟着姨妈姨父生活，他们就是最早的"三线人"，在重庆合川的深山里，一待就是20多年，我的幼儿和学前时光，就在大山军工厂度过。

印象中，有一条两旁挺立着大梧桐树的水泥路，几栋三层的红砖筒子楼，整齐摆在路沿下，小伙伴们可以自由穿梭在楼道间，大家互相串门，一起上学、放学和游戏，形影不离。

每年寒暑假回家，都会怀念那群小伙伴，那种和大家住一起、吃一起、玩一起的时光，直到后来全厂陆续搬往成都。

后来在成都的四个五年，我成了穿越在成都东南西北的住校学生，独自应对诸多新题和难题，为学习而拼搏在这个以休闲著称的城市中。

在成都20年的光景中，集体生活和学习占去我绝大多数时间，正当我完全适应这里一切，准备在这个熟悉的城市安家立业时，大家庭中深厚的军旅情怀和浓郁的军人氛围，把我推向部队。

"去西藏吧，我在那里待过，那是个好地方。"我对于父亲所谓的"好地方"不赞同。我的理解，是基于20多年的深刻体会：生活方便、离家要近。

最终，我怀着"当几年兵就回家"的愿望，带着亲戚们"父母在，不远游，游必有方"的叮嘱，在2014年8月14日踏上了奔赴远方的旅程，成了一名"军漂"。

成为"新三线者"

我很感恩部队，他像明灯，把迷失在鳞次栉比、光怪陆离城市中的我，带到了刁斗森严、规行矩步的绿色丛林中，促使我砥砺耕耘、不断淬炼。

寒冬腊月，历经五个来月培训的我，离开平均海拔 2000 多米的云贵高原，奔赴 4000 多米的青藏高原。1 月的西藏高原，山是黄的，地是黄的，树也是黄的，偶尔刮起的大风，可以让天也变成黄色。接我们的车奔行在雅砻河边，只有流动的生命让我感受到这是在地球的版图上，这应该就是父亲告诉我的那个"好地方"——一个足以让我重构世界观的地方。

雪山、荒漠、冰湖，从云海之上到丛林之间，一条从警路，让我几乎领略西藏的所有风光。新奇，眼睛在天堂尽情徜徉；头痛，身体被高寒、缺氧折磨得无法动弹；失落，在这里仿佛一眼能看到人生尽头。从能见着人的地方，到只听见山间河畔潺潺的流水声，历经两天行程，终于抵达目的地：便道边的一排四间平房。

"所长好，2014 年入警大学生学员何宇恒向您报到！"在只有 132 口人的山沟里，我写下了迈进 30 岁的第六个"五年规划"，关键词是：少校、正营和家。

山沟里的日子，踏边巡逻、修建便道、下地劳动、训练演习，当然最多的还是沿着奔腾的娘姆江曲，在岗亭瀑布和边防派出所之间四公里的路上尽情奔跑，锻炼身体。

年，是我们衡量戍边日子的主要计量单位，一年一次休假，一年一次考评，几年一次晋升……然而，用年计数的时光里，我们失去了很多，每一次回家休假，都会感叹与这个社会有些格格不入。梦里梦外想的还是群山峻岭间的那个山村、雪山荒漠中的那个执勤点、脸蛋黑红的那群战友，尽管这个叫西藏的地方让我多次头痛欲裂、气喘难止，但是回到城市中，特别是看到拔地而起的新城市地标，就会特别想念那守过的祖国边境。

这种感觉在 2017 年的夏天尤为突出。那时候正值休假在家带孩子，突然间就传来西藏边境中印对峙的消息，越来越多、越来越激烈，感觉蹦出的每一条消息，都似乎命令我赶紧回到单位，好在最后一切平静下来。

家，是我整个五年规划中最早实现，也是最意外收获的。休假回到成都，家里给介绍了一个女孩子。快要归队告别时，没有任何优势条件的我，问她介不介意我在西藏当兵，当她说出"我愿意等你"几个字的时候，我坚定决心——她就是我的人生伴侣。

结婚三年多的时光里，我从不敢轻易告诉她身体出现过什么状况、工作又经历过多少烦恼。久而久之，我们相互之间有了默契，只述好事，不谈坏事。

后来有了儿子，在成都工作的老婆忙不过来，就把还没断奶的孩子丢给了距成都 400 多公里外达州的岳父岳母照顾。岳父也是一个"老三线"，工作的地方是四川最早建成投产的几个军用火电厂。在我们婚礼上，他抽泣着拥抱我，让我好好爱他的女儿，而如今，我们一家三地分居，遥远而虚空地爱着彼此。

虽然大多数日子与家人三地分居，我也尽量每晚跟妻儿分别通视频电话，但是只有真正见到他们才发现，妻子已不是当初结婚时的那个少女，儿子也不像视频中看到的成长那么快。这种感觉像是一种错觉，离开亲人独自拼搏的日子，像极了电影《星际穿越》中探寻宇宙和新世界的库伯，尽管承诺了规定时间会回到他们身边陪伴他们，但是终究难以如愿。

把"三线"变成"一线"

2018年3月21日中午,妻子欢欣雀跃地给我打电话,说我应该可以转业回家了,我却一个字都说不出口,不是因为难以实现我入伍制定的五年规划,而是因为可能很快就要脱下这身军装了。那晚,我独自坐在公寓楼旁的路阶上,掩着那身沙漠迷彩,像当初告别亲人时,在黑暗中撕心裂肺地哭了半个多小时。

我们拼搏在多少人向往的无比圣洁美丽的西藏,这个可以净化心灵、改变世界观的好地方。一茬茬的游客来了又走,走了又来,只剩下像界碑、界桩一样的我们扎根荒漠、深林、雪山,岿然不动。

黄沙为界桩穿过黄衣裳,青苔为界桩披过绿斗篷,冰雪把界桩凝结成白雪糕,我们将它们通通抹去,反反复复在上面描绘着红红的"中国"字样。

如今,橄榄绿变成了藏青蓝,踏巡边境的职责使命依旧。西藏移民管理警察早已把军人的样子融进了骨子里,心中依然镌刻着"中国",仍旧忠诚戍守边疆。

五年复五年,时光来去匆匆,人生的第七个五年,立下了成为移民管理警察的里程碑,胸前的"移民局"为我们开启了将来穷尽一生为之孜孜不倦奋斗的事业。

休假时,我回到了岳父工作的"老三线"工厂,仿佛穿越到了25年前,记忆里的房子都还挺立着,篮球场上用电线牵起的几排大灯仍然迸发着生命力,道路两旁的梧桐还是比自己高那么多,进出工厂的还是那些蓬勃朝气的年轻人。这看似陈旧的"老三线"竟然不经意间打动了我，偏远的工厂接上了四通八达的高速路，过去从山区到大都市要一整天，现在只需三个多小时，"三线"成了"一线"。

我仿佛明白自己和战友们坚守西藏的全部意义，我们不正像20世纪60年代的"三线人"吗？揣着报效国家的使命责任，用青春浇铸忠诚，坚守在大山深处，为实现驻地"变三为一"的目标，实现祖国繁荣昌盛的大业默默耕耘。

（作者单位：西藏边检总站）

马攸桥，梦里梦外都是你

贺烈烈

"我不走，我要留在马攸桥！"2019 年 12 月 22 日，王宇结束了在四川南充老家的探亲假，刚到单位就听到了可能要被调走的消息。王宇反应激烈，行李一扔，就找到站领导"说情"。

那天晚上，王宇辗转反侧无法入睡，他心里只有一个念头："我要留下来。"

像阿里无人区的一棵树那样稀奇

呼吸特困难、吃不下东西、头阵阵发疼，晚上睡不着，第二天刚起床就流鼻血，过了五六分钟才止住。

2010年6月5日，王宇从驻地海拔3700多米的西藏阿里边防支队札达边防大队，调到了海拔4960米的马攸桥边境检查站。报到第一天，就出现严重的高原反应，直到一周后才缓解。

马攸桥边境检查站是进入西藏阿里地区的门户之一，位于普兰县霍尔乡境内219国道旁，坐落在马攸木拉山脚下。年平均气温零下11摄氏度，方圆200多公里为无人区，人烟稀少、高寒缺氧、气候多变，自然环境十分恶劣，素有"鬼门关"之称。

从营门口放眼望去，检查站被四周光秃秃的大山环绕，仲夏6月却看不见任何绿植。王宇那时候就想，怎么会有环境这么恶劣的地方，待到什么时候能离开？

而让王宇意想不到的是，2020年是他坚守马攸桥的第10年。

"今年他都34岁了，还没成家。换个好点儿的地方，如在城里买套房子，婚姻也好解决了。"该站教导员马振东说。王宇休假时相过几次亲，对方一听说工作在阿里无人区，就没有了下文。

"调走我也想过，况且在这里工作三年就可以申请换单位，但我觉得，再艰苦的地方也要有人守，这里的人也需要医疗服务，这正是体现一个人价值的地方。"2007年4月，王宇作为原西藏边防总队的上等兵，在西藏大学医学院参加了为期半年的卫生员专业培训。此后，王宇不仅仅是戍守边关的一名战士，更是行走在高山峡谷的"医务官"。

检查站方圆几百里没有一棵树，能看到三两株灌木就很稀奇。"马攸桥环境恶劣，很少有学医的人愿意来，虽然我的医术不高，但救治一个人跌打损伤、头痛发热，就能体现出我的价值。"无论上岗执勤还是医疗救助，藏青色的警服永远是王宇最炫酷的"铠甲"，而穿上白大褂便是最美的"战袍"，尤其在海拔这么高的无人区，他觉得自己是一棵树，能利用浅薄的医术为战友为群众挡住病痛的风沙，一切都值得。

2019年，西藏出入境边防检查总站针对边境地区海拔高、环境恶劣等实际情况，推出"从优待警为基层办好十件实事"，其中就包括推动民警在机关与基层、高低海拔、不同岗位之间有序交流，相继制订出台《总站民警职工高低海拔交流轮岗意见》《干部交流调动工作暂行办法》等文件。王宇符合交流到低海拔地区工作的条件。

"尊敬的支队领导，我是马攸桥边境检查站见习警员（原四级警士长）王宇，听闻组织欲将我调离，我不想走……"那天晚上，王宇在被窝里用手机编辑短信再次发给支队领导，他在辗转反侧中等到天亮。

高原上的"生命救助站"

由于马攸桥距县城上百公里，以及无人区独特的地理环境、气候，过往旅客、辖区牧民经常遇到紧急医疗救助的需要，有时突然一场暴风雪，更让人猝不及防。

2012年1月，阿里地区普降大雪，该站附近的积雪量更是达到了 90 厘米，检查路段滞留车辆 120 余辆、人员 500 多人。

王宇作为站里唯一的卫生员，连续为有冻伤、高原反应症状的旅客提供帮助，几乎两天没合眼。

为不让滞留旅客挨饿、受冻，王宇和同事将他们迎进站里，提供基本的需求保障，并腾出民警宿舍，安排 150 多名老弱病残孕旅客休息。

"师傅你下车吧，身体健康最重要。"

"不行，熄了火，温度太低，车肯定打不燃了。"

拉巴次仁是位货车司机，感冒咳嗽加上高反头疼，病情越来越糟，但又不肯到站里休息。

王宇给他送去药品。"你下来，我给你戴上口罩，这样舒服点。"口罩可以湿润空气，止咳，这是王宇多年医治高原咳嗽患者的经验。

拉巴次仁不为所动，一直摇头。"你下来吧……我给你戴口罩。"王宇又说了三遍。车门开了，拉巴次仁下车领了药。王宇凑近帮他戴上口罩，发现这名高大魁梧的藏族汉子流泪了。

"为避免类似情况，只要山上下大雪，我们都提前协调交警部门封路。"王宇说，"马攸桥的天气有时变化较大，遇上几百人被阻隔，我们也束手无策，但最危险的还是海拔太高，容易造成旅客严重的高原反应，甚至出现生命危险。"

2013 年 12 月 20 日凌晨 5 时，一辆大巴车到达检查站后，一名藏族旅客向检查站奔跑而来，大喊着"救救我的孩子"。正在执勤的王宇，立即迎了上去。

经检查，一对八个月大的双胞胎发生严重的高原反应，其中一名婴儿已经没有了呼吸，身体冰冷；另一名呼吸微弱。母亲抱着孩子不停地哭泣。

王宇立即让值班民警顿多从岗亭里取出制氧机，给孩子吸上氧气。如何救治婴儿？该采取什么措施？王宇心里没有底，只能一边输氧，一边把脉、听诊观察情况。

"孩子太小，目前情况不明。你们带上制氧机快去阿里救治，回头让班车司机捎回即可。"看着大巴车远离了视线，王宇哭了，他恨自己没有能力救治孩子。

除了救助过往旅客，王宇和同事还经常到牧区开展巡诊，为群众送医、送药，牧民看在眼里，记在心上。

2017年8月的一天清晨，一位牧民为感谢检查站民警的恩情，将一只羊拴在营门旁后悄然离开。后来，王宇和司务长逐户寻找送羊的牧民，将羊送回了扎西索朗家。

扎西索朗说，之前家里的小孩发高烧，王宇一直守着照看治疗，直到孩子脱离危险。他就想送只羊表达感谢，却未能如愿。王宇和司务长离开时，扎西索朗还站在门口唠叨："藏族和汉族是同一个妈妈的儿女，你们为什么不把我当成一家人……"

"无能为力"的自责像一块石头

第一次救治战友，是在2011年9月13日。民警米建华从重庆休假返回单位后，感觉身体极其不舒服，王宇就给他提供了氧气、红景天和感冒药品，情况当时得以好转。

"我好难受，快来……"第二天凌晨时分，米建华喘着粗气从电话里不断呼唤。王宇迅速赶过去，发现他咳粉红色泡沫状痰，嘴唇发紫、脸色苍白、呼吸困难——急发高原肺水肿，若病情迅速恶化，数小时内就会导致人昏迷，甚至死亡。

持续供氧、用氨茶碱、加葡萄糖、缓慢静注……王宇说，当时救治了两个多小时，但仅仅控制了病情，站里医疗设备有限，当时挺紧张的，恨自己医术不高，怕辜负了战友，"无能为力的焦急，就像一块石头压在胸口！"

"折磨"王宇最狠的一次，是救助副站长徐俊的一次意外受伤。

2016年8月6日，王宇从对讲机里听到呼叫："有人受伤，需赶紧止血！"跑到现场，王宇看到一名战友靠在墙边，面部血肉模糊，伤口的血仍在外涌，顺着执勤服不断往下流。若不通过体型判断，根本就认不出是徐俊。

原来徐俊执勤时，被一块坠落的玻璃砸中。此时流血量已超过400毫升，情况十分危急。

由于缺乏缝合伤口工具，站里也没有做手术的条件，王宇使用压迫法止住血，经过简易的包扎后，立即将徐俊送往阿里地区人民医院。

王宇一直陪护着徐俊，自责"无能为力"，但徐俊安慰王宇说没事，等两天消了炎就不疼了。

"边疆人民是心中的牵挂，夜晚的村庄灯火阑珊，叫我怎能不想念远方妈妈，可儿是一名边防警察……"为了减轻疼痛，徐俊点开了歌曲《我是一名边防警察》，来转移自己的注意力。听着听着，王宇流泪了，后来病房里的人都流泪了。

从无人区到热带雨林

最终，王宇还是调走了。

离队的前三天，王宇一直下厨帮忙。他也从抖音APP上学了几个新花样，想做些好吃的和兄弟们好好聚聚。

离开那天，下着雪，战友们都挤在营门处岗亭里送别王宇，等待着早班客运大巴的到来。直到中午 12 点 10 分才等来班车，战友们纷纷向王宇献上洁白的哈达，一一相拥道别。

由于牧场冬季转移，送别的群众只有欧珠一人，他在检查站对面经营小卖部，那是马攸桥唯一的商店。

"我在马攸桥待了 10 多年，和王宇已相处成亲兄弟。"欧珠提了满满一大兜吃的喝的送给王宇，推搡了半天，王宇还是没有收下。

班车发动了，战友们集体向王宇敬礼。车窗外雪花飞扬，王宇的泪水瞬间模糊了双眼。

一个月后，王宇被分配到林芝边境管理支队墨脱边境管理大队背崩边境派出所。墨脱在藏语中的意思是"隐藏着的莲花"，而背崩乡位于雅鲁藏布大峡谷的最深处，辖区分布在雅鲁藏布江两岸，最低处海拔仅 400 米，两岸唯一的通道——解放大桥，距派出所约 300 米。

从世界屋脊的雪域高原，到地球最北端的热带雨林。这里有会飞的横纹树蛙、恐龙时代的娑罗树、成片的野芭蕉林……辖区面朝雅江，背倚青山，如同世外桃源。

王宇一下子到了"天堂"，有点儿不适应。

勤务之余，王宇有时站在桥边，眺望世界最深的峡谷——雅鲁藏布大峡谷，看云雾聚散，或俯览脚下滚滚江水，奔流远方。

"解放大桥往上游约 2000 公里就是马攸桥，也许我能从这里洄游到马攸桥。"王宇有时会蹦出这样的幻想。

王宇一直通过微信关注着马攸桥的战友。"马攸桥的兄弟们，我好想你们。"2020 年春节前夕，王宇通过微信转发了一张马攸桥边境检查站民警踏雪巡逻的照片。那群熟悉的战友，把随身携带的应急棍插进雪中当"船桨"，支撑着身体在雪海上爬行。那个画面让王宇热血沸腾。

遥远的马攸桥，永远是王宇魂牵梦绕的地方。

（作者单位：西藏边检总站）

最浪漫的事就是我们一起守边关

胡俊浩　何宇恒

在荒凉孤寂、让人望而生畏的雪域雄关，缺氧气、缺植被，更没有城市里车水马龙的街景、灯红酒绿的夜色，然而，这里盛产"精神"，更盛产为梦想而风雨兼程、阔步前行的追梦人。

杨琳，就是其中的一员。在父母眼中，她是远离家乡的女儿，曾在云南临沧度过8年军旅时光的她，让父母饱尝了分离之痛、思念之苦。

二老原本以为可以趁部队改革之际，劝说杨琳退伍回家，回到他们的身边。然而，杨琳却做出了一个让亲朋好友都无法理解的决定——去西藏，陪丈夫守边关。

作为曾经多次参与重大处突维稳、缉枪扫毒任务，先后荣立个人二等功一次、三等功两次、三次被评为优秀士兵的杨琳来说，追梦边防线、伴君守隘口如同探囊取物般容易。通过几个月的努力，杨琳考入西藏出入境边防检查总站，如愿踏上青藏高原这片厚植"精神"和根植"信仰"的高天厚土。

"到基层去，到高海拔去，到祖国最需要的地方去"，2月15日，西藏出入境边防检查总站151名调剂进藏新警完成了在拉萨一个月的适应性培训，正式奔赴边境一线。37名志愿到艰苦偏远单位工作的新警在志愿书上签字。杨琳，就是其中一员。

收拾行李、道别战友、谢别教员，当天的杨琳忙得不亦乐乎，脸上洋溢着幸福的笑容。再过三个小时，她将正式踏上前往日喀则的火车，去追求心中的诗和远方，可以见到陪她一起观赏风景、品味人生、追逐梦想的那个他。

"我丈夫不是懂浪漫的人，其实我也一样。我能想到最浪漫的事，就是陪他一起守边防。"杨琳把这句话挂在嘴边。

望着车窗外漫天飞雪的景象，杨琳不仅没有失望的落寞，反而异常兴奋，不停地用手机记录着高原上的一切。"高原，从此以后就是我们的家，这里的一切，都是我们爱情的见证。"

心中有彼此，爱就如春天的花朵般绚烂夺目。一路上，在亚东等待杨琳的廖晋一直不停地发视频、打电话，关心着她"回家"途中的点点滴滴。

18时许，火车缓缓驶入日喀则站，早已等候在日喀则的接站民警告诉杨琳："由于路途遥远，且风雪不断，只能在日喀则休息一晚，第二天才能赶往亚东与廖晋相聚。"

面对突如其来的消息，杨琳感到有些失望，但也对丈夫所处的工作环境有了更深的了解。"其实大雪封路、凿冰取水这样的情况，对于西藏的战友们来说，应该是家常便饭，我完全能够体会他们的艰辛和不易。晚点见到他也没什么，毕竟要在这里待一辈子了。"杨琳这样安慰自己。

16日清晨，杨琳的整个世界都是清亮的，高原的阳光透过云层，温柔地照亮了整个日喀则市，也照亮了她坚定前行的道路。

一山有四季，十里不同天。在青藏高原美若仙境般的景色下，却隐藏着令人难以琢磨的天候。随着杨琳乘坐的车辆驶入江孜县城，天空突然飘起了纷纷扬扬的大雪。

"我老公肯定会傻傻地站在门口等我，估计头发都白了。"看着肆无忌惮的漫天飞雪，杨琳开始担心远在亚东等候自己的丈夫。

经过近六个小时的长途跋涉、翻山越岭，杨琳乘坐的车辆离亚东县城越来越近。随着相聚时刻的到来，杨琳似乎有点儿紧张，不停地东张西望，与一路上的正襟危坐形成了反差。

18时许，伴随着车辆缓缓驶入亚东出入境边防检查站，在大雪中等候许久的廖晋，迫不及待地冲到车前，紧紧地抱住杨琳，为她披上大衣，两人在皑皑白雪的见证与战友们的祝福中，相聚了。

提行李，做面条，打电话报平安，发视频晒幸福，杨琳和廖晋尽情地享受着相聚的幸福和美好。

"廖先生，今后风雪是你，平淡是你；彼此宽容，共享共担；牵手到白头。"从云南临沧到西藏亚东，历经数千里的

"追"夫历程,在边关亚东,杨琳在朋友圈写下了自己内心最真实的想法。于她而言,苦涩的两地分居从此成为过去时。

国防部新闻发言人吴谦曾说:"人的青春只有一次,有的岁月静好,有的负重前行,有的放飞自我,有的心系家国,我始终坚信,青春不止眼前的潇洒,也有家国与边关。"在杨琳和廖晋的世界里,他们觉得伴随着家国和边关的青春和爱情显得更有意义。

第二天上午,廖晋便迫不及待地拉着杨琳看联检大楼,走国门口岸,认真介绍着出入境边防检查工作中的点点滴滴,正式走上了共守国门的戍边岁月。

古有唐代诗人王昌龄用"蝉鸣空桑林,八月萧关道。出塞复入塞,处处黄芦草"描述边关的凄凉和悲壮。今有戍边卫士闲赋"边关明月照四野,愈是明亮愈是寒",倾诉内心的孤独与寂寞。

西藏边关的苦,杨琳和廖晋都清楚,然而他们义无反顾、风雪无阻,或许,这种特别的默契、特殊的和谐,正是他们能够相濡以沫、共浴爱河、同守边关的缘由。

如今,杨琳和廖晋正式把家安在了西藏,安在了亚东这个边境小城,从一人守边到全家守边,他们把青春奉献给了祖国边检。往后,他们还将继续扎根边陲,为新时代西藏移民管理事业贡献力量。

(作者单位:西藏边检总站)

老虎嘴旁闻虎啸

姜凯峰　李倩

除夕一大早,西藏墨脱白玛西日河警务室的民警尕桑江才,就开始在简陋板房内忙活起来,劈柴、生火、烧水、洗漱。虽然进入寒冬的墨脱气温维持在10到20摄氏度,但一夜的细雨,还是让这个特殊的清晨格外寒冷。

白玛西日河警务室位于派墨公路老虎嘴隧道旁,是从新219国道派墨段进入墨脱的第一道关卡。"老虎嘴"的得名源于这条开凿于悬崖半山腰的栈道,形势十分险要。整个峡谷是一个典型的深"V"形峡谷,落差相当大，大家一般把这段形似虎口的凹槽与附近的几处塌方统称为"老虎嘴"区域。

在西藏高海拔、低气温、长期缺氧的固有印象下，大众会认为在这里的生活已是人间天堂，其实不然。海拔虽低，但阴湿天气时间很长，这里的民警还长期受到泥石流等自然灾害的威胁和蚂蟥毒虫毒蛇的侵扰，他们自诩是大山的"追赶者"和动植物界的"驯服者"。"其实这些没什么，习惯就好了，生活的枯燥和内心的孤独对我们来说才是最难忍受的。"民警吕恒刚说道。

受环境和地形影响，该警务室只能搭建成板房，"三无"（无电、无网、无通信讯号）是这里的常态，若想与外界联系，则要跑到三公里开外的山上去搜索信号。就是这样一个"人间天堂"，两名民警、一名辅警和一条小黑狗，在这里已经生活了八个月。

为防止徒步爱好者在这条声名远播的道路上出现危险，除了检查过往车辆和人员，民警还要时不时巡逻徒步路线。这条巡逻路是派墨徒步路线的一部分，从阿尼桥出发，终点是老虎嘴隧道汗密方向，一个来回需要五六个小时的时间，但是路程却只有六七公里。

今天是除夕，警务室所属的背崩边境派出所增派了警力，进行新年前的最后一次巡逻。简单吃过早饭，五名民警穿好装备，绑紧裤腿和袖口，便踏上了原始丛林的巡逻路。虽然称之为"路"，但用沿山小径形容更为合适，全程基本上是沿江踏出的一条狭窄陡峭的小径，最窄处仅有三四寸宽，而小径旁就是悬崖，下方是百十米深的多雄拉河急流。除了路途艰险陡峭，蚂蟥和毒虫毒蛇还是这里的"主人"，时常出没"宣誓领地"，现在虽是冬季,蛇类进入冬眠,但蚂蟥依然横行。"第一次来走这条路,短短六公里花了我三个多小时,就算体力不支我也不敢掉队!"民警柳凯夫笑着说道,"走多了,习惯了,我现在走这条路两个多小时就能走完啦!"

行至途中,遇到大约300米的泥石流冲刷区,裸露的树根和乱石掩盖了原本的路,要想过去必须踏过这松软的土堆,稍有闪失便会顺着乱石滑下悬崖。这样的场景对于民警们来说已是家常便饭,只见他们抓着手边结实的树根,身体与地面呈60度倾斜的姿势缓慢前行。"刚来的时候我震惊了,打死都不敢前进,但一想,如果不过去,后面的毒蛇和毒虫会追过来,心一横,就这样过去了。"民警李忠说道。就这样,踏着碎石、蹚过山上的小溪、跨过倒塌的大树,饿了吃口随身带的干粮,渴了喝口山上流下的泉水,民警们用了两个半小时走完了巡逻路。

到达终点已是晌午。在这里,修筑老虎嘴隧道的工人正在热火朝天地忙碌着,为了使派墨公路尽早全线通车,今年他们跟民警一样没有回家。同为游子,民警们邀请了老虎嘴隧道工地上留守施工的工人一起到警务室共度春节。

下午6时许,邀请的客人到来,大伙儿一起贴福字、贴对联、话家常,很是热闹。当羊杂汤、饺子、家乡菜端上桌时,大家更是迫不及待。"刚好我属虎,我这个小老虎在老虎嘴旁祝大家新春快乐,平安顺遂!"尕桑江才的一席话逗乐大家。大家纷纷举杯互贺新年,年夜饭氤氲的热气中印着一张张喜气洋溢的笑脸,大家的乡愁在此刻的警民团圆中暂时消解,变成了欢乐的海洋。"我们为国家建设出力,你们为国家安定坚守,虽然都远离家乡,但都是为国家出力,看到祖国繁荣昌盛,我可自豪了,你们觉得呢?"工人彭龙涛的话,开启了大家与祖国的故事。

简陋的板房内,讲不尽道不完的人生百味,对祖国、对家人的祝福也在欢笑声中,汇入旁边白玛西日河的水声,穿过山谷,流向远方。

(作者单位:西藏边检总站)

你无法向我走来，
我就向你走去

刘　恋　温顺明

三月的曲乡，春草未长，枝叶枯黄，皑皑积雪掩映着遍地的山石。

3月28日，对于西藏日喀则边境管理支队曲乡边境检查站的民警们来说是一个特别的日子。这一天是庆祝西藏民主改革60周年的纪念日，也因战友晏文勇同妻子刘瑞的警营婚礼而被赋予更多的美好愿景。

"你无法向我走来，我便向你走去，千山万水难阻隔，翻山越岭嫁给你"——他们格桑花一般圣洁的爱情，跨越时空，在雪域高原绚丽绽放。

高原绽放"爱情树"

3月28日，平日里寂静的希夏邦马峰下热闹非凡，海拔3300米的聂拉木县曲乡正举行着一场别样的婚礼。伴着悠扬的乐曲，在同事们的祝福中，见习民警晏文勇牵着妻子刘瑞的手，缓缓走过红地毯，走向幸福。

没有花前月下的浪漫，没有富丽堂皇的殿堂，没有华丽庄重的婚纱，警营成了最美的婚姻礼堂，战友的祝福成了最厚重的礼物。条件简陋，战友想方设法为他们铺设了石头"囍"字，祝愿他们爱比石坚，情比山高。没有婚纱服饰，战友为他们送来了华丽的藏装，祝愿他们吉祥如意，幸福美满。没有家乡亲朋好友的亲临，辖区百姓为他们送来洁白的哈达和青稞酒，祝愿他们圆圆满满、甜甜美美。

这对新人，因任务需要，婚期一拖再拖。如今，晏文勇终于可以给妻子一个爱的承诺了。

"左手牵你，右手敬礼，不负祖国不负卿！"新郎晏文勇在婚礼仪式上深情地对妻子说。

"从此曲乡是家乡，往后余生，请你多多指教！"新娘刘瑞浪漫地回应。

简约、温馨的婚礼，新郎新娘的眼里闪烁着甜蜜的泪花。仪式结束后，这对新人共同在营区种下一棵"爱情树"，祝福他们的爱情扎根高原、生根发芽、开花结果。

戍边的苦，一起吃

在这份甜蜜爱情背后，有着许多不为人知的艰辛与坚守。

2019年春节，相恋七年的晏文勇和刘瑞终于领了结婚证，两家人把婚礼的日子定在了3月28日，可就在家里筹办婚礼的时候，晏文勇因工作需要得提前归队。刘瑞得知后没有抱怨，而是安慰起了晏文勇："既然你不能回来结婚，那我就走过去嫁给你！"

"日子定了，请帖发了，怎么说走就走！这婚还结不结！你一个女孩子，跑什么西藏去！"刘瑞的母亲有些生气。刘瑞不停地劝说母亲，希望母亲能理解晏文勇职业的特殊性，后来，刘瑞母亲终于松了口。

在得到父母亲友的支持后，刘瑞踏上了"千里婚礼路"。从云南曲靖到西藏日喀则，2000余公里，汽车、飞机、火车、汽车……这"千里婚礼路"着实不好走。一到拉萨，头疼、胸闷、呕吐，强烈的高原反应折腾着刘瑞，辗转颠簸三天，刘瑞终于来到了曲乡边境检查站。看着寒风中瑟瑟发抖的妻子，晏文勇心疼地脱下大衣为她披上……

"我从没有觉得自己有多伟大，只是在他背后默默地坚守属于我们的那份感情。选择他，我觉得自己找到了归宿和依靠，很有安全感，很幸福，很值得，"刘瑞满眼洋溢着幸福说道，"我们从相识、相知、相恋，一路走来，分离两字始终伴随左右，异地更是常态。虽然聚少离多，但爱情，可以抵得过任何。"

到单位第二天，刘瑞便不顾高原反应，踩着厚厚的积雪，在晏文勇的陪伴下巡逻在小道上，体验丈夫的戍边生活。最浪漫的事，便是走过你在执勤岗位上的路，吃过你吃的苦，看遍你曾给我讲的那雄伟边关的山川与河流。

你在哪儿，家在哪儿

改革这场大考，"考"民警更"考"警嫂！

2018年底，晏文勇通过努力考出了好成绩，转改为移民管理警察。家人为此感到高兴和骄傲的同时，又为这对新人即将两地分居充满了担忧，刘瑞心里也七上八下，她陷入了沉思……

这次来队结婚，刘瑞的行李很简单。但她却带给晏文勇一份意外的惊喜作为新婚礼物——把两个人的小家从云南曲靖搬到聂拉木曲乡。她偷偷辞掉老家的幼师工作，决定来曲乡重新就业，她想要离丈夫更近些，陪伴着他一起守卫边关。

得知这个消息后，晏文勇惊喜之余更是百感交集。他说："曾经好几个民警家属来曲乡探亲，最后都受不了这里的偏僻荒凉，待了一阵子就走了，长期在这里，你怎么受得了！"

"你的工作本来就很辛苦，我仅仅给予你精神上的支持是远远不够的，能够陪伴在你身边，同心同力，再大的困难也不难，一切都是值得的！一个能在边疆扎根的人，一定是人生的强者。一个爱祖国胜过爱自己的人，一定能够好好爱我。只要有你，哪里都是家。"刘瑞无比坚定。

"不负祖国不负卿"，晏文勇庄重地向妻子敬礼。耳边响起了那首歌："往后余生，风雪是你，平淡是你……"歌声飘荡在绵延的边境线上，雪山知道，这是他们爱的见证；江河知道，他们的爱将如格桑花一样，永远绽放在雪域高原。

（作者单位：西藏边检总站）

年味儿洋溢冲巴湖

龙小凤

雪山、草甸、冰湖，冬季的冲巴湖美若仙女，楚楚动人，像一只蓝色的眼睛镶嵌在雪域高原上。通往美丽冲巴湖的路上，两个12平方米的集装箱式执勤点和一个10平方米的砖房伫立在公路两旁，扼守着中不边境山口要道。

冲巴湖执勤点，位于日喀则市康马县境内，海拔4570米，年平均气温零下6摄氏度，是由西藏日喀则边境管理支队康马边境管理大队萨玛达边境派出所设立的一个执勤点，派出所民警、辅警和联防队员担负着这里的疫情防控和边境管控工作。

1月31日早晨8点,窗外一片冰天雪地,除夕的第一缕阳光斜斜地照进执勤点。民警吕加骏和护边员早早煮上一壶甜茶,集装箱里的热气和屋外的寒气在贴着"福"字的玻璃上碰撞出一层雾气。吕加骏将福字周围的雾气擦干,眼前的雪山正在慢慢苏醒,在这零下20摄氏度的执勤点,没有什么比喝上一杯甜茶更暖人心。

"妈,新年快乐呀!今天你们哪些人聚在一起团圆呢?"民警吕加骏捧着奶茶暖手,透过屏幕向远在3900多公里外的母亲诉说着思念。

这已经是他第六年没有回家过年了。吕加骏妻子的预产期在今年4月,为了能回家陪护妻子,他放弃回家过年的机会,选择留下来,等到妻子预产期再回家。

视频通话结束,吕加骏和几位护边员穿戴好装备,打开门,寒风猛地灌进来,他们不由自主地哆嗦了几下。裹紧大衣,便朝着茫茫雪地走去。

在20厘米深的积雪地里,吕加骏深一脚浅一脚地前行。"小心脚下,这雪山下面有暗冰,别滑倒了。"吕加骏叮嘱着身后的护边员。巡逻路是绕山体修建的上坡路,勉强能够通行一辆车,靠山体的一旁时不时滚落下零零散散的石头,而另一边就是悬崖峭壁。海拔近5000米的冰雪巡逻路,不断消耗着大家的体力,双脚像被系上了几十斤重的大铁链。寒冷而又稀薄的空气吸入后,不断刺激着肺部,吕加骏的胸口隐隐作痛,脸颊被冻得通红,防寒帽的外檐早已结上了一层厚厚的沙冰。大家的喘气声越来越急促,踩在碎石雪上的"吱呀"声越来越缓慢。

徒步三个多小时后,在能看见山口的地方,吕加骏停下脚步。"这个角度的冲巴湖最美了!"每次在巡逻路上,吕加骏都会寻找观赏冲巴湖的最美角度,他赶紧掏出手机,记录下这一美景,"我手机里存放最多的就是边境风景,等着休假回家和家里人一起分享自己的戍边生活。"

去年 10 月,吕加骏和妻子结婚,今年是他们婚后的第一个新年。当妻子得知他不能回家过年时,除了理解就是心疼,因为亲眼见过丈夫工作单位和执勤点荒芜、艰苦的环境,体验过他们苦涩的生活,这些场景就是丈夫工作的日常。

"媳妇儿,什么好你就买什么,你给自己和咱爸妈都多买点儿。"为了过好这个异地年,吕加骏和妻子早早地在线上线下为家里备好年货。"我给你寄了你最爱的海鲜干货,你那儿啥也没有,更别说什么年味儿了,吃到这个你没那么想家,你现在不是一个人了,要好好照顾自己。"每当想起妻子的嘱咐,吕加骏心里就美滋滋的。

看着眼前的冲巴湖,吕加骏掏出了妻子的照片和冲巴湖来了一张自拍,随后小心地把妻子的照片收起来,继续朝着夏雄山顶出发,身后的冲巴湖越来越远,越来越小。

下午 1 点,夏雄山刮起六级大风,吕加骏和护边员们长时间登山消耗了大量体力,感觉随时可能被风吹跑。"咱们找个石坑先吃饭吧。"说出这句话也消耗了吕加骏不少体力。

找到石坑,放下背包,拿出压缩饼干、冻得冰冷的矿泉水和一些充饥零食。一口饼干就着一口冰水,只有在夏雄山上,吕加骏感受过这别样的午餐。一边躲着大风,一边和护边员们享受着"美食"带来的饱腹感。

徒步 29 公里后,吕加骏和护边员们到达了帮扎拉山口。山口的狂风吹得他们睁不开眼。吕加骏将包里的国旗紧紧攥在手里，就像一不注意国旗就会被风抢走，几人合力将国旗展开在山顶，吕加骏赶紧拍了张照片，把国旗收起来。

巡逻完回到执勤点已是晚上7点，袅袅炊烟在执勤点升起，防疫工作人员忙着准备年夜饭。吕加骏和护边员们放下装备同大家一起动手，包饺子、切羊肉、煮甜茶、装糌粑……

"媳妇儿，你看你给我寄的海鲜干货，我煮上了，我们的年夜饭是不是很丰盛？"吕加骏一点点移动着手机，为视频那头儿的家人展示菜品。

"普确巴，把羊肉捞起来，别忘了放辣椒。"护边员尼玛顿珠催促着辅警普确巴。羊肉是年夜饭上必不可少的一道硬菜。一旁的普确巴正在向视频那头的母亲送去新春祝福："阿妈拉，新年快乐哦，扎西德勒！"

"吃饭啦！春晚要开始了！"联防队员催促着大家一起坐下吃饭。饭桌前，每个人都拿着手机跟家里人视频，分享着不同的年夜饭。虽然相隔千里，但依旧忘不了除夕夜是团圆的主题，不管是线上还是线下。

这群来自天南地北的戍边人，围坐在一起，共同举着杯里的饮料，在战位上迎接着新年的到来。

在夜空中的万点星光照耀下，执勤点的灯光越来越明显，冲巴湖旁的年味儿越发浓郁。

（作者单位：西藏边检总站）

亚热，听得见

母 丹

亚热的风有多大，驻守在这里的民警体会最深。

清晨，西藏日喀则边境管理支队亚热边境派出所的民警赵晨打开窗户。气温比前一天明显降低，冷风打在脸上，他不禁紧了紧领口。

"今天的风得有八级。"赵晨把手伸到窗户外面，"中午要变天，下午会有雨夹雪。"他自信地预测着天气。派出所的老同志都说，熟悉了亚热的风，也就熟悉了亚热。

亚热，藏语的意思是"牦牛生活的地方"。虽然名字带"热"，可这儿一点都不热。"一年一场风，从春刮到冬。大风三六九，小风天天有。"在这儿坚守六年的赵晨自创了一首《大风歌》。

亚热边境派出所成立于 2002 年 6 月，位于西藏自治区日喀则市仲巴县亚热乡，平均海拔 5300 米，含氧量只有平原的 40%，每年大风天有 100 多天，风力最大可达 10 级，最低温度零下 38 摄氏度，狂风夹杂着雪粒刮在脸上像刀割一样，民警们的手、耳朵、脸一年四季都有冻伤的疤痂。

如果不是亲身经历，很难想象冬天的风刮得有多凶悍。飞起来的雪粒和沙尘砸在脸上，让人睁不开眼睛，连呼吸都变得困难。民警蒙磊刚来所里的时候很不适应，因为在这样的天气里，连走路都要从头学起。

蒙磊清晰记得，2020 年 10 月 1 日，是他到派出所的第一天。刚下车，咆哮的风便将蒙磊的帽子刮飞了。这个特殊的"见面礼"，让他的心一下凉了半截。

从那以后，蒙磊见识了，帽子飞走是家常便饭，铁皮屋顶被刮走也司空见惯。一面在风中搏击的五星红旗，刮不了几个小时，就被狂风撕烂，就连钢管做的旗杆，都被大风刮断了好几根。

肆虐的寒风中，民警们像一座座坚不可摧的流动界碑，手拉着手，在齐膝深的积雪中亦步亦趋，顶风前行，一次次踏上巡逻路……

半年后，蒙磊渐渐学会了和亚热的风"握手言和"。执勤时迎着风，着凉闹了几次肚子后，他学会了用面罩封住口鼻防风；巡逻时顶着风，就近找个小山沟，等风小了再继续巡逻，生活中的"寒冷",他选择用热情融化,把自己变成小太阳,温暖自己,也温暖他人。

今年1月,驾驶员带着蒙磊与其他民警去县里购买生活物资,返程时因遇大雪,车陷入雪里,民警们立即下车,用铁锹清理车辆周围积雪。当时风特别大,夹着雪花,拍打在民警的脸上时,已经变成了冰凌,口罩也被浸湿。

刺骨的冷,锥心的痛。多少次走过艰险,如今已是老同志的蒙磊对"祖国在我心中"这几个字,有了更为深刻的理解:"在无人之境、险峻之处,忠诚是一串串的脚印,是戍边人一次次的凝望。"

提起风,被称为"亚热野牦牛"的民警桑杰次仁一口气能说上大半天,顺风、逆风、上山、下山……为他留下了太多的"追风记忆"。

"看到界碑,就会懂得我们为什么在这里。"桑杰次仁鼓励着第一次攀登险峰的民警孙家辉。山顶的雪没过膝盖,孙家辉的袖口、帽檐结满冰霜。

孙家辉,2012年12月入伍来到原武警云南边防总队红河边防支队一线边防派出所服役,2018年改革转隶时,孙家辉主动向组织提交申请,自愿到西藏边境一线工作,最终来到亚热边境派出所。

"只有走上边境线,才能读懂戍边人。"桑杰次仁的话,给了孙家辉勇气。走过一个风口,眼前是一段陡峭的斜坡,孙家辉拖着沉重的身子,跟随队伍向上攀爬。

每攀登一步都在挑战自我,胖胖的小伙子大口喘气,仿佛听到双腿关节发出的"咔咔"声。他的肺部像拉着风箱,胸口伴随持续的灼痛感。接近山顶,风更大更猛了,戴上防风眼镜,风仍旧刺痛眼睛。顶着狂风,他一个趔趄,同事们赶紧扶着他站起身来。这一次,他理解了那句"坚守青春的不平凡"。

"希望我下次再来这个山口巡逻,可以走得更轻松。"孙家辉望着白雪皑皑的远方,在心里默默许下心愿。

在桑杰次仁眼里,这是青春必经的历练。"经历几次险途,意志就会磨砺得像山石一般。"

刚到亚热的时候,这里的风雪也曾让桑杰次仁打起退堂鼓。后来,一次次攀上青春的雪峰,蹚过人生的冰河,他开始享受一种特殊的获得感。

"获得感总是与自我价值的实现紧密相连。就像巡逻爬山,一步一步攀上更高的山,回头再看就有一种获得感。"这个"抵达"的过程,在桑杰次仁看来就是成长。

"我们用望远镜可以观察边情。"桑杰次仁一边走,一边向孙家辉介绍。

耳旁风声呼啸,此刻,亚热,听得见。站在边境线上眺望远方,孙家辉注视的并非只有风景,他懂得了戍边人的职责与使命。

他突然想起在电影《我和我的父辈》中看到的那首诗:"燃料,是点燃自己,照亮别人的东西。火箭,是为了梦想,抛弃自己的东西。"他想,无论在哪里,无论做什么,他都愿意成为一份"好的燃料"。

在荒芜寂寥的"孤岛"上,只有大风始终与亚热边境派出所的民警们相伴。如今,派出所新建了营房,去年9月通了国电,扩修了执勤点,生活条件越来越好,执勤的效率大大提升。每每想到这些,孙家辉总是感慨很深:"最苦最难的日子已经熬过去了,风好像都没有以前那么大了……"

在这人迹罕至的地方，一群民警执勤、巡逻、潜伏。一条条巡逻路一遍遍地走，一个个山头翻了一次又一次，戍边人的坚守亘古不变。

"我们的青春属于风。"他们相信，吹过亚热的风，人生中的大风大浪，都能扛过去。

（作者单位：西藏边检总站）

"习惯了"是他们的青春答案

彭维熙

信封是磨损的,邮戳是12月4日,从河南漯河翻山越岭3804公里,历时22天的家信,终于到达闻飞手中。

从床头柜抽屉最深处翻出家信,闻飞小心翼翼地拆开向笔者展示,字迹歪歪扭扭,还配有可爱的小人儿、花朵、房屋装饰。"你啥时候回来?我想你了⋯⋯"外表刚毅的闻飞双眼湿润泛红,"六岁的孩子,有了自己的情感,在孩子的心底很渴望很期待缺席的父爱。"他说,休假回家会把这封皱巴巴的信裱起来，作为最珍贵的纪念。

闻飞是西藏珠峰边境派出所副所长。信是刚学会拼音的六岁女儿闻李萱送给他的新年礼物。由于驻地偏远，礼物一度"丢失"。"习惯了！能收到已是万幸，好多人的信件都石沉大海。"

像闻飞一样，珠峰边境派出所的人，都有"习惯了"的事。在所里待了12年的民警王兰波，一直未曾想过离去，"习惯了这里的工作，熟悉了这里的百姓，这里早已成为第二故乡。"同事纷纷建议王兰波调往低海拔地区，因为他连续两年的休假归队都患上肺水肿，"病一好还是想回珠峰，习惯了，总要有人在这里坚守。"

笔者感受到这个群体的"与众不同"，开始寻找见怪不怪、习以为常，寻找那些与"习惯了"有关的故事。

"我以为西藏仅有雪山戈壁"

走到派出所门口的执勤小屋，实习民警高楠正在认真核查前往珠峰大本营游客的边境管理区通行证，动作干练利落，逐一提醒游客注意防寒保暖。

高楠是中国人民警察大学的学生，今年1月18日，他和另外三名同学被分配至所里实习，从繁华热闹的大都市到举目皆山的边境一线，除了昙花泡影的新鲜感，更多的是一幕幕场景刷新他们的认知。

"山连山拐接拐，人在车里左右摆。"从日喀则市区到派出所364公里的崎岖山路，足足走了七个小时，仅切村到卧龙村，30公里的距离就有108个急转弯，实习民警高楠回忆道："晚上躺在床上休息，都感觉床还在摇晃。"接踵而来的高原反应，让这四名实习民警感受到高原的确是不好惹,话说快了、路走快了都得喘上好几口气。

1月24日,所里组织警力前往珠峰大本营巡逻。大自然的威力,让四名实习民警再一次被征服。车子行驶在碎石搓板路上,民警紧紧握着把手,仍被腾空,头盔不时撞击着车顶,发出"嘭嘭嘭"的脆响。

室外温度零下20多度。下车后,怒吼嘶号的寒风迎面而来,夹带着飞雪,一股脑儿灌到嘴巴里。面部迅速变得僵硬,连说话都结结巴巴,鼻涕眼泪簌簌直流。

"风吹石头跑"在这里丝毫不夸张,就连民警平时执勤生活所用、重达数吨的集装箱都被吹散。

来自福建的实习民警周琪讲道:"沿海刮台风,可以到屋里躲避。但这里没处躲藏,只能硬顶着,裸露在外的部位早就冻得没有知觉了。"

日复一日地巡逻执勤检查,生活中见不到外卖、快递、购物等时尚的影子。实习民警冉江峰说:"我以前不懂在西藏躺着就是奉献,现在懂了。我很敬佩能在所里坚守奉献了十多年的老前辈。"

这里不仅有雪山戈壁、孤独寂寞,还有一群脊梁挺拔、肩膀厚实的移民管理警察,像一块块刚硬坚毅的石头,任凭风吹雨打,屹立不倒。

"坐下休息了,就起不来了"

尽管现在是冬季,但仍然能看到不少游客慕名而来,欣赏世界第一高峰——珠穆朗玛峰。

所长格桑介绍："每年来此的游客络绎不绝，但总有游客不按规定游览，私自前往未开放的景区核心区域。"

2020年10月1日15时，所里接警称一名游客走失，无法取得联系，珠峰大本营执勤点的黎泽江等四名民警立即开展搜救。17时10分，第一轮搜救无果，随即增援警力，向绒布冰川珠峰核心区域再次纵深推进。

5800米以上的海拔高度是人类生存的极限。在这样一条救援路上，民警们每走一步都如重负千钧，大口大口喘着粗气，脸冻得通红，眉毛上挂了层层冰霜。所长格桑回忆道："进入冰川，一片洁白，搜救好似大海捞针，仅凭直觉盲找，民警稍有不慎就会掉入暗藏的冰窟窿。"何其有幸，经过七个多小时的努力，走失游客终于被找到。

不料返回途中，民警李诚长时间缺氧，体力透支，出现心绞痛，一度产生放弃的想法："你们先走吧，不用管我。"

"坐下休息，就起不来了。"就这样，大家连背带扶，把他拖出了绝境。

小到丢失手机，大到游客走失，每一次救援，都像一枚彩蛋，无法猜中结尾。但民警们必须全力以赴，开展生死营救。所里还创新成立了牦牛救援队，利用牦牛耐寒体力强的特性，背运物资和伤者。仅2020年，所里救助游客共100余人次。

每年3月至11月，民警都会在珠峰大本营执勤点执勤。旺季的时候，一天能检查接近3000名游客，白天忙得连轴转，顾不上喝一口水，"高原红"越发明显，嘴唇越发干裂。

夜幕降临，游客离去，这里又是静得出奇。只有呼啸的风声卷起石头打在集装箱上噼啪作响。

民警王兰波说："晚上大家很少走出集装箱，手电筒照向远方,就能看到一对对绿光点,虎视眈眈。"由于珠峰景区生态良好,难免会与雪豹、野狼等野生动物狭路相逢,民警稍不注意就会遇险。

去年4月至5月,所里全力保障珠穆朗玛峰测量工作,得到国测一大队的肯定,在世界之巅展示了"珠峰卫士"的锦旗,2021年首个"中国人民警察节"来临之际,他们还送上了节日祝福。民警齐斌斌感慨地说:"工作被认可,所有的辛苦都值得。"

珠峰大本营执勤点警力轮换,快的时候间隔两个月,慢的时候间隔六个月。所长格桑打趣地说:"每次从海拔5200米的珠峰大本营轮换到海拔4500米的驻地,就像是调休一样。"

"村民就是我们的亲人"

吃完晚饭,民警郑劲松带着笔者去驻地村庄走走。老百姓一见到老郑就热情招手,村里的孩子也会跑过来,问老郑周末可不可以到所里打水、打篮球……

警民一家亲,浓浓鱼水情,给来所里不久的实习民警牛琪留下深刻印象。

2月3日,坐巡逻车返回单位的实习民警牛琪发现,他们车后的三名老百姓骑着摩托车,向他们挥手致意。牛琪惊讶万分,他们为什么会这样?

直到一天,跟着副所长闻飞去看望孤寡老人巴桑卓玛。进入家门,闻飞就像回家一样,忙前忙后,收拾屋子。走时,还不忘叮嘱老人尽快吃完送来的米面,老人紧紧拉住闻飞的双手。这一刻,牛琪明白了。

副所长闻飞自2013年开始,就自掏腰包帮扶驻地困难群众,至今已经累计捐赠近四万元。他常年走访驻地群众,户户都能对上号,人人都能叫上名。

"驻地群众与我们朝夕相处,就是我们的亲人,我们当然希望他们过得好。"这是所里民警的共识。在民警的帮助下,曾经的贫困户洛桑开起小卖部、巴桑次仁被招录为联防队员……

民警郑劲松说:"群众对我们是百分百信赖,家里有困难,第一个就会想到找我们。"

走在村巷子里,孩子们见了民警格外亲切。原来派出所民警每年都会自发地筹集钱款,给孩子们购买图书、文具、衣物,尽己所能地呵护他们健康快乐成长。

所长格桑介绍:"每年还有不少爱心人士,委托我们给孩子送去玩具衣服。每次看到他们收到礼物时开心的笑容,我们也倍感高兴。"插上梦想的翅膀,相信这些孩子一定能飞得更高更远。

奋斗是青春最亮丽的底色。正是珠峰边境派出所的民警用"习惯了"默默奉献,不曾言苦、不图功名,才守住了一片净土,保护了一方平安。

"虽然不能回家过年,但是所里不能缺少家的味道、年的喜庆。"所长和大家一起装扮派出所。春节期间,所里开展贴春联、包饺子、趣味游戏等活动,充满着浓浓的年味儿。

(作者单位:西藏边检总站)

你好，狮泉河

汤子龙

一切的一切，始于一次特殊机缘，彼时我还只是一个刚刚入伍、一身青涩的青年，初次踏上西藏这片土地。两年后，我考学离开西藏开启了求学之旅，再次回到西藏，已是2018年的夏天……

传说中，冈仁波齐雪山有四个子女，分别是雅鲁藏布江（马泉河）、狮泉河、象泉河和孔雀河，它们有的奔腾流向西藏的东方，有的蜿蜒曲折，在依依不舍的回望中流向了西南。冈仁波齐雪山看见藏西北的人们在饱受寒冷的同时还没有干净的水源，就把这个职责交给了狮泉河，让其养育那里的人民。而狮泉河流经的地方，就是阿里，也是我新的开始。

缘 起

　　那年夏天，初出校园的我，接受分配命令，踏上征程，目的地就是阿里！这里仿佛在梦里出现过一般，当飞机降落在阿里昆莎机场，舷窗外成片的山，还有蓝天，是如此清澈，亦是如此陌生。我这才意识到，曾几何时只存在手机中的冈仁波齐、班公湖，如今离我如此地近。回忆校园的课堂上，不止一次地听老师讲过这里的地理人文概况，但当我走出舱门的那一刻，清冽的空气还是有点"上头"，让我"受宠若惊"。

　　听同行的人讲，从机场到单位驻地狮泉河镇还有近一个小时的路程，坐在车里的我不免有些失望和感慨，失望的是从机场出来路上都没几辆车经过，感慨的是这地方除了山还是山，一眼望不到边的山，兴许这就是他们口中"阿里山"的来由吧。早先曾听老兵说起过，有阿里的战友到了拉萨，由于好久没有见到过绿叶，到了拉萨抱着行道树失声痛哭，如今真到了阿里，才知道那位老兵的故事也有几分真实。本该是草木繁盛的6月，在这里，从机场到单位短短50余公里的路程，路旁的长着叶子的小树我一双手都能数得过来。

　　在车辆的颠簸中，幻想着今后的很长一段岁月里就要在这里与恶劣气候环境作斗争、与人民群众打成一片、给自己的未来一个交代，我需要渐渐把这里当成自己的第二故乡，尽自己所能，去做自己该做的事，找寻来阿里的价值和意义，相信时间会给我一个答案。

传 承

我生于四川，作为一个出生在邓小平故里、红色精神的传人，自小就在长辈各种关于小平爷爷行事风格和毅力魄力故事的熏陶下成长，"白猫黑猫，抓住耗子的就是好猫"这句话早已听得耳朵都起茧子了。但是参加工作以来，真正落到实处，做一些事情往往不能达到自己满意的地步，总是觉得欠缺点什么，让我觉得离"好猫"还有一段距离。

当第一次踏进狮泉河烈士陵园，原以为会和以前一样，里面的革命先辈没有一个是我听过或者了解的人物，出乎意料的是，一个熟悉的名字让我回想起小学时的一篇课文——《孔繁森》。"一尘不染，两袖清风，视名利安危淡似狮泉河水；两离桑梓，独恋雪域，置民族团结重如冈底斯山"，我久久注视着孔繁森墓前的挽联，听着战友讲述孔繁森为西藏奋斗、奉献的事迹，把"群众"两个字深深地记在了心里，感觉离"好猫"又近了一步。

从小平故里到天上阿里，从渠江边到狮泉河畔，前进的方向从未偏离。都说一代人有一代人的长征路，到了我们这一代，不仅仅要把前一代人未走完的路、未传递完的薪火继续传递下去，更要用最美好的青春年华去看一看、感受一下雪域边关那颇有人气的"风花雪月"——战地寒风、友谊之花、爬冰卧雪、边关冷月。

守 护

如果问我为什么要待在阿里，那一定是我明白了自己在这里的职责和使命——戍边为民。虽然这里的人口总数只有 10 万出头,但是只要有人的地方就有人民警察的身影。驻守在这里的边境派出所,除了日常的工作,还担负着守土固边、打击妨害国(边)境犯罪等任务。

来到阿里的第三年,因为工作调动,再次回到扎西岗边境派出所。沿着狮泉河顺流而下,扎西岗乡便出现在我的视野当中。群山环绕中,这条蜿蜒、曲折、冰凉的河,横贯而过,千百年来一直默默地孕育着沿岸的藏族同胞和满山的牛羊,也塑造了这里淳朴的性格。

藏历新年的前一天,按照惯例,所领导带着我和另外两个同事一起去鲁玛村慰问藏族阿妈。走进屋子里,教导员伸手握住老阿妈的手,亲切地交谈着,房间内昏暗的光线让我必须要开着闪光灯,在无数次对焦失败后才能拍下一张清晰的照片。照片上的老阿妈,脸上写满了岁月的痕迹,以前觉得农奴社会的黑暗只是一段过去,而老阿妈脸上的皱纹却告诉我这是真实存在的,是他们不愿提及的过往,与他们如今安静地享受晚年生活形成鲜明对照。

回派出所的路上,望着出来送别的藏族同胞和一声声虽然听不懂,但是能从他们眼神里读懂含义的问候渐行渐远,我心里埋下了一颗种子,这颗种子就是:只要我还在这里一天,就要做他们一天的守护者;只要我是共产党员,我就要用一生兑现那句誓言——全心全意为人民服务。

未 来

又一次来到狮泉河边,行道旁的红柳随风飘扬,肆意地抛撒柳絮，落在水面上，不知漂向何方。想起自己这一路走来，从高考落榜、借酒浇愁，到参军入伍、士兵考学，再到现在脱下军装、换上警服，在很多人看来有改变，也有进步，曾经那个上课只知道睡觉、看小说的差等生，如今也有出息了，也成为万千追梦人之一。无论旁人怎么评价，但是最了解自己的人，还得是自己。年少气盛、心性不稳、急于求成……仿佛这些就像是"昨日因、今日果"一样出现在我身上，曾经肆意挥霍的人生，无数次与踏实、沉着擦身而过，造就了现在内心充满矛盾与彷徨的我。

迎着落日的余晖，河面上反射的光有些刺眼。看似平静的河面下，水流一刻也不曾停止，顺着蜿蜒曲折的河道，最终也会汇入大海。俗话说"水利万物而不争"，只是因为它有自己的方向，那么我努力的方向又在哪里呢？

想起来阿里已经快四年了，相较于彼时的我，经历了一些事情，遇到了形形色色的人，也有了些许成长。我不知道还要在这里工作多久，也不知道还要经历什么样的事，但我知道的是，只要踏踏实实做好每一件事，无愧于每一个期待的眼神，在这里的每一天，就能够做到问心无愧。就像这狮泉河一样，无论岁月流转、时代变迁，哪怕是在没有人看见的地方，它还是会默默滋养这片热土上的人、牛羊、草木，那就是它前进的方向。

时至今日，我才真正认识到一个不一样的它——你好，狮泉河。

（作者单位：西藏边检总站）

国门印象"中国红"

吴 志

2月12日正月初八下午,在福建省莆田港秀屿港区的中国香港籍"闽鹭"轮上,莆田出入境边防检查站执勤业务二科检查员王斌斌登轮验放的同时,带上莆田人过大年时必备的一份年货——红团,邀请船员一起尝鲜。南北过年习俗虽然不同,但都有一样的暖心祝福,希望来年红红火火、团团圆圆。王斌斌说,做红团是莆仙民间特有的习俗,这习俗已经延续几百年了,"红"是吉利的象征,"团"寓意全家团团圆圆,过年做红团、吃红团，祈求来年平安、风调雨顺、幸福安康。

春节年味儿红团香

位于东南沿海的莆田市，不但是妈祖文化发祥地，也是唐宋以来"海上丝绸之路"重要起点之一，已与27个国家和地区的50多个港口实现通航。

莆田沿海有"做岁"吃红团的习俗，各家各户在年三十以前都要准备好油炸豆腐、油炸地瓜、薄糕、红柑，杀鸡鸭、杀猪羊，还有必不可少的红团。红团在莆田地区历史源远流长，宋代的《中馈录·甜食》《东京梦华录·东角楼街巷》等都有记录。红团是一种包有馅料的红色圆形的年糕，印有福、禄、寿、喜、财、丁等字样或图样，寓意团圆丰收喜气。在莆田沿海，红团不仅是方便美味的特色食品，也可以作为过年送礼的佳品或是祀神祀祖先的供品。

红团制作有三种：一种是用糯米舂成细末粉，叫"米祭"，晒干备用，加水一起揉匀，加些食红成为粉红色米团皮；另一种是用面粉匀揉成米团皮刷红蒸熟。它们的馅大都是甜的，也有咸的。甜的是以糯米加入葱花、香菇、虾皮、花生、肉丝等；甜的是以绿豆为馅，加入红糖、茴香，别具乡土风味。还有一种是以地瓜干丝碾细为馅，俗称"番茄干馅"，加少许红糖就好了。

在莆田出入境边防检查站秀屿执勤点营区食堂，负责后勤保障的职工苏霞金先把做红团用的馅准备好后，开始倒出糯米粉，拌上食红，和入温水，压揉成团，再搓出乒乓球大小，碾成薄饼状，做成红团皮。红米团是用木刻的印模印出来，苏霞金一边示范一边叮嘱:"捏馅不能太大太小,太大会露馅,太小不好看……"五六名留守民警和家属随之齐上阵,把馅放进皮中,摁进红团印,轻轻一敲,扣在芭蕉叶上,红团就成型了。做好的红团放进蒸笼里蒸,约30分钟后,红艳艳、香喷喷的红团融合着芭蕉味和馅味就出锅了。

一家三口团圆轮

2月3日,中国香港籍"广利海"轮驶入了福建省莆田港罗屿码头,在海上漂泊了半年有余的"广利海"轮船员高亮,等来妻儿一起团聚过年。在船上,淡淡的清香扑面而来,看似很平常的红团,却让一家人吃起来停不了嘴,像一根根无形的线,牵着他们走进乡村过年的甜蜜记忆。

国际航行船舶的船员们大都长年在海上漂泊,"合家团聚"成为春节的奢望。春节期间,莆田边检站打造船员家属"探亲快速通道",为登轮探亲家属全天候优先办理登轮手续,最大限度减少办证等候时间。同时,该站提前与各船舶代理公司沟通,全面收集登轮探亲家属信息,掌握预计登轮探亲人员的数量及时间,确保第一时间为探亲家属办妥《登轮许可证》。"我从武汉坐了将近七个小时动车过来,已经好几年没有一家人一起过年了,感谢边检警官们的热情服务。"在边检办证厅,一家团聚的探亲家属陈女士,看着手上的登轮证激动地说道。

在现场的执勤业务一科执勤民警詹骏驹推荐下,陈女士一边品尝红团,一边叫好。红团是一种甜食,长时间存放不易变质,若定期加热可存放20多天,是过年不可或缺的食品。詹骏驹告诉船员高亮一家,红团已放在竹编的大盘子里风干了,只需用篮子装好挂在船舱壁上储存起来，想吃的时候拿几个下来，热一下就可以吃，很方便。冷却后的红团，表面硬邦邦的，但只要稍微加热，马上变松软，口感仍十分好。

藏蓝色映照红团红

莆田过年做红团全国独一份，年味浓得化不开。大年三十晚上，莆田边检站执勤业务一科负责人姚瑶在东吴港区食堂做了一顿可口的莆仙家常饭，让扎根留守的民警和协管员感受莆田过年习俗。现场气氛十分热闹，不少人还拿出手机拍照，和远方的父母、朋友、亲戚一起分享妈祖故乡莆田的热情和温暖。热气氤氲中和妻子通了个视频，餐桌上的红团弥漫出的甜美香味，让姚瑶倍感温馨。随即，他带着四名检查员和协管员在港区交叉式巡逻。

今年35岁的姚瑶是上海人，有一张典型的憨厚脸庞，笑容更是充满真诚与热情，在莆田口岸守国门整整13个年头了。他说，现在已经习惯吃莆仙菜，味道好且清淡，有利于健康。莆田已真正成为姚瑶他们的第二故乡，这里有他们的梦想和追求，让他们感受家一样的温暖。

年内，因单位改革转隶，科长、教导员相继转业离队，姚瑶不推诿、不敷衍，服从命令勇挑重担，负责执勤业务一科全面工作。同事打趣他"干着科长的活，操着教导员的心"。春节长假，为确保外轮高速通关，他和12名民警、协管员驻守港口，推行"关口前移"、"马上就办"，高效完成国际航行船舶进出口岸查验手续。

年年岁岁花相似，岁岁年年今不同。2019年，国家移民和出入境管理事业迈入新征程,被藏蓝色警服映照的年味儿,是不能团聚的思念,是无怨无悔的坚守,是出入境外轮船员和家属的笑脸。"让红团定格年味儿,用奋斗和坚守致敬青春。"不管口味怎么变,红团那凡而不俗、喜庆团圆的特别印记,永远是守卫国门的边检民警心中难以忘怀的乡愁和期盼。

(作者单位:厦门边检总站)

镌刻在吉木乃的答案

——一名到新疆挂职锻炼民警的追寻之路

赵金龙

建军节前一天,我正式到吉木乃出入境边防检查站工作,从祖国东北黑龙江,跨越万里来到西北边疆挂职。来疆前,始终在想三个问题:来疆为什么?在疆干什么?离疆后留下什么?三个月来,我一直在吉木乃边检站寻找着答案。

金色的向阳花将戈壁滩染得愈加鲜亮,"中华人民共和国吉木乃口岸"12个金红大字矗立在巍巍国门之上。伴着警营号声,我走进吉木乃边检站。在这里,我听到了战友们鲜为人知的感人故事,见证了日常工作生活的动人瞬间。

扎根边疆,是一生的选择

报到第一天,一个皮肤黝黑、戴着防尘面罩的男人正在修补宿舍楼大理石台阶,见到我们来了,起身热情地迎接。摘下面罩,那阳光的笑容打动了我,他就是后勤保障处副处长凡常伟。

走在营区里,丝毫感觉不出这里地处戈壁滩,树木郁郁葱葱,格桑花灿烂夺目,镌刻励志话语的石头好像在诉说这儿的故事,更让人称奇的是菜地竟是"黑土地",这让来自北大荒的我很惊奇。我几次向凡副处长请教,黑土哪儿来的?他只是笑笑。

转眼间到了金秋,菜地的果实已采摘完毕。"走,我带你去个地方!"周日早晨,凡副处长找到我,坐上大卡车与几位战友一起向戈壁深处牧区驶去。到牧民家中,一位战友用哈萨克语交流,牧民很高兴地指着羊圈,向我们示意。

见我看着羊圈里厚厚的羊粪一脸疑惑,凡副处长摆了摆手:"下车吧,咱们收羊粪!"同行的战友纷纷跳下车,大家你一锹、我一铲,一个多小时才将卡车装满。凡副处长美滋滋地一挥手,"上车,返程!"

"拉羊粪干什么呢?"我一路摸不着头脑。车子回到营区,径直开进菜地,站长许章勇早已等在那儿,大家三下五除二将羊粪卸到了平整好的菜地里。

这一刻,我终于知道了"黑土"的来历。原来,这么多年来,民警竟是一锹一铲从牧区羊圈挖回羊粪,填到营区戈壁上,一年一年地沉淀,形成这块宝贵的"黑土地"。北大荒千万年才形成的黑土,民警们硬是用辛勤的汗水浇灌出一块。

"1995年建站时,我和战友们栽种下这100多棵树,当时这里是一片戈壁,现在绿树成荫,这些树就是戍边人的故事。"看着高大的树木,副站长孙磊深情地说。

"院子里有15块石头,石头上的字是我和战友们一刀一刀刻下的,每年我都会给这些字上两次色,让它们一直鲜红。我最喜欢营门前'忠诚'和办公楼前'家'这两块石头。"民警杨鸿荣边说边小心翼翼地上色。

我一直想知道,这些战友有什么是不会做的呢?几次请教,他们总是略带羞涩地说:"这是本职工作,是我该做到的!"这个问题我至今没有找到答案,但我找到了大树的故事,聆听了石头的声音,学到了黑土的情怀,被一个个这样的故事深深打动,每一位战友都是一本书,戍边精神是这些书的共同内核。

别样青春,献给火热边疆

不一样的青春,决定着不一样的人生高度。边疆有这样一群人,或是从沿海、内陆奔赴而来,或是新疆的战友接续传承,或是通过"国考"选择而来,他们共同构成了吉木乃的"后浪"。

民警杨文生转改前是站监护中队班长。三年时间,他从战士成长为"抗疫标兵",荣立三等功。这背后,有舍下繁华建功边陲的豪情壮志,有从零开始勤学苦练的奋进精神,还有吾心安处竭尽全力的公仆情怀。

杨文生说:"好办法、巧办法,我不会,就会笨办法——嘴勤、腿勤、手勤,边疆让我成长更快、意志更坚、价值更大。"

他的笨办法，还真让我见识了。

知道他是卫生员后，一次交流的时候我说："咱们站距离县城远，一旦民警患病，到吉木乃县和阿勒泰市都很远，能不能与驻地医院协调，开辟戍边人民警察绿色就医通道。"他听后有些犯难，不过马上又说："教导员，我试试看。"

接下来，他反复与阿勒泰地区人民医院、中医院、妇幼保健院、吉木乃县医院工作人员联系，四家医院同意了我们的设想。最后，经站党委征求阿勒泰边境管理支队和红山嘴、塔克什肯边检站意见，协调阿勒泰地区卫健委，确定地区所属医疗机构全部开通戍边人民警察绿色就医通道。

当"戍边人民警察优先"的标识贴在医院门诊窗口，想到全区戍边民警辅警及家属就医时，都会享受到挂号、就诊、检查、入院"四优先"政策，我们欣慰地笑了。

每一代青年都有自己的际遇和机缘，都在自己所处的时代条件下书写人生、创造历史。杨文生是吉木乃边检站"后浪"的缩影，从他身上我看到了我们队伍的骨气、志气、勇气、锐气和朝气。"后浪"们扎根边疆、奉献基层，在火热的青春中放飞人生梦想。"后浪"们勇于担当、主动作为，在拼搏的青春中成就事业华章。国门脚下，有他们口岸查缉的身影；打击犯罪前沿，有他们英勇战斗的身姿；疫情防控一线，有他们无畏逆行的足迹……

沙漠玫瑰，激励我永向前

从吉木乃边检站出发，沿着公路一直向东北，起初有些许绿色，渐渐地，眼前便是戈壁茫茫，再行进一段就进入沙漠。

为了让挂职干部尽快了解新疆、熟悉驻地环境,许章勇站长带着我们到沙漠腹地的女子警务站参观见学。"站长,快看啊,五星红旗!"这么大的一片沙漠,看见五星红旗迎风招展,我十分激动。再往前走,女子警务站营房上"一生只做一件事,我为祖国守边防"14个鲜红大字映入眼帘。

虽已立秋,下车后仍感到火辣辣的太阳把地面晒得滚烫,眼一下子睁不开了,如同置身蒸笼。这样恶劣的高温天气,这样干燥的沙漠腹地,会有怎样的一群人呢?

走进警务站,站长阿尔曼古丽接待了我们。她说,警务站有15个人,都是女同志,负责巡护北沙窝区域边境沙漠的一个制高点和三公里长的边境管段。夏季最高气温40℃以上,冬季最低气温接近零下40℃,一年至少有200多天刮着大风。

她是两个孩子的母亲,三年前到警务站任站长时,小儿子刚满10个月,还没有断奶。我忍不住问她,女子柔弱,身处这样的环境,能受得了吗?

"爱国不分男女,"她朴实自信地说,"守边也没有性别之分。"提起第一次夜里带队执勤的情形,阿尔曼古丽有些不好意思,"周围黑漆漆的,只有呼呼的风声,还时不时地听到狼嚎,吓得我汗毛竖起,有时会遇见狼和野猪。"她又说,"即便害怕,也没有一个人退缩!"

在她的带领下,我们参观了警务站的指挥室、会议室、宿舍、食堂,每一处都整洁有序。她走起路来步履如飞,我心想她长时间步行,一定会"霸屏"微信运动圈——这不正是"新闻点"吗?我为自己的机智而暗自兴奋,一边试探性地问:"你们一天巡逻大概会走多少步?"她迟疑了一下,略带歉意地回答:"不大清楚,没数过!"

那一瞬间，我突然为自己的幼稚感到羞愧——她们每天踏查，只关注边境线是否安全无虞，又怎么会在意微信运动圈那一方小小的排行榜呢？她们是沙漠腹地 15 朵玫瑰，心里有的是家国情怀，将青春奉献在沙漠，把忠诚镌刻在边疆，她们是"万里边关党旗红"的缩影。

"国门有我"，是铭记的誓言

秋天是吉木乃口岸最忙碌的季节，大批出入境车辆装载着货物从这里进出口。国门下，金色杨树、来来往往的车辆、飘扬的五星红旗，绘成一幅迷人的画卷。

作为党员突击队的教导员，在党的二十大召开之际，我与副队长孙辰带队进驻口岸限定区。党员突击队制定了详细的安保方案，组织民警对口岸限定区域进行细致的安全检查，发现并消除各类安全隐患。

一天的执勤结束，夕阳西下，口岸闭关。阳光洒在大地上，将已出境的商品车影子拉得好长，"中国一汽"的标志格外醒目。我不禁疑惑：大批新车从口岸远销海外，今年查验出入境交通运输工具 8000 余辆次，实现贸易额 24 亿多元，较疫情前的 2019 年全年通关量大幅提升，是什么力量让中国制造走出国门？

有强大国力的支撑，有自主研发的支持，更有新疆边检的力量。在疫情防控严峻形势下，新疆边检总站创造出"界桥交接"、"甩挂作业"等"非接触"方式保障通关。中国制造、边检创造，一辆辆货车驶出国门、一辆辆新车远销海外，新疆已由偏远的边疆变成了开放的前沿，满载的货车犹如骏马，驰骋于亚欧大陆。

思绪纷飞，目光越过国门，再越过茫茫的戈壁滩，远眺中哈边境萨吾尔山冰川，我突然发现，在连绵的群山之上，竟然冒出缕缕白烟，飘向蓝天。难道，那里还有人间的生活？

想起余秋雨在《西域喀什》中写道："'那么高的云层之上，怎么会有白烟？'我问。主人说，那不是白烟，而是高天风流吹起了山顶积雪。"我想，历代从吉木乃口岸出入境的旅行者也一定产生过这样的疑惑。他们也一样会猜测着、判断着，时不时低头看路，又时不时抬起头来。没有人烟的地方何来人烟？他们多半找不到人询问，带着疑惑离开，然后又回头，看了又看。

举目四望，除了蓝天就是无垠的戈壁。万里无云的金秋，国门下的自己发现，对"白烟"，对"一望无际"，有了更深的体会。心中有信仰，脚下有力量。一代代吉木乃边检人就是那神奇的"白烟"。"来疆为什么？在疆干什么？离疆后留下什么？"我已经找到了答案。

（作者单位：新疆边检总站）

把苦日子过成星辰大海

陈帅东

"巍巍昆仑,茫茫雪域,这里是离太阳最近的地方——帕米尔高原;生命禁区,丝绸古道,这里是连接亚欧、'一带一路'的咽喉要道——红其拉甫;红色国门,天际雄关,这里是铸造忠诚和血性的地方——红其拉甫出入境边防检查站。"

三个月前,第一次看到这些文字的我,正站在红其拉甫边检站站史馆门前,久久地回味。红其拉甫边检站——全国边防响当当的"八面红旗"之一,在全国边检人心中,如同圣地一般。何其有幸！我能从深圳出入境边防检查总站沙头角边检站，飞越6000里路来到这里，踏上这条追寻着"初心"和"使命"意义的朝圣之路，终于得以在海拔4000多米的国门见到了他们——这样一群红其拉甫的守边人。

他们热情。刚到红其拉甫边检站的第一天，因为路途遥远，我们从喀什到达塔县时已经是晚上10点多，站长王现雷带着全体民警一直在等着我们，对我们的到来予以热烈欢迎。在此后的三个月中，他们既把我们当客人，对我们的生活工作关照入微；又把我们当自家人，带着我们深入这片之前完全陌生的高原，去领略古尔邦节时街巷的繁盛、维吾尔人家的烟火气息，还有前哨班那终年的积雪、刺骨的寒风和神圣的国门。我在他们的引领下，深深融入了这里，深深爱上了这片高原。

他们忠贞。在这个"生命的禁区"，恶劣的自然条件一般人绝难忍受，说实话，我来到这里后，才真正体会到高原反应对于人身体的折磨和精神的考验。他们也是血肉之躯，他们也有家有亲人，他们在我眼中是那么鲜活与可爱，但其实他们要承受高原疾病的侵袭，还有在一片荒凉中的孤单和对亲人深入骨髓的思念。他们不仅来了，还把这里当成了家，牢牢地守在这里，一守，就是日久天长。就拿王现雷来说吧，这名已经坚守高原20多年的"老兵"，其实在体制改革的大潮中，是可以选择"回家"的。"回家"，对于扎根边疆的守边人来说，应该是最奢侈最可贵的字眼了，可当这宝贵的机会真的摆在眼前，王站长却第一个写下了坚守红其拉甫的军令状，这一度让我百思不得其解。在后来的相处中，我才想明白：其实在他心里，红其拉甫边检站也是他的家，他作为这个大家庭中的"父亲"，带领家里的孩子们守卫国门是他的责任，他怎么舍得留下孩子独守"生命的禁区",而自己先行撤离呢?

他们坚韧。毫无疑问,这里的环境是恶劣的,生活是艰苦的,但是我在他们身上,没有看到抱怨和委屈,反而经常被他们的乐观主义革命精神所折服:刚做了肿瘤切除手术的徐西军说,组织一直关注着我们的健康,把氧气管都安装到床头,一切设施变得越来越好,我的身体能撑住!每次休假都带着患肾结石的女儿四处看病的民警开赛·吐地说:我家里的困难能自己克服,休完假我就马上回来!传奇班长孙超说:"生命的禁区"也是咱祖国的土地,我就是要在帕米尔高原创出个"十亩江南",让这里的守边人乃至周边的群众都能吃上新鲜蔬菜!

就是这样的一群人,他们刚刚经历了一次规模宏大、波澜壮阔的改革浪潮,但浪潮的冲击更彰显出他们坚定的信念!

我想,从此每当我抬头望天,就会想起在祖国最西端的天域国门,有那样一群人用身躯抵挡住黑暗与寒冷,为我们守护着盛世安宁。他们也许没有天赋与才华、没有耀眼的光环,只是默默无闻扎根在边疆,把对家的思念深深埋在心中,化成践行初心的种子,绽放在海拔平均 5000 米的帕米尔高原。他们因心中的信念,把苦日子过成诗、过成歌,过成他们心中的星辰大海。

(作者单位:新疆边检总站)

"我爱上了高原，就像云恋上了山"

李康强　王贵生

2015年9月，她弃笔从戎走进武警117师通信连成为一名武警战士。

2018年6月，她二次入伍走进原新疆公安边防总队成为一名入警大学生干部。

2019年1月，她响应公安边防部队体制改革，留在帕米尔高原上，成为新疆出入境边防检查总站的一名移民管理警察。

帕米尔高原古称不周山，就是神话故事共工怒触不周山里的山。这里终年寒冷，长年飘雪,平均海拔4000多米,海拔7546米的慕士塔格峰就屹立在美丽的不周山上,倒挂的冰川,犹如胸前飘动的银须,雄踞群山之首,有"冰山之父"美称。

一条314国道,让慕士塔格峰和卡拉苏口岸出入境联检大厅隔云相望。

卡拉苏出入境边防检查站的民警李金凤有个习惯,工作之余总喜欢站在联检大厅外,看对面峰顶云雾缭绕,不管春夏秋冬。

当兵的种子发了芽

今年26岁的东北女孩李金凤出生在军人家庭,受家庭熏陶,当兵的种子从小便在他的心中生了根发了芽。

理想与现实之间总是隔着千山万水,但奋斗的足迹不会因为前路漫漫而停歇。

2012年6月,原本报考军校的她被延边大学录取。大学期间,她多次被评为优秀学生干部、三好学生;代表学校参加各类竞赛,取得了第四届全国大学生工程训练综合能力竞赛吉林赛区一等奖、第六届全国大学生机械创新设计大赛吉林赛区二等奖等优异成绩。

读书、毕业、找工作,平静的生活按部就班,可大街上的一次偶遇彻底改变了她的人生轨迹。

2015年5月的一天,她和同学逛街,从LED屏幕上看到征兵宣传片,军装、钢枪、战场这些画面不断从眼前闪过,军旅梦被唤醒。

那一夜她失眠了!

9月,她毅然保留学籍参军入伍。经过体检、政审等层层筛选,从吉林长春来到辽宁盘锦的武警117师通信连成为一名武警战士。

"都说不当兵不知当兵苦,不当兵不知当兵累。当了兵才知道军装并不像外表看着的那样光鲜亮丽,当了兵才明白军衔上是看不到的责任担当。"如果没当兵,她还是那个象牙塔里长不大的东北姑娘。

两年军旅,她当过战士、班长。在部队开展的各种训练中,她实现了蜕变。她说,青春岁月里能够拥有一段让自己热泪盈眶的日子,值得!

服役期间,她第一年获得嘉奖,并被表彰为优秀士兵。在武警117师举办的党务知识竞赛中,获得一等奖。

二次入伍缘为边防梦

两年军旅生涯结束,她重新回到大学继续完成学业。

2018年6月,大学毕业。也是那一年,原新疆公安边防总队到延边大学招收入警大学生。李金凤看到招警海报后,二次入伍的念头再次在脑海中闪现。

"何不再来一次部队?去祖国最远的边疆看看那里的山有多高,天有多蓝!"于是,她背着父母偷偷地报了名。

当父母知道她准备再次入伍,而且还是远赴新疆时,坚决不同意。

"参军到边防,是我一生最大的梦想,不管这个机会有多小、多渺茫,我都愿意再试一试。"当过兵的父母禁不住女儿的"死缠烂打",最终理解了女儿。

当年 8 月，她穿过河西走廊，来到天山脚下，从"鸡头"来到了"鸡尾"。

在培训的日子里，第一次入伍的经历让她如鱼得水。无论内务整理还是军事体能，思想教育还是处突演练，她都冲锋在前。

有人问她为什么横跨 5000 多公里来到西北边陲。"家是最小国，国是最大家。青春不只是眼前的潇洒，更有家国与边关。"她回答时满脸洋溢着轻松和自信。

那片云朵重如山

经过半年培训，她被分配到卡拉苏出入境边防检查站。

喀什市距离卡拉苏出入境边防检查站驻地塔什库尔干县 300 公里，乘车需六个小时。

卡拉苏口岸联检大厅海拔达 3880 米，是全国海拔最高的出入境口岸之一，空气含氧量仅占平原地区的 55%，年平均气温在 0℃以下，前哨班海拔更是达到了 4600 米。口岸所在地没有饮用水源，喝水都要从距离口岸 60 公里的塔什库尔干县城运送。

申请到高原工作，本想一路欢歌上高原，然而，雪山和一路上升的海拔给了李金凤沉重的打击。

"知道高原苦，但是从来没有想过这么苦。我第一次对自己的选择产生了怀疑，真的不知道我在这里能不能坚持下去，或者能坚持多久。"李金凤说。

抵达营区时，战友们列队欢迎，帮他们提行李，给他们端热茶，李金凤恍惚间有种回家的感觉。战友的热情驱散了她的疑虑，暗下决心："我一定要在这里坚持下去。"

卡拉苏口岸有一个特点，通勤路程远。从站机关到执勤点每天来回都要两个小时，民警们每天早出晚归，平常都是晚上9时回到营地，碰到雨雪特殊天气，车辆通关慢，检查完最后一辆车，回到宿舍已是半夜，很多民警腿都软了。

这样的执勤状况在等待着李金凤。

2018年12月3日，天高云淡。这是李金凤第一次前往海拔4380米的前哨班执勤，触手可及的云和干净纯粹的天，对口岸执勤生活的向往，都让她充满期待，感到开心。在车上，她为战友唱起了歌。

抵达前哨班后，高原反应随之而来！头痛欲裂，而且吐得厉害，她被送到联检大厅吸氧休息。

第三天，她又去了前哨班。这一次，她坚持了半天。第四天，她坚持了下来，并告诉自己："一起来的男兵已经能独当一面，男孩子能干的我一样能干。我不能被别人看扁。"

2019年春节前夕，驻地政府准备举办一场警地联欢会，邀请边检站出一个节目，李金凤主动受领任务。

"我想试一下，不会就学，办法总比困难多！"一连几天加班加点学习快板，学会后还给同事传授要领。最终节目"一炮走红"，赢得了观众的交口称赞。

2019年1月1日，按照党和国家机构改革方案的总体部署，当天，李金凤和战友们一起脱下军装换上警服。面对警徽，她握起拳头许下了庄严承诺。

经历了二次入伍，她已经不是从前的懵懂女孩，她要在新机构里好好工作，干出一番事业。

蓝天、白云、国门、界碑、边境线，还有慕士塔格峰峰顶萦绕的云，在她心里重如山。

帕米尔上永不褪色的藏青蓝

正像云恋上山，现在，李金凤和其他民警一起，坚守在海拔 4380 米的国门前哨班。她喜欢现在的工作和生活，"争做优秀检查员"是她藏在心里的秘密。

一天，一名塔吉克斯坦老奶奶在联检大厅办证时，因劳累、缺氧晕倒在地。负责前台引导的李金凤火速联系医务人员救治，一直照看到老人亲属赶来。

一分耕耘一分收获。4 月，李金凤所在的执勤业务科被全国妇联表彰为"巾帼文明岗"。她说，作为一名新检查员，沾了前人的光，才有这个荣誉，只有好好工作，才能对得起这个荣誉。

今年春节，第一次在"离天最近"的地方过年，她给父母写了一封长长的信。"我很庆幸在帕米尔高原戍守边关。有人说边疆太远太孤独，可当我以目视空，和漫天星河交流，体会慕士塔格峰上常年萦绕的云雾、见到雪莲花在极寒之地盛开的摇曳之美、收获出入境旅客如冬日暖阳般的笑容后，我已经深深地爱上了这片热土。我不是在最好的时光遇见了帕米尔，而是遇见了帕米尔，我才有了这段最好的时光……"

（作者单位：新疆边检总站）

在离天最近的地方过大年

李康强 王 涛

红其拉甫海拔达 5100 米，是离天最近的地方；红其拉甫口岸位于帕米尔高原，连接着巴基斯坦，也是离家最远的地方。

2019 年春节来临之际，作为共和国的第一代移民警官，驻守在这里的新疆红其拉甫出入境边防检查站前哨班的民警始终紧握手中的钢枪，为祖国和人民站好岗。春节前夕，记者来到这里，感受民警的年味。

"全体巡逻人员携带装备，五分钟后出发！" 2 月 1 日上午 10 时许，海拔 5100 米的红其拉甫天刚蒙蒙亮，一声清脆的哨音划破了帕米尔高原寂寥的宁静。下达命令的民警叫靳超，是当天前哨班的带班员，今年 22 岁的他已经在高原工作了五个年头。穿装备、领器械、验枪，一切显得有条不紊。

10 时 5 分，巡逻民警迈着整齐的步伐准时踏上了前往中巴国门的巡逻之路。

进入冬季以来，由于大雪封山，车辆无法到达国门，民警只能徒步前往。零下 40 摄氏度的低温伴着缺氧，民警们吃力地前行着。从红其拉甫出入境边防检查站前哨班到中巴国门有 3.2 公里的距离，道路两旁都是为防止偷越国边界所设立的铁丝网，民警在巡逻中不仅要仔细检查铁丝网状况，还要时刻关注通往国门孔道内的安全状况。就是这短短的 3.2 公里，巡逻民警整整用了一个小时才来到国门。

"中巴国门建于 2009 年，是新中国 60 周年华诞的献礼工程，边上矗立的是中巴 7 号界碑！"嘴唇发紫的靳超告诉记者，作为新时代的移民警察，守好国门不仅是光荣的职责，更是光荣的使命。

11 时 30 分，记者跟随民警返回前哨班，此刻寒风呼呼地吹在脸上似刀割一般。走了才几分钟，一名民警突然气短呼吸吃力，出现了高原反应。大伙儿迅速将其背起来扶到了前哨班高原氧舱吸氧休息。几分钟后，这名民警的高原反应症状得到了有效缓解。

原来，最早的时候这个前哨班没有制氧设备，后来上级为这里的民警配备了氧气袋，但是有时候，一个氧气袋根本不能缓解民警出现的高原反应。2008 年，前哨班宿舍内配上了鼻吸式氧气端口；2017 年，上级又为前哨班安装上了弥散式供氧设备，前哨班室内的氧气浓度完全可以达到平原的标准。现在，这里的民警或是旅客如果出现了特别严重的高原反应，就可以通过鼻吸式氧气端口快速缓解症状。

"如今，前哨班的条件真是太好了，我们不仅有高原氧吧，网络也通到了天边边。下勤了，民警还可以与家人视频连线，这些从优待警措施的落地生根，都源于近年来站里推行的暖警行动。"靳超说。

午饭时间到了。走进食堂，记者看到饭桌上摆着西红柿炒鸡蛋、凉拌黄瓜、大盘鸡、虎皮尖椒四盘冒着热气的菜肴。炊事员告诉记者，因为海拔高，前哨班水的沸点只有 60 摄氏度左右，米饭和荤菜根本做不熟，必须要用高压锅做，素菜先要用开水烫两遍，然后才能下锅炒，不然炒不熟。

14 时 30 分，作为当天的带班员，靳超来到监控指挥室接替另外一名民警开始值班。

"这里属于边境要塞，虽然现在口岸闭关，但不能排除不法分子利用我们的巡逻间隙偷渡。监控指挥室 24 小时都有人值守，要时时监看边境口岸状况，一有异样情况我们要立即上报，马上处置。"靳超紧紧地盯着电子大屏幕一边巡视一边说。两个小时后，完成值守任务，靳超带领大家又一起忙活了起来。

"每年春节前夕，我们都会在前哨班挂上灯笼，贴上对联，并站在国门前向全国人民拜年！"靳超说，这是他工作以来在单位过的第四个春节。他记得第一次在单位过春节时特别想家，不习惯。快过年的时候，特别想吃母亲包的水饺。渐渐地，他感觉到，红其拉甫人都把检查站当自己的家，站里的氛围也特别和谐团结，民警之间就像兄弟姐妹一样，现在他感觉单位包的水饺就跟母亲包的一样香。

"这是我在单位过的第三个春节,既然选择了这个职业,就要履行好职责,没有国门的安全稳定,哪有人民的幸福生活!"一旁的新警朱康洲说。今年21岁的朱康洲是四川人,来到红其拉甫出入境边防检查站后干一行爱一行,如今,他已是站上的查缉标兵。

"红其拉甫是一面模范旗帜,来到红其拉甫这个光荣的集体,我就要向老同志学习,学好边防检查的熟练本领,在边检岗位上干出一番成绩!"去年刚分配下来的大学生梁进笑着说。

在该前哨班,像靳超、朱康洲这样的人还有很多,他们的年味儿就是在天边最高的地方为祖国站好岗。

"有国必有边,有边必有防。只有乐守高原的心态,才有志搏雪域的信念!"这是该站前哨班民警们说得最多的一句话,我们安宁稳定的生活背后饱含了他们多少牺牲与奉献。

当天18时许准备下山时,我们看到冬日的暖阳穿过厚厚的云层,照在前哨班迎风飘扬的五星红旗上。红旗下,两名站岗的民警正用炯炯有神的眼睛注视着远方……

(作者单位:新疆边检总站)

小小银针承载鱼水深情

吴晨龙　王九峰

"大姐,你别怕,针灸不疼,而且扎完以后身上的疼痛会缓解很多,你试试就知道了……"5月的帕米尔高原,寒风依旧凛冽,夕阳余晖洒在一排排抗震安居房上。屋内,新疆喀什边境管理支队红其拉甫边境派出所挂职副所长周峰正在为一名塔吉克族妇女治疗疾病。

周峰所在的红其拉甫边境派出所,位于喀什地区塔什库尔干塔吉克自治县达布达尔乡红其拉甫村,平均海拔4300米,属于极为偏远的边乡村。派出所辖区的热斯喀木村更为偏远，距最近的乡镇卫生院近 200 公里，山路崎岖。恶劣的高原环境加之不好的生活习惯，容易诱发很多高原疾病。

一

周峰毕业于安徽中医药大学，是全日制针灸学硕士研究生，擅长针灸、推拿、中药等传统疗法，对治疗颈肩腰腿疼痛、失眠等多类疾病颇有研究，且具有行医资格。

"身体上有疼的地方，就垫点儿纸用烧红的木棍烫一烫，很难想象这是他们自己平时治病的'土办法'。"周峰说道，"我第一次前往护边员执勤点时，看到护边员身上还未结痂的红肉，吃惊的同时，更多的是心疼，这也是我萌生为驻地群众看病想法的原因之一。"

和护边员类似，派出所民警也经常因为恶劣的高原环境患有很多疾病，当目睹民警张志昊因为高原反应身体抽作一团，吐尔地阿吉为了救援受伤牧民跑到呕吐，姚宇晨高烧昏迷嘴里喊着"妈，妈"……每每这时，更让周峰坚定了利用自身所长看病救人的想法。

同样的地理环境，当地老乡身上存在的病症应该和护边员类似，抱着试试看的心态，周峰便与驻村民警一同开展入户走访工作。果然，恶劣的高原环境等原因导致的头痛、心肌缺血等疾病，在老乡身上或多或少都存在。

"其实老乡的很多疾病，吃两片药或者用针灸简单治疗一下就可以恢复。就像热斯喀木村的沙比克·玛玛达塔大娘，因为制作刺绣长期保持一个姿势，导致肘部、腕部经常疼痛，胳膊也一直呈弯曲状态，不能伸直，患上了比较严重的腕管、肘管综合征，经过几次针灸和穴位注射治疗后，疼痛减轻很多，而且胳膊在治疗的过程中，慢慢地能伸直了。"当聊到为老乡治病的事情，周峰侃侃而谈。

派出所看到周峰同驻村民警参与走访开展义诊工作耗力耗时，便让驻村民警在走访时增加了一项询问身体健康状况的内容，统一汇总分类后，有针对性地前往群众家中。需要药品的赠送药品，需要进一步观察治疗的实施治疗，需要前往医院治疗的，周峰给予治疗方向和建议，并帮助联系在喀什援疆的医生同学进一步诊治。

二

每到晚上，派出所的值班室人头攒动，红其拉甫村警务室民警地力夏提早早排好了每天要来看病的村民，担当翻译，派出所的值班室也慢慢成了周峰的门诊室和治疗室。

起初，只有个别胆大和长期身体疼痛难忍的村民，硬着头皮抱着试一试的态度来到派出所尝试针灸的"痛苦"，尝到了身体病症逐渐好转的甜头后，便向自己的亲戚朋友强烈推荐："真的不疼，扎进去就酸酸胀胀的，还有点儿麻，扎完针身子就舒服多了。"

"红其拉甫边境派出所现在是离我们最近的医院，大家有了头疼脑热，就去派出所看一看，记得下午下班以后再去，白天派出所工作多，周副所忙！"红其拉甫村村民的微信群每到傍晚十分热闹，村民们看着针灸觉得新奇，便自发把拍摄到的周峰为老乡治疗的照片和视频发到村民生活群里，充当了义务宣传员的角色。久而久之，红其拉甫村和热斯喀木村的村民都知道了派出所有一位擅长扎针的"神医"，每到下午便早早前往派出所等待治疗。

于是，每天下午下班后的接诊，慢慢地由随机行为变成了一种生活习惯。

去年12月28日，村民胡热西特·艾牙比克因腰椎间盘突出症，导致腰部疼痛，活动受限，几次针灸治疗后基本康复。"我的腰之前弯不下去，每天都特别疼，周副所第一次治疗后就不疼了，也能够试着慢慢弯腰活动了。"胡热西特·艾牙比克清楚地记得，第一次治疗后腰部就有很大的缓解，"现在好了，扎了三次针后，一点儿都不疼了。"

"我为护边员和这里的村民看病是一件很普通的事，但放在这里的环境下，又不普通。"周峰笑着说，"距离乡镇和县城的医院特别远是客观现状，能忍则忍、能拖则拖是他们的常态，所以治好他们身上的疾病是不普通的。治好后的反馈，让我自己都觉得这件事很有意义，很有价值。"

"支队配发的药品，品类完善、数量充足，自己之前也自费补充了一些药。我的原单位广州出入境边防检查总站和一些在医院工作的医生同学也很支持我的工作，每月他们都会按照我提供的药品需求清单免费邮寄一些。"当谈及药品时，周峰说道。

三

"你们对我们好，我们也得想办法对你们好，因为我们是亲人。"红其拉甫村村民依斯拉木别克·马斯塔克在针灸治疗结束后同周峰合影时说道。世代居住在帕米尔高原的塔吉克族表达谢意的方式很普通，除了不停地说着"谢谢、谢谢"，强烈要求合影留念往往是最简单、也最直接表达谢意的方式。

偶尔有别出心裁的村民，想通过自己的方式表达感激之情。

2022年4月2日，马尔洋乡村民卡生木江·公给克带着印有"兼职义诊救百姓　警民鱼水一家亲"的锦旗，自塔什库尔干塔吉克自治县马尔洋乡出发，驾车近200公里来到派出所向周峰表达谢意，却不料周峰在县城出公差，倔强的卡生木江说出"我一定要把锦旗亲自送到恩人手里"后，再次驱车返回县城……

辖区大娘夏尔罕·艾买尔枯力在治疗结束后，指着自己的党徽，又看着周峰胸前的党员徽章，什么话都没说，又好像什么话都说了。

红其拉甫村村民塔江带着亲手做的"吐玛克"（塔吉克族服饰花皮帽）、手帕和青稞馕来到派出所，为周峰戴上"吐玛克"，为派出所民警送去40余个青稞馕……

让民警地力夏提感触最深的是，辖区群众无条件地支持派出所工作，看到派出所民警徒步走访，说什么都要带一程，不管去哪儿都顺路；看到派出所民警在院子里劳动，呼朋唤友带着工具来到派出所一同劳作；派出所需要护边员一同开展一些工作，便争先恐后参与，甚至因为没有参与到还偶有拌嘴的情况发生。

"当时想得更多的是帮助大家治疗一些疾病，缓解一些疼痛，没想到无心插柳，或许这就是警为民，民亲警。"谈及警民关系时，周峰如是说。

（作者单位：新疆边检总站）

库齐村来了"后生仔"

殷 华 王举南

"不怕不怕就不怕,我是年轻人;风大雨大太阳大,我就是敢打拼……"去年,一首《大田后生仔》火遍全网,唱出了福建"后生仔"的真实写照。陈皓,1998年出生于福建福州,今年24岁,新疆阿克苏边境管理支队英阿瓦提边境派出所库齐村警务室民警。

2018年,因为父亲的一句"年轻人就应该出去闯荡闯荡",他脱下军装,换上警服,从原珠海边防支队转隶至新疆出入境边防检查总站;来到了西域边陲、中吉边境——新疆乌什县英阿瓦提乡库齐村警务室，成为一名责任区民警。

爱民情怀在边境一线代代传承

库齐村，在转改前就是原阿克苏边防支队为民服务的一张闪亮的名片。刚到警务室时，老民警给陈皓讲述了库齐村的前世今生，令他大为震撼。2005年2月15日，一场6.2级的地震将原本就十分贫困的库齐村变成了废墟。当时的英阿瓦提边防派出所官兵率先帮助村民开展灾后重建工作，并多方争取到200多万元救灾资金。在震后的200多个日夜里，边防派出所官兵齐上阵，在村里修建了爱民路、医务室和文体活动中心。

那年的古尔邦节，村民们给派出所送来馓子、土鸡蛋等，络绎不绝，与官兵载歌载舞一起过节。他们说，虽然灾害破坏了家园，但边防派出所的官兵让他们看到了新的希望。此后的十几年里，边防派出所的官兵们千方百计帮助村民增收致富，在边防派出所和地方党委、政府的共同努力下，库齐村于2019年摘下了贫困村的帽子，人均收入也从2005年的不到900元激增至10692元，成为阿克苏地区社会主义新农村建设的典范。

搭建警民之间的"连心桥"

来到库齐村警务室工作的陈皓既兴奋又忐忑，兴奋的是他能到支队的爱民为民模范村工作，忐忑的是他担心自己能否赓续好派出所在库齐村的爱民传统。

为了尽快适应警务室的工作，陈皓每天抢着和前辈们一起下管区、走访群众，到田间地头和群众家中了解群众的生产作业和日常生活。起初因为缺乏基层工作和农村生活的经验，还闹出了不少乌龙。比如，陈皓第一次帮助老乡耕地，照葫芦画瓢结果搞砸了茹仙古丽大妈本已经耕种好的玉米地；抢着帮腿脚不好的库尔班江大爷给地里放水，结果险些泡了他家刚播种的小麦……乡亲们不但没有责怪陈皓，反而教给他正确的方法，在这一个个啼笑皆非的乌龙事件里，他也积累了经验，慢慢地他发现，在具体的群众工作中，空有一腔热情和满身蛮力是远远不够的，还得掌握正确的方法。这些都需要在日积月累的重复性工作中才能获得。

经过三年多的摸爬滚打，慢慢学习琢磨当地群众的生活习俗，陈皓和辖区群众熟络了起来，村民们也都认可他。群众遇到难事，都会来找小陈警官。羊偷吃玉米胀肚，他就用网络上兽医教的偏方治好；孤寡老人家里的葡萄架年久失修眼看就要倒塌，他就和警务室的同事一起给老人家里搭建新的；东家种的树，伸到西家院子里了，西家的水灌溉到了东家的地里，还是来找小陈警官……他的手机，成了群众热线，一天到晚响个不停。但他从来没有觉得这些是负担，反而在群众的需要和认可中得到了深深的满足感和成就感。

一间小屋点亮了"梦想之灯"

2021年陈皓在回福州探亲时，见到很多社区里都有一间"党员服务社"，里面可以为环卫工人和巡逻民警提供临时休息和饮水等便民服务，于是他心生一念："我也可以在库齐村建立一个'爱心小屋'来帮助村里有需要的人啊！"此后的整个假期，这个想法都在陈皓的脑海中不断泛起涟漪。回到单位后，他第一时间就向所领导汇报了自己的想法,得到了派出所的大力支持。所领导多方协调,在库齐村的沿街商铺争取到一间30平方米左右的门面,又筹资进行了装修,三个多月后,面向群众提供便民充电、咨询服务、爱心捐赠、免费饮水、临时休息、图书阅览等六大功能的"爱心小屋"在托峰脚下的库齐村"开张"了。

小屋的第一批物资300双雨鞋是陈皓向在福建晋江开鞋厂的舅舅争取的。三月是南疆的农忙时节,春灌过的土地泥泞不堪,有些干农活的老人心疼鞋,往往光脚下地,导致脚受伤的不在少数。每天在村里走访时,他都会带上几双雨鞋,看到光脚干活的老人就会帮他们穿上。后来,在雨鞋的基础上,陈皓积极对接慈善机构和爱心企业,募集儿童的衣服鞋帽、书籍书包、跳棋足球等物品,并全部摆放在爱心小屋里,供有需要的孩子挑选。慢慢地,爱心小屋成了孩子们放学后的"秘密基地",他们在小屋里看书、下棋,玩得不亦乐乎,警务室还专门安排了民警辅警每天过来给孩子们辅导功课。

因为群众信任、认可,警务室的工作开展起来就更加顺畅,形成了良性循环。也是在这一件件服务群众的小事中,陈皓获得了成就感,也有了扎根边疆的信心和勇气。

陈皓说:"如今三年过去了,与其说我在服务辖区群众,不如说是辖区群众让我找到了人生新坐标,汲取了人生新动力,收获了最真挚的情谊。"

(作者单位:新疆边检总站)

时光流过牙满苏

殷 华

5月初,牙满苏边境派出所教导员王永阳来到该所首任教导员凌明星的家中探望,92岁高龄的老教导员精神矍铄,讲起在牙满苏工作的日子,依然滔滔不绝。临别之际,老人向王永阳提出了一个"不情之请",希望有生之年能回到曾经战斗过的地方,以普通党员的身份,重走一次巡边路,再过一次组织生活。

5月25日,老人得以成行。这天一早,王永阳便驱车前往老人家中。老人早已准备好,还特意戴上了党徽。

隔着近半个世纪的风云变幻,走进今天的牙满苏边境派出所,老人感慨良多:现在的派出所条件真好,这里的变化真大!动情之时,老人讲述了1965年他带领派出所民警抗雪灾、救牧民的故事。

那年冬天,当地遭遇百年一遇的暴风雪,积雪达1.5米,边境牧民被困。在公社书记的号召下,凌明星带领派出所民警牵着骆驼,前往山区给牧民送补给。没想到,越走雪越深,驼队无法前行,只能靠铁锹和双手开路。20余公里的路,他们走了一天一夜。看着送来的生活物资和饲草,牧民们流下了感激的泪水。牧民的牲畜保住了,凌明星和战友却得了雪盲症,几近失明,半个月后才恢复部分视力。"眼疾伴随我一生,到现在眼睛还时常看不清东西,但我不后悔。我是党的干部,为了群众,值!"面对派出所年轻的移民管理警察们,他坚定地说。

岁月更替,初心不改。此行,凌明星为派出所民警带了整整三大包礼物。

在派出所,老人打开第一包礼物,是大大小小十余个相册,其中一本上写着:牙满苏的同志。这本相册里,整整齐齐排列着几百张小小的一寸人像照片。"这里面拍的是同事吗?"面对民警的发问,凌明星说:"这是当时的辖区群众,是1964年到1979年间我给他们拍的。"

那个年代,即使在大城市,能拍一张照片也属奢侈,可在祖国遥远的边陲,凌明星却为每一名群众留下了珍贵的影像资料。如今,照片上的人多数已不在人世,但当年派出所的为民情怀依然闪着夺目的光彩。

第二包礼物,是凌明星父亲穿过的一件打满补丁的衬衣,这个老物件，见证了他的拳拳初心。凌明星儿时，身为军人的父亲在战场身受重伤致腿部残疾，从部队转业回家养伤。他戴着父亲的大檐帽，学着父亲的样子敬礼，那时候他的心里就埋下了参军的种子。这件打满补丁的衬衣虽然早已看不出原本的颜色，却是父亲留给他唯一的遗物，他捧在手心视若珍宝。"不能因为现在日子好了，就忘记过去的日子有多苦，人不能忘本啊！"老人双眼含泪。

第三包礼物，出乎所有人意料，是10包大白兔奶糖。凌明星笑盈盈地捧起糖果，挨个儿递给在场的民警们。"从前，大白兔奶糖是我们最奢侈的零食，那时候只有过春节，我远在南京的战友才会给我寄来半斤，因为路途遥远，常常年后才能收到。派出所加上我七名民警，每人虽然只能分到三四颗，大家却比过年还要开心！有人舍不得吃，一藏就是大半年。"说到这里，老人开怀大笑，而民警们的心却沉甸甸的。大家明白，这是老前辈的心意，更是老前辈对后辈们寄予的期望，是要告诉民警：共产党员无论身处何地，都不能忘了来时的路，都不能丢了初心。

凌明星在牙满苏边防派出所（牙满苏边境派出所前身）度过了人生中最重要的15年，这次回来，他实现了在走过无数次的边境线上再过一次组织生活的愿望。"我志愿加入中国共产党，拥护党的纲领，遵守党的章程，履行党员义务……"五月的中吉边境，苍茫的阔克留木山口，鲜艳的党旗在蔚蓝的天空下飘扬，一声声响亮的誓言回荡山谷。

重走初心路，再续戍边情。对于凌明星来说，再回牙满苏，是一次圆梦之旅；对于牙满苏边境派出所全体民警来说，这是一堂最特殊的党课。在派出所，凌明星说："以前的牙满苏边防派出所，民警们毫不利己、专门利人，既是时代使然，更是初心使然，这种品质永远都不过时，年轻的一代更应继承和发扬。"王永阳说："请前辈放心，如今的牙满苏边境派出所全体民警必当奋勇争先，继承和发扬老一辈牙满苏人的光荣传统，在移民管理事业新征程上再建新功、再创佳绩！"这是派出所两位教导员跨越半个世纪的对话。

时光流转，今天的牙满苏边境派出所，已由当年的7名民警发展壮大到86名民（辅）警。年轻的一代，依然坚守着脚下的热土，践行着对党、对祖国、对人民最庄严的承诺，用实际行动为边疆经济发展和社会稳定贡献着力量！

（作者单位：新疆边检总站）

"无人区"里五十八年的守望

张 佳

从乌鲁木齐乘汽车出发,沿博格达峰北麓往东到达丝路古城木垒县,再一路向北横穿古尔班通古特沙漠。

道路一直向天际延伸,地平线不断在远方出现,却永远都走不到跟前,车外永远是一成不变的土黄和沉寂。颠簸了大约八小时后,抵达准噶尔盆地北缘一个叫大黄水泉的地方。

这是位于中蒙边境、蒙洛克山下的一片"无人区",终年大风,极度干旱,荒凉孤寂,

3400平方公里范围内散布着15户牧民。新疆昌吉边境管理支队木垒边境管理大队大黄水泉边境派出所就驻守在这里，从1964年成立至今，在半个多世纪里，一代代戍边民警在这里接续守望平安。

一

大黄水泉原本是戈壁深处的一处泉眼，泉水因为含碱量过高又苦又涩，呈现黄色，故而得名。大黄水泉边境派出所临泉而建，这泉苦水是民警们赖以生存的"生命之源"。

一台老马灯、一架残旧的望远镜、一副破损的马鞍，还有十多面锈迹斑斑的奖牌，派出所58年的历史就浓缩在荣誉室内的这些老物件里。

奖牌上的落款日期跨度近30年，落款单位从木垒县到新疆维吾尔自治区，还有原公安部边防管理局，但内容都离不开"固边"、"爱民"、"先进"等字样。

"这些年条件越来越好，但我们的信念和宗旨一直没变，保证边境安全和服务牧民始终是第一位的。"林建飞是大黄水泉边境派出所第24任教导员，在他的讲述中，派出所的营房从地窨子、土坯房到如今的三层楼房，设备从"一人一枪一马"到如今各类现代化警用装备，最让他们引以为豪的是辖区"连续58年无人畜越界"的纪录，而这背后是许多鲜为人知的故事。

派出所管辖的边境线长近50公里，边境地形平坦，牧民抵边放牧时很容易发生人畜误越边境事件。派出所最初就组织民警到边境上与牧民同吃住、同放牧，骑马沿边境附近区域往来巡逻，久而久之在草原上踏出一条小路，牧民放牧来到小路附近，就会自觉停下来不再往前,因此被形象地称为"马踏红线"。

今年74岁的哈萨克族老人阿克木14岁就来到大黄水泉,当年曾多次与民警一起巡逻护牧,他们骑马带上干粮和行李,在边境一住就是几个月,经历过巡逻途中被狼群围攻、扭伤脚后被民警背下山、一起把水泥背上海拔3000多米的大哈甫提克山用于立界碑……

由于缺水,他们往往连续几个月都没法洗澡,内衣因此长满虱子,回来后直接脱下来扔进火堆里,能听到虱子被烧爆后发出的"噼啪"声响。

当年,跟阿克木一起来大黄水泉的牧民有十几户,如今只剩下三户。哈萨克族牧民世代游牧,素以吃苦耐劳著称,他们都陆续搬离,但民警们在这里却越扎越深。

二

2017年,随着边境立体化防控体系建设的推进,边境建起了完善的物防技防设施网络,民警不用再像从前那样跟群放牧,但昔日的优良传统被以另一种方式继承下来。

"除了边境一线,所有警力都围着牧民转。"林建飞说。每年开春,民警帮助牧民将十几万头牲畜转移到夏牧场,夏天则帮助剪羊毛,给羊洗澡,到秋天再把羊群转回冬牧场。

大黄水泉方圆300里内都是"无人区",距离最近的木垒县在160公里外,这意味着,派出所是牧民们唯一的依靠,遇到急难危困都会第一时间想到派出所。因此除了本职工作,民警们还担负着消防员、卫生员等职责。

去年冬季一天深夜,当地牧业指挥部发生火灾,接到报警后,派出所民警全部出动,并发动牧民护边员及时扑灭了大火。去年开春,牧民胡尔曼太兄弟俩在放牧时遭遇暴风雪,与家人失去联络,民警在风雪中搜救20多个小时,将他们成功救出。

由于距离县城太远看病不便,派出所会储备一些常用药品,牧民平时头疼发热,或是骑马放牧时摔伤了,都习惯到派出所讨些药。而在更早的时候,派出所仅有的一台电话是大黄水泉与外界联系的唯一渠道,那台电话"不知救了多少人"。

多年前,一个风雪交加的夜晚,一位牧民突发疾病,生命垂危。民警接报后一边打电话联系救护车,一边组织警力挖开被大雪堵死的山口,连夜将她送到救护车上,经过救治转危为安。

61岁的牧民空巴提·卡可什年轻时曾在大黄水泉放牧,后来到木垒县东城镇鸡心梁村担任支部书记,2017年退休后又回到这里继续与派出所"做邻居"。他说,跟民警一起在这里,心里踏实。

还有更多的故事随着时光渐渐流逝,但牧民们心里有一杆秤,他们自发协助民警守边护边,"一座毡房就是一个流动哨所,一位牧民就是一个流动哨兵",警民同心构筑起维护边境稳定的铜墙铁壁,这也是大黄水泉连续58年无人畜越界的最大秘诀。

三

"回首灯火长明夜,笑看身前雪与戈,一寸疆土,万里山河。"这是派出所民警李金阳创作的一首诗。

24岁的李金阳是全所民警中年龄最小的。2017年,他从黑龙江大庆入伍来到原新疆公安边防总队，2018年随部队转隶国家移民管理局，脱下军装换上警服，意味着戍边从"一阵子"变成了"一辈子"。

"越走周围越荒凉，想到可能一辈子都要在这里，心里多少有些慌。"李金阳还记得2019年底初次进大黄水泉时的心情。实际上，"荒凉"与"心慌"是许多民警初次进山共同的感受。

派出所民警大都来自新疆以外的省份，以"85后"、"90后"为主，平均年龄28岁，正是喜欢热闹的年纪。当家乡的同龄人在享受都市繁华的时候，他们面对的是无边无际的孤独与寂寞，特别是在漫长的冬季，大雪封山，万物肃杀，茫茫戈壁上连续几个月都见不到陌生人，"连警犬看到陌生人都格外兴奋"。

在这样的环境下，民警们在工作之余养成了不同的爱好，健身、爬山、写诗、练书法，是他们各自排解孤独的方式。李金阳的爱好就是写诗。

"想家了，或者有了烦恼，就把心情写在诗里。"李金阳说。他写的诗大多情感细腻，他把这些作品发到抖音平台上，吸引了不少人的关注，如今已有五万多粉丝。

"大黄水泉是个大熔炉，只要走进来，出去就是一块钢。"昌吉边境管理支队政治处主任、派出所前任教导员马文泽说。也有人想过离开，但最终没有一个"逃兵"，促使他们留下来的，既有戍边人的职责使命，更有前人事迹和精神的感召。

除了荣誉室内的老物件，另一组数据也透露出昔日戍边条件的艰苦：2013年用上净水设备，此前吃的是泉眼里的苦水；2015年接通长明电，此前用的是太阳能，"靠天用电"；2017年修通柏油路，此前从木垒县到派出所，要走五个多小时的"搓板路"。

2020年派出所接通4G网络信号,在此之前,民警看电视用的是"卫星锅",信号很不稳定。特别是到了冬季,北风凛冽,信号时断时续,每年除夕夜,民警们穿上厚厚的棉衣,再裹上大衣,轮流到房顶抱着"卫星锅",接收信号看春晚。

"前辈们在那么苦的环境下,都能把边境守好,我们也不能怂!"李金阳说。民警们把世代传承的戍边品质总结成"大黄水泉精神":耐得住寂寞,守得住边境,挑得起重担。

这15个字,被悬挂在派出所院子最显眼的位置,每名民警都耳熟能详,这是他们的"精神信仰"。

四

派出所一楼大厅右侧有面照片墙,上面挂着派出所民警的照片,每个人都笑容灿烂,每张照片背后都有一则故事。

来自河北衡水的民警许幼龙,爷爷和父亲年轻时都曾在新疆服役,受他们影响,许幼龙也来到边疆,成为全家"第三代戍边人"。他与爱人王玥相恋多年,由于工作和疫情原因一直没有举行婚礼。去年五一,妻子专程来看他,一路坐高铁、飞机、汽车,从繁华走到荒凉。末了,两人在他执勤的边境上补办了一场婚礼。

民警李阳从小就有军旅梦,2018年大学毕业后原本可以留在城市工作,但他仍选择来到边关,成为父母、老师和同学的"骄傲"。当年部队改革转隶,李阳只穿了四个月军装,从军人变成警察,他仍然坚定不移留下来。

民警刘勇的妻子独自照看两个女儿,每天早上送大女儿上学前,都要先打开微信视频,让丈夫在电话那头哄着三岁的小女儿，直到她从学校回来。有次孩子生病，哭着要爸爸回家，他只能边哄边抹眼泪。

有次几名民警过集体生日，派出所托人从县城订了蛋糕，结果由于道路颠簸，蛋糕送到时已颠成了"饼子"。看着民警们开心地吃着"蛋饼"，时任教导员占学升笑着笑着眼泪就下来了……

这些所有的酸甜苦辣，都被民警隐藏在笑容背后，除了身边战友，他们在家人面前从不说起。

说到在边关的意义，民警们有不同的理解，有人认为实现了人生理想，有人认为收获了青春价值，也有人认为得到了历练，许幼龙的话让林建飞感触最深，"一想到有我们在这里，家人们能够在内地安安稳稳生活、踏踏实实睡觉，就觉得值了！"

5月18日，林建飞调任木垒边境管理大队教导员。临走前，他专门来到派出所门口刻有"卫国戍边"字样的石碑前合影留念，然后抚摸着石碑久久没有离开。

在他身后，蒙洛克山向远方延伸，继任教导员王宝秋挺身肃立。

（作者单位：新疆边检总站）

沸腾的边关暖暖的心

张 佳

跨越千山万水的团聚

"太好啦，要去看爸爸喽！"春节前夕，家住河北高碑店的八岁男孩孙屹阳和妈妈张永慧接到国家移民管理局"边关年·家国情"活动邀请——去帕米尔高原陪爸爸一起过年。

孙屹阳的爸爸孙超是新疆红其拉甫边检站一名见习民警，已经在高原坚守24年。从地理上看，红其拉甫与高碑店几乎在同一纬度，两者间的距离是 4306.1 公里，在比例尺为 1∶1000 的地图上，长度不过几厘米，就是这一点距离，成为阻隔父子见面的鸿沟，孙屹阳出生至今与爸爸相见不超过 10 次。

从河北高碑店乘车北上大兴机场，乘机飞抵乌鲁木齐，短暂停留后转机喀什再换乘汽车。历时三天两夜，奔波 4306.1 公里，越河北、晋中平原和河西走廊，翻太行、祁连、天山山脉，最后还要穿越 400 多公里喀喇昆仑公路。

抵达目的地红其拉甫，是腊月二十七晚上 9 时 30 分。车门刚一打开，孙屹阳顾不上旅途疲惫和高原逼人的寒气，第一个蹦下车，与爸爸拥抱在一起。

跨越千山万水，只为了一次团聚。孙屹阳和妈妈是第一批抵达新疆、第一个实现团聚的家庭，他们当时还不知道，在新疆边检总站，和他们一样受到邀请的还有另外 140 多名家属，将在随后的几天内从全国各地陆续抵达，在乌鲁木齐集中之后再一起乘坐火车前往南疆喀什。

在此之前，新疆边检总站专门向当地铁路部门申请了由乌鲁木齐至喀什的"西行专列"，为家属提供舒适安全的旅途保障；组织专人对家属即将入住宾馆的每一个房间都进行了布置，并精心准备了食谱，让每一位来疆家属都感受到浓浓年味儿和家的温暖。

相比张永慧，另一位警嫂郑菊梅在团聚途中既兴奋又忐忑，她的爱人欧宇是新疆克州边境管理支队巴音库鲁提边境检查站的一名民警。兴奋，是因为这是郑菊梅第一次带儿子欧一晟来新疆，一家人终于可以团聚了；忐忑，则是因为儿子出生四年多来，跟欧宇一直聚少离多，担心儿子见面后不认识爸爸。

不出郑菊梅所料，1月23日，大年二十九，家属们乘坐的专列抵达喀什，与部分在此等待的民警团聚。欧宇看到妻子和孩子，几步跨上前，一只手接过妻子手中的行李，一只手伸出去想抱儿子，小家伙却转身躲在妈妈身后。

"晟晟不怕，这是爸爸，叫爸爸。"郑菊梅蹲下身，轻声对儿子说。在她的反复劝说下，欧一晟终于怯生生地喊了声"爸爸"。"哎！"欧宇眼中泛着泪花，一把将儿子抱起来，紧紧揽在怀里，一家人第一次在距离家乡成都4000多公里的地方团聚。

在同一时间段，还有另外500多趟团圆之旅正在同时进行。按照国家移民管理局统一部署，除新疆边检总站外，"边关年·家国情"活动还在内蒙古、西藏、云南、黑龙江、吉林、广西等8个边检总站同步开展，667个家庭、1400余名家属受邀请，在春节期间前往边疆，与坚守岗位的民警团聚共度新年。各单位在做好来队民警家属接待保障工作的同时，还通过举行欢迎仪式、举办联欢会等形式，让广大民警家属感受到融融暖意。

你守护国门，我守着你

1月23日，云南高黎贡山深处，云南边检总站独龙江边境派出所院内，民警张礼慧正在向远道而来看望自己的女友王晶求婚。

"王晶，我们从相识相恋到现在，感谢你一直以来对我的陪伴，你愿意嫁给我吗？""我愿意！"求婚成功，战友们围拢过来欢呼祝贺。至此，一场历经三年的"异地恋"终于有了结果。

张礼慧所在的独龙江边境派出所地处高黎贡山深处、中缅边境，一代代民警在艰苦边远的环境下守护着边境辖区和独龙族群众的安宁，先后有八名民警为之献出宝贵的生命。2019年获评全国首批"枫桥式公安派出所"。

山东女孩王晶2017年与张礼慧相恋，一直分处两地。由于工作原因，张礼慧不能像其他情侣一样陪伴在王晶身边，一旦遇上他执行边境巡逻任务，连电话都很难打通，这一度让王晶难以理解。

这次"边关年·家国情"活动，王晶作为受邀对象前往独龙江畔。从山东到云南，最后一段旅程从贡山县城上山，要经过749道弯，王晶因为晕车和高原反应，呕吐了三次，还遇上大雪封山。艰难的旅途中，王晶逐渐体会到男友在这里坚守的不易和奉献的意义。

几经辗转之后，终于见到张礼慧，王晶一下扑进男友怀里，所有的委屈化为泪水。

在独龙江的日子，王晶听人讲述习近平总书记给独龙族群众回信的故事，耳闻目睹这里警民情深、共守家园的情景，了解边境派出所一代代民警为守护边疆、建设边疆所做的牺牲奉献，加深了对张礼慧的爱，也更坚定了选择。

"从此以后，边关由我守护，我们的小家交给你守护。"求婚成功后，张礼慧上前拥抱恋人。雪山之下，独龙江畔，两个年轻人幸福的身影被定格为永恒。

与王晶一样，还有更多民警家属通过边关之行，对民警在边疆的坚守与奉献有了更深的感受，同时通过参观民警所在单位警史馆、驻地历史人文遗迹，加深了对边疆的了解，凝聚起对守关戍边事业最大的支持。

就在张礼慧与恋人团聚几天前，距离高黎贡山万里之外的吉林长白山南麓，清水河边境检查站民警刘斐等来了盼望已久的亲人。

刘斐家在辽宁本溪，与单位相距1000多公里，但自从他2009年到检查站工作后，就很少回去陪家人过年。2017年，刘斐的父亲去世，每到过年，母亲刘云总盼着儿子能回来。"看着别人家孩子能回来，我儿子回不来，虽然也理解，可心里总觉得难受。"刘云说，每年春节她都要偷偷抹几回眼泪。

得知这一情况，检查站决定邀请刘云来参加"边关年·家国情"活动。接到邀请，刘云刚开始还不相信，当从儿子那里核实之后，她赶紧把这个好消息告诉儿媳妇和孙子。收拾好行李，带上儿子最爱吃的家乡特产"粘火勺"，一家人出发了。

一路辗转颠簸，抵达清水河边境检查站已经是1月17日下午，恰逢刘斐从执勤岗位下来，刚刚卸下装备，看到车上下来几个熟悉的身影，他大步冲过去，一家人在寒风中紧紧拥抱在一起。

接下来的几天，刘斐带母亲和妻儿参观了单位，实地了解了辖区情况以及战友们为维护边疆稳定所做的贡献。在单位举行的春节联欢会上，刘斐上台唱了一首《烛光里的妈妈》，一曲未罢，台下的母亲早已泪如雨下。

"家是最小国，国是千万家。"刘云说，孩子们守边疆不容易，我们会做他们最坚强的后盾。

"把儿子交给这样的组织，放心！"

"长期以来，国家移民管理局始终把一线民警的冷暖疾苦放在心上，出台了一系列从优待警政策。"1月21日，在新疆边检总站机关，140多名民警家属正参观在这里举行的"国家移民管理局改革政策成果展"。

通过工作人员的讲解和图文并茂的内容展示，家属们对国家移民管理局一年来的从优待警政策有了系统的了解，从戍边公寓房、备勤宿舍建设，到保障民警就医吃水、取暖用电，从子女入学入托、父母安养就医，到异地帮扶、荣归计划，从建立特困民警家庭补助机制，到常态开展警地青年联谊活动，一项项惠警政策、暖心举措让家属们看得心情激动。

"把儿子交给这样的组织，咱放心！"克州边境管理支队库祖边境检查站民警侯林的父亲侯东凡说，以前他并不十分支持儿子留在新疆工作，但这次边关之行看到"国家给了这么好的政策"，他改变了主意，"支持儿子留下，没啥说的！"

在另一块反映戍边公寓房建设相关情况的展板前，警嫂陈彩萍抱着孩子停下脚步。她的爱人张怡泓是新疆吐尔尕特边检站民警，2015年两人刚结婚时，她曾专门从贵州老家来新疆陪伴爱人，但因为当时单位住宿条件有限，她只能在边检站附近租了一间房子居住。

陈彩萍通过展览内容了解到，就在她抵达新疆一周前，国家移民管理局在新疆喀什首批900余套戍边公寓房已经开建。新的公寓房距离吐尔尕特边检站仅60多公里，按照计划，近千名民警和家属将在未来两年内陆续住上新房。"现在政策太好了，如果我们当时能赶上，说不定就陪他留在这里了。"陈彩萍说。

相比之下，其他几位来队民警的母亲则更关心儿子的婚恋问题，新疆喀什边境管理支队红其拉甫边境派出所民警李杨睿的母亲杨文松就是其中之一。

红其拉甫边境派出所地处帕米尔高原，是新疆边检总站海拔最高、位置最偏远的派出所之一，辖区以塔吉克族牧民为主，单身民警找对象困难，已经29岁的李杨睿至今还单身，这成了杨文松的一块"心病"，她甚至想劝儿子离开高原。

"阿姨，您放心，您担心的问题我们总站早就想到了。"现场的工作人员仔细向杨文松讲解，按照国家移民管理局关于解决大龄民警婚恋难题的相关要求，新疆边检总站在2019年先后联合地方团委、妇联等部门，举办了数十场警地青年联谊会，累计有200多名民警与地方青年牵手成功，下一步，该总站还将继续在解决艰苦边远地区民警婚恋难题上下功夫。

听了工作人员的讲解，杨文松又再三询问了解后，终于舒了一口气。她说："单位对孩子（民警）们吃的、住的，还有找对象，方方面面都考虑到了，我们还有啥不放心的！"

1月22日，在由乌鲁木齐开往喀什的"西行专列"上，新疆边检总站随行工作人员组织开展了精彩的文艺节目表演，帮助家属缓解旅途疲劳，还邀请家属代表上台表演。

经杨文松提议，几位民警的妈妈合唱了一首《精忠报国》，声情并茂，博得阵阵掌声。杨文松说，这首歌代表着她们的心声，也是对孩子的期望。

一曲未罢，观众席上的家属们纷纷掏出手机，将眼前一幕录了下来，通过微信发给自己的孩子或爱人。歌声瞬间被传递到国门之下、验证台上、边境辖区，在万里边关汇聚成一股暖流，鼓舞和温暖着每一名坚守岗位的民警。

车窗外纷纷扬扬飘起了雪花，列车载着这股暖流在风雪中向西疾驰，一路驶向团圆。

一天之后，随着"西行专列"抵达喀什，参加"边关年·

家国情"活动的家属全部抵达目的地。从驻守祖国最北端的北极边境派出所,到中越边境的友谊关口岸;从海拔最高的红其拉甫边检站前哨班,到中俄最大的陆路通道满洲里口岸,667个幸福的家庭团聚在一起,以戍边守关人独有的方式迎接鼠年春节的到来。

(作者单位:新疆边检总站)

只有荒凉的边疆，没有荒凉的人生

张 佳

初夏时节，新疆大地生机盎然。

5月5日清晨，新疆伊犁霍城县福寿山下，伊犁边境管理支队大西沟边境派出所切得克苏村警务室民警陈烈浩布置好一天的勤务，带领协警前往辖区走访。协警林燕纯则和另外一名协警在警务室留守，负责录入相关基础信息。

在协警之外，林燕纯还有另一重身份——陈烈浩的妻子。一年多前，这对"90后"夫妻先后从繁华的广州来到西部边境，开始了共同守边的生活。

到边疆去

"我从小就有军旅梦，趁着年轻，就应该到祖国边疆去奉献青春！"怀着这样的想法，2018年9月，刚刚从广东省技术师范大学毕业的陈烈浩告别家乡广东汕尾，远赴万里之外的新疆，应征入警加入原新疆公安边防总队。

当时，公安边防部队改革已启动，这意味着，陈烈浩穿军装的时间只有不到三个月时间，但他并不后悔。"哪怕能穿一天军装也值……再说了，不管穿军装还是警服，都是为祖国守边防。"

就这样，陈烈浩完成三个月的入警集训后，于当年12月被分配到伊犁边境管理支队霍城县边境管理大队大西沟边境派出所。从东南沿海到西陲边疆，陈烈浩面对着社会环境、饮食习惯、语言交流等方面的差异，但这些他都能克服，最让他牵挂的除了父母，还有相恋三年多的女友林燕纯。

陈烈浩与林燕纯是大学同学，陈烈浩远赴新疆时，林燕纯暂时留在了广州，在家门口的一所教育培训机构当数学教师。

从广州到陈烈浩驻地近5000公里路程，坐火车单程就需要两天，而陈烈浩每年的探亲假期只有30天。从此，二人开始了天各一方的"异地恋"。

距离遥远但爱情始终坚守如初，2019年11月，陈烈浩回家探亲时向林燕纯求婚成功，并在广州举行了简单的婚礼。

婚后，为了支持爱人工作，林燕纯决心追随他到新疆，但这一想法遭到父母的反对，在父母心里，新疆几乎是偏僻荒凉的代名词。

"只有荒凉的边疆，没有荒凉的人生"，林燕纯坚持自己的想法。在她的再三央求下，父母终于同意。

夫妻警务室

2019年12月，林燕纯来到陈烈浩守卫的大西沟乡。望着白雪皑皑的天地，第一次见到雪的她，高兴得像个孩子，两人一起堆雪人、打雪仗。

随后，林燕纯通过考试，成为伊犁边境管理支队一名辅警，并在支队惠警政策支持下，被分配到陈烈浩所在的切得克苏村警务室。

在警务室，初到边疆的新鲜感很快被现实打破，首先面对的是生活问题。边疆的饮食口味偏重，这让习惯了家乡清淡饮食的林燕纯很不习惯，此外警务室还经常断水，连正常的食用都很难保证，更别提洗漱了。对于这些，林燕纯一直咬牙坚持。

最大的困难来自工作，林燕纯此前从没有接触过警务，所有的工作都要从零开始学起。此外，因为操着一口"南方普通话"，林燕纯刚开始给辖区群众打电话了解情况时，总被当成诈骗电话，根本没人相信。

为了能让林燕纯快速进入工作状态，陈烈浩白天带着她走访群众、熟悉辖区情况，晚上指导她整理档案、学习警察基础业务。经过一段时间的努力，林燕纯逐渐掌握了基础业务技能，辖区群众也陆续接纳了这个新来的"南方姑娘"，大家还亲切地把切得克苏村警务室称为"夫妻警务室"。

携手战"疫"

今年年初,新冠疫情暴发,伊犁州地区出现多起确诊病例,是新疆疫情防控的重点区域之一,陈烈浩所在的辖区疫情形势尤为严峻。

为了守护群众安全,遏制病毒在辖区蔓延,陈烈浩与林燕纯深入辖区,一家一家走访检查防疫情况。有的少数民族群众因为语言沟通障碍,林燕纯就连手带脚比画着为群众讲解防疫知识。群众被她手舞足蹈的样子逗乐,开心地直说"亚克西"。

2月,疫情防控形势吃紧,陈烈浩接到新任务,前往距离警务室数百米外的道路封控点承担一线防疫任务。派出所考虑到林燕纯是女性,准备让她从警务室撤回派出所,但被她拒绝,她坚持要待在距离爱人最近的地方。

新的防疫哨位条件很艰苦,住帐篷、烧煤炉、吃雪水,两人虽然相距仅数百米远,却无法相见。有一次视频通话时,陈烈浩直播在帐篷旁堆了一个雪人,给雪人戴上口罩,并在一旁写下"林燕纯"三个字。视频那头,林燕纯泪如雨下。

战斗在抗击疫情一线的陈烈浩托人给林燕纯转送了礼物——一只纸折的千纸鹤。林燕纯则通过微信给他发了舒婷《致橡树》中的一段内容:

> 我必须是你近旁的一株木棉
> 作为树的形象和你站在一起
> 根,紧握在地下

叶,相触在云里

……

不久前,两人被批准入党。这对年轻人,用执着和梦想,让青春焕发出不一样的光彩。

(作者单位:新疆边检总站)

遇见南溪河

和雪芹

南溪河是中国与越南的界河,这里的山峰横在眼前,让你望不到远方;这里的河水波涛汹涌,奔腾向前;这里的蚊虫肆虐张狂,天气极端恶劣;这里离家很远,举目远眺看不见村庄和人烟。

而红河边境管理支队河口城关边境派出所山腰抵边警务室的民辅警却日夜戍守在这里,战斗在边境管控和疫情防控的最前沿。

在不通电的执勤点,铁皮制成的岗亭吸收了太阳的高温,他们便只能"躲"到太阳照不到的一侧执勤；在炙热的夏天，他们把贴身的短袖一次次浸泡在河水中，湿了又干，干了又湿；下暴雨时，他们的执勤帐篷一次次被风雨冲垮，只剩下单薄的床板……每次看到他们在 50 多摄氏度高温下身着繁重的装备，被阳光晒得灼伤的脸和一双双深陷的眼窝，我有些心疼，可他们每个人却是笑意盈盈，丝毫看不出忧伤和沮丧。

日复一日，年复一年，他们将青春梦想镌刻在奔涌不息的南溪河里，每个人都有自己的坚守故事。其中让我印象最深的是一片石棉板和一棵树的故事。

一片石棉板——"能避雨就行，不讲究那么多，主要是把点守牢了。"

那天，已经工作 10 多个小时的辅警龙建华吃完饭，嘴角的油渍还没擦干净，便穿起装备，牵着警犬，匆匆返回疫情防控点交接工作。

这段上勤的路不太好走，巡逻车无法行驶，只能徒步穿过没膝的灌木丛与泥泞的河滩，深一脚浅一脚进入一片洼地。龙建华来到一把褪色的塑料椅跟前，这个位置被草丛掩蔽得很好，这就是他今晚的临时执勤点。执勤点周围只有望不到头的灌木丛和平缓流淌的界河，界河不宽，对岸的越南似乎近在咫尺。

凌晨，耳畔呼啸的风声不由让人紧张起来，龙建华意识到可能要下雨，便拉着警犬去寻找一个躲雨的地方。不料此时，暴雨如注，他只见不远处的灌木丛中有一块废弃的石棉板，便立即将石棉板斜盖住塑料椅，搭出一个简易"雨棚"，自己和警犬躲在临时搭建的狭小三角空间里。然而，雨势越来越大，这样的躲雨方式完全无济于事，他们就这样在石棉板下一直蹲坐到下勤。

类似的经历，龙建华和战友经历过很多次。他们有时躲在芭蕉叶下，有时躲到桥下，"傻傻"地在风雨里坚守一整夜。

一棵树上的埋伏点——"只要能把偷渡分子抓住，趴在树上多久都没关系。"

最开始了解辅警王信明，是关于一棵树的故事。

一次执行抓捕偷渡分子任务时，王信明和战友负责"站前哨"，监视偷渡人员的行踪。

目标地附近，地势纵横多变，他们走进密林寻找着合适的埋伏地点。王信明最终决定爬到树上，方便观察与掩护。

时间一分一秒过去，偷渡分子始终没有出现。由于精神高度集中，且趴在树上太久，王信明渐渐感到体力不支，在挪换姿势时，不禁脚下一滑，差点儿跌落下去。

就在此时，密林里传来越南话，王信明立刻激灵起来。眼看着嫌疑人越来越靠近自己的位置，他屏住呼吸，一手紧紧抱住树干，一手小心翼翼给战友发送信息。然而嫌疑人似是有所警觉，没有再往前走，一直在树下徘徊。他顶着巨大的身心压力，继续给队友通报情况。

"警察，别动！"只闻一阵躁动，嫌疑人被战友牢牢控制，而此时王信明已在树上趴了近六个小时。

边关苦是苦，可是苦着苦着就甜了，守着守着就爱了。南溪河畔的这群"90后"、"00后"，用执着坚守，让边关更加稳固，让疫情早日散去。

（作者单位：云南边检总站）

打捞独龙江的记忆

李海成

自1952年,武装工作队进驻独龙江开展边防工作,先后有武装工作队、部队民族工作队、边防部队、边防武警和移民管理警察驻守独龙江,八人把青春和生命留在了独龙江畔。

八位烈士中,只有1964年患急症的张卜病故后,连队从山外刻了一个石碑背进独龙江。由于大雪封山、交通阻隔,其余烈士的墓碑都是用木头做的,用毛笔书写的碑文。几十年的风吹雨打,墓碑上的文字渐渐淡去,照片全无。鉴于此，2021 年，云南怒江边境管理支队决定对长眠在独龙江的烈士进行信息搜集，我作为工作组成员，走访了一些当年在独龙江戍边的老同志、老前辈。

随着走访的深入，我和他们超越了年龄界限，成了特殊的独龙江老友。一个个已离开独龙江多年的老人再次进入大家的视野，当年独龙江畔的戍边往事也日趋清晰，前辈们踏雪的脚印、攀爬的身影，伴着不息的独龙江水，激励着我们沿着他们的足迹前行。

往事并不如烟

没想到初见施国旺，越聊越投机，越聊声音越大，最后我们竟然站起来拥抱在一起。

施老 1969 年调防时进驻独龙江，历任排长、副指导员、指导员，1983 年组建福贡边防大队时是首任政治委员。我告诉施老：我也在独龙江当过战士、排长，2019 年，因机构改革，我又是福贡边防大队最后一任大队长。老人家听后立马站起来拥抱了我，口中直呼"老战友，老战友"。

1974 年，在独龙江畔执行任务时不幸牺牲的战士孔玉录，家就在独龙江孔当村，离连队一天的路程。那里条件极其落后，都不知道照相是个什么东西，生前怎么可能有照片？

施老对独龙江当年的人和事刻骨铭心，对当年那些烈士的点点滴滴，可以回忆到"是谁"、"在哪里"，有时甚至可以具体到几月几号。

得知我们邀请了专业人员来画像，需要找熟悉烈士孔玉录的人描述时，他说，孔玉录入伍前就他们父子俩，当年，孔玉录牺牲后,他父亲非常难过,到巴坡连队后,三天三夜不吃不睡,连里当时安排了会讲怒族话的丙中洛籍战士何保才照护,所以何保才对孔玉录很熟悉。担心我们一下子找不到何保才,他又提示我们先在贡山县城找到从武装部退休的熊立春,这两人是独龙江连队的同批兵,找到熊立春,就找到何保才了。

拥有这样超凡记忆力的,还有云南武定的姚绍全老人。1959年入伍的姚绍全,从战士到连长,在独龙江工作了20年。

当我在云南元谋按响姚绍全老人家的门铃时,隔着门禁都能感受到老人的惊讶。老人一提起独龙江就有说不完的话:"当年的独龙江实在是太艰苦了……"水烟筒哗哗地响了一下午。

记忆难以忘却,是曾经的独龙江人的共性,因为,那时的独龙江,除了苦,还是苦。每一次回忆,顷刻间就让他们热血沸腾,因为,一幕幕往事已深深地烙在了他们心间。

累垮三个民夫的丫头

1969年,驻守怒江的边防某团成建制调防西双版纳,从思茅来的边防某团接防怒江,贡山某部新到任的副政委洪发,就是那一年进的贡山。洪发是1951年入伍的老同志,在贡山历任副政委、政委,对独龙江的情况记忆犹新。在之前走访别的老前辈时,早就听说过这个名字,也读过洪老写的几本回忆录。有一天,在他当年的老搭档杨祖甲营长的提醒下,我走进了洪发老人的家里。

听说有独龙江的战友过来,洪老早早就在小区院坝等我。洪老很开朗,一见面就没有陌生感,进屋寒暄时我不小心碰倒了桌角的杯子,洪老抢过去一把接住,怎么也不像快90岁的老人。

洪老的往事很多，但令我印象最深的，还是在 1969 年调防进贡山时的一路颠簸。当时已有三个小孩的洪副政委，老大正读小学，不便随行，暂时寄放别家。三岁的老二和三个月大的老三跟所有家属一样随队开进。

从思茅坐车到碧江的匹河后，就再也没有公路了，只能靠脚走。洪副政委要组织部队开进，所有家事全由爱人一人承担。当时，从碧江的匹河到贡山的茨开分七站路，一天一站，通常需要走七天才能到达。没办法，三岁的二丫头得雇民夫背。山路忽上忽下，有些路在悬崖边，连马都很难过去，二丫头的头时而歪向左，时而碰向右……妈妈把三个月大的三丫头斜挎在胸前紧紧跟在民夫后面。路遇大雨，泥泞难行，走走停停，又耽误了两天。就这样，接连累垮了三个民夫、走了九天，终于到达贡山茨开。

寄放在孟连老乡家的大姑娘，后来托战友从维西岩瓦翻越碧罗雪山带进了贡山。所以，洪老一家对怒江的交通印象尤其深刻。1973 年 5 月，碧江匹河到贡山县城的毛路终于贯通，当第一辆车开进贡山县城时，洪老特意领着几个丫头参加了庆祝大会……

我告诉老人家：怒江今非昔比，经过多年的发展，早已发生了翻天覆地的变化。我还把怒江美丽公路的照片发给他，老人家感慨万千。

当年在箩筐里颠了九天的二丫头，也于两年前退休。晚饭时，餐桌上多了一壶酥油茶，还有烤粑粑。洪老问我有没有贡山的味道，我嚼着粑粑，就着一大口酥油茶，一直沉浸在从碧江到贡山的山路上……

讲独龙语的白族人

王月堂，一个来自云南剑川、地地道道的白族汉子。言语不多，看他现在魁梧的身板、黝黑的皮肤，似乎能感受到当年他带领战士破雪前行的勇猛和刚毅。

90岁的王老是目前健在的、在独龙江工作时间较长的一位了，当年被人称作"独龙江畔的老黄牛"。他现居大理，我每次进出怒江路过大理，都要到老人那里坐坐，听听故事。他珍藏的相册里，有许多当年的记忆……

20世纪50年代，他在探亲归队时，从贡山县城把一头小黄牛背进了独龙江。我曾憨憨地问："大爹，您当时是怎么背进去的？"老人家轻松回答我："不是全程背，只是遇到它上不去、走不了的路时，才背的。"当时从贡山县城到独龙江，连人马驿道都还没有修通，只有一条仅能过人的羊肠小道，好多地方还得蹚水过沟，想想一个背着牛的战士攀爬在这牛都无法走的路上，该是留下了一个和高黎贡山一样高大的背影。

后来，王老还从维西背来核桃苗，栽种在马库前哨排。我当兵时，就在马库营房前的那棵大核桃树下乘过凉，却不知竟是眼前这位老人种下的。

独龙江马库位置偏远，当时几个村寨中的学龄儿童，没有一个上学。驻扎在马库的民族工作队向上级汇报后，在工作队的球场上办起了夜校班，王老和战友既教大家识字、唱歌，也宣传党的政策，学生的年龄从十几岁到几十岁不等。

1963年，根据群众意愿，工作队得到上级部队的支持后，决定在马库为独龙族同胞办一所学校。于是，王老和战友发动群众,割茅草、砍竹子、扛木料,几天就在球场边盖好了一间教室。他们跑遍散居山头的独龙山寨,召集了首批19名学生,并专门安排两名文化程度稍高的战士担任教师。

这所学校,被独龙族同胞亲切地称为"军民小学"。至今,在王老的相册里,依然保留着一张学校的照片,照片下方写着:"马库民族工作队,为当地群众办了一所半农半读小学。1963年"。

这是一段永生难忘的经历,一切回忆都是滔滔不绝……令人惊讶的是,在离开独龙江50多年后,王老还可以准确地说出马库的哪一户人家在哪里、家里都有谁,更惊讶的是他现在还可以用独龙语交流。他说:"不会讲独龙语,就无法跟独龙族群众打交道。"

(作者单位:云南边检总站)

天籁童声唱响光明未来

潘 晨

一个周末的清晨,位于中缅边境的西双版纳勐龙镇贺管新寨的小院里,朗朗读书声,唤醒了古老而安静的哈尼族村寨,"光明课堂"开课了。

同学们端端正正地坐在这里聚精会神地听课,争先恐后地发言。一眼可见,四米见方的小天地里,种着花草,挂满国旗,一阵微风吹来,树叶作响,好像在与孩子们一齐歌唱。

说起组建"光明课堂"的初衷,云南西

双版纳边境管理支队勐龙边境派出所民警蔡定辉的脸上浮现笑容，心中写满回忆。

"警察老师"创办"光明课堂"

贺管村是一个传统的哈尼族聚居村寨，沿山而建，掩映在绵绵群山中，一边连接着勐龙镇对外交流的大动脉允大公路，一边是长约34公里的边境线，既是村界也是国界。

2020年3月，一场突如其来的新冠疫情打破了村民们宁静的生活，这个距离中缅边境仅2.5公里的边境村寨承担起防范境外疫情输入的重任。面对严峻考验，勤劳勇敢的哈尼族人民义无反顾选择了舍小家为大家，男同胞们积极投入一线执勤守卡工作，女同胞们在社区民警的帮扶下成立了"女子护村队"。

一时间，勐龙镇边境沿线，党旗、国旗高高飘扬，一顶顶执勤帐篷如雨后春笋般拔地而起，紧紧地锚在边境沿线各重要路段。

疫情反复，村民们长期坚守边境一线，孩子无人看管。尤其是周末，大多数孩子在看电视、玩手机中度过。久而久之，孩子们的学习成绩下滑，出现了沉迷游戏、自由散漫的现象，这成了村民们的一大心病。

"孩子一个人在家，我们还是不放心！"

"要是周末有人能帮我们照顾一下孩子，该多好呀。"

面对村民们的诉求，驻守在村头的勐龙边境派出所贺管警务室的社区民警蔡定辉一时间也没了主意。辖区孩子多、年龄差异大、居住地较为分散的问题，他看在眼里，急在心里。

那阵子，同事们总能看见蔡定辉一个人来来回回地在办公室踱步。

直到有一天，蔡定辉到"女子护村队"队长说苗家中拉家常时，看见说苗的儿子与两个同学正在做作业。两个同学的父亲都投身边境疫情防控工作，学校放学后，他们就来到同学家中相互辅导。

回到警务室后，孩子们互相辅导作业的情景反复出现在蔡定辉的脑海中。为何不把这个模式向全村推广呢？蔡定辉一拍大腿，猛地站了起来。

心动不如行动。为了帮村民们照顾好孩子，蔡定辉马上返回村中，将想法与说苗商议。经过深思熟虑后，他们决定在说苗家中成立一个课堂，孩子们自愿参加，蔡定辉负责在课堂上讲授法律知识并辅导孩子们的功课。

当提到要给小课堂起一个响亮的名字时，说苗笑着说："希望孩子们都有'光明'的未来，长大后争做'光明磊落'的人，就叫'光明课堂'吧！""对，我们虽然只是点亮了一束光芒，但谁又知道这束光将来能照亮多少孩子呢？"两人一拍即合。

得知村里刚刚成立了一个"光明课堂"，课堂上既有警察老师帮助孩子辅导作业，也有同村的孩子可以互相学习，开课第一天，村口就聚集了42个孩子。蔡定辉刚下警车，就被热情的孩子们团团围住。

小院里绿树成荫，书香浓郁，长桌上整整齐齐地摆放着书籍，靠墙的书架上方红旗分外鲜艳。此时，一个个小脑袋紧挨着，正期待着他的到来。

"你们恰似破土而出的幼苗，又如振翅欲飞的雏鹰，是祖国的希望、民族的未来……"课堂上，蔡定辉给孩子们普及法律知识，孩子们挥舞着小手，争相回答蔡定辉的提问，掌声、欢呼声萦绕山峦……

为了给孩子们上一堂"好课",蔡定辉还创新教学方式,将法律知识点融入击鼓传花、有奖问答等游戏中,激发孩子们的学习兴趣。他拿出工资,给家庭困难和品学兼优的孩子购买文具,添置图书、教学用品等。

随着来上课的孩子逐渐增多,供他们阅读的图书却数量不足,种类稀少。孩子们对知识的渴望时刻牵动着蔡定辉的心。在派出所内动员后,100余册承载着民警辅警爱心的书籍汇总到蔡定辉手中。面对与日俱增的孩子数量,这些书籍还是显得捉襟见肘,蔡定辉便想到了文化活动中认识的新华书店负责人,他当即动身前往拜访。

经过蔡定辉多次登门拜访,书店负责人终被他打动,决定将仓库中2000余册书籍尽数捐赠给"光明课堂"。书籍拉到课堂,既充实了书架,也充实着孩子们的心灵,小小的"图书角"变身成为如今的"图书馆"。孩子们争先恐后涌进来,迫不及待地挑选喜爱的图书,细细品读。

"彩虹姐姐"收到特殊礼物

"警察老师"的故事不仅在辖区深受好评,在派出所也引起强烈反响。

"小蔡,几点开课,一起去!"

"小蔡,今天是'六一'儿童节,我给孩子们买了一些礼物,咱们一起去……"蔡定辉身边逐渐汇聚起了一群"警察老师"。民警杨彩红大学时所学专业是美术教育,为了培养孩子们对艺术的热爱,她重新拿出学生时期的书本和笔记,认真备课。

杨彩红被孩子们亲切地称作"彩虹姐姐"。课堂上，洁白的宣纸平铺桌面，一群孩子闪动着好奇的目光围在她身旁，她一笔一画勾勒出一幅边境村寨风景的水彩画。

"毛笔要竖直握在手中，画出的线条才有力度。"杨彩红从水彩画的线条、毛笔字的横竖撇捺教起。课间休息时，杨彩红还带着孩子们与她的大学师友们视频连线，告诉他们山外的世界，让孩子们看到了大学校园的精彩。

"孩子们的笑容治愈了我，希望我的真心也能温暖孩子们。"原来，杨彩红患有甲状腺疾病，受体内激素分泌的影响，她的情绪有时不稳定。在与孩子们一同学习的时光里，那些丢在成年路上的童年记忆被一点点捡回，她的身体状况也逐渐好转。

有一次，杨彩红在上课时，收到了一份特殊的礼物——一颗融化了的泡泡糖。原来，一名叫帕贾的学生从家中带来了一颗泡泡糖，他怕被同学抢走，便将泡泡糖紧紧地攥在手心。当杨彩红从他小小的手心中拿到泡泡糖时，泡泡糖已经被掌心的温度融化。

"老师，这是专门给你的！"帕贾说。杨彩红顿时愣在原地，眼角逐渐湿润，拉着帕贾的双手说："谢谢，老师是大人了，泡泡糖留给帕贾吃吧。"说罢，她紧紧地抱住帕贾，两人在欢笑中转了好几圈，画出了一个小小的同心圆。

"可乐叔叔"请来明星导师

民警郭全被孩子们亲切地称为"可乐叔叔"。在"女子护村队"成立初期，他就担任了护村队的警务实战教官，负责日常的队列训练和警务实战技能。看着郭全教授实战技能时严肃的神情，村里的孩子都有些怕他。但很快郭全就改变了孩子们对他的印象。他给每个孩子买了一瓶可乐，这份"甜蜜的诱惑"迅速让他变成了"孩子王"。

有一天，在昆明参加培训的郭全接到了辖区一名叫家永平小朋友的视频电话。小朋友痛哭流涕，孩子的母亲连忙解释，在郭全离开的这段时间里，孩子经常梦见"可乐叔叔"，希望他能早点回来。

"光明课堂"成立之后，郭全承担起孩子们文化教育的任务。为丰富孩子们的课余生活，他通过"光明课堂"上一名叫伍可人的二年级小朋友，联系上孩子的爸爸和姑姑。他们是云南哈尼族著名歌手米线和包伍（西双版纳州州歌演唱者），两人合作的哈尼族歌曲《哈尼宝贝》曾席卷乐坛各大榜单。2020年，为鼓励家乡人民早日战胜新冠疫情，两位明星创作了抗疫歌曲《在身边》，鼓励家乡人民要团结一心，共同助力家乡疫情防控。

郭全便以社区民警的名义跟两位明星通了电话，希望他们能将《我和我的祖国》《我的中国心》等红色歌曲改编创新，将哈尼族民族文化与爱国歌曲有机结合。

"我是贺管人，为家乡建设贡献自己的力量是理所应当的，希望通过我的歌声给守边境的同胞们带去能量。"得到米线、包伍的支持，一首首饱含爱国主义深情和传统民族文化的红色歌曲纷纷而至。

哈尼族没有文字，只有民族语言。为了让孩子们能够记住歌词，两位明星将歌曲创作完成后，到录音棚演唱并录制成音频，通过微信将歌声传递到孩子们身边。

2022年10月，郭全和孩子们在"光明课堂"开展了哈尼语歌曲主题活动，两位明星通过视频连线担任"云端"导师，在说苗的带领下，孩子们身着哈尼族传统服饰，一个接一个登台表演，稚嫩的歌声穿过宁静的边境村寨，得到"云端"导师的称赞。

"我最喜欢带领孩子们唱《我和我的祖国》这首歌。"说苗自豪地说。一直以来，说苗引导孩子们感党恩、听党话、跟党走。为了传承好哈尼族民族文化，说苗还要求孩子们来上课时，要穿哈尼族传统服饰，孩子们课间交谈时要用哈尼族语言，鼓励孩子们在认真学习课本知识的同时，不忘共产党的恩情，也不能遗忘本民族的传统文化。

"长江、长城，黄山、黄河，在我心中重千斤……"错落有致的村寨与漫长的边境线尽收眼底，孩子们天籁般的歌声穿过山间，久久回荡。

（作者单位：云南边检总站）

青春作伴独龙江

彭小柏

璀璨于七彩云端,镶嵌在祖国西南,独龙江在峡谷中流淌千年。我在独龙江的历史巨变中徜徉,脑海中浮现一个个青春的面庞……

在庆祝中国共产党成立100周年之际,云南出入境边防检查总站独龙江边境派出所荣获"全国先进基层党组织"称号。我想,我必须将这个英雄集体的光辉事迹记录下来,方能不负这一方土地带给我的灵魂震撼。

印象独龙江

独龙江很大。作为中国独龙族群众唯一的聚居地，独龙江乡的面积达1939.94平方公里。与缅甸毗邻的97.3公里边境线上，矗立着庄严的界碑。戍守在独龙江的一代代官兵、民警，将大爱洒满这片神奇美丽的土地。

独龙江很小。小到派出所民警对4000多名常住人口的情况了然于胸。小到多年之后，独龙族群众依然清晰地记得每个曾经帮助过他们的派出所官兵、民警的姓名。

独龙江很有名。独龙族由周恩来同志定名，独龙江又因族得名。习近平总书记"建设好家乡、守护好边疆"的嘱托，时刻激励着派出所民警们肩负起神圣使命。独龙江的闻名在于其既有位于"三江并流"核心区的独特生态旅游资源，又有"一步跨千年"的浓厚民族文化；更在于这里有一支英雄的队伍，作为全国首批"枫桥式公安派出所"，独龙江边境派出所的民警们始终与人民心连心，他们的辉煌成绩早已闻名全国。

寻找一名士兵

我与独龙江的缘分始于20年前——为寻找一名士兵，我第一次走进独龙江。

2001年8月21日，年仅20岁的边防战士于建辉在参加独龙江乡村公路建设时，不慎掉入湍急的独龙江中失踪。我随怒江公安边防支队（怒江边境管理支队前身）工作组到独龙江处理相关事宜。

艰难跋涉近14个小时后,我们终于到达于建辉失事处。眼前的一幕震撼了所有人——目力可及的独龙江两岸,火把闪烁的光点和手电射出的光束把独龙江映照得如同白昼,独龙江河谷里响彻呼喊于建辉的声音。那已经是于建辉失踪的第三天,当地百姓和从几十里外赶来的独龙族群众已经苦苦搜寻了近三天。

于建辉失踪一周后,经部队和地方政府确认,宣布于建辉已无生还可能,光荣牺牲。工作组在独龙江为于建辉主持修建衣冠冢。直到于建辉的衣冠入土仪式举行完毕,上千名前来搜寻于建辉的群众才慢慢散去。

善后事宜处理完毕后,因为雨水不断,工作组滞留独龙江。其间,我多次来到墓地,经常看到一位独龙族老人到墓地清理杂草。见我疑惑,老人指着烈士陵园里的八座坟冢,用生硬的汉语告诉我:"这里躺着的八名战士我都不认识,他们是不同时期牺牲在独龙江的。他们为了我们的幸福,把宝贵的生命都留在了独龙江,我要让他们的墓地干净一些。"

要让烈士的墓地干干净净,要让烈士们死得其所!走出陵园,我抬头仰视陵园大门,两侧立柱上书写着一副对联,上联是"干革命不讲条件",下联是"保边疆为国献身"。这是烈士们豪迈的青春誓言。

如今,烈士陵园和独龙江巴坡前哨排(独龙江边境派出所巴坡警务室前身)的营房已经成为云南省爱国主义教育基地。深印在营房墙壁上"扎根独龙江,一心为人民"10个红漆大字,依然熠熠生辉,激励着独龙江边境派出所民警们,沿着前人的光辉足迹,坚实走好属于自己的青春之路。

照片里的故事

当年,我在怒江公安边防支队的仓库整理物品时,翻到过一张照片。黑白照片上,一名战士正在为一名满腿泥污的群众吸吮着脚面,群众的小腿扎着简易的止血带,旁边放着药箱。这是一个急救现场的定格,那名战士正在为中毒的独龙族群众吸吮毒液。照片的拍摄者,我无从得知,但照片中发生的故事早已在独龙江流传多年。

1999年6月3日,巴坡村的阿都老人上山种地,不慎被毒蛇咬伤,被送到独龙江边防派出所(独龙江边境派出所前身)时已经深度昏迷。此时独龙江大雪封山,而派出所的蛇毒血清已经用完。救人刻不容缓,派出所卫生员李朝坤毫不犹豫地用嘴对着阿都老人的伤口吸吮起来,李朝坤一口一口将伤口中乌黑的血水吸出,再将一大堆草药嚼碎敷上。整整三天三夜,他寸步不离地守在阿都老人的床前,硬是将老人从死亡边缘拉了回来。

如今,那张照片在云南边检总站警史馆展示着,无声地讲述着一代代独龙江戍边人救死扶伤的感人事迹,讲述着他们与群众水乳交融的青春故事。

界碑!界碑!

中缅边境43号界碑,是滇西北与缅甸边境的最后一座界碑,矗立于独龙江西岸莽莽苍苍的担当力卡山脉之上。

1996年,云南公安边防总队(云南出入境边防检查总站前身）正启动一次大规模的查界活动。这次查界的艰辛历程，铭记在独龙江的光辉史册上。

从独龙江河谷到担当力卡山脉之巅，海拔高差 4000 多米，通行极其艰难，时常爬天梯、攀绝壁、过溜索。乱石丛生的羊肠小道刀尖一般割裂了官兵们的鞋底，他们重新打好绑腿，继续向前。

从白马腊卡山进入原始森林，官兵们风雨兼程，夜间和衣而睡；从得龙打莫王山到那拉卡山口之间，有一片沉寂多年的沼泽地，官兵们踩上凝结在沼泽表面的冰块，清脆的冰碎声划破周遭的寂静。一个个队员陷入沼泽，必须冲过去的信念让他们用身体蹚出一条生命线。蚂蟥、毒蛇、缺氧、缺水……无论路途多么艰难，官兵们向前的步伐从未停止！

38 天，单边行军 600 公里，1996 年 10 月 18 日正午，查界官兵终于将鲜艳的五星红旗插在了 43 号界碑。

那里是独龙江担当力卡山脉之巅，那里是中国！

小学和大棚

存在近 40 年的独龙江马库警民小学，是历代独龙江戍边人践行初心使命的有力见证。

马库是独龙江河谷最南端的一个村庄。20 世纪 60 年代，进驻的人民子弟兵目睹独龙族群众靠原始刻木、结绳记事记数的生活，忧心不已。为了使马库的孩子能够学知识，官兵们便用木头和茅草盖了一所简易学校。他们翻山越岭把附近村寨的孩子集中起来，抽调一名文化水平高的战士担任教师。从此，山寨传出了朗朗读书声。

从建校到因为并校而被撤销的40年间,马库警民小学走出了近千名学生,马库村几乎所有的独龙族群众曾经都是该小学的学生。他们当中,有的当上了干部,有的成了科研人员,有的成了教师,成为带领独龙族群众脱贫致富的中坚力量。

马库警民小学撤销后,官兵们捐资助学的行动并没有中断。他们发起"结对助学"活动,每人每年至少联系一至两名贫困学生,负责解决他们全年的学习生活费用。这已经成为一代代独龙江戍边人延续的传统。

"扎根独龙江,一心为人民"的独龙江卫士精神,还体现在官兵、民警坚持不懈在独龙江探索大棚蔬菜种植的实践里。

独龙江年均降雨量达4000毫米,在大雪封山的日子里,吃上一盘新鲜蔬菜,对于当地群众来说是一个奢望。

改变就从蔬菜大棚开始。官兵们平整山地、培土施肥、精心照料,搭建起独龙江河谷的第一个蔬菜大棚。泛滥的洪水曾经冲毁过大棚,但大家并不气馁。几代人的付出终有收获,20世纪90年代,官兵们带领独龙族群众终于种出了一批又一批蔬菜。

如今,独龙江两岸到处可见果蔬科技大棚,当独龙族群众手捧被称为"致富金果果"的果实时,他们从未忘记一代代官兵、民警带领他们在雨雪中搭建蔬菜大棚的动人往事。

昂扬的青春力量始终在独龙江河谷激荡,新的长征路上,独龙江戍边民警必将矢志不移、逐梦前行,努力创造新的辉煌!

(作者单位:云南边检总站)

4000 公里见证爱的约定

谢国强　代　超

从吉林通化到云南怒江，可谓天涯海角，4000 多公里的距离见证了怒江边境管理支队石月亮边境派出所民警刘明佳和妻子边玲玲爱的约定——跨越大半个中国，跟着丈夫守边关。

改革转隶前，入伍 16 年的刘明佳是原通化边防支队经济开发区边防派出所的给养员。妻子在边防派出所附近一家公司做会计，工作稳定，工资颇丰。结婚不久，俩人便有了爱的结晶，儿子刘思涵乖巧可爱，小两口相敬如宾，一家人其乐融融。

结婚 11 年第一次远赴他乡

部队转改时，作为转改新警，刘明佳调到云南工作。这是他结婚 11 年来，第一次远离妻子和孩子，前往异地他乡。

刘明佳来到石月亮边境派出所后，担任户籍民警。他将所有的爱奉献给了淳朴的辖区群众，走村入户核查人口信息、上门办证、法律法规宣传……用双脚丈量着辖区的每一寸土地。

"老婆，我在这里挺好的，单位领导很关心我，老百姓也挺支持工作，你不要为我担心。"刘明佳每天晚上都会抽空和老婆孩子打电话报平安。满心思念化作甜甜的笑容，白天跋山涉水、走街串巷的疲劳和手脚上满是血泡带来的痛楚顿时烟消云散。

边玲玲每天家里公司两头跑，丈夫不在家，身上的担子重了，任何事情都要独自面对。一次儿子问："爸爸好久都没回家了，是不是不要我们了？"边玲玲摸着儿子的头安慰道："爸爸怎么会不要我们，爸爸在边境线上打坏人，保护着更多人呢。"夜深人静，儿子睡着，边玲玲辗转反侧。

疫情发生后，刘明佳第一个写下请战书，申请到条件十分艰苦、危险系数高的亚坪通道 18 公里疫情防控点执勤，这一干就是 10 个月。他与同事每天 24 小时检查过往人员，随时面临被感染的风险。平时什么都对妻子讲，唯独这件事情他硬是瞒了下来，生怕妻子担心。

东北到西南 4000 公里因你而来

儿子想爸爸，妻子思念丈夫。去年 9 月，边玲玲决定带着儿子南下，去看看远在云南的刘明佳。谈起第一次去怒江的情形，边玲玲记忆犹新。从沈阳乘火车到昆明，再坐动车去大理，接着乘客车"摇摆"到福贡县城，前后共花去五天时间。最难熬的就是从大理到福贡县城的七个小时，一路上道路崎岖，坐在客车上如同坐在摇篮中，边玲玲自己都不清楚吐了多少次，沿途的高山绝壁又让她胆战心惊。

"老婆，怒江山清水秀，经济快速发展，还修建了公路。"边玲玲想起之前和丈夫通电话，丈夫把怒江说成了人间天堂，可自己走一遭才知道是多么不容易，转念一想，这又何尝不是一种奉献和伟大！

随着距怒江越来越近，边玲玲内心越发激动，旅途的疲惫也越来越少。"老公，我和孩子好想你"、"你过得还好吗？生活习惯吗"……边玲玲把见面时要对丈夫说的话在脑海中过了好几遍。

好不容易到了派出所，却发现丈夫并不在单位，边玲玲有些失落，原来丈夫出警去了。

傍晚，刘明佳返回派出所，早已等候多时的妻儿赶紧迎了上去。三个人紧紧拥抱在一起。

和丈夫并肩作战再苦也是甜

今年5月，怒江边境管理支队暖警惠警十项措施落地实施，困扰夫妻俩的分居问题有了着落。

得知消息后，边玲玲毅然辞去工作，放弃大城市的生活来到怒江，参加支队的招聘考试。8月，她正式成为石月亮边境派出所的一名辅警。

刚到怒江时，气候和饮食习惯的差异让边玲玲很不适应，身上长湿疹，肠胃不舒服，还经常感冒，刘明佳有空就烧上一盆热水给妻子泡脚。

"身体好些了吗？""工作还适应吧？"在丈夫的细致照顾及同事的关心下，边玲玲逐渐适应了环境，戍边决心也变得更加坚定。

现在，刘明佳在辖区疫情防控点执勤，边玲玲则在警务室负责做饭和打扫卫生，每天还给丈夫所在的执勤点送饭。一日三餐，风雨无阻，踏在泥泞山路上，一天下来12公里。赶上下雨天，道路湿滑，车辆无法通行，边玲玲就徒步到五公里外的菜市场买菜，有时一不注意脚底打滑，摔在稀泥里，当把菜买好背回去，身上也被雨水淋了个通透。为此，刘明佳心疼好久，觉得愧对妻子。"就当是锻炼身体了！"边玲玲开导着丈夫。

由于警务室在山上，执勤点在山下，而且是24小时勤务，所以相隔两公里的距离仍然让小两口聚少离多。虽然只有送饭时才能见到丈夫，但边玲玲已经非常满足，加之能为执勤的同事做上可口的饭菜，心里别提有多开心。自己工作干完后，边玲玲也会到执勤点协勤，用她的话讲，"和丈夫并肩作战，再苦也是甜。"

闲暇时，边玲玲喜欢发微信朋友圈，相比之前，朋友圈的照片不再是热闹繁华的大都市和光鲜亮丽的潮装，取而代之的是自己亲手做的饭菜和打扫后焕然一新的警务室。这照片里，多了份与爱人团聚的温暖，更多了份与丈夫守边护边的情怀。

（作者单位：云南边检总站）

开往十月的列车

杨亦颇

9月25日,晚6点15分,列车驶出站台。自城市的密林出发,窗外,高矮错落的建筑物像粘在衣服上的鬼针草,被快速抖落;高原上鸣响的车钻进山腹,在一次次明暗交替中完成人与外在环境的重新对接。

这是一趟我常坐的车,大理出发,鹤庆站下车,转丽江三义机场,飞普洱。曾经,我和儿子乘上列车,与丈夫有七天的相聚之期。此时,我坐在列车上,鹤庆就是终点站。在这个特殊的时点,作为移民管理警察的丈夫和身为行业行政执法人员的我双双失约。

车厢里人不多,逐渐消退的阳光交付给乘客一个米黄色的空间,在这个时间设想终点,有我渴求的烟火气。

"晚风拂过,满天星光,遮盖不住他冷峻的脸庞……"邻座的人按下静音键,我们在目光交接时会心一笑,为陌生人间偶合的交集。

我说,许飞的歌,好听。她说,她的丈夫在西藏,快一年没见了。我打开手机,滑动着图片给她看,我家那位也在边境线上。

此时,当下与记忆中的人和事都是列车上同行的旅客,他(它)们隐藏在生命之中,裸露在生活之外,或者包藏在每一张照片之中。

"中缅南段180号界桩"上有新的描红,应该拍摄于前几天,是丈夫在支队工作群里下载的。青灰的界桩旁是蓝白的围栏,背后有银色的铁丝网隔离墙,这是无意中闯入镜头的南国边境战疫防线的缩影。鲜红的国旗、油绿的矮丛,记录着曾在界桩前发生的故事。去年十月,一个女孩儿从勐卡边境派出所出发,徒步上山。她无法确定男友所处的具体方位,就像她不知道这段恋情会在生命中留下什么颜色的痕迹。当她走到180号界桩时,天还没有黑透,她在因接触不良而明暗闪烁的灯光中看到男友熟悉的眼睛。他戴着口罩,好像晒黑了,在她身前单膝跪下。她在界碑上"中国"二字的见证下,声音轻柔却坚定地回答:"我愿意!"

我在手机上滑看照片,在其中一张上停留并且真切地笑出了声,它的拍摄时间是2016年10月3日。向来不苟言笑的丈夫站在办证台后,挤眉做着鬼脸,他不知道,我用手机抓拍了这个瞬间。那天午后,一个男孩儿怯怯地站在派出所楼道里,丈夫询问他的来意,他说自己考上了昆明的专科学校,需要办理户口迁移证,不知道假期派出所有没有人。户籍室里,查验、上传、签字、打印,办完手续后,丈夫起身,目送男孩儿离开。我知道,同为大山里走出来的娃娃,丈夫与考取大学的陌生男孩儿之间有脉脉相通的喜悦。他笑着跳出一句"宾弄赛嗨"(傣语,意为没有血缘但像亲戚一样的朋友),对着站在门口的我吐了吐舌头。

还有一张照片,自今早发出,余留着我们温热的指温。一本放在桌上的空册子,只有封面。对话框里,照片下方显示着他的文字——时间太紧,10月5日之前要完成基础编写。我回复,我的这个"情敌"美商太一般了,深蓝底色的外衣上配浅蓝线条、呆板、不灵动。我调侃着书册封面,放眼窗外澄澈的空境,在笼罩大地的湛蓝天幕下,一只飞鸟的眼睛抵达南国,它或许会看到一切有形或无形的"长城"在夯筑、垒砌。

外面,半空下起绿色的雨,那是山坡上矮松的针叶,刺穿高原傍晚干冷的空气。滇西北已经转凉,而滇南还浸泡在一团暖湿中,我想提醒他注意天气变化,却不知道应该跟他说多穿一点儿还是少穿一点儿。猝然而至的信息提示音,丈夫发来的,一张微信朋友圈截图,下面是三个露齿大笑的表情。原来,他的同事在中秋前给妻子发出一张"请假条",上面写着:我和战友坚守在边境线上,守护着身后的万家灯火,特向你请假,期限待定。他的妻子回复:批准!于是,丈夫的微信信息如法炮制:领导,需不需要向你提交"十一"请假条?我触指在屏幕上,写下:"比不锈钢还不锈钢的老公:纵隔千里,心在咫尺。"

十月将至,我乘坐着这趟列车与他渐行渐远,在心中完成着一场跨越山海的双向奔赴。

(作者单位:云南省大理白族自治州邮政管理局)

邵征宇：带有红色"基因"的警队骁将

王海燕

2021年1月14日上午，浙江省宁波市公安局新大楼里张灯结彩，喜气洋洋，一场隆重的集中授奖仪式在这里举行。其中有两位来自出入境管理局的同志格外引人注目，一位是一级高级警长孙志群，被荣记个人一等功一次。另一位是口岸签证签注处邵征宇副处长，被授予"浙江省抗击新冠肺炎疫情先进个人"荣誉称号。关于孙志群处长，想必战友们通过《何惧后浪推前浪　甘为老将征新程》一文有所了解，在这儿不多言。现在就让我们近距离了解出入境管理局另一个先进人物邵征宇副处长的个人成长轨迹。

邵征宇根红苗正的出身让人啧啧称赞，他是"警三代"。爷爷邵一萍，是人民警察金盾荣誉奖章获得者，从一名孤儿成长为勇敢的抗日战士，历任解放军营长、宁波市公安局局长、宁波市中级人民法院院长、宁波市七届人大常委会副主任。爷爷的一生非常传奇，他的经历被写成《竹影萍踪》，在报刊上连载，由宁波出版社出版的《金盾战士邵一萍》一书更是详细介绍了爷爷光辉的人生。舅舅李文田生前曾任大榭公安分局副局长，师从叶信隆，也是非常有名的刑事痕迹专家。因过于敬业操劳英年早逝，去世时年仅53岁。爷爷和舅舅无疑对邵征宇的成长起到了深刻的影响。

1998年7月，即将从宁波二中毕业的他，毫不犹豫地报考了浙江公安高等专科学校。那时，爷爷因为得肺癌住院了，但是非常支持自己的孙子传承接力棒。当邵征宇把大红的录取通知书拿到爷爷病床前时，这位被病魔折磨得皮包骨的老警察，蜡黄的脸上露出一丝笑容，他握着孙子的手说："征宇，爷爷为你高兴。好好上学，相信你将来一定可以做一名好警察。"后来，爷爷的病情恶化很快，当年的9月28日就过世了。为了不影响邵征宇的学业，家人强忍悲痛，没把这个噩耗第一时间告诉他。一直到学校国庆放假，父亲左臂上别着黑纱小白花来到学校门口接他，邵征宇才知道爷爷已经过世了。就这样，他错过了和爷爷的最后告别。邵征宇泪流满面，他清楚记得：在8月31日上午，他临去杭州上学时去医院看望爷爷，给他买了一打他平时最喜欢吃的生煎包子。爷爷艰难地吃下一个后，再也吃不下了。这一别，就成了他和爷爷的永诀。

爷爷过世以后，邵征宇化悲痛为力量，在校学习、训练更加刻苦，年年拿到奖学金。其实，一开始他在体能训练上不见优势。五公里耐力跑曾经困扰他很久，他干脆一不做二不休，利用寒假时间主动留在杭州搞训练，终于在父亲好友、杭师院体育系一位老师的帮助下，经过年前年后近20天的强化训练，顺利过关。警院三年的艰苦生活练就了他不怕吃苦、果敢刚毅的性格，当然还拥有强健的体魄和不凡的身手。谁能想到他刚入警院时还是体重高达90公斤的小胖墩呢。

参加工作以后，他一直保持着学校时的跑步、游泳等良好的健身习惯，一坚持就是20多年。他五官棱角分明，有着发达的肌肉，再加上一米八的高个儿，身材挺拔匀称，富有活力，给人的第一眼印象就是高大帅气彪悍，他的颜值和身架绝对可以和国际接轨，当然他不是徒有虚名。请看他读小学五年级的女儿邵可歆笔下的警察爸爸。她这样写道："我的爸爸是一个帅气勇敢的人，穿上警服，更加精神，更加威武。记得有一次，爸爸和几个同事在东门口、月湖一带参加武装巡逻，接到群众报警说是有一个精神不正常的男人在东门口、秀水街、镇明路等五个地方用匕首伤人。爸爸和战友根据受伤的群众反映，顺藤摸瓜，终于在镇明路一个公交车停靠站发现这个中年男人，当时他刚拿起匕首又要伤人。爸爸和他的同事大喝道：'不要动。'他们一个箭步上前，用警棍打掉了匕首，然后用一记漂亮的锁喉摔，把这个歹徒制服。这件事发生在我上小学二年级时。"邵征宇是个行事特别低调的人，从这件事发生一直到巡逻结束，他没有和任何领导、同事提起过。要不是可歆小朋友在她的作文里记录此事，我们根本无法得知这位警察爸爸有如此彪悍的一面，所以在此后发生的事就更加不是传说了。

2017年8月至2019年5月，邵征宇来到鄞州钟公庙派出所挂职锻炼，担任该所副所长。他积极发挥共产党员和领导干部的先锋模范作用。在派出所警力紧张情况下，主动放弃数年才有一次的工会疗养机会，48小时未休息带领队员从云南押解两名贩毒嫌疑人返甬，圆满完成任务。我们从他的彪悍后面看到一个人民警察危难之处显身手的担当精神，也能感受到他因为长年注重锻炼身体所表现出来的旺盛斗志。

"别看邵副处长得高高大大的，他可是张飞穿针，粗中有细啊。"海曙分局出入境管理大队副大队长沈盛彪这样评价邵征宇。他说："2015年3月，在市局工作的邵副处长得知我即将去南苏丹参加为期一年的维和任务，特意跑到海曙为我饯行。他当时对我说，兄弟你安心去执行任务吧，你的家人就是我的家人，我一定会照顾好的。他高大的身躯里隐藏着一颗如此细腻又善良的心，让我的心里热乎乎的。"其实，基层战友沈盛彪的评价也是领导、同事们对邵征宇的共同印象。

据邵征宇介绍，他的性格受母亲的影响比较大，母亲是位老共产党员，现在虽然退休了，仍然天天坚持做"学习强国"上的作业。她虽然已经搬离华侨城社区，党费还是每月按时交到社区党支部。虽然只有中专文化，但一直坚持自学，她在三十多岁时常常带着年幼的自己去读夜校，最后考到会计师的证书。母亲的严谨细致时时提醒并督促他不要在工作中犯错。邵征宇在出入境工作的20年间，其中有17年是在审批岗位中度过的，面对特定岗位人员数据备案、法定不批准出境人员报备等大量烦琐细碎的工作，他从不喊苦喊累。为了避免审批材料出差错，多年以来，他形成了每天提前一小时的工作习惯，趁着早上头脑清醒、打扰少，开始审批材料，从来没有差错。2015

年，邵征宇因为工作成绩突出，被评为当年度的全市优秀人民警察。

邵征宇做事严谨细致、尽善尽美的个性在 2020 年的抗疫战斗中发挥得淋漓尽致，为成功战"疫"立下汗马功劳，被授予"浙江省抗击新冠肺炎疫情先进个人"荣誉称号。

让我们把频道调到 2020 年 2 月 6 日晚上。那天刚好轮到邵征宇值班，晚饭时分，他接到来自市政府的核查任务：有四家宁波会展公司近期曾组织 206 名人员出境参展，其中就有涉疫重点地区人员。这批人员中有些只有名字、电话号码，没有出生日期，资料残缺不全。邵征宇顾不上吃饭，凭借多年以来丰富的工作经验，带领王宇羽、马洁、刘瑞等民警连夜组织开展排查，挨个儿打电话，做到身份落地。"有没有入境、身体情况、现在哪里等问题，是核查必做的功课。针对未入境的人员每天需要向家属询问情况，已入境的则要定期回访。与涉疫人员有一丝接触的可能性都不能放过。"连续作战 14 小时，邵征宇和战友们沉着应对，做到忙而不乱，硬是在一团乱麻中理出清晰的工作思路，对所有出境人员逐一确认身份，并跟进电话随访、健康检测等后续措施。功夫不负有心人，最后排查出一名人员，曾在参展后到发热门诊就诊，随后及时落实管控，在疫情初期大大降低了宁波输入风险。

当战"疫"进入防境外输入阶段，情况更加复杂，对邵征宇和战友们的考验更大了。作为疫情防控小组和机场防控小组的联络员，他始终牢记"疫情就是命令、防控就是责任"，全身心投入，勇挑重担、冲锋在前、忠诚履职，最大限度地发挥组织协调，最有力度地落实工作部署。先后起草《宁波市阿联酋包机航班处置机场防控组工作方案》等多个工作方案，参谋实施科学化、精准化的境外疫情输入防控工作；强化市县街道协调联动，抓好境外入甬人员管控，促进我市精密智控考评指数走在全省前列；带领市里工作专班组织对全市派出所、集中隔离点、通道站点开展专项督查，打通疫情防控"最后一公里"落地管控。面对宁波空域大门，高效落实"行前、入甬、落地"精密智控工作机制，圆满完成了34架次国际客运航班处置工作。每次航班处置后，通过现场指挥、录像回放、总结点评等方式，制定问题清单，逐条逐项查漏补缺，不断优化工作流程，提升处置效率。共接纳航班入境人员3731人，处置效率逐次提升，实现了工作人员零感染、工作环节零事故、数据管理零漏洞。累计监管入境货机738架次，监管机组人员3196人次。通报处罚1名违反防疫规定的机组人员，为打赢疫情防控持久战作出了积极贡献。出入境管理局外管科科长王一说："邵副处长是个特别有智慧的人，困难面前从不屈服。我记得有一个方案里要有流程图，当时工作组里没有人会制图，眼看任务要完不成。他想到借力，马上找到一个海关的兄弟帮忙解决燃眉之急。"

邵征宇有一颗细腻的心，不仅体现在工作上，也体现在生活上。他对战友兄弟如此，对自己的家人也是如此。今年的情人节恰逢中国春节的大年初三，轮到邵征宇在机场国际航班处置现场指挥部值班，不能陪妻女过节。清晨，他悄悄地把一大捧红玫瑰和新手机放在床边，妻子还在熟睡。原来细心、浪漫的他已经提前为妻子买好了节日礼物，给自己心爱的人一个大大的惊喜。他那天在朋友圈这样写道："2月14日情人节的正确打开模式：开年第一班我们一如既往认真对待。"

邵征宇，这位带有红色"基因"的警队骁将，从来没有被他身上的光环所累。他的心里装满了爱,这是对祖国的爱、对人民的爱、对警队的爱、对家人的爱,他用自己的赤胆忠心,写下一曲英雄赞歌。我们祝福他,在新的一年牛气冲天,再传捷报。

(作者单位:浙江省宁波市公安局出入境管理局)

遇见你，是我最好的时光

陈 杰

相 遇

从小就有一个当老师的梦想，或许是跟我的性格有关，因为我喜欢和孩子打交道，所以我没有错过支教的机会，迈进了广西三江县玉民小学的大门。

第一次走上讲台，有些许紧张；第一次听到那声"老师您好"，也有些许激动。

"同学们好，我叫陈杰，来自浙江杭州，

是一名移民警察,这个学期,由我担任你们的班主任。由于我们学校老师比较少,我负责你们数学、体育、科学和政治四门课程,希望在你们毕业前的最后一个学期我们能够共同努力。"

就这样,我和六年级的孩子们开启了新的生活。

孩子们都是苗族,由于人文环境、家庭背景等因素,导致他们对学习的热情不是很高,家长对孩子的教育也不是很重视。校长跟我说,他们学校的成绩在乡里始终垫底。好胜心极强的我暗自告诉自己,一定要把这个班孩子们的成绩提上去。

每天早上,我都会比大部分的学生早到教室,督促他们早读。每天中午,我会在教室盯着他们午睡,也许是看到了威严的警察老师,他们似乎有些害怕,只能乖乖照做。

一天,有一个男生突然问我:"老师,什么时候上体育课啊?一个星期都没有上体育课了。"

确实,他们已经很久没有上体育课了。因为疫情影响,毕业季时间紧迫,他们的体育课都被我这个数学老师霸占了。

"今天下午第一节,上体育课。"

体育课上,我发现羽毛球拍的网线是断的,篮球一个是椭圆的,另一个是没气的。但即使是这样,他们依然玩得很开心。

"老师,停水了,没有水喝了,我们想喝水。"

从那天起我才知道,他们平常喝的都是泛黄自来水。于是,我拿了两瓶家里带来的大瓶矿泉水,很快被他们一扫而空。

玉民小学在海拔 1000 米左右的山顶,由于海拔过高,经常停水,交通极为不便,物资也比较匮乏。看着他们的生活这么艰苦,我也借着"六一"儿童节的机会,在朋友圈呼吁大家帮助山里的孩子。很快,我便收到了来自单位、亲人以及朋友捐赠的各类物资。当物资分发完毕后,杨校长带领全体师生向我们这群支教老师鞠躬致敬,我们本能地举起右手。

那一刻,我的心被融化了。

相 知

家访是我日常工作之一,姿姿和龙宝这俩姐弟都是我的学生,父亲不幸早逝,母亲又改嫁了,家中只有年迈的奶奶照顾他们,所以我成了他们家的常客。

"奶奶,您好,我是姿姿和龙宝的老师,今天来看您,这是给您带的油和牛奶,您收下!"

奶奶没有读过书,也不会说普通话,全程的交流都是姿姿在当我们的翻译官。

"谢谢你的关心,还带了东西过来,你是好人啊!"奶奶揉着那双泛红的眼睛对我说道。

"奶奶,我是您孙女孙子的老师,这些都是我该做的,您拉扯两个孩子长大,才是真正的伟大,您是我学习的榜样!"

奶奶诉说着家里的情况,回想起辛酸往事,泪水再也止不住了。我走的时候,奶奶那双深情的眼睛,紧紧地凝视着我远去的方向……

"小陈,得到上级通知,还有20多天六年级就要参加毕业考试了,考得好的可以去三江县的初中就读,差的只能留在乡里读书。"校长一本正经地对我说道。

我把校长的话传达给了孩子们,令我吃惊的是,当他们知道学习时间不多的时候,这帮平日里调皮捣蛋的小猴崽子们竟主动提出,让我周末给他们补课。

于是,这之后的每个周末,我给他们补习,让他们品尝我做的拿手好菜。慢慢地，他们似乎也感受到了我对他们真切的爱，我们的距离也越来越近。也不知道是什么时候，他们给我取了个外号叫"陈小杰"，曾经那个严面赤耳的警察老师，现在在他们眼里和他们一般大了，或许是因为，此时此刻的我们是朝着同一个方向努力奋斗的"小伙伴"。

"小陈，你通知一下你们班学生，明天统一穿校服，拍毕业照。"

这是我人生中第一次或许也是唯一的一次以老师的身份和学生们拍毕业照，心情无比激动。

"同学们，这是我给你们上的最后一堂课，明天你们就要奔赴考场，很开心能与你们有这段师生情谊，也很感谢这段时间你们对我的支持和理解，我祝你们前程似锦，愿你们未来可期。"

相 守

毕业考试结束了，30名同学考上了县初中，他们省下了为数不多的零花钱，给我买了一个大蛋糕，表达对我的感恩之情。姿姿亲手做了纸手环，上面写着"陈老师，你辛苦了，我还想再听你一年的课"。让我印象最深刻的是，一位家长在微信中对我说道："陈老师，你教了我的儿子以后，他一回到家就开始写作业了。谢谢你对我儿子的教导，我希望你一直在我们村教下去，一定会出人才的。"

那一刻，一股暖流涌上心头，一切都值了。

支教的一年里，在大家的共同努力下，学校和学生都有了很大的改变，孩子们有了心仪的图书阅览室和计算机房，再也不用喝泛黄的自来水，再也不用打椭圆的篮球，再也不用玩断线的羽毛球拍。他们也从起初上课睡觉、下课打闹的小猴崽子，转变成知恩感恩、好学上进的好学生，我也为他们感到骄傲。

　　回想起与他们相处的时光，有过恼羞成怒，也有过欢声笑语；有过失落，也有过感动，满是五味杂陈。短暂日子的朝夕相处，其中收获的情谊却是那么深沉，深到分别前夜不忍入睡，深到相送时情不自禁地相拥，深到离别时歇斯底里地哭泣，说来可真煽情。

　　　　　　轻轻的我走了，正如我轻轻的来；
　　　　　　我举起右手，作别玉民的晚霞；
　　　　　　那山顶的画眉鸟，为我们歌唱；
　　　　　　那游荡的稻花鱼，为我们舞蹈；
　　　　　　我愿化作一棵大树，
　　　　　　为你们遮风避雨，伴你们茁壮成长。

　　　　　　　　　　　　　（作者单位：浙江边检总站）

赵颖：未来将来，满怀期待

李小飞

梦想离我只有一步之遥

九河下梢天津卫，沽水滔滔向东流。

2006年的12月，天津卫下着鹅毛大雪。

我躲在温暖的学校宿舍，认真地看着日语资料。那时我正在天津一汽丰田实习，担任公司翻译。日方负责人对我实习期的表现和成绩很满意，问我是否考虑毕业后直接签约入职，薪资十分优厚。

我很动心，毕竟我大学专业学的是日语，而且对方提供的薪资对一个刚毕业的学生来说，吸引力很大。

在大四的末尾，不少同学都选择了回家休息，而我，则在实习下班后继续回校刻苦学习，努力为毕业后进入日企工作打好基础。

这时，系辅导员打来电话，说有个单位来学校招人，招人要求挺高，你各方面都出挑，个子也高，过来试试呗。

系辅导员和我平时关系不错，有啥好事都会想着我，咱也不能拂她面子，就去看看吧。

过去后，系辅导员正陪着两抹橄榄绿在参观校园。那是一名个子高高瘦瘦的年轻军官，虽然天气寒冷，但是他身材挺拔，一点儿没有畏畏缩缩的样子。看到我，咧开嘴就笑，像是雪后温暖的阳光，让我浑身一暖。

"你是来了解边防部队的吗？"他问我。

我说："是的。"

"我们的部队在浙江……"

没等他说完，我也笑了，接上去说："我也是浙江的，舟山人。"

军官说："哟，那正好呢。怎么，有兴趣来我们部队吗？"

我问："你们部队是干什么的？"

"武警边防啊，守卫祖国的边疆、海防和空港海港，国门卫士。"

"哦！我知道了！"我说。

我从小出生在浙江舟山，舟山俗称千岛之城，是一座飘悬在海上的中国城市，距离最近的是上海和宁波。

舟山有很多部队，最常见的，就是武警边防。小时候我看到过有边防派出所、边防海警,还有边防检查站。

我的父亲是从临汾旅炮兵连转业回来的,从小我就对部队非常向往,梦想着有一天能像父亲一样穿上帅气的绿军装,没想到现在梦想距离我是如此之近,只有一步之遥。

什么出国,什么高薪,在梦想面前,都不值一提。

我毫不犹豫当即填写了应征入伍的表格。

"如果你能通过我们接下来的考核,那么恭喜你,以后咱们就是战友了。"他向我伸来温暖的大手。

虽然没有征求过父母亲的意见,但我觉得,他们一定会支持我。

那名军官说:"不过,在考核前,你能不能把头发染染?"

我才发现,那时的自己,有点儿非主流。因为对某漫画中主人公的热爱,我把头发染成了酒红色。本以为在学校里是个很酷的存在,但在他面前,我竟然觉得这一头红发,俗不可耐。

我说:"我马上去剪头发,还原我的黑发。"

走的时候,我非常有礼貌地跟他告了别,并从他胸口的名牌上,记下了他的名字——戴胜。

我相信冥冥中一切皆有定数,后来,他成了我在杭州边检站的政委。

"内卷"的爱人

对于从小就是学霸的我来说,边防部队组织的入伍考试根本不在话下,如果我考第二,估计没人能考第一;体能考试更加简单,我身高172厘米,在女生中属于比较高的个子。受当过兵的父亲影响,我一直保持着较强的训练力度,三公里、仰卧起坐、摸高，这些项目难不倒我。所以，我很顺利地通过了边防部队的考核，正式成为武警浙江省边防总队的一名女警官，并被分配到了杭州边防检查站。

来到站里的第一个基层单位，是执勤一科。以前听说过，能称为第一的，基本上都是第一。我来到科里第一天，科长就让我见识到了什么叫第一。

那是我第一次跟着科长到执勤现场，只见杭州萧山国际机场的航站楼里，黑压压都是人，一条条贪吃蛇一样的队伍，弯着扭扭曲曲调身子，延伸到座位中。

我以前坐过飞机，经历过这样的排队，那时候还在心里嘀咕，这检查员就是麻烦，不能快一点儿吗？不就敲个章吗？还把护照放手里看来看去的，浪费旅客的时间嘛！

现在轮到自己了，我心里跃跃欲试，恨不得马上到验证台上一展身手。这时，一名检查员用对讲机呼叫科长，我侧耳倾听，大致意思是发现了一本假护照，让科长过去处理。

科长当即带着两名检查员过去，把那名旅客带走，交给办案队的同志处理，五分钟后又回来了。

"小赵，你知道怎么辨别护照的真伪吗？"科长淡淡地问，并把那本护照放在我的面前。

我茫然地摇摇头。

"那么，你知道如果旅客持用了假护照出境，会给国家带来什么影响吗？"科长又问。

我还是茫然摇头。

"不懂，就回去踏实学习。不要以为高学历来到这里就能有高效率，也不要小看这盖章的工作，里面学问大得很！一丝纰漏，造成的都是不可挽回的损失。"

我脸红了。科长看穿了我的心思，也给了我一个台阶。

后来，我收敛起自大的心态，认真去学习边检知识，才发现里面的内容果如浩瀚大海，我不过是其中一条小小的锦鲤，也许穷极一生，获取的不过是沧海一粟。

直到现在，当年的科长已经成为我们的副站长，我也走上了副队长的岗位，在他渊博的学识面前，我仍然还是学生。

等到我能独立上台成为检查员后，科长把我推荐到了站机关，后来又到了执勤八科。

这里很有必要说说一科与八科的区别。当时的杭州边检站，执勤科主要分为两种，一种是负责在验证台上验放每名出入境的旅客，我们称之为一线队；另一种是后台核查，负责对验证台上检查员交过来存疑的证件进行核实，我们称之为二线队。一科就属于一线队，八科就属于二线队。

一般来说，二线队的业务水平要普遍比一线队好，只有检查员中的精英，才能胜任二线队的岗位。经过这几年的磨炼，我感觉到，站里的检查员们都是"扫地僧"，一个个深藏不露的，到底能不能胜任二线队的工作，我心里没底。

父亲教过我，出门带张嘴，不懂就问，不会就学。

吸取了上岗第一天的教训，到了八科后，我马上拜了科长为师。能当二线队科长的，业务水平绝对是科里的扛把子。他不仅有我这个女徒弟，还有一名比我早来半年的男徒弟，名字叫刘路恒。

我入门晚，得叫他师兄。

与我大大咧咧的性子不同，师兄的性格有点儿内向，见人就会脸红。但他做事很认真，身上有股不服输的劲头，这点跟我又很像。

我每天如饥似渴地学习着边检业务，不懂就向师父请教、向师兄请教，向一切能为我答疑解惑的同事请教，希望能在最快的时间里掌握二线队业务知识，适应岗位的需要。

边防检查员有项特殊的工作，那就是撰写和发表证件研究文章。每个月发表证研文章数量的多少，不仅体现个人水平的高低，也与个人的量化考核和科队考评成绩挂钩。

刚开始的时候，师兄手把手地教我怎么判别证件的真伪、如何写好证研文章，他以为一年后我也许能跟他水平相当，但没想到，三个月后，我发表文章的数量就超过了他。这让他感觉有点儿没面子。

他也是个不服输的人，一边教我边检业务知识，一边自己努力加油，第二个月，证研文章的数量又超过了我。我那时正沉浸在超越师兄的兴奋中，看到师兄发表文章的数量上来了，心里自然也有想法，于是再度发力，在接下来的一个月中又超过了他。

就这样，我们一边互相学习研究，一边暗自咬牙比拼，内卷的程度堪称站里第一，连师父都惊动了。

你们这样下去，很快就超过我了！师父对我们说。

我不知天高地厚地回答了师父："您迟早要转业的，总不能走之前还看到我们这两个徒弟不成才吧？"

师父哈哈大笑，说："我希望你们一直这么内卷下去，更希望科里和站里的所有人都像你们一样内卷，那咱们杭州站的业务水平，一定能在全国的现役边检站里走前列！"

那年，师父真的转业走了，可我和师兄的"明争暗斗"一直没有停止，我们也从"竞争对手"发展到惺惺相惜，最后一起走进了婚姻的殿堂。

可是我们的"内卷"即使是成为夫妻后也没有停止过：我参加总队的比武，他也参加；我拿了全省政工组的第一，他拿了全省业务组的冠军；我专注于工作，经常加班到三更半夜，回家时还能看到他也在挑灯伏案；我走上中层领导岗位，成了站里执勤三队的副队长，他也公选进入总站边检处，成了边检处的科长……

感谢他成为我一生的爱人和竞争对手，这样我才有前进的动力和坚强的后盾。

平凡之路走向胜利大道

每一粒沙默默无闻地铺垫，最终成就了摩天大楼。

要成为一名检查员不容易，要成为一名优秀的检查员更不容易。

在疫情发生之前，杭州萧山国际机场出入境的旅客数量呈几何式增长：原来的T3航站楼设计接待的标准是380万人每年，但是在2015年的时候，已经突破了385万人；2019年更是达到了586万人每年。

旅客的爆炸式增长，充分显示了杭州经济活力的持续良性增长，这令杭州上至庙堂下至江湖皆兴奋不已，杭州新一线城市的发展趋势已经指日可待。但对我们检查员来说，却是个严峻的挑战。

因为编制的问题，杭州边检站已经十余年没有增加过人员了，从原来旅客量只有100多万到现在的586万，检查员人数一直没变，变的只有转业和新入警人员。这就意味着，每名检查员的工作量，是原来的四至五倍。

这是什么概念呢？

数据最能说话，我来算一下。586 万人，平均到每天就是 1.6 万人；出境入境对半分，每边基本在 8000 人；每次上勤派出的检查员大约为八人，每人每天的验放量就是 1000 人；每人过检半分钟，那就是 500 分钟，中间还不能停下来休息片刻。

那一年，每天上勤，看到的永远都是候机大厅里黑压压的人头，我们从开始的忐忑变成后来的麻木，如果哪天人少一点儿，反倒觉得不正常了。

空港的同志们都清楚，正常的时候，航班的准点率不高；现在疫情常态化，飞往国外的航班少了，反倒能正常了。

那一年，是我从执勤八队调往执勤三队担任副队长的第一年，工作岗位变了，责任更重了。每天不仅自己得上台验放旅客，遇到航班延误、旅客投诉等突发性事件，我作为带班领导还得去处理，一天工作下来，基本都在十四五个小时以上。

最怕的还是晚上的航班延误，一旦延误，工作到凌晨两三点是常态，四五点也很常见，一天的勤务结束后，在桌子上趴个把小时，又得红着眼睛上勤。

过去听说机场里有种航班叫"红眼航班"，一直没明白是怎么回事，现在清楚了。

检查员的工作制度是"做四休二"，意思就是连续工作四天，然后休息两天。以前刚到站里的时候还在想，这多好啊，一星期有两天是属于个人的自由时间，可以干点儿自己喜欢的事情。但实际下勤后，身体基本上已经达到了极限，哪里还会想着做什么喜欢的事，一心只想着倒头大睡。最夸张的一次，结束凌晨航班任务后，回到家里已是早上 7 点，我早饭没吃就倒头大睡，醒过来一看时间，才8点多。我以为只睡了一个多小时，但家里人告诉我，我睡了整整一天一夜！

对于检查员来说，其实工作起来是没有时间概念的，因为一直待在航站楼里，里面都是灯火通明，分不清外面到底是白天还是黑夜，吃饭只凭感觉，肚子饿了就到机场食堂就餐，有时候都不知道吃的到底是中饭还是晚饭。

虽然工作很辛苦，可是责任却很重大，因为检查员的工作，不单只在旅客护照上盖个章那么简单，我们是国门卫士，得时刻防范着不法分子通过空港潜逃国外。比如利用伪假护照偷渡出国，比如网上逃犯利用假身份外逃，比如境外不法人员蒙混进入国内，所以，在查验护照的短短几分钟里，我们需要凭借经验一眼认出护照上的破绽和端倪，进而分辨出正常出入境的旅客和违法犯罪分子。刚才计算每天每人验放量1000人，这个数据只是平均值，实际上，由于每天旅客数量不一，检查员也有请假、休假、培训等情况不能正常派遣。所以最多的时候，我一天验放过2000多名旅客，除了吃饭上厕所，没有下过验证台。

值得骄傲的是，从警15年，我验放旅客数十万，从未漏放过任何违法犯罪嫌疑人或境外不法分子出入境，自问无愧于"国门卫士"的称号。也因为工作成绩比较突出，多年来，我先后获得"公安部'猎狐'专项行动全国成绩突出个人"、"全国移民管理机构优秀女民警"、"'猎狐'专项行动全省成绩突出个人"等荣誉称号，荣立个人三等功三次，被总站列入全省业务专家库和教员库，还多次受浙江警察学院邀请为刚果（金）移民官员培训班、亚非友好共同体移民官员培训班等外警开展授课。

未来将来，满怀期待

电影《阿甘正传》里的主人公阿甘说过一句经典的话：人生就像巧克力，你永远不知道下一颗是什么味道。

2020年春节，新冠疫情来势汹汹，萧山国际机场面临了严峻的考验。作为全省航线最密集、旅客流量最大的口岸，杭州边检站处于全省抗击新冠疫情的"中心战区"。

这时候，边防体制改革已经拉开序幕一年多了，我身上的橄榄绿也换成了藏青蓝。衣服换了，岗位不变，初心不改，尤其是面对移民管理这个新生的职业，我感到前景无限看好。

所以，在别人看来抗疫一线的艰苦与危险，在我眼里，却充满了挑战。

闻战则喜，是我们第一代移民官思想上最大的烙印。不仅我如此，我们执勤三队全体民警也是如此。

站里组建抗疫党员先锋队的时候，我们队全员请战；面对疫情的常态化，我们借助数智抗疫，形成"四排三查"工作法和六国语言标注的"入境人员信息申报码"，做到疫情高发国家入境旅客"三提前"、"三共享"，在全国率先做到入境人员"先扫码，再验放"、"一人一码百分百覆盖"，为地方政府在旅客入境后实施跟踪管理提供了强有力的数据支持；我们修订了《突发公共卫生安全事件防控期间涉传染病疫情航班专项边防检查工作方案》《应对海外新冠肺炎疫情输入风险工作措施》等系列工作规范，细化对涉疫情重点国家查验指引，前移关口，优化流程，实现对每名入境旅客"四必问"，并在全省边检口岸推广，为各边检站科学防疫提供了有益样板；我们热心助力航司复工复产，积极向站党委建言为货运航线开通"随到随检"绿色通关服务，增派民警进一线，"宁可民警等飞机，不让飞机等民警"，大大缩短飞机等靠时间，先后多次收到东航、东捷运、顺丰等多家航空公司的致谢锦旗……我们执勤三队荣获了"全国抗击新冠肺炎疫情三八红旗集体"称号，这是党和人民对我们最大的肯定，我也荣获了"浙江省抗击新冠肺炎疫情先进个人"称号。

要知道，我们是站里的"女子科"，科里的大部分民警都是女民警，我们的口号一贯是"谁说女子不如男，女人能顶半边天"。

但实际上，为了工作，我们都付出了很多很多。工作、家庭、生活，随便拎一样出来，我能诉苦半天中途不带喝水休息，但是，我谁都不说。

既然选择了风雨兼程，就不能惧怕疾风骤雨，唯有期待风雨过后的七彩阳光。

未来将来，移民事业的舞台广阔无垠。一路走来，汗水多于泪水，信心多于困难，前进的步伐越走越坚定。我期待着，以后还能有更多的故事，向您诉说！

（作者单位：浙江边检总站）

双眸扫过，尽是这世界的明朗

林梦诗

身上是笔挺的深蓝制服，碎发被利落地包裹进网状发饰，杭州出入境边防检查站执勤三队副队长赵颖手拿护照，按照程序利落地实施边防检查。她那双清澈明亮的眼睛，盯着证件的时候，总是专注凝神，面对旅客时，又有说不出的亲切。

这里是杭州萧山国际机场，来自世界各地的旅客在这里齐聚，人员鱼龙混杂。社会上的老赖、隐藏的逃犯，他们改头换面，伪造证件，迫切地期望能够坐上飞机潜逃出境，但赵颖的眼睛扫过的世界，只剩下清朗。

2007年大学毕业入警至今，非科班出身的她轮转了多个岗位，从一线检查员到二线业务参谋，再到证件研究室、审查办案队民警，如今的杭州边检站执勤三队副队长，曾经种种想象，在摸爬滚打中逐渐化为职业警察的坚定，眼神里沉淀下来的是从容刚毅……

现在的赵颖，时常要面临无数个困难的抉择。

几年前，她在入境检查时发现了一个木质的雕塑，看上去平平无奇。它的主人自称某大学的留学生，此次携带的是一个实心的木制雕塑，打算当作纪念品送给朋友。

无论是说辞还是物品外表，看起来都毫无破绽。但赵颖经过掂量和摇晃，总感觉雕塑重量和里面物体撞击感有点儿微妙，还有主人大声嚷嚷"你们的触碰会损害物品"的行为，处处透露着蹊跷。

赵颖等人初步判断这件物品是中空而并非实心的，但又不能轻易破拆，当时执勤现场尚未配置X光机，倘若判断错误，可能引发矛盾纠纷。

拆？还是不拆？

这个决定背后承担的风险巨大，会商过程中，几人犹豫颇久。这时，赵颖犀利的眼神突然闪烁了一下，她最终决定：破拆。

赵颖告知雕塑主人，需要以切割的方式对物品进行进一步检查。主人神色复杂，再三阻挠。

切割在另一个房间进行。当机器缓缓落在雕塑上，现场没有人说话，数双眼睛都紧紧地盯着逐渐变深的缝隙，直到"啪嗒"一声，雕塑一分为二，里面露出白色的粉末。

经鉴定，白色粉末是高纯度的海洛因，足足 300 余克。"不管里面是海洛因还是面粉，看到中空的刹那，我心里的石头落地了。"赵颖回忆当时场景，"我怀疑他是想藏匿东西入境，我的判断是正确的。"

像这样惊险的案件，在赵颖职业生涯中并非时常出现，却防不胜防。罪恶无孔不入，初入警时录入准确、证件鉴别、人证对照的三条底线，她谨记在心，时刻保持"猎人"般的嗅觉。

在 15 年的从警生涯里，同样让她印象深刻的案件，还有 2015 年的"猎狐行动"行动中，与浙江省公安厅经济侦查总队合作，抓捕隐藏在境内外的经济类逃犯。

这项工作费眼费脑。数年过去，逃犯长相不可预知，故而要分析对方的行动轨迹予以佐证；战线极短，一个月的时间尽可能找出多的逃犯，以防逃犯再度潜逃；阈值极广，一个人通常要比对上千张照片，因为换了新身份的逃犯身份信息有可能全是虚构的。

"你可能会同时面临跟犯罪嫌疑人长相非常相似的三四个人，这时就要通过分析他们多年来的轨迹，进行数据碰撞，去掉一个个干扰项，最后找出哪个人和嫌疑人高度符合，提供给经侦。如果信息错误，经侦面对的不仅是白跑一趟，还有来自群众的质疑。"

赵颖感到压力重重。2015 年 10 月的一天，赵颖在枯燥且高强度的比对工作中，突然看见了让人兴奋的"90%"相似度的字眼。结果显示，犯罪嫌疑人在四川广元一个小山村，轨迹、样貌均能高度重合，无论是她还是经侦人员都是信心满满，但 DNA 比对结果显示并非同一人。

由于逃犯在逃时间长，很多时候，赵颖拿到手的照片早已模糊不清。有名浙江某供销社的会计,十几年前卷走公款偷渡出国,又神不知鬼不觉偷渡回国。"给我的只是从一张工作证撕下来的照片,连单双眼皮都分不清,脸上的痣也无法确认。"但通过比对发现,有个广东籍男子与这名会计长相极似。

继续分析行动轨迹,发现疑点重重。比如,男子工作地点在北京,但出行从不乘坐任何公共交通工具,往来只靠一辆小汽车。进一步分析后发现,这辆汽车曾在浙江有过违章记录,而这几个时间点内,逃犯妻子孩子也在同一时间去了同一地点。

真相逐渐明朗,男子去广东、北京的时间也与逃犯妻子孩子轨迹重合。赵颖第一时间通报给经侦部门的同志,他们立即前往北京实施抓捕。当晚,赵颖收到消息:对方被抓获,俯首认罪。

赵颖清澈的明眸里,时常会闪烁出一丝丝柔软的光。她有一个九岁的儿子,和一个同为警察的丈夫,由于工作原因,夫妻俩时常无法在家照料孩子。儿子的运动会、钢琴考级、家长会等大大小小的场合,赵颖很少到场或者很少准时到场。

回忆起儿子阑尾炎疼痛住院,他眼眸低垂,小心翼翼地问:"妈妈,今天我要住院,是让外婆还是奶奶陪我去医院,你和爸爸肯定没空的,对吧?"对于儿子的话,她至今难以释怀。

除了是家里儿子的母亲,赵颖也是队里三十几名队员的"大家长"。"担任副队长之后,肩上的责任更重了,规划好民警未来发展的道路,指正他们的不足和缺陷,新人要扣好第一颗扣子,年长的民警要疏解他们的倦怠期……唯有兢兢业业,方能让队伍走得更加长远。"赵颖说。

(作者单位:浙江边检总站)

执勤八队：技术就是定海神针

黎钊德　谭　畅　王相国

　　一支技术队伍，不足 30 人，却平稳运维着上万台设备。

　　一支技术队伍，半数是刚入行的门外汉，却自行研发了一系列创新软件。

　　一支技术队伍，成立只有三年多，却拿了"全国优秀公安机关基层单位"的称号。

　　这支队伍到底有何特别之处？让我们带着这些问题，一起走近港珠澳大桥出入境边防检查站执勤八队。

管理创新,探索建立标准化设备维护规范

设备维护有三难,一杂二多三散。

"设备杂,方案多,人员散,这是全国边检技术部门面临的难题。"执勤八队教导员苏楠说,"但这些问题在我们港珠澳大桥尤为突出。"

有多突出?我们先看乱。设备有多杂?一组数据告诉你:10个查验场所、101间机房、255条查验通道、2200个摄像头、3800块UPS电池、15000件大小设备、超2000公里的综合布线。再看多,方案怎么多?从国家移民管理局到总站,从分站到基层队,各级规范、各类方案加起来100多份,满满一个档案柜。最后看散,人员有多散?人员不过30人,但非技术专业出身的新警、转改士兵和辅警占了大半,队伍内部流动频繁,长期有四分之一的人员都是"流水的兵"。

"系统太复杂,根本找不到设备。"

"方案一大堆,各类规范上百项目。"

……

在苏楠的本子上,还能看到技术民警的一条条"投诉"。

问题太多,怎么办?不怕,"豺狼来了有猎枪"。针对运维"三难",执勤八队对症下药,摸索出了"一图一册一分组"这一大桥管理模式。

一图,即系统拓扑图。执勤八队将每个系统都"复刻"成拓扑图,并将其制成墙上的看板,技术人员看看图,沿着线,就能"顺藤摸瓜",找到问题设备。

一册,即《港珠澳大桥站技术保障标准化手册》。执勤八队

精练数十份技术方案，将其总结汇编成一本"家电说明书"式的技术手册，里面语言通俗、步骤详细，涵盖了7大类48种基层技术问题的处置方法。

一分组，即"业务+党建"综合小组模式。执勤八队有梅沙、监控、电源、网络四大综合小组，每个综合小组既是一个业务单元，也是一个支部党小组。每个综合小组间既比业务、比成绩，又比纪律、比作风。四个组间你追我赶，如四虎争霸，一虎出而群虎啸，竞争氛围浓厚。

有图可看，排查自然更快；有册可依，维护就更顺手；有了竞争态势，技术就能更专业。"一图一册一分组"的实施，给港珠澳大桥口岸建立了一个集系统化、标准化、流程化为一体的设备管理方案。自该方案落实以来，执勤八队故障排查时间从平均20分钟压缩到5分钟，故障复发率从20%降至10%。

从20到5，从20%到10%，对外人而言，这可能只是单纯的数字变化，对于执勤八队而言，这每一秒的压缩，每个百分比的减少，都有着不一样的意义。

以一张图为例。"做一张拓扑图看似简单，但从无到有起码200个小时。"参与制图的王琰这样描述，"50小时的测试，50小时的记录，50小时的描绘和50小时的修改，这样的图，我们做了十几张。"

在执勤八队的仓库中，仍可见当时的拓扑图草稿，仔细一看，竟有一水泥袋的草稿纸。

挑战，往往也是机遇。在这个设备体量居全国边检之首的超大型口岸，执勤八队比别人的困难多，但也多了探索新型管理模式的机会。作为先行者，执勤八队在如何提高超大型口岸用警效率、如何组织超大型口岸应急方案、如何管理第三方维护公司等多个方面总结出一套实用的大桥方案，其中的相当一部分已应用到横琴、青茂等兄弟单位的建设中。

"在未来，这样的大桥方案，我们还会出更多。"苏楠笑言。

科技创新，以"系统思维"化繁为简

档案多，找不到？资料多，带不完？设备多，维保时间总是忘？不怕，"扫码时代"来了！

在港珠澳大桥边检站，检修的技术人员不再需要在档案堆里"大海捞针"，也不再需要带着沉甸甸的文件"负重前行"，只要拿出手机，一扫设备上贴的二维码，"嘀"一声，设备名称、型号、维运人等信息一目了然，还能看到历史故障和解决方案，方便快捷。

"这是我们自主研发的新技术，二维码信息档案技术。"执勤八队主管研发的技术民警姜凯译介绍，"我们同时使用C++、Java和Python三种编程语言，并行开发前端和后端，将所有设备信息和处理方案整合到中心服务器之后，再交互至二维码进行最终展现。"

相比以往"档案如山叠，资料重千斤"的纸质档案管理，执勤八队的二维码信息档案技术实现了四个快：一查询快，轻轻一扫，"码"上知道，比以前翻档案查阅快上数十倍；二更新快，动动手指，划划鼠标，档案更新一键完成；三处置快，二维码集成了设备的所有维修方案和维保记录，遇到问题不会，扫一扫，直接秒杀；四通知快，当设备接近维保日期，后台会自动提醒负责人，如同智慧管家。

"这四个'快'就像四个轮子，让我们的运维工作一下驶入

快车道。"教导员苏楠对这个"二维码"的自豪溢于言表。

这技术真不错！

"我们研发的技术还不止这些。"苏楠走到一台电脑前，轻点了下鼠标：只见无人操作的电脑屏幕上，顿时出现各种指标和信息，它们有序变化，自动录入，画面切换间，上百条通道的后台信息被刷刷地自动检阅。

这是什么情况？

"AI巡检，我们自主研发的智能巡检程序。"姜凯译解释，"作为辅助工具，它能自动巡检'一站式'系统通道，对异常数据进行自动排查并提交人工处理。"

技防筛查，人防把关，风险小了，效率却更高，AI巡检的出现，让"一站式"设备的巡检时间从1个小时压缩到了15分钟。

一码加一键，执勤八队的运维"双板斧"将设备巡检、故障处理速度都翻了个番。但所谓"台上一分钟，台下十年功"，这"一码一键"背后的每一分"快"，都凝结着执勤八队十分的坚持和执着。

"无人员、无经验、无先例，就好像刚学会加减乘除就让你做线性代数。"姜凯译这样形容。"试错了几万条代码，才有了现在能用的一万多条。"

"当时有想过找公司做，但初期投入就要30多万，预算根本不够。"苏楠回忆，"从前端到后端，从页面到数据库，整套系统全靠自己敲出来，光研讨会就开了20多次，反复讨论的设计稿有十几份之多。"

技术关难过，思想关更难过，这一点民警陆宁感触尤深。"有民警会不理解，适当减少巡检次数，人巡也不会有大问题，为什么要弄新的技防软件呢？还有民警质疑，万一新软件出了问题，谁来背责任？为什么不等总站牵头来弄？为什么不多弄预算找外包？"

抓思想，钻技术，技术研发"几多坎坷几多艰辛"，但所幸研发之路，执勤八队并不独行。为了鼓励研发，港珠澳大桥边检站党委专门安排了技术实验室，还配备了测试专用的电脑和服务器，让技术人员能够大胆试错。

好风凭借力，扶摇上青天。有了上级的倾力支持，执勤八队更坚定地走自主研发的道路。港珠澳大桥口岸开通三年多以来，执勤八队自行研发创新软件8套，开展大型智能化专项研究及改造23次，排解技术问题200余项，将设备巡检一轮的时间从4个小时压缩到50分钟，极大地提升了运维速度。

合作创新，引入专业力量防范口岸风险

"A15机房着火，请立刻处置！"

随着警报声响，四起的浓烟迅速笼罩边检核心机房区域。"灭火组，上前压灭火点！"一声令下，消防战士大踏步水枪开路，背后的技术民警则架着灭火器鱼贯前行，一场边检和消防间的联合消防演练正紧张进行。

"这样的场景并不少见。"主管消防安全的民警付银鹏盯着镜头，一边指挥一边说，"每月初，我们执勤八队都会通过消防安全合作机制，与消防大队、口岸巡检等兄弟单位进行联合演练。"

以党支部共建聚合力，构建口岸消防安全共同体，这是执勤八队率先提出并牵头组织的消防安全合作机制。该机制首建

于2019年，经过三年的实践，合作单位已经从原本的边检、消防两家扩充至八家，囊括了海关、口岸物业公司、珠海市电子口岸公司等多个口岸单位。

为何一个边检部门要"越俎代庖"去组织消防工作？这其实是个"逼上梁山"的故事。

口岸开通以来，边检系统已数次出现线路故障，究其原因，多是漏电、漏水、鼠患等建设遗留问题诱发。虽然故障得以及时修复，但深层次的问题一直未见解决，这是一方面；而另一方面，则是口岸防灾设计不足。大部分边检核心机房位于口岸夹层，通风条件差，出口狭窄，一旦机房发生火情，火舌和毒烟可迅速席卷整个夹层，酿成严重的人员伤亡和财产损失，安全风险极大。

既知问题，就不能熟视无睹，但真要解决，又谈何容易。

"合作壁垒是一方面。有些问题只在你一家出现，但改造起来，要影响几家单位，人家当然不愿意。"参与合作方案制定的民警王硕说。

"最大的问题，是没人牵头。"苏楠接过话来，"在口岸的联合会议上，大家谈起问题都很激动，但一讲牵头解决的事，就沉默了。为什么？组织实施，是要花资源花人力的，这是很现实的问题。"

消防合作进退维谷，怎么办？"我们设备多，风险最大，就得扛起风险管控主体责任，这事我们来牵头。"在一次联合会议上，挂点执勤八队的港珠澳大桥边检站站长何锋一言破了僵局。

在站党委指导下，执勤八队主动拿出合作方案，与港珠澳大桥消防保障大队进行支部结对共建，促成建立"火焰蓝+藏青蓝"的常态化消防合作机制。在此基础上，执勤八队进一步扩展合作范围，在核心机房区域建起了全国首个"边检筹建、消防指导、口岸部门 24 小时值守"的专业消防站。该消防站内置 72 路测温镜头、一键报警装置和全总站唯一以 119 结尾的内部专线，能将原来 15 分钟以上的火警处置时间缩至 3 分钟以内，极大提高火情处置效率。

"消防消防，能消还要能防。"为深度排查环境风险隐患，执勤八队充当起口岸召集人角色，每季度由教导员牵头联络，联合口岸管理部门、技术运维公司、联检单位技术力量等多方进行联巡联检和联合处置，截至目前，已推进跨部门整改工程 12 项，成功化解漏水、漏电、鼠患等环境风险隐患 100 余处，切实做到了"防火患于未燃"。

从单打独斗，到群策群力，由执勤八队牵头建立的"口岸安全共同体"正不断发展壮大，共建、协作、共赢的合作机制正为港珠澳大桥口岸提供更加坚实的安全保障。

对于执勤八队而言，他们觉得自己身上并没有什么不一样的地方，比别人多的，可能只是一颗想"管好用好大桥"的心。在未来，他们将初心不变，踏实走好科技强警之路。

（作者单位：珠海边检总站）

道 路

林小兵

重阳节那天,我和黄国平发微信,聊起三江县扶贫的事。

黄国平是珠海出入境边防检查总站扶贫办副主任,再过几年就要退休的他,在广西三江侗族自治县蹲点扶贫已近两年。长期在侗寨苗乡辗转奔波,他身上已明显带着一股不同常人的"侠气",见到人总是一副笑呵呵的模样,让人倍感亲切。7月,我在三江县采访时,与他结下不解之缘。

黄国平告诉我,之前说的高培村村口那

些"门槛路",现在已经顺利竣工了。

高培村是三江县同乐苗族自治乡重点贫困村。村子依山而建,宅基地资源非常紧张,全村共有100多户危改重建住户,大多数房子都建在河道两边,房门前几十厘米处就是河堤不整的河道。这种状况不仅给村民出行造成极大不便,更带来很大的安全隐患。黄国平看在眼里、急在心上,当即便向珠海出入境边防检查总站汇报有关情况。随后,一笔30多万元的专项资金被引入,用于翻修加高河堤,并拓宽河道两边住户门前的道路。同时,为方便住户出行,黄国平还引导高培村村委一班人,在河道上每隔30米建造一座人行桥,并在河堤边安装美观实用的太阳能路灯,打造出山区乡村新景观。

从黄国平滔滔不绝的讲述中,我真切感受到这个耿直汉子干事创业的激情。几个月前,在三江县大山深处行走时,我已深刻感受到道路对于当地百姓不寻常的意义。

7月的一天早上,黄国平驱车带我从三江县城出发,直奔同乐乡而去。一路不停颠簸,到了那九曲十八弯的盘山公路,一边是陡峭的山壁,一边是让人望而生畏的万丈深渊,车子根本不敢开快。当时正值雨季汛期,所幸路上没有遇到塌方。经过近两个小时的奔波,我们终于抵达目的地。在这个海拔约700米的苗族村子,虽逢盛夏,山风吹来,还是充满凉意。

这些经济发展较为落后的少数民族村寨,位于这连绵不断的深山之中。住在大山深处,从前基本与世隔绝的乡亲们,因"村村通公路"政策而快速融入社会。那蜿蜒修建到每个村子的盘山公路,已然像人的血管一样延伸至身体每个角落,并忠实履行着供血职能。

而对乡亲们来说,虽然当地交通不便、土地贫瘠、环境恶劣，但终究是他们的家，是根之所系。他们的命运，无论贫富好坏，都与这片土地息息相关，不可分割。由此，我更加体会到"全面小康路上一个也不能少"这句话的分量。

黄国平说，在三江扶贫的日子里，最让他放心不下的就是当地道路问题。用"地无三尺平"来形容可能有点儿夸张，但三江县位于桂、黔、湘三省交界处，境内层峦叠嶂、纵横绵延，山高谷深、崎岖不平是不争的事实。因此，无论是与外界沟通交流，还是本地人之间相互联系，修好路都显得尤为重要。

一桥一路总关情！在离高培村不远处的地保村，一条让村民安心出行的"安全路"也于国庆节前开通。

地保村受限于地理环境，村民大多分散居住在山坡上，村内连接各户的串户路狭窄险峻，也没有安装防护设施，以往经常出现村民摔伤甚至坠崖事故。仅串户路上，一年左右就发生多次塌方，数十户村民的日常生活因此受到影响。提高日常出行安全系数，成了地保村村民的迫切心愿。黄国平协调各方力量，投入近10万元修缮村中五处塌方巷道，改造多处道路防护栏。不到一个月，地保村串户路的"硬伤"便得到根治，乡亲们无不拍手称快。

在脱贫攻坚进入决战决胜关键阶段的当下，一条条修葺一新、连接每个村寨的道路，无疑发挥着重要作用。由此我想，像黄国平这样事无巨细，认真落实各项扶贫工作措施的扶贫干部，不也正是密切我们党和人民群众血肉联系的纽带和道路吗？

是他们，紧紧围绕脱贫奔小康的总目标做文章、出实招，主动作为，精准施策，极大改善了当地物质和精神条件，助推脱贫攻坚跑出"加速度"，让贫困地区群众得以共享改革开放的发展成果。那一条条应运而生的产业路，不仅打通当地农产品顺利运出山村的瓶颈，更打通村民致富奔小康的康庄大道；那一条条连接偏远村屯的上学步道，也不再是崎岖不平、泥泞不堪的乡间小道，而是孩子们读书求学，走出大山的希望之路……

关于道路的问题，从来都应是清晰而明确的。

中国共产党自成立以来，团结带领全国各族人民，立足自身实际，探索出一条属于自己的发展道路。经过长期努力实践，中国特色社会主义进入新时代，近代以来久经磨难的中华民族实现了从站起来、富起来到强起来的伟大飞跃，迎来了实现伟大复兴中国梦的光明前景。正如习近平总书记强调："中国特色社会主义道路是中国能够不断发展稳定的最根本原因，得到了全中国人民的衷心拥护和支持。我们将坚定不移继续沿着我们选择的道路走下去。"

此刻，我的内心一片澄明，为三江县好消息源源不断的脱贫攻坚之路，更为我们祖国当下越走越宽广的富强复兴之路！

（作者单位：珠海边检总站）